W0288528

Les Yeux d'Irène

Jean Raspail

Les Yeux d'Irène

ROMAN

Albin Michel

IL A ÉTÉ TIRÉ DE CET OUVRAGE :

trente-cinq exemplaires sur vélin cuve pur fil de Rives
dont trente exemplaires numérotés de 1 à 30,
et cinq exemplaires, hors commerce, numérotés de I à V.

© Éditions Albin Michel S.A., 1984
22, rue Huyghens, 75014 Paris

ISBN 2-226-02063-2

I

LE VOYAGE

Sept cavaliers sortirent de la ville au crépuscule, face au soleil couchant, par la porte de l'Ouest qui n'était plus gardée. Tête haute, sans se cacher, car ils ne fuyaient pas, ils ne trahissaient rien, espéraient moins encore et se gardaient d'imaginer. Simplement ils allaient, ils se mettaient en mouvement et le plus jeune d'entre eux, qui n'avait pas seize ans, fredonnait une sorte de chanson.

De l'ombre, sous la voûte de la porte, tandis que le pas des chevaux martelait sèchement le pavé, une voix s'éleva :

— Dieu vous garde...

C'était une voix d'homme. Elle n'exprimait que lassitude. Aucune conviction ne semblait l'animer. Rien qui témoignât dans cette invocation la moindre confiance en Dieu. Depuis tant de décennies, tant de siècles, Dieu s'était-il lassé ? A moins que les hommes ne se fussent lassés de Dieu ? De la créature ou de son créateur, lequel avait commencé ? Nul ne le savait plus. Nul ne s'en souciait plus. Restait une habitude, avec, dans la voix de l'homme qui tremblait légèrement, le souvenir d'une émotion perdue depuis longtemps :

— Dieu vous garde...

L'homme, sans doute une sentinelle, s'était avancé d'un pas sous la voûte, presque à toucher le poitrail des bêtes et les bottes des cavaliers. Le poil luisant des chevaux exhalait une chaleur palpable. Une saine et forte odeur animale s'y mêlait. L'un des cavaliers respira puissamment avec une allégresse brutale qui désola le cœur de celui qui restait. L'homme qui les regardait partir, l'espace d'un instant, songea que c'était la vie, qui, avec eux, s'en allait.

— Dieu vous garde jusqu'à notre retour..., répondit le cavalier de tête.

Il ne reviendrait pas. Il ne reviendrait jamais. Il le savait. Chacun des six autres cavaliers le savait, jusqu'au jeune homme aux longs cheveux si blonds qui n'avait pas seize ans et fredonnait gaiement sa chanson en humant d'un nez gourmand l'air glacé de la nuit qui tombait. Il est ainsi des certitudes inexplicables. Celle-là était de même nature que le « reposez en paix » dont on berce le sommeil des défunts depuis l'aube du Sacré et qui n'a jamais eu de sens connu.

Seul avait répondu le cavalier de tête. Les autres demeuraient muets, retenant leurs chevaux qui piaffaient. Ils n'avaient rien à dire à ceux qu'ils quittaient, rien à en recevoir, rien à entendre, rien à deviner de leurs sentiments. Ils ne laissaient rien ni personne derrière eux, ayant fermé sur le passé et sur l'avenir l'épais rideau de leur mémoire. Ainsi l'homme auquel le premier cavalier avait jeté quelques mots ne représentait plus rien pour eux. Ils ne lui accordèrent pas un regard. L'homme n'eut que le temps de remarquer la richesse des harnais de leurs chevaux, le luxe éclatant de leurs vêtements, la netteté de leur allure, l'orgueil de leur attitude, la hauteur de leur maintien, la lance à leur poing semblable à celle qui équipait naguère les uhlans et les dragons, la carabine à crosse d'argent dans son fourreau de cuir, le long manteau noir ouvert sur une tunique de couleur vive s'étalant en un lourd drapé jusque sur la croupe des chevaux. L'homme abaissa le regard sur sa propre personne et se découvrit sale, petit et laid. Il chercha dans le fond de son cœur un vieux reste de haine et l'ayant découvert bien recuit, encore prêt à servir, comprit une seconde fois qu'avec ceux qui partaient c'était la vie qui s'en allait.

Le premier cavalier lança son cheval au galop sur la route rectiligne qui s'éloignait de la ville en direction de l'ouest, suivi par ses compagnons. Seul s'attarda le jeune homme, le temps d'une volte vive et d'un geste d'adieu qui pouvait aussi bien s'adresser à la ville silencieuse. Ce n'était qu'une élégance de son âge, rien de plus. Même pas un regret. Peut-être une insolence. Trois secondes plus tard il n'y pensait plus, rejoignant au galop les autres cavaliers. Son manteau noir se confondait avec la nuit qui tombait tout à fait. Ses longs cheveux blonds flottaient au vent de la course comme une sorte de comète qui disparut bien vite aux yeux de l'homme qui restait.

L'homme contempla la nuit par où la vie s'en était allée. La neige qui recouvrait le sol et la route avait effacé de l'univers sonore le galop des chevaux, de telle sorte que passé la voûte de la porte où les sabots des bêtes claquaient sur le pavé, les sept cavaliers avaient disparu aussi, et d'un coup, dans un épais silence. L'homme écouta. Le son lointain et familier du canon de l'autre côté de l'horizon s'était tu lui aussi. La guerre amicale, éternelle, ne donnait plus signe de vie, cessant ainsi sa fonction essentielle. De la ville, non plus, ne parvenait aucun bruit. Le bébé qui pleurait, la jeune femme qui chantait, le bourdon de la cathédrale, les trompettes de la garnison, l'homme n'entendait plus rien.

C'était l'heure de la relève des sentinelles, une seule à la porte de l'Ouest qui n'était plus gardée, simplement pour mémoire. L'homme attendit. Personne ne venait. Une dernière fois il se tourna vers la route rectiligne, cherchant des yeux la comète blonde, priant qu'elle fût encore au moins un point mouvant dans la nuit. L'espérance qui s'éloigne rend formidablement précieuse son impercerptibilité finale. Enfin, découragé, averti pour l'éternité, il abaissa son regard vers le sol enneigé. Aucune empreinte n'y figurait. Pas la moindre marque de sabot. Pas la plus faible trace sur la neige immaculée du départ des sept cavaliers.

Il n'avait pas neigé depuis la veille...

L'homme, sentinelle définitivement solitaire, marcha vers le cimetière et se coucha dans son tombeau.

Après un temps de galop s'arrêtèrent les cavaliers à l'orée d'une forêt. La campagne qu'ils venaient de franchir était plate et couverte de neige. L'immense rectitude blanche n'offrait au regard aucun renflement. Pas de relief émergé qui pût témoigner d'une quelconque fantaisie de la nature ou d'un mouvement de la main de l'homme, fût-ce la sépulture hâtive d'un soldat de l'arrière-garde d'une armée en retraite ainsi que toutes les plaines du monde en conservent pour les yeux aveugles de tous les survivants. Sous la lune qui s'était levée à travers des voiles légers de brume, c'était bien un désert nocturne. Il n'y avait aucun vent. L'air glacé se respirait comme un philtre d'oubli. De la forêt ne parvenait aux oreilles des cavaliers aucun de ces bruits familiers qui sont les signes de la création. Ayant mis pied à terre tous les sept, ils se considérèrent en souriant, avec fraternité. Se regardant comme s'ils se tendaient un miroir, ils se renvoyaient l'un à l'autre l'image d'un homme heureux. Mais dans l'œil du jeune homme blond qui fredonnait une chanson, se lisait encore comme le reflet d'un souvenir.

— Si nous soupions, dit le premier des cavaliers. N'avez-vous pas faim ?

Ils avaient faim. Ils avaient soif. Ils n'étaient pas des fantômes, mais des hommes de chair et d'appétit. Le désert de silence s'anima. Il retentit d'abord du craquement des branches mortes que les cavaliers cassaient sur leurs genoux, puis du crépitement du feu dont les flammes montaient droit à hauteur de visage, et le désert s'éclaira. Autour du feu fondit la neige et un peu de terre apparut. On y distinguait d'anciennes traces de sillons.

— C'était une terre labourée, dit le plus jeune d'entre eux.

L'observation ne fut suivie d'aucun commentaire...

L'histoire s'arrêtait là, après un court premier chapitre et à la trente-deuxième ligne du second, au deuxième tiers du dixième feuillet d'un manuscrit qui eût dû en compter déjà une bonne centaine, impeccablement tapé par mes soins sur un épais vergé chamois, filigrané, somptueux à la vue et au toucher, le plus beau papier du monde, importé d'Angleterre.

C'était pourtant un papier où la plume courait à l'aise, parfois avec bonheur. Les nouvelles que j'avais publiées l'an dernier avaient été bien accueillies. Aussi n'avais-je éprouvé aucune inquiétude, à la mi-juillet de cette année, en engageant le premier feuillet d'un nouveau roman dans le rouleau de ma machine à écrire pour commencer par le commencement : nom de l'auteur et titre. La frappe des touches majuscules avait retenti comme un roulement de tambour dans l'allégresse du grand départ. Après quoi je m'étais abîmé avec jubilation dans la contemplation de ce feuillet magique où je venais d'écrire :

FREDERIC PONS

SEPT CAVALIERS

roman

Voilà ! Ce n'était pas plus difficile que ça. Il suffisait d'ajouter quatre cents feuillets au premier et je n'avais pas douté un instant d'y arriver. A la mi-juillet, je m'étais mis au travail. J'avais écrit le premier chapitre en trois jours, ciselant chaque phrase, *disant* à haute voix comme si je composais de la musique, avec, en plus, le bonheur tout neuf de peindre avec des mots, ou mieux de les graver à la façon de Dürer, la ville au crépuscule, ceinte de murailles intemporelles, symbole d'une grandeur disparue réincarnée dans le subconscient, la sentinelle solitaire tapie dans un coin du décor comme un gnome épuisé flottant dans sa cuirasse et qui regarde s'en aller au galop sept cavaliers armés vêtus de longs manteaux tandis que la neige efface de la campagne et de l'âme de chacun toute trace de vie... L'écrivant, je planais au-delà des nuages, je glissais dans les eaux profondes où brille pour le malheur et le bonheur de l'homme la fleur éclatante du néant. Je me découvrais peintre d'un paysage littéraire où avec Dante et Jünger peu d'écrivains avaient osé se risquer. Une sorte d'ambition sacrée m'avait saisi tout entier. Le second chapitre avait coulé de source, la chevauchée prenait son vol à travers un monde parallèle dont je caressais les contours comme le visage d'une morte et qu'il me restait à découvrir. Jamais dans le passé je n'avais ressenti en écrivant une telle sensation d'exaltation.

Deux jours plus tard, à la trente-deuxième ligne de ce second chapitre ainsi que je l'ai dit, j'avais posé d'un coup ma plume, expédié d'un geste ma machine à écrire en exil à l'extrémité de ma table et, pris d'une sorte d'hébétude, j'avais projeté mon regard devant moi, sur le mur blanc et net de mon bureau où dansait un petit point lumineux qui s'éteignait lentement et qui devait, j'imagine, être le reflet de quelque chose qui me quittait dans le même temps. Le lendemain, ponctuellement, à trois heures de l'après-midi comme chaque jour — je ne suis pas un artisan du matin —, m'installant à mon bureau devant mon immatériel vergé vierge, je guettai la résurrection du point lumineux sur le mur et dans ma tête ainsi que le retour des mots à l'extrémité des doigts de ma main droite guidant la plume du stylo. A huit heures du soir, tout aussi ponctuellement, je me levai, le cœur navré, considérant le désastre : pas une ligne, pas un mot. Plus d'un mois je m'étais obstiné sans plus de résultat et voilà que septembre s'avançait sous la forme effrayante et insupportable d'un désert tout à fait impossible à franchir vivant.

J'en étais là.

Le temps coulait, vide. Tout ce temps que je m'étais ménagé, ce temps précieux tout entier consacré aux sept cavaliers et dont il ne sortait rien. Moi, Frédéric Pons, à mon dixième roman, je perdais irrémédiablement le temps gagné et je contemplais, atterré, ce vide sidéral où j'allais m'abîmer. Une sorte de terreur me paralysait, dont je commençais à entrevoir les causes.

Et cependant, tout ce mois d'août, les idées avaient jailli en foule bien que je n'en eusse pas rédigé une ligne, me contentant de les noter hâtivement avant qu'elles se fussent échappées : « ... Passons la revue des souvenirs », dit à une halte du soir le plus âgé des cavaliers (ambiance de nature glacée, de recueillement comme avant un combat). Cela dura longtemps. Ils ne se rappelaient rien, sauf le plus jeune d'entre eux qui n'avait pas seize ans et se souvenait encore du sourire lointain et presque effacé d'une jeune fille. Ils étaient la mémoire du monde... Ou bien : Il y avait au loin de grands bruits de bataille. Des villes brûlaient dont ils ignoraient le nom. Rien de tout cela ne les concernait. Ils allaient, sourds, muets. Un jour qu'ils se trouvaient par hasard mêlés à une armée d'insurgés qui se préparait au combat, l'un des chefs vint leur demander : « Nous ferez-vous l'honneur de charger avec nous ? Un contre dix, cela vous plaît-il ? — Certes, répondirent les cavaliers, mais au nom de qui combattez-vous ? — Au nom du bonheur. — Alors sans nous », dirent les cavaliers. Ils quittèrent le champ de bataille sans regret, sauf le plus jeune d'entre eux qui n'avait pas seize ans, et qui essuya sur sa joue, de son gant, une larme... Ou encore : Plus tard, beaucoup plus tard, un messager à cheval les rejoignit enfin. Il avait chevauché des années. Il venait de la part d'un prince qui était mort depuis longtemps et qui n'attendait plus de réponse. S'en retourna le messager, galopant à travers la plaine jusqu'à ce que sa chair et ses os se fussent changés en poussière à l'intérieur de sa cuirasse...

De temps en temps, rarement, la vie surgissait comme une ombre au passage des cavaliers et ce que j'avais noté de ces apparitions ne faisait qu'aviver mon angoisse. On entendait des branle-bas de combat. Des villes imprécises prenaient les armes, fermaient leurs portes au son du tocsin et dépêchaient toute la populace aux murailles quand apparaissaient dans le lointain les cavaliers qui ne se comptaient pourtant que sept. Cela faisait sourire le plus âgé d'entre eux : « Nous remplissons notre office, disait-il, nous sommes les autres... » Des ponts étranges ou symboliques étaient jetés. Pour l'un, cela se passait dans une grande forêt. Les cavaliers cheminaient l'un derrière l'autre sans dire mot, savourant seulement l'air de la nuit sur leur visage. Le sable du sentier effaçait le pas des chevaux. Tout d'un coup, dans le silence, ce pas, justement, devint sonore et retentit, tandis que s'interrompait la voûte des arbres et qu'apparaissaient les étoiles. Ils franchissaient un pont qui traversait une route très large et très droite tranchée dans la forêt. Du lointain de cette route surgit un point lumineux, un faisceau de lumière dans lequel, l'un après l'autre, se découpaient les cavaliers avec leurs grands manteaux, leurs lances et leurs carabines et qui ne détournaient pas la tête, leurs profils immobiles comme ceux des silhouettes d'un théâtre d'ombres. Le motard avait ralenti, jusqu'à s'arrêter tout à fait, pieds au sol, saisi d'une sorte de ravissement mystique d'un autre âge, tandis que le dernier cavalier, un tout jeune homme, apercevant cet autre cavalier casqué, vêtu de rouge, en contrebas, tourna vers lui son visage un instant et lui adressa un signe de la main juste au moment de replonger dans la forêt, de l'autre côté du pont. Le motard était aussi un jeune homme. Tous deux se ressemblaient comme des frères. Quand il fut bien assuré que la vie avait définitivement emporté cette vision, le motard fit rugir sa machine et fila comme un bolide sur la route déserte à cette heure, compteur bloqué à son maximum : 220. On retrouva son corps déchiqueté sous un poids lourd qu'il avait heurté inexplicablement de front, au pied de grands immeubles de béton surpeuplés, à la sortie d'un échangeur encombré qui le ramenait à la commune vie. Je concluais la note en écrivant que le pouvoir qui existe en nous, au moins chez les meilleurs d'entre nous, de percer les murailles et de toucher les évidences surréelles, conduit presque toujours à quitter ce monde volontairement. J'avais même ajouté : « A développer... » Ciel !

La dernière note concernait une jeune fille. Pour parler comme dans un conte de fées, disons qu'elle était belle et pure. J'avais écrit qu'à l'évidence aucun poncif ne lui serait épargné et j'avais souligné le mot. Elle avait le regard lumineux et cette langueur cachée sous la vivacité, cette sensualité déguisée en pudeur qui expriment l'espérance et la certitude de toutes les choses de l'amour, en même temps que le regret déjà douloureusement perçu de les voir s'abîmer et se pourrir sitôt atteintes. C'était une jeune fille probablement unique en cette fin de siècle, en France, dernier exemplaire d'un modèle assez répandu et tout à fait adorable qui faisait naguère le charme de nos familles et de nos sociétés et qui s'est partout effacé devant la collégienne de C.E.G., au visage déjà dur de baiseuse endurcie, qui représente aujourd'hui notre banal univers juvénil féminin. Des âges de la vie, on peut rayer l'adolescence... Je reconnais que j'avais forcé la dose. C'était chercher la difficulté. Et cette jeune fille rêvait, la nuit, tout éveillée. Je l'avais appelée Aude, profitant platement du prénom d'une jeune étudiante qui était venue me voir un jour à cette époque-là. Aude — celle du roman — habitait au dixième étage, dans un quartier populeux et bruyant où rien ne portait à rêver. Les soirées lui étaient un supplice. La télévision de ses parents, la télé et la hi-fi des voisins du dessus, du dessous, de palier, d'en face et de partout, le carrousel des mobylettes, les disputes, les injures, les appels, les raclements de poubelles et les cris d'enfants, il lui fallait attendre plus de minuit pour pénétrer dans le tunnel de silence qui était son véritable domaine. Vers deux heures du matin, une nuit, alors que l'enfer dormait autour d'elle, elle entendit distinctement, par sa fenêtre ouverte, le trot d'une troupe à cheval. La scène à composer n'allait pas toute seule. L'émotion de la jeune fille... Il était difficile de faire vrai. Elle se levait et se penchait à sa fenêtre. La nuit était noire. Des réverbères massacrés par les voyous de banlieue, un seul avait été épargné qui diffusait une lueur pâle. D'abord la jeune fille ne distinguait rien, mais elle se rendait compte, à l'oreille, que les cavaliers invisibles s'éloignaient. Au pied de sa fenêtre qui était séparée de la rue déserte par dix étages lépreux, il lui sembla qu'un cavalier solitaire et attardé marquait le pas. Elle entendit aussi une voix juste et claire qui fredonnait doucement une chanson dont l'air lui était inconnu et qui ne ressemblait à rien de ce qu'on chante aujourd'hui. Une silhouette se dessina dans l'ombre, à la façon de ces images magiques que l'on offrait autrefois aux enfants et qui n'apparaissaient peu à peu que lorsqu'on les plongeait dans l'eau. Il s'agissait bien d'un cavalier. Il était vêtu d'un long manteau noir ouvert sur une tunique bleu ciel et dont les plis s'étalaient comme un drapé sur la croupe de son cheval blanc. Le visage du cavalier se précisa le dernier et ne fut visible qu'un instant. C'était celui d'un jeune homme aux longs cheveux blonds, à la mine grave. Son regard, découvrant la jeune fille, s'éclaira d'un sourire triste. La jeune fille ouvrit la bouche pour parler mais le jeune homme fit un geste, posant simplement sa main gantée sur ses lèvres, puis sur son cœur. Il y eut ensuite un bruit de voix. L'un des autres cavaliers semblait avoir rebroussé chemin. Le jeune homme disparut dans la nuit comme il était venu, et Aude, de sa fenêtre, l'âme désespérée, n'entendit plus que le pas d'un cheval qui s'éloignait, d'abord lent, comme à regret, puis au trot, enfin au galop jusqu'à ce qu'il se perdît sans retour.

On retrouvait le jeune cavalier immobile sur son cheval, scrutant une plaine déserte à s'en piquer les yeux de larmes à force de guetter on ne savait qui dans le vent glacé.

—Pourquoi tardez-vous ? Nous vous attendons, disait dans son dos une voix sévère, celle du premier des cavaliers.

— J'ai dû rêver, pardonnez-moi. Il m'a semblé là-bas qu'une jeune fille m'appelait.

— Là-bas il n'y a rien ni personne, regardez vous-même. Il n'y a pas un être vivant à des lieues à la ronde et depuis des années.

— Vous devez avoir raison, répondait à regret le jeune homme, mais n'est-ce pas un peu triste ?

— Qu'entendez-vous par là ?

— Les souvenirs me poursuivent.

— Voilà un mot qui ne signifie rien. Un temps de galop l'effacera. Pressons-nous. Nos compagnons nous attendent. Qui sait s'ils ne nous ont pas déjà oubliés...

C'était ainsi qu'en toute conscience et pleine possession de mes facultés, comme on le précise dans un testament, j'avais envisagé l'amour, l'avenir, la vie, la rencontre des autres, l'espoir, le destin. Cela pouvait faire un roman. L'essentiel s'y trouvait, à hauteur d'une véritable ambition d'écrivain, tous ces mots que l'on agite pour essayer en vain de comprendre ce que sont l'homme et sa destinée, mais ce n'était que l'envers de tout, le contraire des choses, la dérision de la vie, la marche lente vers le tombeau. Rien n'avait plus d'issue. Je marchais vers le néant. Ce que je venais de comprendre et où gisait la raison précise de ma saine paralysie, c'est qu'en écrivant ce roman-là j'eusse achevé tout simplement de me détruire. Le double qui se tenait tapi depuis vingt ans à l'intérieur de moi-même, qui me guettait au détour des replis cachés de mon âme et qui avait écrit tant de choses à ma place où de livre en livre le bleu virait au noir, avait cette fois jeté le masque et décidé de m'assassiner. La chevauchée des cavaliers à travers la négation de la vie n'était qu'un vénéneux chant de mort.

C'était de cela que j'avais eu peur, une peur noire, un mois et demi plus tôt, le temps nécessaire pour comprendre que si je souhaitais rester en vie, au propre comme au figuré, il me fallait précipiter au plus vite mes sept cavaliers dans les oubliettes d'une imagination malade. Vivants, ils me ressemblaient tant. Ils se rappelaient encore à mon souvenir et les souvenirs me poursuivaient comme ils poursuivaient le jeune homme qui n'avait pas seize ans et fredonnait une chanson... Les convalescences de l'imagination sont-elles longues ? Je n'en avais aucune expérience mais je le pressentais. Il fallait soigner le mal par le mal, mais rien d'autre ne stimulait mon imagination.

C'est alors que je me souvins d'une courte lettre écrite par un ami d'enfance et reçue environ un mois plus tôt. Je l'avais oubliée dans mon délire hébété. Après de laborieuses recherches au plus profond d'un fouillis de factures et de correspondance en retard, je finis par la dénicher. Sous son étrangeté laconique, elle m'apparut comme une planche de salut :

> Cher Frédéric, je vis au phare d'Ar Men, seul et heureux de l'être. Mais si tu passes par là-haut et que la mer le permet, viens me voir. A Guivinic, demande l'auberge des Princes et après débrouille-toi...
>
> Salvator †

La petite croix suivait son prénom comme à l'accoutumée, du temps qu'il m'écrivait, rarement, de son monastère, en

Auvergne. Le tampon de la poste indiquait que Guivinic se trouvait dans les Côtes-du-Nord, un bled dont je n'avais jamais entendu parler, qui ne figurait sur aucun guide et auquel le dictionnaire des communes accordait chichement 233 habitants, une poste auxiliaire et une cabine téléphonique.

Que faisait donc « par là-haut », et seul dans un phare par-dessus le marché, un moine bénédictin, abbé mitré d'un monastère situé à sept cents kilomètres de là et qui n'en sortait jamais ?

Il existait au moins un début de réponse à cette question : en cet instant précis, il me sauvait la vie. Le galop silencieux des sept cavaliers s'estompait peu à peu, effacé par le bruit lointain de la mer que faisait naître en moi la lettre de Salvator. J'imaginai le phare dressé sur un rocher, assiégé par le flot de la marée, environné d'embruns... Ce jour-là, 2 septembre il me semble, je décidai de partir pour Guivinic dès le surlendemain matin, le temps de mettre un peu d'ordre dans mon néant et de fermer la maison.

Ma convalescence commençait. J'en guettais avec une certaine confiance les premières manifestations. Encore lui fallait-il le secours d'un sourire. Dans ma solitude, voilà la chose qui m'avait le plus manqué et cela en expliquait peut-être bien d'autres. Je m'étais volontairement si éloigné de tous et de tout que mes dernières amies secourables s'étaient lassées et que je n'avais plus le courage ni le désir, à ce jour, de mendier leur retour. Il me vint une idée qui me fit sourire comme un gosse, ce qui ne m'était pas non plus arrivé depuis longtemps. J'appelai la jeune étudiante au téléphone, celle qui était venue me rendre visite récemment et dont j'avais emprunté le prénom pour en baptiser ma belle Aude qui rêvait tandis qu'un cavalier sous sa fenêtre fredonnait une chanson, mais chassons les sept cavaliers... Elle en eut le souffle coupé. Je ne l'avais vue qu'une fois. Elle m'avait appelé monsieur et cela ne s'était pas bien passé, des larmes et point de sourire. Là aussi, je cherchais la difficulté. A dire vrai, je n'avais pas le choix. Aude habitait Avignon, à trente kilomètres de chez moi. C'était l'heure du déjeuner. Je l'entendis qui empruntait la voiture de sa mère pour le soir, avec succès puisqu'elle accepta.

Ce jour-là je déjeunai d'un sandwich accompagné de grands verres de rosé glacé, tout en m'attaquant, assis à mon bureau, à l'océan de paperasse qui l'encombrait. En une heure j'étais venu à bout des notes et factures, impôts normaux et spéciaux, ce qui allégea mon chéquier et mon compte en banque et me laissa, soustractions faites, à peu près de quoi vivre six mois. Pour un écrivain qui n'a plus un feuillet de réserve, l'antichambre des abois. Cette constatation me rendit presque joyeux. J'étais à peu près dans la peau d'un cancéreux de nature joviale à qui l'on vient d'annoncer qu'il peut encore profiter six mois pleinement de la vie sans souffrances ni altération, et sans rien changer à ses habitudes. Peut-être y a-t-il une sorte de bonheur à vivre le dos au mur. L'éclairage est plus vif, l'air plus frais. C'est une situation simple. A jeter un regard sur mon existence récente, il me semblait qu'elle s'était rudement simplifiée. J'avais bêtement quitté Anne, ma femme, deux ans plus tôt, pour une jeune oie toute fraîche mais qui ne la valait pas. Le joli volatile avait filé au bout de six mois en compagnie d'un jeune crétin de son âge, illustrant ainsi la punition que j'avais tant de fois appelée de mes vœux contre les salopards âgés d'un demi-siècle qui abandonnent leur vieille compagne et changent de monture à mi-course, ce qui m'avait toujours semblé particulièrement révoltant avant que j'eusse trahi à mon tour. La suite n'était pas triste, si l'on peut dire. Anne s'était vite remariée avec un homme riche et très gai qui l'avait emmenée au Brésil où il possédait je ne sais combien d'usines.

C'est ainsi que je m'étais retrouvé seul, en Provence, et presque pauvre par-dessus le marché, mon appartement de Paris abandonné à l'un de mes fils prématurément chargé de famille, mes dernières économies sacrifiées pour établir le second, égaré dans l'existence comme des centaines de milliers de ses semblables. Dos au mur et table rase...

Le départ sur la piste mystérieuse d'un ami représente une situation romanesque classique. Je n'aurais jamais osé l'inventer à mon tour mais la voilà qui s'imposait et cela me plaisait assez. J'étais satisfait de quitter quelque temps mon petit coin de Provence pour des rivages que je souhaitais moins aimables. De la fenêtre de mon bureau, percée dans l'ancienne muraille du village, je dominais cet immense jardin qu'est la plaine du comtat Venaissin. La vigne y a presque entièrement dévoré la forêt de chênes verts où campaient il y a cent ans les derniers brigands de grand chemin embusqués sur le passage de la diligence de Carpentras. Les éléphants d'Hannibal, en route vers les Alpes, y avaient précédé dans l'Histoire les rezzous des Sarrasins, les raids des grandes compagnies et les bandes armées des guerres de Religion, toutes ces hordes de loups qui vivaient de cadavres. Une des tours encore debout de l'enceinte du village fait partie de ma maison. Elle commandait une porte fortifiée aujourd'hui disparue. En la restaurant, j'y avais dégagé une meurtrière verticale, du type de celles qui précédèrent la découverte des armes à feu. Il m'arrivait souvent, à la nuit tombée, d'imaginer l'archer ou l'arbalétrier de la compagnie d'armes communales venant y prendre son poste de guet il y a huit cents ans, et d'y guetter à mon tour, comme une sentinelle, les bruissements, piétinements et cliquetis lointains d'une menace. Les soirs de morosité, surtout l'hiver où les vignes qui m'entouraient avec leurs rangées à l'infini de ceps noirs et effeuillés plantés comme des croix ressemblaient à un gigantesque cimetière sous la lune, ce guet se poursuivait tard dans la nuit et la menace imaginaire peuplait ma solitude. Mais chassons les sept cavaliers... Pour le reste, cette Provence-là était accablée de civilisation et depuis si longtemps ! On s'écrasait déjà sur les gradins des théâtres, à Orange, à Vaison, aux frais du gouverneur romain de Narbonnaise, tandis qu'à la même époque, dans leurs forêts profondes, les Bretons armés de pieux chassaient encore l'aurochs en poussant des cris inarticulés. Que près de mille ans d'avance sur la plupart des provinces françaises aient pu donner, au bout de la chaîne des siècles, ces retraités ventripotents, en tricot de corps et pantoufles, qui jouent aux boules sous les platanes, avant le pastis vespéral à la terrasse de bistros sans grâce, m'avait toujours plongé dans un abîme de perplexité. De mes séjours de jeunesse en Bretagne j'avais gardé le souvenir que là-bas, les vieillards qui sont bien évidemment seuls, par leur âge, à pouvoir tirer une quelconque leçon de la vie, passaient leurs journées assis sur une banquette de granit le long d'un quai, au bout d'une jetée, face à la mer, comme s'ils s'attendaient à voir surgir au-dessus de l'horizon les voiles carrées déployées d'un trois-mâts cap-hornier. Eux, au moins, espéraient toujours ce qui jamais ne viendra...

La France géographique ne m'a jamais pris au dépourvu. J'en possède toutes les cartes. Depuis quelques années je voyage rarement, je suis un peu las du spectacle que m'offrent mes compatriotes, mais je suis toujours prêt à partir et certains signes topographiques sont déjà pour moi chargés d'émotion, le cercle surmonté d'une petite croix qui indique une chapelle isolée, l'étoile en mer pour un phare majeur, les trois points au sommet d'un piton qui sont la marque d'un château féodal en ruine que viennent à l'instant de quitter sept cavaliers dont le plus jeune fredonnait une chanson. C'est Giono qui disait : « Nul besoin de voyager. Pour la mer, j'ai les Instructions nautiques, pour la montagne quelques poèmes tibétains... » Sur la carte de la Bretagne du Nord j'eus de la peine à repérer Guivinic, un petit point presque transparent quelque part entre le sillon de Talbert et la pointe de Plouézec, au fond de l'embouchure étroite et découverte à marée basse (pointillé) d'une minuscule rivière dont le nom n'était même pas mentionné. Entre la côte et la mer libre, un vaste plateau rocheux s'enfonçait assez loin vers le large, signalé en avant-poste par une série étoilée de sentinelles de haute mer dont les noms m'avaient été connus du temps que je naviguais à la voile sur des bateaux en bois, le Grand-Rohinet, le phare des Echaudés, le phare de la Veuve, la tour des Sourds, le phare de la Dame... Dressés dans la tempête qui réveille la nuit les vivants et les précipite dans l'absolu des folies éveillées, je les imaginais formant la gamme majeure d'un opéra intemporel et terrifiant. L'homme est l'esclave d'un paysage. Certains en meurent, d'autres s'en portent à merveille mais nul ne peut en changer...

Le phare d'Ar Men se trouvait en retrait, posté au milieu du plateau rocheux dont il devait signaler quelque passe illusoire battue par les courants, semée de hauts-fonds et impraticable la plupart du temps. Il me revint en mémoire que nous étions passés au large, Salvator et moi, une nuit d'été, quand nous avions vingt-deux ou vingt-trois ans, au début des années cinquante, à bord d'un ravissant sloop de onze mètres tout d'acajou rivé de cuivre, qui appartenait à son père, Jean de Orth, l'un des plus gros armateurs de France, et portait le nom de sa mère, Louise-Alice. Ce n'était pas une nuit de tempête et il faisait un temps superbe. Ces années-là, on naviguait encore sur une mer presque vide, relâchant dans des ports déserts, et rares se comptaient les yachts — ainsi les nommait-on — de cette taille qui avaient survécu à la guerre. Délassement romantique d'initiés qui se pratiquait entre *gentlemen-sailors* sur fond de casquettes à taud blanc, de pavillons de propriétaire en tête de mât, de blazers bleu marine, de pantalons blancs et de champagne-cocktails à l'escale, dont on ne garde même plus le souvenir puisque je venais de lire quinze jours plus tôt et trente ans plus tard, dans un journal, que *Sous-vêtements Cady* avait gagné je ne sais quelle course océanique devant *Conserves Machonville* et *Galeries Lafayette*...

Cette nuit-là, claire, toutes étoiles déployées, par un vent de sud-est modéré et presque tiède comme il arrive parfois en Bretagne, le bateau courait grand largue, une allure de conversation. Salvator barrait. Je venais de prendre le relèvement de je ne sais plus quel phare, ah oui ! c'était le phare de la Dame. Nous parlions tout en buvant du rhum vieux dans des timbales d'argent gravées aux initiales du sloop : L. A. Bien calé sous le vent, je tétais l'inévitable pipe bourrée de tabac anglais que fumaient en ce temps-là les garçons romantiques, mais novices en amour et pas trop à l'aise avec les femmes, ce qui semble n'avoir aucun rapport mais je me souviens très bien d'avoir cessé de fumer la pipe le jour même où je m'étais surpris à avoir du succès à mon tour. Salvator fumait de longues cigarettes blondes qu'il achetait à Jersey par boîtes de cinquante. Dans l'une des deux cabines du bateau, une jeune femme dormait. Nous l'avions embarquée la veille à Saint-Quay-Portrieux où l'Hotchkiss et le chauffeur du père de Salvator l'avaient déposée sur le quai, venant de Neuilly et précédée d'un télégramme paternel enjoignant « de recevoir à bord la charmante fille d'un vieil ami », en compagnie de deux valises de cuir contenant toute une panoplie de louve de mer d'un blanc immaculé. J'ai oublié le nom de la jeune femme. J'avais même oublié jusqu'au souvenir de son existence jusqu'à ce que j'eusse retrouvé sur la carte la ligne des phares au-delà de laquelle nous naviguions cette nuit-là. Mais je n'ai point oublié son visage, ou plutôt ce type de visage qui était celui de toutes les maîtresses de Salvator et il en avait compté de nombreuses avant de se faire moine, des visages à l'ovale très doux, avec d'immenses yeux verts étirés sur les tempes, un nez légèrement aquilin, de lourds cheveux blonds partagés par une raie médiane ou relevés en chignon natté, enfin des lèvres charnues admirablement dessinées formant une bouche impérieuse qui contrastait étrangement avec toute cette blondeur séraphique. Fauchée par l'air marin, après dix heures de route sur l'asphalte cahoteux d'après-guerre, trois champagne-cocktails à quai et dix minutes de courage face au vent et cheveux dénoués, lors de l'appareillage, la jeune femme avait dit gentiment : « Réveillez-moi s'il y a des étoiles filantes et que vous vous sentez seuls », s'adressant plutôt à Salvator, il me semble ; après quoi elle était partie se glisser dans les draps de lin de la *Louise-Alice* car c'était ainsi, il y a des millions d'années-lumière, que l'on équipait les cabines des yachts. Elle s'était endormie aussitôt. Nous avions laissé entrouvertes les portes du rouf. Nous parlions bas. La présence de cette jeune femme véritablement très belle à bord m'avait jeté dans des abîmes d'adoration secrète, encore que ce ne fût pas la première fois que je côtoyais ces inconnues aux yeux verts qui formaient une escorte dans la vie de Salvator. Je tirais désespérément sur ma pipe, sans mot dire, comme un vieux capitaine cap-hornier qui a oublié ce qu'est la douceur d'un sein ou le sourire d'une femme dénudée, et qui les retrouvant au détour d'un quart harassant, les chasse d'un revers de mémoire. J'étais bête.

— A la Dame ! avait dit Salvator en levant sa timbale de rhum vers le feu tournant qui s'estompait trois quarts arrière au sommet invisible du phare qui portait ce nom.

— A la Dame ! avais-je répondu en portant un toast stupide à la porte du rouf derrière laquelle reposait l'inaccessible féminin, tandis que ma pipe s'éteignait sous le coup de l'émotion.

Puis j'avais ajouté :

— Qui est-ce ?

Je me souvenais exactement de lui avoir posé cette question parce que je n'avais jamais cessé de me la poser à moi-même sans succès tout au long de ma vie sitôt que le hasard me mettait en présence d'une femme réellement séduisante. Je me demandais : qui est-ce ? en contemplant l'apparition, et le seul fait de formuler cette interrogation rendait encore plus lointaine celle qui en était l'objet et l'écartait de moi à jamais. Une seule avait franchi les murailles où j'étais enfermé. C'était Anne. Elle y avait campé vingt-cinq ans en ma compagnie puis s'en était allée dès que j'en avais ouvert les portes pour moi-même. En la regardant s'éloigner, à la question : qui est-ce ? aucune réponse ne m'était plus venue...

— Je ne sais pas, avait répondu Salvator sur un ton détaché qui n'était pas feint. Je jurerais qu'elle est très bien élevée, d'une excellente famille probablement ruinée. L'Europe en est remplie et mon père, par ses bureaux, ses bateaux, ses paquebots, a des antennes partout. Elle parle probablement trois langues, a lu Proust et Gide, peut-être même Joyce et d'Annunzio. Elle sait barrer un bateau à voiles, jouer au tennis et au baccara, le casino de Dinard n'est pas loin et mon père a dû penser à tout. J'ajouterai qu'elle est certainement ravissante toute nue. Probablement pas vierge, encore que cette particularité se soit présentée une ou deux fois. Enfin les bagages et les mirobolantes tenues de marin proviennent directement de chez Hermès où mon père a un compte. Voilà. Tu es satisfait ?

Il m'avait fallu le rituel d'un bourrage de pipe avec allumage sous le vent pour m'en remettre. Tout cela avait été dit avec tant d'aisance et de naturel, et gaiement ! Il n'y avait rien de mélancolique chez Salvator qui adorait la vie et tout ce qu'elle lui offrait à profusion. Rien de veule, rien de superficiel non plus. La médaille où souriait Salvator, jeune, beau, riche, séduisant, n'avait point de revers.

— On veut te marier ? avais-je demandé avec cette gravité calamiteuse qui me dégoulinait comme une mauvaise sueur par tous les pores de la peau.

— A peu près. On s'efforce au moins de me retenir sur cette terre et tous les moyens sont bons, les jeunes femmes en particulier, lorsqu'elles ont les yeux verts, les cheveux blonds opulents et cette bouche que tu connais.

— Et tu voudrais te... te...

Le mot ne sortait pas, un mot que je considérais avec horreur parce qu'un tel acte ressemblait si peu à Salvator. J'étais parvenu à bredouiller :

— Tu voudrais... comment as-tu dit ?... quitter cette terre ?

Ma mine lugubre l'avait fait rire.

— Je t'aime bien, mon cher Frédéric, quand tu prends l'air triste pour deux. Ta façon dramatique d'envisager l'existence a quelque chose de réconfortant. C'est toi qui vis. Moi, j'ai plutôt l'impression de faire semblant. C'est pour cela que nous sommes de vieux amis. Mais rassure-toi, il y a d'autres façons plus intelligentes et certainement plus utiles de quitter cette terre. Je t'en parlerai... Choque un peu l'écoute de grand-voile et donne du mou au foc, je vais bloquer la barre pour quelques minutes, j'ai quelque chose à te montrer dans la chambre.

Salvator disait : la chambre, comme dans l'ancienne marine, pour désigner le carré qui servait tout à la fois de salon, de salle à manger, de chambre de veille et de navigation. Celle de la *Louise-Alice* était particulièrement somptueuse dans sa sobriété, toute de bois clair marqueté et verni, les consoles ornées de rampes de cuivre, en cuivre aussi les lampes à cardan suspendues au plafond ou fixées en appliques sur les murs de la chambre, le baromètre et le compas répétiteur de forme et de graphisme à l'ancienne ; le jeu des cartes marines était contenu dans un immense portefeuille de cuir noir gravé d'or au nom du bateau et cela n'était qu'un des cent détails dont l'exécution avait dû coûter une fortune, mais qui diffusaient une telle ambiance intemporelle qu'en naviguant sur la Manche en vue des côtes bretonnes, on acquérait vite la merveilleuse certitude de faire route pour le cap Horn à la recherche des enfants du capitaine Grant. Au fond de la chambre, à tribord, s'ouvrait un étroit couloir qui conduisait aux deux cabines et au poste avant. La porte de la cabine de Salvator était ouverte, la veilleuse allumée. C'était là que dormait la jeune femme.

— Essayons de ne pas la réveiller, avait dit Salvator à voix basse. Je voudrais pouvoir comparer sans qu'elle le sache et avoir ton avis.

Tout cela m'avait semblé mystérieux, avec je ne sais quoi d'oppressant qui faisait que je buvais du petit-lait. Salvator avait soulevé le couvercle d'un coffre dissimulé sous l'un des fauteuils-canapés de la chambre, en tirant un objet plat et carré, d'une trentaine de centimètres de côté, enveloppé dans une housse de velours noir.

— Assieds-toi et ferme les yeux, avait commandé Salvator. — Puis quelques instants plus tard : — Voilà, tu peux les rouvrir.

Salvator avait éteint la lampe du plafond, ne laissant éclairées que deux appliques aux abat-jour frangés qui diffusaient au-dessus de l'une des consoles une lumière douce et un peu théâtrale en ce sens qu'elle laissait dans la pénombre tout le reste de la chambre. Il était venu s'asseoir à côté de moi. Révélé à mes yeux, l'objet mystérieux était un tableau, une toile non encadrée posée sur la console et légèrement inclinée contre la paroi de la chambre à laquelle un cordon la tenait attachée, car le bateau roulait un peu. J'ai déjà évoqué cette sorte de paralysie où me plongeaient mes rencontres avec des jeunes femmes véritablement séduisantes. Cette nuit-là, à bord de la *Louise-Alice,* ma stupeur avait été totale, jusqu'à figer en moi le langage, le mouvement et la respiration, devant le portrait d'une jeune femme blonde aux yeux verts que l'on imaginait nue bien que seule apparût, au bas de la toile, la naissance de ses épaules juste à l'attache du cou. C'était son regard, sous des paupières très étirées, qui imposait cette impression, encore que ce regard fût aussi d'une modestie et d'une candeur qui eussent été véritablement angéliques s'il ne s'y était mêlé de la hauteur et de l'orgueil, et c'était au plus profond de ce regard, exactement, que prenait sa source l'étrange fascination qui émanait de ce tableau. La jeune femme ne portait aucun bijou, rien qui pût fixer l'époque à laquelle elle avait été peinte, mais il m'avait semblé que la peinture était de facture moderne, avec quelque chose de maladroit, presque d'enfantin dans le trait, qui ajoutait à la fascination une note continue d'émotion.

— Alors ? Que dis-tu ?

Salvator s'impatientait.

— Elle est très belle, avais-je répondu platement pour me donner le temps de rassembler mes esprits.

— Evidemment qu'elle est belle ! Je ne connais pas de femme plus belle que celle-là, mais ce n'est pas sur sa beauté que je t'interroge.

— J'ai cru un moment...

— Qu'as-tu cru ?

— Je me suis trompé.

— Dis toujours.

— J'ai cru que c'était le portrait de la jeune femme qui dort.

— Viens avec moi mais ne fais pas de bruit. Si nous la réveillons elle ouvrira les yeux et la ressemblance s'enfuira.

Dans la voix de Salvator avait passé de la tristesse, une lassitude qui ne lui était pas familière. Nous nous étions glissés à pas de loup dans la cabine dont la porte était ouverte, et plantés comme deux fantômes amoureux au pied de la couchette qu'éclairait une veilleuse, nous avions contemplé la dormeuse. Seuls son visage, son cou et ses épaules nues émergeaient de la lisière du drap, exactement comme sur le tableau. Fatiguée, elle s'était endormie sans dénouer ses cheveux. Une sorte de magie s'opérait. Je ne m'étais pas trompé. La passagère de Saint-Quay-Portrieux était la dame du tableau. Puis sur un signe de Salvator, nous avions quitté la cabine dont il avait refermé la porte. Dans la chambre, la jeune femme nous regardait de ses yeux verts qui souriaient imperceptiblement.

— Alors ? Et maintenant ?

— J'ai failli être pris, avais-je reconnu, mais finalement, ce n'est pas elle. La ressemblance est cependant prodigieuse.

— N'est-ce pas. Cette fois mon père n'est pas passé loin. Avec toutes celles qu'il appelle les filles de ses vieux amis, il n'avait jamais approché d'aussi près la vérité du portrait. Il ne pourra faire mieux, je le crains, à moins de découvrir le modèle original, ce qui est tout à fait impossible car le peintre a travaillé d'imagination, sans modèle.

La même lassitude avait marqué sa voix. J'avais l'impression que l'on touchait au dénouement de quelque chose qui demeurait très mystérieux pour moi.

— Qui est ce peintre ?

— Quelqu'un.

— Tu ne veux pas me le dire.

— Non. Une certaine ombre est nécessaire au récit.

Là, je retrouvais Salvator, et lui, me semblait-il, se retrouvait aussi, car toute trace de tristesse avait cette fois disparu de sa voix. Il adorait les mises en scène, il adorait se mettre en scène, forçant un peu les effets, non pour cabotiner, travers qui lui était absolument étranger, mais pour se faire plaisir et jouir pleinement du spectacle de sa propre existence.

— Ce que je peux te dire, avait-il poursuivi, c'est que ce portrait a été peint il y a une dizaine d'années et que je l'ai toujours vu dans la maison de mes parents sans que l'on ait jamais su qui l'avait inspiré. Il existe parfois, avec certains tableaux, des rapports d'ordre presque surnaturel qui dépassent immensément le choc esthétique ou émotionnel. Un simple paysage et l'on se dit : c'est là que je vivrai, que je veux vivre... ou mieux encore : c'est là que j'ai vécu. Moi, je me suis dit : c'est elle que je veux aimer, que j'aimerai, que j'ai aimée. Dès que j'ai eu l'âge de m'intéresser aux filles autrement que pour leur tirer les cheveux, j'ai systématiquement écarté, sans trop m'en rendre compte, toutes celles qui n'avaient pas au moins, dans le visage ou le regard, quelque chose de ce portrait. Les autres me devenaient peu à peu transparentes. Je ne les voyais même plus. Le jour où j'ai pris exactement conscience de cette disposition du cœur et du goût, ce qui s'appelle l'âme j'imagine, je devais avoir dix-neuf ans. Considérant le temps qui filait et la jeune femme du tableau qui jamais ne s'incarnait sauf par quelque détail ou comme une mauvaise copie, j'ai été pris de panique et je me suis fait chasseur. J'ai chassé la jeune fille blonde aux yeux verts étirés sur les tempes. J'ai surtout chassé ce regard où l'âme et le corps sont offerts en même temps avec la plus calme et la plus volontaire impudence. Tu te souviens de tous ces voyages ? Nous ne nous sommes pas vus pendant plusieurs années. Je chassais, Frédéric. Je chassais et je revenais bredouille. Le premier janvier dernier, j'ai définitivement renoncé à la chasse. La jeune femme du tableau est inaccessible. C'est alors que j'ai pris une décision et l'engagement à l'égard de moi-même de m'y conformer dans un délai d'un an à moins que le hasard ne se décide à la fin de réussir là où le chasseur avait échoué.

— Quelle décision ?

— Conservons encore un peu d'ombre au récit. Ce que je peux te dire, c'est que cette décision a consterné mes parents, surtout ma mère que cette idée révolte, et que mon père a entrepris de prendre le relais et de se substituer au hasard. Il faut reconnaître qu'en si peu de temps il a mis les bouchées doubles. Je suis près de l'indigestion.

Je tenais l'explication de cet air de famille qui m'avait tant frappé chez les belles amies de Salvator, tourbillon d'yeux verts et de cheveux blonds parmi lequel il puisait avec un parfait naturel et toutes les apparences d'un collectionneur heureux et comblé. Je l'avais envié. Je ne l'enviais plus.

— Salvator, avais-je demandé, n'as-tu pas un peu honte ? Et ton père, n'a-t-il pas honte aussi, par la grâce de tout son argent, de se transformer en pourvoyeur ?

Là, c'était le fumeur de pipe qui parlait, personnage pesant que par moments je haïssais comme on peut se haïr soi-même, c'est-à-dire en toute connaissance de cause. J'aurais voulu reprendre cette question, l'effacer. C'était trop tard. J'avais guetté Salvator du coin de l'œil. Il ne m'en voulait pas. Au contraire, il souriait, et quand Salvator souriait, on ne décelait rien de fat, rien d'insolent, rien de méchant, aucun contentement de soi-même, seulement une sincère indulgence et une réelle affection pour les autres. Ce sourire était une de ses armes d'autant plus redoutables qu'il n'en avait pas pleinement conscience. Aucune femme n'y résistait, sans que cela horripilât ses amis, ce qui était beaucoup plus surprenant.

— J'attendais ta remarque, avait-il dit. Je pourrais te répondre que les très jolies femmes sont un don du ciel et que peu importe d'où elles sont issues et la façon dont elles parviennent jusqu'à nous car c'est un pur miracle qu'il puisse en surgir encore d'une humanité plutôt laide, mais je ne te convaincrais pas...

Il avait tort. J'étais convaincu. Déplorant seulement de ne me trouver à l'aise qu'en compagnie de médiocres beautés et de perdre tous mes moyens en présence d'une perle rare, s'offrît-elle sur un plateau ou fût-elle vendue sans écrin. Mais il ne s'agissait pas de moi. J'avais laissé Salvator poursuivre.

— Nous ne sommes plus au temps des marchands d'esclaves spécialisés dans l'ornement des harems princiers. Il existe bien en Europe quelques maisons spécialisées de haut luxe, mais je doute que mon père y ait eu recours dans ses recherches, encore que pour l'une ou l'autre me soient venus des doutes et justement à propos de femmes exceptionnelles, délicieuses, l'allure, la beauté, la distinction, tout ! Une telle perfection s'acquiert rarement chez soi. Mais, pour la plupart, n'arrivaient jusqu'à moi que des jeunes femmes absolument charmantes, point vénales, car les attentions de papa, chez Hermès ou ailleurs, leur étaient toujours des surprises, aventureuses, certainement, parfois aventurières, mais toujours romantiques et c'est là, cher Frédéric, que ta remarque tombe à plat. Je ne sais trop comment mon père s'y prenait, ce qu'il leur disait de moi, et sa méthode s'est affinée à en juger par sa dernière messagère, mais beaucoup d'entre elles étaient prêtes à m'aimer. Le mot était vite lâché et là-dessus on me trompe rarement comme je ne me trompe jamais sur moi-même.

— Salvator, tu es bourré de fric, l'aurais-tu oublié ?

C'était encore le fumeur de pipe, et vulgaire par-dessus le marché. Il m'avait considéré gentiment, comme si j'étais une sorte de demeuré.

— Frédéric, tu ne connais rien à l'amour ! Il y a des instants de vérité et c'est justement la part du surnaturel dans l'affaire. L'argent n'apporte rien au surnaturel.

J'avais eu envie d'ajouter : « mais il aide », et n'en avais rien fait. Nous avions le même âge, Salvator et moi, moins de vingt-cinq ans à l'époque, mais de nous deux, c'était lui, le « viveur », l'homme « couvert de femmes », comme on disait alors, qui avait conservé intactes toutes les merveilleuses illusions et les fraîches naïvetés de la jeunesse. Moi, je n'étais déjà qu'un vieux croûton introverti et c'est pourquoi sans doute je suis devenu écrivain...

— Et toi, les aimais-tu, au moins ? lui avais-je demandé sur un ton agressif.

Ayant retenu une méchanceté, il fallait que je m'en console. Il devait bien y avoir chez moi, cette nuit-là, moi qui ne recevais pas de ces cadeaux, un peu de jalousie. Mais là aussi la réponse m'avait désarmé par sa sincérité.

— J'ai connu des passions de quelques jours, quelques semaines même, d'exceptionnels instants de tendresse, des emportements du corps dont le souvenir me laisse encore tremblant, des sentiments d'adoration et d'immense fierté, des contemplations presque mystiques, des fous rires de bonheur, mais tu me demandes si j'ai aimé ? Selon le sens que je donne à l'amour d'un homme pour une femme, je te réponds : jamais. Il manquait toujours...

Il n'avait pas achevé sa phrase. S'étant levé et me tournant le dos, il avait seulement serré le portrait dans sa housse de velours noir puis rangé le tout dans le coffre dont il avait ensuite rabattu le couvercle sur lequel il avait à nouveau disposé les coussins formant canapé. Enfin, éteignant les lumières de scène, il avait rallumé toutes les autres lampes de la chambre ainsi que l'on procède au théâtre dès que le rideau est tombé sur le dernier rappel. Je n'ai jamais revu le portrait et nous n'en avions plus reparlé.

Désignant la porte derrière laquelle dormait la jeune femme, j'avais posé une dernière question, inutilement insistante puisque la pièce était jouée.

— Et elle, vas-tu l'aimer ?

Pas de réponse.

— Mais elle va t'aimer ?

— Peut-être.

— Que se passera-t-il ?

— Ce sera plus difficile de la quitter...

La *Louise-Alice,* fort adroitement, avait mis fin à l'inutile prolongation. On entendait là-haut de durs rappels d'écoute, avec ces bruits secs de poulies et de manilles qui indiquent que le cordage se détend puis se tend brusquement, le claquement caractéristique du grand foc qui faseye, tout ce concert familier qui signalait que le bateau avait modifié son cap et réclamait notre présence sur le pont. En une minute, nous avions corrigé l'erreur. Le vent avait tourné d'une vingtaine de degrés en mollissant, mais l'allure était encore bonne et parfaitement confortable car un bon petit courant de renverse s'était présenté en renfort à l'heure prévue par Salvator. Une triple visée au compas de relèvement sur la tour des Sourds, le phare de la Veuve et le phare des Echaudés qui clignotaient et tournaient dans la nuit claire, un nouveau cap calculé pour corriger la dérive, et nous n'avions plus eu qu'à reprendre tranquillement nos places sur les banquettes du cockpit, la timbale de rhum à la main, contemplant silencieusement l'horizon noir de la mer en avant de la ligne des phares. Au-delà, c'est-à-dire plus en avant vers la terre, un feu plus faible émettait une série d'éclats blancs d'égale durée et régulièrement répétés comme un message insistant.

— Ar Men, avait dit Salvator, émergeant de son mutisme. C'est le plus ancien phare de cette côte, construit sous Napoléon III. Il en a longtemps été le seul et n'a pas empêché tous les naufrages. Les autres n'ont poussé qu'après la guerre de quatorze. Pour l'époque, ce fut un exploit. J'y suis allé une fois avec mon père il y a quelques années. Même aujourd'hui, on ne peut y débarquer que par beau temps. Sa construction a coûté vingt ans de travail et trois vies humaines. Les noms sont gravés dans une pierre du fronton. C'est un phare qui surprend lorsqu'on le découvre à marée haute. Imagine, émergeant de la mer, un donjon féodal carré avec un chemin de ronde au sommet. Viollet-le-Duc, qui l'avait dessiné, avait même prévu, on ne sait pourquoi, sans doute par jeu d'architecture ou pour faire plaisir à l'impératrice Eugénie, une chapelle austère et terriblement médiévale qui occupe le troisième étage et que j'ai visitée. Il faut obligatoirement la traverser pour grimper jusqu'à la lanterne. Cette chapelle impressionne beaucoup les gardiens et l'on ne se bouscule pas pour réclamer le poste...

Puis nous avions parlé de choses et d'autres, de nos souvenirs communs surtout, car Salvator semblait refuser d'envisager l'avenir ou au moins de m'éclairer sur sa mystérieuse décision. Nous nous connaissions depuis longtemps, depuis cette école si amusante, en Suisse, où les gamins que nous étions portaient de curieuses petites casquettes anglaises, jouaient au hockey sur gazon, disposaient d'un carnet de chèques pour les achats de bonbons et de papeterie avec faculté de signer des chèques sans provision, accomplissaient l'après-midi de divertissants travaux de menuiserie ou de forge sous la houlette d'authentiques ouvriers, endossaient en se levant le matin de somptueuses robes de chambre d'uniforme, entonnaient du porridge au petit déjeuner, buvaient comme des chéris qu'ils étaient un verre de lait à dix heures accompagné de biscuits, déjeunaient sur des nappes, servis par des valets en gilet rayé, chaussaient des escarpins vernis pour prendre le thé à cinq heures sur des napperons brodés, ne dînaient jamais sans cravate et veston, lesquels étaient également d'uniforme et provenaient en droite ligne de Londres, se couchaient comme des Jésus dans de coquettes chambres à trois lits ouvertes sur la riante campagne, non sans avoir déposé à la porte leurs boueuses chaussures qu'ils retrouvaient le lendemain impeccablement cirées par les mêmes valets mais cette fois en gilet noir du matin, et prenaient trois douches par jour, tout nus, ce qui avait considérablement estomaqué le gibier de boîte religieuse que j'avais été jusqu'alors. En fait, tout, de cette école, m'avait étonné, moi qu'on avait mis là parce que la jésuiterie de France et de Navarre m'avait chassé de ses casernes, pour mon bonheur, mais au prix, j'imagine, de certains sacrifices de la part de mes parents. Lorsque je m'étais ouvert de mes surprises à Salvator, il avait répondu le plus gentiment et le plus sincèrement du monde :

— Mais tu ne trouves pas qu'on se croirait chez soi ? On est toujours le Petit Chose de quelqu'un. Comme c'était un rôle qui m'emplissait de répulsion et d'horreur, je n'avais jamais, au grand jamais, réédité la gaffe. La leçon m'a souvent servi plus tard. Au reste, tout était facile en compagnie de Salvator, tout coulait de source. A son contact, c'était dans son propre univers que vivaient ses amis, lequel procédait de son entrain, de son goût de la vie, de l'affection qu'il prodiguait, de la conviction qu'il avait que rien n'est plus naturel que le bonheur et qu'il n'y a aucune honte à y mordre à pleines dents quand on a été mieux servi que d'autres. Cette leçon-là, malheureusement, je n'en ai pas trop tiré profit. En revanche, on ne trouvait chez Salvator pas l'ombre d'un sentiment de supériorité qu'auraient pu engendrer la multiplicité de ses dons ou la fortune de ses parents. C'était un jeune homme parfait. Dans son genre une sorte de saint, si Dieu, comme je me force à le croire, n'a pas créé l'homme uniquement pour se traîner d'ennui dans cette vallée de larmes et tolère quelques exceptions éclatantes qui confirment la règle. Salvator avait aussi le chic pour saisir les occasions et faire justement ce qu'il convient de faire gaiement de sa vie à tel ou tel moment. C'est ainsi qu'à la libération de Paris, âgé seulement de seize ans, en paraissant vingt et truquant son âge, il avait, suivant l'exemple de quelques fils de bonne famille, grâce à sa bonne mine et aux relations de ses parents, pris en marche le train glorieux et victorieux de la division Leclerc en route pour l'Alsace. Il était entré dans Strasbourg sous une pluie de fleurs, aspirant et chef de char, décoré de la croix de guerre, avait participé crânement, cheveux au vent, debout dans sa tourelle, aux derniers combats du Palatinat, où, la capitulation signée, des filles blondes aux yeux verts lui étaient tombées dans les bras. Après quoi il était revenu à Paris, enchanté de sa joyeuse guerre, proclamant à qui voulait l'entendre qu'il avait eu beaucoup de chance d'avoir participé à l'ultime victoire militaire que connaîtrait jamais l'histoire de notre pays, en quoi il ne se trompait pas, et m'adressant mille reproches de n'en avoir pas fait autant. Question de nature plus que d'appréciation des opportunités. Pour ma part, considérant cette sorte d'opéra de quat'sous à thème patriotique qui s'était joué dans Paris « se libérant soi-même » tout vrai danger passé, ayant été témoin — comme Fabrice del Dongo à Waterloo, j'avais beaucoup galopé, mais à pied — à côté d'actions héroïques, de scènes grotesques et méprisables où la foule des cloportes, à mes yeux, se déshonorait, il ne m'était pas venu à l'idée d'aller me battre au nom de ces gens-là. A quoi Salvator avait répondu : « Tu n'es qu'un imbécile. On se bat pour soi et pour le plaisir... »

Cela faisait partie aussi des souvenirs que nous avions échangés cette nuit-là à bord de la *Louise-Alice,* inlassablement, comme deux amis que nous étions et dont l'un savait déjà qu'il n'en aurait plus l'occasion. Me remémorant ce propos de hussard sur le plaisir de la guerre, j'avais soudain cru deviner la nature de la mystérieuse décision qu'avait évoquée Salvator quelque temps plus tôt dans la chambre et qui désespérait tant ses parents. On se battait en Indochine. Le général de Lattre de Tassigny venait d'y reprendre les choses en main. Son style de proconsul et son goût de la magnificence guerrière se devaient de séduire des garçons comme Salvator. Je m'étais figuré qu'il venait de s'engager.

— Ah non! s'était-il exclamé. Cette guerre-là n'est pas pour moi.

— Et pourquoi?

— C'est une guerre triste.

Il n'avait pas dit : laide. Seulement : triste. Il s'en était expliqué. Que cette guerre-là fût coloniale ne comptait pour rien dans son jugement. Ni qu'elle fût appelée « sale guerre » par des millions de Français qui voyaient poindre l'aurore des machines à laver, des réfrigérateurs, des bagnoles et des télés à quoi se limitait désormais leur appétit de conquête.

Salvator ne jugeait jamais rien selon l'opinion du commun. Il lui semblait seulement que cette guerre était une guerre perdue parce que la France n'avait aucune envie de la gagner et qu'il n'y avait, à ses yeux, rien de plus triste au monde que d'endosser, à vingt-trois ans, la défroque, fût-elle sans tache, d'un vaincu humilié, quand on a forcé en vainqueur, à seize ans, tout le Palatinat... C'était à peu près à ce moment-là qu'une étoile filante avait choisi de traverser le ciel breton pour venir expirer quelque part au-dessus du phare du Grand-Rohinet que nous nous apprêtions à arrondir largement, laissant loin à bâbord la marmite bouillonnante de ses hauts-fonds.

— Si on réveillait l'invitée ? avait proposé Salvator. Il me semble qu'elle l'avait demandé.

— J'y vais.

J'étais le messager. Dans les pièces de Shakespeare, c'est un rôle qui s'accompagne toujours d'un bref torrent verbal où l'amour et les femmes sont vivement exécutés. Si le messager se double d'un bouffon, on peut s'attendre à un dépeçage en règle des plus nobles sentiments. Pour ma part, j'étais resté coi. L'âme navrée, je n'avais nulle envie de phraser. J'eusse pu seulement murmurer la plainte de l'un des deux gentilshommes de Vérone (acte V, scène IV) : « En amour, qui donc respecte l'amitié ? » Qui donc la respectait ? Salvator qui me signifiait que le temps masculin des souvenirs, du rhum et de la bouffarde avait assez duré cette nuit-là ? Ou moi, qui tremblais de pitié pour moi-même au lieu de me réjouir en pensant à Salvator, parce qu'en ouvrant la porte de la cabine où dormait l'invitée, j'allais ouvrir la cage d'un superbe animal qui ne m'était pas destiné ?

Mais la jeune femme était déjà levée, tout de laine blanche vêtue, debout devant le réchaud de la cuisine où elle faisait chauffer du café. J'avais remarqué qu'elle avait le pied marin, accompagnant de tout son corps, en souplesse, le roulis du bateau. Est-ce que le père de Salvator faisait remplir un questionnaire aux filles de ses vieux amis, approprié à la saison, la région, et aux activités de son fils ?

— Quel temps fait-il là-haut ?

— Le paradis en Bretagne. Il n'y manque plus que vous.

C'était bête, encore une fois, et j'en avais rougi, si visiblement que la jeune femme avait souri, ce qui la rendait encore plus belle et accentuait ma maladresse.

— Montez et tenez-moi la porte ouverte, s'il vous plaît, Frédéric, je vous rejoins avec le plateau.

A-t-elle oublié mon nom comme j'ai oublié le sien ? Nous avions bu le café dans le cockpit en parlant de la météo, qui était bonne, de l'arrivée à l'escale de Port-Jagu, prévue à l'aube, des homards grillés qu'on y mangeait au petit restaurant du port en compagnie de *yachtmen* britanniques qui étaient en ce temps-là presque les seuls visiteurs de nos ports bretons et godillaient debout dans leur annexe, boutonnés et cravatés jusqu'au menton : conversation de transition...

— Salvator, je ne vous l'avais pas dit, mais je sais barrer, avait annoncé la jeune femme.

Toujours le questionnaire... Salvator lui avait cédé la barre en précisant le cap et nous avions pu reconnaître, en effet, quel excellent et très joli marin blond aux yeux verts l'Hotchkiss paternelle avait déposé sur le quai de Saint-Quay-Portrieux. La jeune femme barrait en silence, un œil sur le compas, attentive au cap, corrigeant les lofs d'un coup de poignet énergique comme si elle n'avait fait que cela de toute sa vie, et Salvator, rencogné sur la banquette, un demi-sourire aux lèvres, la contemplait ravi, heureux, comblé, tout attaché à l'instant qui passe.

— On change de quart, capitaine ! Permission d'aller me coucher ?

J'avais senti encore une fois le rouge me monter au front, car si ma phrase sonnait faux, affectant un ton badin de théâtre de sous-préfecture, je n'étais quand même pas assez maladroit pour ne pas m'en rendre compte. On se défend comme on peut. Je n'avais trouvé que ce pauvre masque pour cacher le manque de goût que j'avais de voir se nouer sous mes yeux les prémices d'un amour — c'était le mot qui convenait — dont je connaissais d'avance la brièveté pour l'avoir apprise de la bouche même de Salvator, et que la jeune femme ignorait, ce qui me paraissait trop triste et pour tout dire un peu révoltant, à la voir là devant moi, si jolie, si charmante, si naturelle, déjà séduite... Mais Salvator avait ses raisons et point de laideur au cœur.

— Permission accordée, avait-il répondu.

Son ton à lui sonnait juste, comme toujours et en toutes circonstances et je ne sais comment il s'y prenait.

A Port-Jagu, l'Hotchkiss et le chauffeur nous attendaient pour me ramener à Paris. Délicatesse de Salvator, lequel n'avait pas voulu me lâcher avant de m'avoir gavé de homard grillé. Nous avions déjeuné sur la terrasse du petit restaurant du port. Il faisait un temps délicieux. On n'imagine pas cette Bretagne-là, toute proche cependant, où les bateaux étaient tous en bois, où de vieux pêcheurs de maquereaux pêchaient encore à la voile et rentraient à la marée dans des ports qui sentaient le chanvre et le goudron. Salvator s'était montré très gai. On eût juré qu'il nageait dans un océan de félicité. Il avait placé la jeune femme en face de lui, tirant lui-même la chaise pour qu'elle pût s'asseoir, courtoisie qui se rencontrait encore couramment chez les jeunes gens, puis s'était assis à son tour sans quitter la jeune femme des yeux, visiblement heureux, comme s'il s'apprêtait à déjeuner en compagnie de l'inconnue du tableau et je me rappelle encore exactement comment, en cette circonstance-là, la ressemblance était frappante.

J'avais assisté à l'appareillage de la *Louise-Alice* du bout de la jetée du port, au pied d'un petit phare tout drôle et très laid qui ressemblait à la tour Eiffel. Salvator mettait son élégance et son point d'honneur à ne jamais se servir du moteur pour les manœuvres de port, seulement de ses voiles, à la fois pour son plaisir et pour l'admiration silencieuse des vieux crabes de quai retraités du cap Horn plantés sur les bancs de la jetée. Après de courts bords dans un mouchoir de poche, il avait doublé la jetée à vive allure au près serré, barrant debout, en chantant — il avait une très jolie voix, douce, juste, et chantait des airs d'opéra —, la jeune femme à son côté, cheveux au vent, exactement comme dans un *happy end* de film américain de cette époque-là. Un adieu de la main, et Salvator était sorti de ma vie comme il était sorti de la sienne. Un cavalier s'en était allé, tête haute, sans se cacher, car il ne fuyait pas, il ne trahissait rien, espérait moins encore et se gardait d'imaginer. Simplement il allait, il se mettait en mouvement et fredonnait une chanson...

La carte de la Bretagne du Nord repliée, le village de Guivinic localisé, le phare d'Ar Men repéré et ressuscité du dedans de ma mémoire avec son cortège de dames, de veuves et d'échaudés, je fus saisi d'une inspiration et m'emparai de l'annuaire parisien du téléphone. Ayant trouvé ce que j'y cherchais, je composai le 377 12 85, qui est le numéro du Service des Phares et Balises, administration purement maritime s'il en fut et sise étrangement sur les rivages élégants de la place de Fontenoy, dans le septième arrondissement, non loin de ce gros fromage d'apparence luxueuse et tout pourri à l'intérieur où prospèrent des milliers de vers parasites et qui s'appelle l'Unesco. Le Service des Phares et Balises, qui règne sur tout ce que la mer cache de plus traître et de plus menaçant et qu'on imaginerait planté comme un défi face à l'océan meurtrier, a toujours paradoxalement affectionné les quartiers chic de Paris. Lorsque j'étais enfant, c'était avenue du Président-Wilson, près du Trocadéro, qu'il était installé. J'allais souvent y respirer le grand large. Dans l'immense cour de l'immeuble ouverte sur l'avenue, d'énormes balises rouges ou noires étaient échouées. Certaines étaient des balises à feux surmontées de bizarres petites tourelles qui reproduisaient en réduction le couronnement majestueux des grands phares. Avec l'émotion de Christophe Colomb s'embarquant pour l'Amérique, j'y découvrais, peints en grosses lettres blanches, des noms aux sonorités sauvages : Beg Roher, Men Arzic ou Guen Braz, fort éloigné de soupçonner qu'on ait eu l'idée saugrenue d'envoyer « en peinture », à quelques encablures de la tour Eiffel, les balises de la baie de Quiberon. C'est à cette absurdité administrative que je dois un certain romantisme marin, dévoyé depuis dans un océan de vignes.

Toujours est-il que la tradition d'élégance et de bon ton dans le choix du siège de ses bureaux avait dû quelque peu imprégner le personnel d'élite du Service des Phares et Balises, de la standardiste au préposé des relations extérieures, lequel, son chef consulté, accepta de me renseigner. Au surplus, je m'étais nommé : Frédéric Pons, écrivain, avançant un motif plausible : de la documentation pour un roman, et, miracle en cette fin de siècle où la lecture d'un roman n'est plus qu'un vague divertissement de plage, le sésame avait fonctionné. Le préposé, armé du dossier d'Ar Men, me fit savoir que le phare avait été déclassé en 1960, c'est-à-dire privé de sa couronne rotative et transformé en feu fixe automatique, que la vieille lanterne de Fresnel à pétrole-incandescence avait été démontée et remplacée par une optique neuve alimentée à l'électricité par câble sous-marin, et, en cas de panne, par batterie d'accumulateurs, ce qui avait entraîné la suppression du gardiennage permanent et par voie de conséquence une forte économie, la relève et le ravitaillement du gardien coûtant fort cher à l'Etat en moyens d'accès et en personnel. Le phare était vide de toute présence humaine. Il n'était visité qu'une fois l'an, pour révision et entretien, par le caboteur de la subdivision des Phares et Balises de Perros-Guirec. Il était même question de l'éteindre pour cause de vétusté, sa tour ayant été ébranlée par une récente tempête, et sa réparation n'étant plus nécessaire, car l'on venait de doubler à grands frais la puissance et la portée des deux phares voisins de la Veuve et de la Dame.

— Rien d'autre ? demandai-je au préposé. Avez-vous vraiment fouillé le fond du dossier ? J'ai lieu de croire que le phare est depuis peu habité.

— Cela m'étonnerait, répondit le gardien de phare de la place de Fontenoy, lequel, s'adressant à un romancier qu'il avait vu, ou cru voir, à *Apostrophes,* se lança dans une interprétation sympathique et imagée du dossier. Ar Men n'est pas une villégiature que nous louons pour l'été comme une villa au bord de la mer. Les règlements s'y opposent et qui serait assez masochiste pour passer ses vacances dans un endroit pareil ? Ce phare n'a jamais eu bonne réputation. Par gros temps, la mer et le vent qui s'engouffrent dans certaines anfractuosités de rochers dansent une telle sarabande de coups sourds et de gémissements qu'on se souvient d'anciens gardiens ayant demandé leur changement plutôt que de devenir fous. Cela me surprendrait même qu'un fantôme, fût-il breton, puisse y résister longtemps.

— Ce n'est pas un fantôme, c'est quelqu'un que je connais.

— Rappelez dans une demi-heure, je vais me renseigner.

Salvator ne mentait jamais, même pour rire ou faire une blague. De cela aussi je me souvenais. Si on l'acculait au mensonge, il se bornait à ne pas répondre. Bien qu'il y eût de l'extravagance à imaginer un abbé mitré réfugié dans un phare branlant, je ne doutais pas que cela fût vrai. Le délai passé, je rappelai.

— Vous aviez raison, je n'en reviens pas ! annonça le préposé, sur le ton de quelqu'un qui n'a plus besoin de broder tant la nouvelle dont il est porteur lui semble inconcevable. Des interventions au plus haut niveau... une dérogation au règlement qui est sans précédent... Je vous résume le dossier : à titre exceptionnel et pour faciliter une expérience psychologique et parapsychologique de solitude et de survie en zone marine de première catégorie, ce qui signifie quelque chose comme l'enfer dans le langage des Phares et Balises, expérience diligentée — ce fut le terme employé — par le C.N.R.S., M. Salvator de Orth, agrégé de l'Université, a été autorisé à s'établir au phare d'Ar Men le temps nécessaire à ses recherches. Il est stipulé expressément que cet établissement se fait aux frais et aux risques et périls de l'intéressé, avec décharge de responsabilité dûment signée en faveur du Service des Phares et Balises, qu'il incombera à l'intéressé de pourvoir lui-même aux moyens et aux dépenses de son ravitaillement et qu'il devra, pour la bonne règle, réussir l'examen obligatoire qui ouvre au poste de gardien auxiliaire du Service des Phares et Balises, mais non assorti d'un traitement ; enfin que le Service des Phares et Balises bornera sa collaboration à l'expérience au débarquement de l'intéressé à Ar Men et à son rembarquement, sur sa demande, par le caboteur de la subdivision de Perros-Guirec, sans que cette double opération puisse être renouvelée. Voilà. Je n'y comprends rien. Il faut croire que l'intéressé tient vraiment à multiplier les difficultés puisqu'il a accepté la dernière condition et semble même l'avoir réclamée, ce qui est parfaitement incroyable lorsqu'on sait qu'il n'y a pas trente jours dans l'année où l'on puisse accoster au phare d'Ar Men avec un bateau qui n'est pas spécialement équipé pour ce service, et pas soixante jours où l'on puisse utiliser, sans accoster, le câble de va-et-vient. Si vous voulez mon avis, cet agrégé de l'Université est un fou...

Je remerciai, méditatif. Fou, Salvator ne me semblait pas l'être. Et même, dans son invraisemblance, bien que je n'en connusse pas les raisons et qu'il en fallait certainement de puissantes pour faire sortir au bout de trente ans un moine de son monastère, cette étrange retraite à Ar Men lui ressemblait assez. Agrégé, il l'était, mais de latin. A vingt-trois ans, et en se jouant, en professant que cela l'amusait d'autant plus que le latin ne lui servirait à rien, en quoi il s'était trompé. Me vint aussi à l'esprit une interrogation bizarre, laquelle me fit sourire pour la seconde fois de la journée. Les titre et fonction de gardien auxiliaire des Phares et Balises étaient-ils assortis du port d'un uniforme? Lorsque nous étions enfants, et même adolescents, Salvator adorait se déguiser. Non pas à l'occasion de goûters d'enfants ou de fêtes costumées, mais pour se jouer à lui-même le beau rôle, le plus souvent sans témoin. Le jour de ses quinze ans, nous avions soupé tous deux, seuls dans la maison de ses parents, à Neuilly, lui en grand uniforme blanc, s'étant fait la tête du duc de Reichstadt, moi costumé, sur sa demande, en grenadier de l'Empire; après quoi, livre en main, nous avions fait sonner entre les quatre murs du salon la célèbre tirade de la grande scène de *L'Aiglon :* « Moi, Sébastien Flambeau dit le Flambard, sergent grenadier vélite de la Garde, né de papa breton et de maman picarde... », tout cela superbement envoyé à la lueur d'un chandelier, car l'électricité était coupée, tandis que les vitres tremblaient, que la D.C.A. allemande tonnait, et que, tout près de là, à Boulogne-Billancourt, explosait le tapis de bombes dépêché d'Angleterre par deux cents forteresses volantes qui emplissaient le ciel, à six mille mètres d'altitude, de leurs bourdonnements de mort. « Je n'aime pas cette guerre-là », avait seulement dit Salvator, prenant le parti de l'ignorer contre toute évidence. Sans doute cette guerre-là était-elle aussi à ses yeux une guerre triste... L'année suivante, tandis qu'on se battait à Caen et à Alençon, le jour de ses seize ans, c'était une tunique rouge de spahi, à cinq galons, que Salvator avait choisi de revêtir. Cette fois la tirade était brève. Elle s'adressait à un invisible général-baron prussien de quatorze-dix-huit, commandant un camp disciplinaire d'officiers français prisonniers dans un château féodal de Silésie : « Et moi je suis le colonel-comte de Joyeuse et je vous emmerde !... » Scène majeure d'un roman de Jean des Vallières, *Kavalier Scharnhorst,* que les jeunes gens, en ce temps-là, avaient lu vingt fois et connaissaient par cœur. Renoir en avait tiré *La Grande Illusion,* son chef-d'œuvre. Et cette guerre-là, je veux dire celle du roman, Salvator l'aimait-il ? Sans doute. C'était une guerre propice aux attitudes. Je l'avais entendu déclarer, plus tard, que l'attitude prime, qu'elle peut tenir lieu de conviction, et que c'est elle, le plus souvent, qui engage l'existence...

Passé seize ans, Salvator n'avait eu nul besoin de recourir à des travestissements, revêtant pour de bon la tunique d'aspirant de hussards, le blazer de *yachtman,* le capuchon de moine et la mitre d'un abbé. A la réflexion, sans m'apparaître le moins du monde suspecte, cette succession d'apparences, dont aucune n'était celle du commun, jusqu'à la casquette des Phares et Balises, si toutefois elle existait, me posait quand même une interrogation que venaient souligner certains aspects qui m'étaient connus de la jeunesse de Salvator. Mais trente ans avaient passé. S'enferme-t-on pendant trente ans, depuis l'âge de vingt-quatre ans, par unique élégance d'attitude, dans un monastère bénédictin de stricte obédience ?

J'ai dit que cela s'était mal passé lorsque Aude était venue me rendre visite une dizaine de jours auparavant. Elle s'était d'abord signalée à mon attention par une lettre à laquelle j'avais brièvement, mais scrupuleusement répondu, comme je réponds — ou plutôt répondais : aujourd'hui, quelle importance ?... — chaque matin aux lecteurs qui me rendent le service, en m'écrivant, de briser mon isolement. Parmi ces lettres, une majorité de lettres de jeunes gens. Au catalogue des écrivains, je figure généralement à la rubrique des mythes et causes perdues. J'imagine que ce sont des défauts qui plaisent à une certaine jeunesse. Je réponds donc aux lettres, mais je ne reçois jamais, conscient, en ce qui me concerne, de la déception que je provoque. Sauter sur son cheval blanc et charger, lance au poing, devient aujourd'hui un exercice difficile et parfaitement anachronique qu'il est préférable de pratiquer sans témoin. Pour Aude, j'avais risqué une exception, après qu'elle m'eut annoncé, par une seconde lettre, son intention de consacrer sa maîtrise de lettres à mon « œuvre », qu'elle « admirait tant », qu'elle avait lue avec « tant d'émotion », ce qui m'avait flatté et amusé à la fois. Et puis c'était une jeune fille, elle s'exprimait élégamment, elle avait joliment signé son prénom en jambages clairs et francs au bas de sa lettre bien tournée... Mal m'en avait pris : lorsqu'elle s'était annoncée, je n'avais plus eu envie du tout d'enfourcher mon cheval blanc. Je me sentais d'humeur massacrante, encore sous le coup d'une chevauchée, celle des sept cavaliers, dont je venais d'entrevoir l'issue inacceptable. Je l'avais à peine regardée, bien qu'elle m'eût paru plutôt femme faite que gamine, ce qui raccourcissait les distances qui nous séparaient, et plutôt jolie que moche. Bloc-notes sur les genoux, elle m'avait débité d'affilée un tas de questions qu'elle avait affûtées sur l'importance et les dangers des mythes, le culte de l'épopée et la dérision de l'épopée qui se trouvent en effet souvent célébrés dans mes livres, la grandeur et les limites du refus, l'élitisme de mes personnages et pourquoi l'on comptait si peu de femmes parmi eux, que sais-je encore, une telle avalanche que je m'étais sauvé. C'est-à-dire que j'avais tout cassé, l'écrivain, sa vitrine et son magasin.

— Mademoiselle, lui avais-je déclaré, presque hors de moi, sortis de leurs livres, les écrivains n'ont rien à dire, rien à ajouter ! Tout ce qu'ils pourraient faire lorsqu'on les interroge, s'ils avaient une once de sincérité, c'est retrancher, gommer, jusqu'à ce qu'il ne reste rien ! Il ne faut jamais les pousser dans leurs retranchements ni forcer leurs murailles sous peine de s'apercevoir que derrière il n'y a rien, rien qu'une boîte à malice en toc...

J'avais continué sur ce ton pendant un certain temps, jusqu'à ce qu'un peu calmé, vaguement honteux de ne pas m'être dominé, je me décide à la regarder. Pétrifiée sur sa chaise, les yeux fixés sur son bloc-notes où se brouillaient tant de questions inutiles, elle pleurait. D'abord une larme discrète, puis une autre, un premier sanglot étouffé, enfin un torrent de pleurs secoué de hoquets qui agitaient ses épaules découvertes, rondes et blanches, imperceptiblement hâlées, car elle portait, je ne l'avais pas remarqué auparavant, une jolie robe rouge d'été. Je ne savais plus où me mettre. J'aurais voulu disparaître sous terre. J'étais consterné. Toute cette scène me semblait lamentable. Bredouillant, je lui avais tendu un mouchoir de papier.

— Je suis désolé... Je ne pensais pas... Que s'est-il passé ?

Les larmes lui allaient bien, si l'on peut encore se servir de cette expression. Elles accentuaient la douceur avec un je ne sais quoi de soumission contenue dans ses yeux bleus, des yeux très larges, assortis d'immenses paupières, que je venais seulement de découvrir et qui atténuaient tout ce que suggérait de sauvage et d'impérieux son épaisse chevelure d'un noir à la fois opaque et lumineux qu'elle rejetait d'une épaule à l'autre avec un mouvement animal de la tête et du cou, comme le fait une pouliche de sa crinière. Le dernier sanglot maîtrisé, elle avait levé ces yeux-là vers moi, cherchant ses mots.

— Ce n'est pas... du tout cela... que j'attendais.

— Qu'attendiez-vous ?

— Je ne sais plus. Je ne sais plus où j'en suis...

— Changez de thème. Choisissez un autre écrivain. C'est une engeance qui grouille, par ici, en été, dans un rayon de trente kilomètres...

Ce qui me restait d'humeur avait encore fait jaillir quelques larmes, les dernières avant l'apaisement.

— Mais c'est que... c'est de vous... et par vous... que je voulais entendre parler. Pas d'un autre...

— Ah ?

— J'aime vos livres.

— Ah ?

Décidément un mauvais jour. La jeune fille s'était levée.

— Je m'en vais.

— Voulez-vous que nous reprenions tout par le commencement ? Nous nous y sommes mal pris tous les deux.

— Non ! Non ! Je recommencerais à pleurer.

Ce qu'elle avait fait incontinent, avec un petit sourire d'excuse.

— Je dois avoir l'air complètement idiote.

— Mais non, mais non...

En la reconduisant jusqu'à la porte, j'avais posé la main sur son épaule, puis l'avais prise un petit peu dans mes bras en lui disant que moi aussi je devais avoir l'air idiot, ce qui m'avait semblé exactement conforme à la situation, alors que jouant la ridicule scène bourgeoise du papa qui console sa grande fille, je m'étais aperçu dans le même temps que la grande fille, dont je ne tenais plus du tout à être le père, ne portait pas de soutien-gorge sous sa robe et offrait le bonheur d'une peau fraîche et veloutée comme une peau de blonde alors qu'elle était brune, de hanches rondes un peu charnues et de tout à fait admirables jambes de nageuse.

— Il faudra revenir. Je vous téléphonerai.

Elle n'avait rien répondu. Sans doute mon air lugubre contredisait-il mon propos. Et c'était vrai que sitôt la porte refermée, je m'étais senti accablé, triste comme une âme errante, furieux contre moi-même et contre tout, contre la jeunesse qui s'est lentement éloignée, contre la mort qui n'en finit pas d'arriver, contre la vie qui n'a pas de sens et l'amour qui n'en a plus, contre la solitude où je me traînais et aussi contre Aude, justement parce qu'elle avait brisé cette solitude sans le savoir...

Il était près de sept heures du soir. Aude allait arriver. Elle n'avait rien dû oublier. Inutile de le lui rappeler. A dîner, il me faudrait changer de visage. Je mesurai de l'œil la pile de courrier sans réponse depuis deux mois, lettres de lecteurs, d'amis, faire-part, nouvelles de famille, demandes de conférences, d'articles, le courant de la vie... Je fis tout glisser d'un coup dans la corbeille à papier.

Il faisait beau et encore chaud pour la saison. Le mistral n'avait pas soufflé depuis plusieurs jours. Même en ses pires accès de violence, ce vent-là n'est pas un seigneur. Il n'a pas droit de vie ou de mort. Il n'a jamais envoyé par le fond, après des heures de combat loyal, les grands trois-mâts du temps passé. Ce privilège est réservé aux vents royaux des océans. Le mistral se contente de dévaler hargneusement la vallée du Rhône, déracinant sur son passage des arbres et des poteaux télégraphiques, soulevant les tuiles des toits et faisant tanguer les autos sur les routes. Il emporte avec lui les papiers gras, les détritus, les miasmes, les mouches et les mauvaises odeurs. C'est un vent prophylactique.

— Vous n'êtes pas juste, dit Aude, à qui je faisais part de ces remarques (ce qui était seulement une autre manière pour moi de parler du temps qu'il fait et de soutenir une réputation tandis que nous consultions la carte du restaurant). Le mistral apporte aussi le soleil en chassant les nuages. La lumière devient transparente, le soir, quand il a bien voulu souffler. Regardez vous-même. Il nous manque.

Nous étions installés à une table en plein air, sur la petite place d'un village voisin de celui que j'habitais et qui formait une sorte de balcon d'où l'on pouvait contempler ces Dolomites en réduction que sont les Dentelles de Montmirail. Et c'était vrai que sans mistral, ce soir-là, cette montagne pour rire semblait avoir reculé et devenait imprécise, presque floue.

— Sans doute, dis-je. C'est affaire de goût. Regardez aussi. Le paysage est tragique. Il gagne en mystère ce qu'il perd en limpidité. Vous n'aimez pas le mystère ?

Inexplicablement, elle se mit à rire.

— Pourquoi riez-vous ? Qu'ai-je dit de si drôle ?

— Le mystère. J'adore le mystère. J'en ai trouvé un au bas de la carte, dans les desserts.

Je pensai aussitôt : « Voilà ma chance, c'est une oie ! Ou alors elle se fiche de moi. » Mais elle ne riait plus. De son œil bleu, elle me jetait un regard interrogateur, presque anxieux, sans ciller, bien en face.

— Vous êtes fâché ? demanda-t-elle.

Soudain j'avais compris.

— Fâché ? De quoi ? D'avoir vu déstabiliser ma belle envolée entièrement improvisée pour les besoins de la cause ? Vous l'avez fait exprès, n'est-ce pas ?

Elle répondit oui d'un signe de tête, en souriant, visiblement heureuse d'avoir été devinée. Les lampions du restaurant venaient de s'allumer dans les branches du platane sous lequel nous étions attablés, semant de reflets sa chevelure noire sans cesse en mouvement, faisant scintiller le pendentif de lapis-lazuli qui dansait dans l'échancrure du décolleté de sa robe, bleue cette fois, assortie à ses yeux. Je remarquai avec gourmandise que ses seins respiraient sous la robe tout aussi librement que le jour où elle était venue fondre en larmes chez moi. Une belle fille, en vérité. Le nez peut-être un peu fort, un peu trop allongé, la bouche un peu trop grande, de celles qu'on dit généreuses en évitant de préciser à quel genre de générosité l'on pense, les mains longues, musclées, harmonieuses, rien de ces serres griffues dont trop souvent sont armées les femmes et qui en détruisent toute l'apparente douceur, enfin une allure générale décidée, avec cette once de soumission que j'avais déjà remarquée et qui pouvait signifier que tout en ne faisant que ce qu'elle voulait, Aude pouvait tout aussi bien vouloir ce que l'autre voulait et s'y laisser aller. Et pas bête avec ça, peut-être même subtile, à en juger par le moyen qu'elle avait choisi, tirant la leçon de sa première expérience, pour abattre entre nous la plus encombrante barrière, celle qui enfermait l'écrivain que j'étais dans son rôle d'écrivain, lequel est presque toujours atrocement mal joué, contrairement à ce qu'on imagine, à la scène comme à la ville.

— Si vous veniez vous installer près de moi, proposai-je, au lieu de rester plantée en face comme si nous étions mari et femme ?

J'avais dit cela sans y penser — la référence conjugale, ou plutôt contre-conjugale —, tout à fait naturellement et c'est ainsi, j'imagine, qu'une seconde barrière tomba et que s'estompèrent d'autres distances qui auraient pu nous tenir éloignés l'un de l'autre. Le patron du restaurant déplaça le couvert de la jeune fille, prit la commande, apporta un grand pichet de vin rosé auquel Aude fit immédiatement honneur, tout en croquant des olives, et tout cela, subitement, me procura un tel sentiment d'aise et de plaisir, comme si tous les pores de ma peau se dilataient ensemble pour enfin respirer, qu'attirant Aude contre moi, de mon bras passé autour de son épaule, je me mis à l'embrasser, baisers qu'elle me rendit sagement, avec bonne volonté, sous l'œil vaguement réprobateur et jaloux d'un couple de gros Hollandais très laids qui bâfrait à la table voisine.

A partir de là, le dîner fut charmant. Je la fis d'abord parler d'elle, à quoi elle s'employa tout à fait simplement. Elle s'appelait Aude Laroche. Elle avait vingt-quatre ans. Son père était Me Laroche, avocat et bâtonnier du barreau d'Avignon, un homme de grande allure, délicieux et séduisant, qu'elle adorait. Elle poursuivait ses études universitaires avec un certain goût mais sans trop de conviction, parce qu'il faut bien en faire et que justement — c'était cela qui lui plaisait —, la maîtrise de lettres ne menait à rien. Pensant à Salvator qui m'avait dit à peu près la même chose de son agrégation de latin, la remarque me fit sourire. Enfin Aude était plus ou moins fiancée, sans que rien fût officiel ou publiquement établi par le port à la main gauche du sempiternel saphir serti de brillants, à un certain Julien, jeune avocat d'avenir qui avait la bonne idée d'exercer à Nice et non à Avignon et de ne pas trop imposer sa présence.

— Pourquoi, la bonne idée ? Vous ne l'aimez pas ?

— Oui et non. Pas encore assez.

— Vous... Avez-vous... ? Comment dire ?

La chevelure noire, d'un joli mouvement de cou, passa d'une épaule à l'autre.

— Evidemment. Les week-ends. Il insiste pour m'épouser avant Noël.

— Vous hésitez ?

— Non. Je veux et je ne veux pas, en même temps.

— Qu'est-ce à dire ?

— J'ai affreusement peur de m'ennuyer.

— Et ici, vous vous amusez ?

Je n'avais pas osé dire « avec moi » ou « en ma compagnie », mais c'est ainsi qu'elle l'avait compris.

— Avec vous, oui. Cela m'a surprise. J'avais discerné quelque chose comme cela dans vos livres, malgré la déprime que vous y répandez à plaisir. Et puis, l'autre jour, vous avez tout cassé. Lorsque vous avez téléphoné hier soir, j'ai quand même décidé de vous accorder une dernière chance.

— Une chance de quoi ?

— Je ne sais pas. N'est-ce pas une chance ?

— Je le reconnais.

Sans toutefois lui avouer que de nous deux, c'était certainement moi le plus surpris. Etait-elle romanesque ? Je le lui demandai.

— Ça je ne vous le dirai pas !

Je lui reparlai de sa maîtrise de lettres, déplorant de ne pouvoir l'aider car je partais en voyage le surlendemain matin, sans trop savoir pour combien de temps.

La chevelure changea d'épaule comme une sorte d'animal noir et soyeux qui y aurait élu domicile.

— Quand vous reviendrez je serai peut-être mariée. Où allez-vous ?

— En Bretagne et en pleine énigme, chercher à comprendre pourquoi un de mes amis d'enfance, le plus doué et le plus séduisant des jeunes gens de cette génération, qui aimait tant certaines femmes blondes aux yeux verts qu'à la fin il se fit moine, est allé s'enfermer dans un phare, en mer, d'où il m'a adressé récemment une courte lettre dont j'ai compris les mots, mais pas le sens profond et encore moins la raison pour laquelle il me l'a envoyée alors qu'il ne m'avait pas écrit depuis dix ans.

J'avais soigné l'effet. L'effet Salvator... L'expression m'était venue à l'esprit et m'avait fait sourire, tandis qu'Aude m'observait d'un œil perplexe. Nous avions achevé de dîner. En dégustant un vieux cognac qui était ma foi excellent, fait assez rare pour mériter d'être relevé, je racontai toute l'histoire à Aude, le tableau, le yacht, les jeunes femmes aux yeux verts tombant du ciel paternel comme une manne, et Salvator, surtout Salvator, magicien de son propre destin, tirant de sa manche un portrait, plus qu'un portrait, un regard, regard qui ne s'adressait qu'à lui, traversé de lueurs par lui seul comprises, et qui l'avait métamorphosé en esclave heureux de sa propre insatisfaction... Aude écoutait, visiblement fascinée. Honnête envers moi-même, terriblement conscient de mes limites, je n'attribuais pas cette fascination à mes talents de conteur, mais bien au pouvoir de séduire que Salvator avait toujours exercé sans partage. Ce soir-là, doublement, il venait à mon secours. Si le projet que j'avais formé de ne pas partir seul pour la Bretagne ne tombait pas à l'eau, c'était encore à lui que je le devrais.

— Quelle étrange histoire ! dit Aude lorsque j'eus terminé. C'est du roman. Je n'en crois pas un mot. Vous venez de tout inventer à l'instant.

J'eus beaucoup de peine à la détromper. A la fin je lui dis :

— Venez chercher la preuve avec moi en Bretagne...

Elle me regarda sans répondre. Commençant à la connaître un peu, j'espérais un balancement de la chevelure noire, en quoi je fus déçu. Elle demanda seulement :

— Depuis ce jour où il vous a planté là, sur le quai, à Port-Jagu, vous laissant l'Hotchkiss et le chauffeur et filant avec le bateau et la dame, avez-vous revu Salvator ?

— Deux fois. La première, le 31 décembre de cette même année, à Neuilly. Il m'avait invité à réveillonner chez lui. Ses parents se trouvaient aux Antilles, participant à la croisière inaugurale d'un paquebot de la compagnie Jean de Orth qui s'appelait le *Salvator*...

— Parce qu'il a aussi un paquebot à son nom !

— Il avait. Le *Salvator* a fait naufrage il y a vingt ans après s'être empalé sur un rocher quelque part dans les Grenadines, et la compagnie Orth aussi, déclarée en faillite, démantelée et dispersée peu de temps après la mort de M. Jean de Orth. Le père de Salvator aimait d'amour les paquebots. Il s'était obstiné trop longtemps. Les syndicats avaient eu sa peau. Les syndicats abominent les paquebots de luxe...

Je repris le cours de mon récit...

— Ses parents lui avaient abandonné la maison et le maître d'hôtel, ainsi qu'une jeune femme sculpturale et extraordinairement voyante, à peine vêtue d'une robe du soir arachnéenne et transparente, évidemment blonde aux yeux verts, mais avec dans le regard et dans tout le comportement quelque chose de vulgaire et d'appuyé qui annonçait clairement d'où elle venait et pourquoi elle était là. Quand elle réalisa que nous serions trois seulement à souper, elle se mit à glousser puis vint se coller contre moi après avoir longuement et fort avidement embrassé Salvator sur la bouche tout en se frottant à lui avec de petits soupirs d'aise parfaitement répugnants.

— Et il se laissait faire ?

— Je dois reconnaître que oui. Contrairement à son habitude et pour la première fois en ma présence, il y mettait même une certaine affection. Je crois qu'il avait largement abusé du champagne et de la vodka. Levant sa coupe vers moi, il me dit : « Tu vois, Frédéric, on approche du dénouement, mon père bâcle. Plus besoin d'aimer. Seulement coucher. Cela ne me retiendra pas... » Sur quoi la fille, croyant qu'on commençait par là, fit glisser sa robe à ses pieds, tandis que Salvator prononçait ces mots tout à fait surprenants : « Ma belle, au douzième coup de minuit seulement, le coup de grâce. Tu es épatante à poil... » La fille était superbe. Un véritable animal dont elle avait le langage fait de petits bruits jouisseurs et inarticulés, car de tout le souper je n'ai pas entendu le son de sa voix. Elle ne riait même pas. Elle ne travaillait, si je puis dire, que dans un seul registre, l'extraordinaire façon qu'elle avait de faire valoir tour à tour les lignes, les courbes et les replis de son corps...

— Vous ne croyez pas, dit Aude, que vous chargez un peu ? C'est un récit de voyeur que vous me faites. Presque de la pornographie.

— Aussi est-ce à dessein que je l'ai fait. Pour préciser exactement le niveau où s'était volontairement abaissé Salvator. Il détruisait systématiquement son rêve. Avec cette rutilante machine à jouir vautrée sur un canapé, entre nous deux, engloutissant le caviar à la cuiller et s'arrosant les seins de champagne, on était à cent mille lieues de la jeune fille du portrait. A onze heures et demie du soir je suis parti. Ce fut pour moi une fin d'année lugubre. Je me sentais devenir animal par contagion, et Salvator n'était plus Salvator. Une sorte de fin du monde. Je les ai abandonnés tous les deux et je suis rentré à pied chez moi, tandis que des tas d'imbéciles braillaient et klaxonnaient dans les rues. Le lendemain, à huit heures, j'ai été réveillé par un coup de sonnette. C'était le chauffeur de M. de Orth qui me portait une lettre de Salvator. Je la cite de mémoire. Dans un style curieusement militaire qui rompait avec le ton habituel de ses lettres mais sous lequel, j'imagine, il dissimulait son émotion, il faisait allusion à notre conversation nocturne à bord de la *Louise-Alice*. « Le délai est passé », écrivait-il, « le hasard a failli. Ce n'est pas dans l'armée d'Indochine que je rempile. C'est chez les moines bénédictins que je m'engage, pour la vie. Là aussi la guerre est perdue. Mais le baroud d'honneur vaut le coup. J'ai pris le train ce matin à six heures, avec un sérieux mal aux cheveux. Ce soir je serai bouclé dans mon monastère, quelque part au fond de l'Auvergne. Ne cherche pas à me retrouver. Oublie-moi, oublie le passé. Je te donnerai de mes nouvelles un de ces jours. Salvator... »

Aude demeurait pensive.

— A quoi songez-vous ? lui demandai-je.

Il me sembla qu'elle rougissait. La chevelure changea d'épaule et le rose au front s'effaça.

— Croyez-vous qu'après votre départ, cette nuit-là, il a fait l'amour au bel animal ?

— Assurément, répondis-je.

— Un moine !

— Il ne l'était pas encore.

— Entrer en religion, c'est autre chose que de se marier. On y est conduit, je suppose, par des dispositions d'esprit d'une tout autre nature. On n'enterre pas sa vie de garçon !

— Salvator n'enterrait pas sa vie de garçon. Il enterrait la jeune femme du portrait, se libérant du même coup. Il n'avait pas lésiné sur les pelletées de terre, de l'espèce la plus lourde, la plus boueuse, la plus épaisse, des tombereaux ! La morte ne réapparaîtrait jamais.

— Et la seconde fois que vous l'avez revu ?

— Il y a dix ans de cela, en Auvergne, dans son abbaye. Il en était devenu le supérieur, l'abbé, et m'avait invité à la cérémonie de son intronisation. Vous n'imaginez pas la somptuosité et la perfection de la liturgie romaine et grégorienne telle qu'elle survit encore chez les bénédictins aux messes solennelles conventuelles. Etes-vous croyante ?

— Cela m'arrive.

— A moi aussi. Ne voyez donc aucune malice dans ce que je vais vous avouer. J'avais l'impression d'assister à un extravagant opéra sacré où tout s'agençait et s'ordonnait magnifiquement autour du personnage de Salvator. Cela lui allait comme un gant. Il avait à peine vieilli, toujours aussi radieux, aussi séduisant, avec cette retenue et cette simplicité qui avaient été les traits dominants de son caractère et que la vie monastique avait encore affinées. Ses moines se seraient fait couper en quatre pour lui, les jeunes comme les vieux. Il flottait autour de lui comme une odeur de sainteté. Il m'a invité à déjeuner au monastère. Mais vous savez comment cela se passe, les hôtes à la table d'hôte, les moines alignés de part et d'autre du réfectoire, et l'abbé, mangeant seul à une petite table sous un grand crucifix. On ne parle pas, sinon par signes. On écoute une lecture sainte qui est récitée *recto tono.* Quand mon regard croisait celui de Salvator, il me souriait avec amitié ou m'adressait un petit signe de tête. A la fin, je n'osais plus le regarder. Après le déjeuner, nous avons pu échanger trois mots. Il avait lu mes livres. Il me remerciait d'être venu jusqu'à lui. Ce fut tout. Il me quitta en me donnant l'accolade monastique. Il m'a fallu un certain temps, je l'avoue, pour superposer cette nouvelle image à celle qu'il m'avait intentionnellement laissée de lui, dans son salon de Neuilly. Par la suite, il m'a écrit deux ou trois fois, des mots brefs, me remerciant des livres que je lui envoyais. Jusqu'à cette lettre bizarre qui me laisse l'impression que Salvator s'est choisi une troisième image, en relation intime avec les deux précédentes, puisqu'il fait appel à leur unique témoin. Voilà, vous en savez à peu près autant que moi. Cela vous décide-t-il à m'accompagner ?

Elle me dévisagea avec gravité et je lui fus reconnaissant de ce regard-là qui accompagnait une question nette :

— Deux chambres ?

— Une chambre.

— Je n'irai pas. Quand partez-vous ?

— Après-demain matin à huit heures, puisqu'il faut bien fixer une heure. Je vous attendrai dans ma voiture au parking de la gare d'Avignon.

Elle haussa les épaules en silence.

— Ah ! dis-je, il ne fait pas très chaud en Bretagne au mois de septembre et il y pleut souvent. Apportez de gros chandails et un solide imperméable...

C'est donc un samedi, le premier samedi de septembre, un peu après sept heures du matin, qu'ayant jeté une grosse valise de cuir cerclée de lanières dans la malle arrière de ma voiture, je quittai la maison sans trop savoir ni me soucier du jour où je réintégrerais ma niche. Pour le destin qui m'y attendait, peuplé seulement de sept cavaliers fantômes et démontés réfugiés dans un tiroir, ce serait bien assez tôt. La haute maison devenue aveugle, austère muraille de pierre, tous volets clos, avait repris ce même aspect sévère et dédaigneux qui était le sien dix ans plus tôt lorsque je l'avais achetée. Quand la vie et l'âme de la vie ont fui, les murs abandonnés le proclament aussitôt de façon presque palpable. Il est ainsi des maisons fermées dont on sait au premier coup d'œil que les habitants se sont seulement absentés, et d'autres, sitôt la porte close, dont les façades suintent la tristesse et la honte d'avoir été trahies par ceux qui ne reviendront plus. J'imagine que ma maison hésitait sur le parti à prendre et je ne souhaitais pas en savoir plus. Aussi, pour sortir du village, évitai-je le chemin que je prenais habituellement et en vue duquel la maison s'attardait, pour en choisir un autre d'où elle disparaissait aussitôt. La veille, j'avais confié les clefs à mon excellent homme de voisin pour qu'il puisse passer l'inspection de mon toit au lendemain des gros orages, et prévenu le facteur, un authentique Roumanille, de ne pas faire suivre le courrier pour la bonne raison que je partais sans laisser d'adresse. Au moins trouverais-je à mon retour un abri et des factures, le sel de la vie...

Il faisait beau et frais sur la route, un temps de léger mistral. En Provence, les petits matins ne pèsent rien. Séparations, retrouvailles, menus chagrins y sont passés au tamis. C'est gai, c'est pétillant, je dirais presque : inconsistant. On s'y sent à l'aise, et heureux pourquoi pas, mais l'on se demande parfois si l'on est véritablement vivant. Cela convenait à mon humeur d'espoir et d'oubli, avec quelque chose de neuf qui me semblait être un certain détachement de soi-même, ce qui est une forme de liberté. De mon village à la gare d'Avignon, trois quarts d'heure sans se presser. Remisant la banale voiture de M. le Français moyen dont j'usais d'habitude, j'avais sorti de mon garage l'auto des grandes circonstances, un coupé Daimler 1952 bleu comme un nuage de théâtre, gréé de cuir et de bois blond, précédé d'un interminable capot abritant huit cylindres, et remorquant une vraie malle arrière flanquée d'une roue de secours vissée à l'extérieur. On sentait que les artistes de la firme Daimler qui l'avaient dessiné trente ans plus tôt n'avaient pu se défaire d'une certaine nostalgie à l'égard des berlines victoriennes et l'avaient conçu comme une sorte de testament. Cet azuréen diplodocus avait appartenu à Salvador Dali qui ne s'en était servi qu'une fois pour visiter en grande pompe la gare de Perpignan, et l'ayant oublié des années le revendit à un célèbre dialoguiste de films, lequel le céda à un prince Ruspoli nomade et entomologiste qui traqua le carabe en sa compagnie sur tous les chemins d'Europe, pour me le brader enfin trois ans auparavant, à bout de souffle mais toujours rutilant, avec deux cent mille miles au compteur mais pas une ride à la carrosserie. L'animal dévorait beaucoup d'huile, de l'essence n'en parlons pas, buvait énormément d'eau, ne dépassait plus le cent à l'heure mais avait conservé sa vertu première, le silence. C'était une auto dont on ne claquait pas les portières. On les poussait légèrement du petit doigt et elles se refermaient d'elles-mêmes sans faire plus de bruit qu'un chaste baiser. Je ne m'en servais que pour me promener sur des routes secondaires bordées de vignes et de lavande, visiter de vieux villages ou aller dîner chez des amis. Je ne la conduisais que ganté. Sans doute me conduirait-elle jusqu'en Bretagne, je ne lui en demandais pas plus.

C'est en cet équipage que je fis mon entrée à huit heures moins cinq sur le parvis de la gare d'Avignon. La gare d'Avignon n'est pas une gare, c'est un asile. Toute la crasse juvénile d'Europe y a élu domicile et s'y livre, de mai à octobre, le jour à de mystérieuses activités qui se pratiquent vautrées et sans bouger, la nuit à de malodorants accouplements. Il faut enjamber les corps pour grimper les marches extérieures, franchir le hall et aller prendre le train. Même le parking n'est pas épargné. Des hommes et des femmes des bois campent sur des couvertures sales à l'ombre des parcmètres. Slalomant parmi les corps épars, je trouvai une place avec vue sur la rampe d'accès de la gare. La Daimler ne souleva pas de commentaires notables. Mes gants, en revanche, firent siffler de mépris. C'est un luxe courant, par les temps que nous vivons, d'être méprisé pour des raisons aussi secondaires que celle-là. Au moins ce dernier luxe reste-t-il accessible. Sur des points de détail, simple question d'ostentation...

Il me restait cinq minutes à attendre. Seconde après seconde, l'angoisse me devenait insupportable. Je jouais ma dernière mise. Si je perdais, je n'aurais plus jamais le goût de risquer mon cœur au jeu. Je guettai la file montante des taxis qui dégorgeait, sur le parvis, des familles qui regagnaient Paris, leurs vacances achevées. Les femmes avaient des peaux de pruneau pour les avoir trop étalées au soleil. Les plus âgées, sous leur carapace moricaude, s'imaginaient avoir rajeuni de vingt ans alors qu'elles avaient vieilli d'autant. De temps à autre, rarement, une jeune fille dorée comme un pain rachetait le lot. Mais ce n'était pas Aude.

Elle tardait. Ma montre marquait huit heures cinq. La règle du jeu exigeait que je quittasse incontinent le tapis vert en perdant dignement au lieu de flotter entre deux eaux comme une épave sur les lieux du naufrage...

Je m'apprêtais à appuyer sur le démarreur lorsqu'une voix, la voix d'Aude, derrière moi, m'appela. Je me retournai. Elle n'était pas arrivée en taxi. Elle descendait, sa valise à la main, d'une 604 conduite par un monsieur élégant aux cheveux argentés à qui elle adressa un petit signe affectueux de la main avant de franchir les quelques mètres qui la séparaient de moi.

— Cette voiture ! dit-elle. Si vous m'aviez prévenue...

— Ce n'est pas une voiture. C'est une automobile.

— Je cherchais votre R 9. Nous avons fait deux fois le tour du parking sans supposer une seconde que vous m'attendiez au volant de ce monstre bleu.

— Il ne vous plaît pas ?

— Il est magnifique ! Au moins mon père s'est-il rendu compte que je n'étais pas enlevée par un quelconque petit crétin en décapotable gonflée...

— Votre père ?

Quand nous eûmes franchi le pont sur le Rhône qui conduit à la rive droite, Aude s'expliqua.

— Mon père, parfaitement. Vous n'imaginez quand même pas que j'allais partir à la sauvette, sur je ne sais quel mensonge, débarquant d'un taxi après avoir raconté à mes parents, qui croient tout ce que je dis, que j'allais en Bretagne rejoindre des amis ! D'abord je n'ai pas d'amis en Bretagne. Ensuite je ne fais rien de mal. Rien qui ne puisse être avoué. Je vis, tout simplement. Enfin je ne mens jamais. C'est une arme de faible. J'en aurais honte.

— Et là-bas, à Nice ? Le jeune et brillant avocat ?

— C'est mon père qui mentira. Pas moi. C'est son métier.

Le bâtonnier Laroche a toujours été mon meilleur défenseur. Le cas échéant, il obtiendra l'acquittement.

— Et moi ? Serai-je acquitté ?

— Je n'ai pas parlé de vous. Je n'aurais pas craint de le faire mais cela ne regarde que moi. Mon père est mon père. Il a droit à mon adoration, pas à mes confidences. Sur ce chapitre, je ne fais jamais de confidences à qui que ce soit. Les confidences de ce genre ne sont que des veuleries. Il m'a simplement demandé si j'avais la certitude de ne pas déchoir et je l'ai rassuré sur ce point. Enfin si j'aimais M. X.

— Qu'avez-vous répondu ?

— Frédéric, cela ne vous regarde pas. Mais la réponse a suffi, puisque mon père a tenu à me conduire lui-même à la gare sans faire la tête le moins du monde. Maintenant je suis fatiguée. Je me suis posé beaucoup de questions... Je n'ai pas l'habitude des grandes émotions. Je vais dormir un peu.

Lors de ses expéditions de chasse au carabe dans les Balkans, le prince entomologiste avait équipé le siège du passager d'un mécanisme tout à fait étranger au souvenir des berlines victoriennes et qui inclinait le dossier pour former un large et profond fauteuil de repos. Aude envoya promener ses chaussures, replia ses longues jambes sous elle, posa sa joue sur ses mains jointes dont elle se fit un oreiller, et tournée vers moi de trois quarts, ayant trouvé d'instinct la pose la moins inconfortable et la plus gracieuse, ferma aussitôt les yeux. J'avais relevé les vitres et réglé la climatisation, autre héritage du prince. Dans le murmure des huit cylindres, je l'entendais presque respirer. Je ne roulais pas vite, abordant la côte des Angles qui se hausse de la vallée du Rhône au Languedoc. Des voitures me doublaient, peuplées de femmes-troncs et de petits bonshommes piqués sur leur siège comme des insectes et uniformément décorés du grand cordon noir de la ceinture de sécurité. C'était merveille de voir tant de vies désertes préservées. Des semi-remorques énormes dévalaient la pente dans l'autre sens, conduits par des bourreaux velus. Tout cela dans un silence aquatique. La Daimler était une sorte de Nautilus à hublots panoramiques plongé dans un océan infesté de créatures difformes et épouvantables. Vers l'inconnu des grandes profondeurs, là où la lumière du ciel ne reflète plus que le souvenir d'une lointaine humanité, elle emportait à son bord une belle jeune fille qui dormait. Je ne peux dire les sentiments qui étaient les miens. Je ne cherchais pas à les définir. Je m'efforçais plutôt de les maîtriser. Certains venaient de loin, du temps de ma jeunesse, apportant avec eux un petit vent frais qui me surprit. D'autres étaient plus adaptés à mon âge et c'étaient ceux-là que je craignais. Aude respirait paisiblement, les yeux clos sur son sommeil, la longue chevelure noire épousant l'arrondi du cou pour se répandre en cascade sur son sein. J'appréciai son goût. Pas de jeans — j'éprouve de la répulsion à l'égard de ce médiocre uniforme — mais un pantalon de velours bleu pervenche et une ample veste de laine du même ton ouverte sur un chemisier bleu clair. Le hasard s'était montré grand seigneur. Il avait aussi assorti la couleur de l'auto à celle des yeux d'Aude. Je me pris à souhaiter naïvement que dans notre sillage ce détail n'échappât point aux populations rencontrées. Tout ce bleu me fit sourire. Vers le bonheur, je n'avais qu'à étendre la main, la poser sur une épaule, sur une cuisse sertie de velours bleu, caresser une joue très douce, un visage sans fard, la naissance d'un cou, enrouler des cheveux noirs autour de mes doigts. Tout cela était à ma portée. J'avais surtout envie d'arrêter l'automobile sur le bord de la route, de prendre la dormeuse dans mes bras et de longuement l'embrasser. Je n'en fis rien. Plongée dans la grande vérité du sommeil, celui qui porte conseil, la dormeuse n'allait-elle pas se réveiller en protestant comme une enfant gâtée parvenue au seuil critique de la velléité : « Je ne joue plus ! Tout cela est stupide ! ramenez-moi chez moi ! » Autant laisser dormir l'incertitude et la contempler comme une vérité, ce que je ne me lassais pas de faire, un coup d'œil à la route, un regard vers Aude, tandis qu'à l'avant de l'auto, planté sur la calandre nickelée, un petit dieu nu, ailé, musclé, coiffé d'un chapeau pointu, dansait sur un seul pied en déployant ses ailes.

Un peu avant Remoulins, en direction du pont du Gard, la route enjambait l'autoroute appelée Languedocienne. Je ralentis inconsciemment. Au-dessous de moi, à perte de vue, le spectacle était prodigieux. En direction du nord, ce n'était qu'un entassement de voitures bondées, de caravanes immatriculées dans tous les pays de l'Europe triomphante, tout ce magma paralysé comme un serpent terrifié. Il avait dû se produire un accident grave en aval. Des ambulances remontaient la triple file immobilisée et je devinais à travers les vitres épaisses de la Daimler l'appel de leur sirène réclamant le passage vers le sang, le malheur et la mort. Combien de cadavres, un peu plus loin vers le nord, piégés dans leur retour au béton, disloqués comme des poupées, étendus méconnaissables sur le gazon mensonger des terre-pleins ? Combien de destins brisés dans l'embrasement de la ferraille ? A mon côté reposait la vie, les yeux clos, jeune comme la mort lorsqu'elle ne s'est pas encore annoncée. Je tendis une nouvelle fois la main et puis la retirai.

Au pont du Gard je pris la route d'Uzès, ville vivante et morte que j'emportai comme une vision posthume des munificences méridionales. Je traversai Alès et ses désespérances, croupissant dans les souvenirs de sa crasse charbonnière, peuplée de mineurs en grève qui exigeaient la mort lente dans les galeries épuisées, et bardée de calicots en travers des rues, proprement effroyables : « Alès, opération ville morte. » Les rideaux de fer des magasins étaient tous baissés, rouillés, jamais repeints faute d'un client capable d'éprouver d'un coup d'œil la joie d'une peinture fraîche. La Grand-Combe était plus sinistre encore. Là, nul besoin de manifester. La mort sociale se lisait à livre ouvert sur les façades lépreuses à l'abri desquelles la population se terrait en chômant devant la télévision. Aude dormait toujours. Au-delà de La Grand-Combe, en direction de Mende, la route serpentait au flanc de gorges profondes et sombres où le reflet bleu de la Daimler et le pâle soleil émergeant des sommets tourmentés de petites montagnes d'une sauvagerie himalayenne jetaient la seule note de gaieté. Dans les virages, les épaules d'Aude roulaient de la portière de l'auto jusqu'à moi. Sa tête s'inclinait gracieusement à chacun de mes coups de volant, tant et si bien qu'elle s'éveilla. Je me souviens de l'endroit. Un désert. Il s'appelait Balazuègnes. De l'autre côté de la route, planté sur un rocher, s'élevait un donjon carré, démantelé, vidé de tout souvenir palpable, réduit à deux pans de muraille. Plus au nord, en arrière-garde de ce paysage désolé, se profilait le mont Lozère, déjà couronné de neige. Aude tira sur sa veste, effaça machinalement de la main quelques plis imaginaires, changea sa chevelure d'épaule et dit :

— Frédéric, s'il vous plaît, voulez-vous vous arrêter ?

Je rangeai l'auto vingt mètres plus loin sur un petit belvédère aménagé en surplomb de la vallée. Nous fîmes quelques pas pour nous dégourdir les jambes. La route exceptée, on ne distinguait alentour aucun signe de vie. Si l'endroit fut habité, ce devait être il y a fort longtemps. En contrebas du donjon, un hameau formé de masures de pierre noire, sans toit, achevait de s'écrouler.

— Où sommes-nous ? demanda Aude, plantée devant le paysage et sans me regarder. J'ai dormi longtemps ?

— Presque trois heures. Nous sommes au lieu-dit Balazuègnes, dans les Cévennes.

Je dépliai la carte. Elle la repoussa d'un geste.

— De cette façon cela m'est égal. Dites-le-moi autrement.

— Je ne suis jamais venu ici auparavant. Vous vous êtes réveillée au pôle de la solitude. J'imagine que ce donjon était tenu au moyen âge par un seigneur brigand aussi gueux que les serfs qui baugeaient dans ce hameau. Regardez la hauteur des portes. On ne pouvait entrer et sortir qu'en rampant. Ils se nourrissaient de fèves, de racines et de galettes de blé noir quand la récolte n'avait pas gelé. Quelquefois de sanglier, lorsque le seigneur, en combat singulier, en avait tué un à l'épieu. Le seigneur n'était pas marié. Comme son père avant lui et le père de son père, il engrossait les filles de ses manants et le hameau n'était peuplé que de ses fils et de ses filles. Un village animal et incestueux. Le seigneur était le seul à posséder un cheval, une lance et une épée. Quand un voyageur s'égarait en vue de Balazuègnes, le cavalier solitaire fondait sur lui de son donjon et le dépouillait jusqu'à l'os. Il ne respectait pas plus les pèlerins que les moines. Je ne sais s'il croyait en Dieu. Qui le lui aurait appris ? L'hiver, les rôles changeaient. Des hordes de loups dévalaient de la montagne et venaient prélever leur tribut de chair fraîche. C'est ici, en 1932, qu'on a tué le dernier loup des Cévennes, sans battue, comme cela, sur la route où il attendait stoïquement la mort. Le hameau n'était plus habité. Trouvant le garde-manger vide, le loup avait choisi d'en finir de cette façon-là...

— Charmant ! dit Aude. Je vous perds à la sortie d'Avignon et c'est là que je vous retrouve ! Continuez.

— Au temps des dragonnades, le donjon de Balazuègnes fut tenu par des camisards révoltés qui y faisaient rôtir tout vivants leurs prisonniers papistes. Après quoi ils se précipitaient au sommet du mont Lozère qu'ils prenaient pour le Sinaï, et là, glorifiaient le Tout-Puissant en hululant des psaumes. Après, on sombre dans la banalité. Il y a bien Stevenson, en 1879. Il passe par là, à pied, traînant son âne et sa tuberculose, jugeant avec un certain humour ce pays qui en est totalement dépourvu. On peut tenir comme probable qu'il trouva cet endroit encore vaguement habité. Depuis, rien que du passage. Mégots, boîtes de bière, papiers gras, bouteilles de plastique. La vague de l'été. Et aujourd'hui...

— Aujourd'hui ?

Je sentais mon cœur qui battait un peu.

— Aujourd'hui, repris-je... Si on faisait demi-tour ?

Aude ne regardait plus le paysage. C'était moi qu'elle regardait.

— Vous croyez ? C'est cela que vous voulez ?

J'eus un geste désemparé qui englobait d'un coup l'anachronisme des lieux, vallée néolithique, donjon féodal, vieille auto bleue, et moi, solidaire de l'indissociable romantisme du passé, vêtu d'un blouson de daim, certes, acheté là où il faut et déformé aux poches comme il sied, les cheveux légèrement longs comme il convient à ceux qui commencent à les perdre, la moustache foisonnante et faussement impertinente, à la hussard revenu de tout, moi qui avais décrit ce paysage, pour m'amuser, de cette artificielle façon que j'avais d'approcher ma vérité sans avoir l'air d'y croire et d'y attacher de l'importance, moi tout bête face à cette jeune femme, cette jeune fille que je serrais dans mes bras, dont j'épousais le corps par toutes les fibres de mon âme et de ma peau, dont je couvrais furieusement la bouche de baisers qu'elle me rendait tout aussi passionnément, et qui, au sortir de l'orage, leva les yeux vers moi en souriant tandis qu'une jolie larme unique coulait lentement le long de son nez dont on se souviendra qu'il était un peu long. J'ai cinquante ans. Je n'ai pas l'outrecuidance vulgaire et haïssable d'un chasseur blasé. Je sais que la jeunesse qui s'offre de la sorte peut être un don de Dieu. Je sais que s'il n'en est pas ainsi, c'est tout une autre face de l'homme qui grimace hideusement et une tout autre image de la femme qui émerge de la boue des profondeurs, quelles que soient les licences que cette fin de siècle s'octroie en s'imaginant qu'il s'agit d'une libération. Il n'y a pas de libération. Il n'y a qu'une épaisse bêtise à laquelle échappe la subtilité de la vie...

— Frédéric, demanda Aude, pourquoi ne pas m'avoir embrassée plus tôt ? Vous auriez pu arrêter votre carrosse sur un chemin de traverse, à l'abri d'un sous-bois, profiter des commodités de votre ingénieux fauteuil, me prendre confortablement dans vos bras...

— Vous dormiez si profondément.

— Pas tout le temps. J'ai aussi fait semblant. J'attendais ce moment.

— Vous l'attendiez ?

— Je le craignais.

Sous les longs cils noirs qui se levaient vers moi, j'aperçus un regard franchement amusé.

— N'en aviez-vous pas envie ? reprit-elle.

— Si.

— Alors pourquoi ?

Je ne répondis pas.

— Quoi qu'il en soit, vous avez bien fait. J'ai horreur qu'on m'embrasse dans une voiture. J'ai horreur qu'on me pelote en auto. Cela me donne l'impression de dégringoler de vingt castes au-dessous et l'on en a déjà bien assez l'occasion pour y ajouter encore celle-là. Je déteste m'abaisser à chercher comme une folle ma culotte perdue sous la banquette, et même quand j'étais une cruche et que je me laissais faire, au sortir d'une soirée, j'en ai assez abandonné pour pouvoir, si je puis dire, rentrer la tête haute chez moi, et en claquant la portière !

Comme je la dévisageais, sidéré, elle éclata de rire. Je me mis à rire aussi. C'était si inattendu, cette déclaration de principe... La chevelure noire prit son envol. Aude ajouta sur le ton le plus sérieux, le plus net, en me fusillant des yeux :

— Et moi, on me fait l'amour, on m'aime, on ne me baise pas !

— Vous retardez, dis-je. Depuis peu, les garçons *tirent* les filles, ils ne les baisent plus.

— Je sais. Le mot fait aussi partie du vocabulaire de l'université d'Avignon, et avec l'accent, qui plus est !

— Pourquoi me dire tout cela ?

Elle revint dans mes bras.

— Parce que je suis devenue terriblement vieux jeu et que je voulais que vous le sachiez.

— Qu'imaginiez-vous donc ?

— Je ne sais pas. Vous êtes écrivain, après tout. Cela pourrait vous donner des idées...

— Ne soyons pas vaniteux, dis-je. Nous ne sommes pas des personnages de roman. La situation est on ne peut plus classique.

— Vous croyez ? dit-elle en me jetant un de ses regards interrogateurs qui me faisaient fondre tout en suscitant une foule de questions qui se bousculaient en moi avec de petits pincements de cœur.

— Le vrai roman, repris-je, c'est en Bretagne qu'il nous attend.

— Partons-nous maintenant ?

— Nous partons !

A Florac, dix kilomètres plus loin, se tenait une brocante, sur la grand-place. Je rangeai la Daimler parmi d'autres voitures d'apparence interchangeable dont elle devint aussitôt la reine, et nous fîmes quelques pas, sans trop de conviction, le long des éventaires. Tout y était affreux, pitoyable, un déballage petit-bourgeois épars au milieu de rebuts de grenier à peine définissables entre lesquels défilaient, gravement intéressés, de nombreux spécimens représentatifs de ce merveilleux chasseur d'authenticité qu'est devenu le Français moyen. Cela ne me surprenait pas. J'ai trop l'habitude des brocantes. Une moitié de la France vend ses vieilleries à l'autre, dans un délire d'accession collective à l'horreur. Un marchand, debout derrière son tréteau couvert de boîtes de vieilles cartes postales, était très entouré. Les Français d'aujourd'hui sont des bernard-l'ermite qui vivent dans des coquilles abandonnées par les représentants d'une espèce à présent disparue, qui s'appelait l'espèce française et n'annonçait en rien, par on ne sait quel mystère, celle qui s'est affublée de ce nom. Les bernard-l'ermite ne sont pas dénués de curiosité, ni même de sensibilité. Ils sont capables d'émotion. Alors ils se précipitent sur les cartes postales d'antan pour savoir à quoi ressemblaient la France et les Français avant qu'ils se glissent eux-mêmes dans cette coquille soudain vidée. Le marchand avait classé ses cartes postales par département. Aude explorait la boîte des Côtes-du-Nord, me tendant les cartes une à une après les avoir regardées. Me passèrent entre les mains le pardon des terre-neuvas à Saint-Malo, la récolte du goémon que chargeaient à la fourche, dans des charrettes à cheval, sur des plages détrempées, des femmes sans âge en longue robe noire, le retour des sardiniers, toutes voiles déployées, au port du Légué, le phare de la Veuve sur son rocher, mais pas celui d'Ar Men, le marché de Dinan peuplé d'une foule en sabots, Bretons des haies après Bretons des vagues...

— Tenez ! me dit Aude. J'ai trouvé Guivinic !

Guivinic, d'où Salvator m'avait écrit. Nous emportâmes la relique à la terrasse d'un café pour l'examiner à loisir. La photo avait été prise d'un quai, vraisemblablement au début du siècle. On y voyait au premier plan une jetée de pierres taillées et maçonnées, parcourue par une voie de chemin de fer rustique à petit écartement et piquée à son extrémité d'un amour de bébé phare légèrement penché et orné d'une balustrade. Dans le port, deux bateaux seulement, gréés d'un interminable beaupré et de deux mâts inclinés, de l'espèce à jamais disparue des bisquines. Le port devait se situer à l'élargissement d'un goulet dont on devinait l'entrée, au pied d'un cap rocheux d'aspect tragique, à droite de la photo. Tout l'arrière-plan était dominé par une falaise noire et tourmentée couronnée de forêts. Sous cet angle, l'endroit semblait désert. Point d'habitations. Aucun être humain. Pas une âme à bord des bateaux.

— C'est là que vous m'emmenez ! dit Aude en faisant semblant de protester. Mais c'est le bout du monde !

Elle avait l'air ravie.

— Cela a certainement changé, dis-je. Encore que je n'aie jamais entendu parler d'une station balnéaire du nom de Guivinic, ni de quiconque y ayant passé ses vacances. J'ai consulté tous les guides touristiques. Ils sont muets.

— Et si l'endroit n'existait pas ? Nous allons nulle part, mais ensemble.

Voilà qu'Aude me volait mes phrases, tout en me les payant d'un sourire. Je retournai la carte postale. A la plume sergent-major, en six lignes d'une écriture appliquée, avec pleins et déliés, guidée par des traits de crayon soigneusement tracés à la règle, un enfant se plaignait pudiquement.

— Vous vous trompez, dis-je. L'endroit était habité. Il exportait même ses petits drames. Ecoutez.

Je lus : « Mon cher papa, tu as écrit à Mme Lemaire, tu te plains que je ne t'écris pas. L'année dernière, je t'ai envoyé une carte, tu ne m'as pas répondu, viens donc me voir. Je serai bien content, tu verras comme je suis grand. Maman dit que je te ressemble. Je t'embrasse affectueusement. Yves. »

— Pauvre gosse, dit Aude, et sa pitié n'était pas feinte.

— Il y a peu de chances qu'il vive encore, il doit courir sur ses cent ans. Cette carte ne représente plus qu'un instant d'émotion. Nous en avons interrompu la suspension dans le néant parce que nous sommes doués de sentiments, mais on ne peut rien retenir ni personne de cette façon. La relativité de l'émotion joue aussi dans un même temps donné, entre deux personnes qui se parlent, par exemple, ou qui s'aiment et qui n'en sont pas moins séparées sans le savoir. Le véritable unisson est tout à fait hors de portée. Il y a toujours une faille et la cloche sonne faux. Dieu merci, depuis que le monde est monde, l'homme et la femme ont mauvaise oreille...

Je rangeai soigneusement la carte dans mon portefeuille où elle alla rejoindre la lettre de Salvator.

— Vous êtes drôle, dit Aude pensivement. Vous brassez des tas de choses tristes, vous ne vous situez pas sur le versant gai de la vie, mais je ne sais comment vous vous y prenez, dans votre bouche cela devient tout de suite apaisant.

— Je dois devenir sourd en vieillissant...

Piètre mot. Improvisé pour m'éviter d'avouer simplement que j'éprouvais depuis ce matin un certain bonheur de vivre et que c'était à Aude que j'en étais redevable. Même si l'on croit aimer et que l'on croit être aimé, ce qui est déjà hasardeux, on n'est jamais assez prudent.

— Nous partons ?

— Nous partons !

La route contournait le mont Lozère, le causse de Sauveterre à notre gauche, autre pôle de solitude, piqué de dolmens et de lacs fantômes. Nous traversâmes Mende en trombe. Il était presque deux heures de l'après-midi. Aude protesta.

— Mais je meurs de faim ! Ne peut-on déjeuner ici ?

Je lui expliquai que Mende était une ville effroyable. Que faute de pouvoir l'éviter, il fallait la franchir toutes vitres levées, le plus vite possible, en regardant droit devant soi. Une ville frappée d'endémie, peuplée de psychiatres, de neurologues, de psychopédiatres, d'infirmiers, de pharmaciens, de laborantins, de diététiciens, d'intendants d'hôpital, de gardiens, de garçons de salle musclés, de chirurgiens du cerveau, d'électriciens hautement spécialisés, d'animateurs socioculturels, de moniteurs de sports adaptés, d'aumôniers et d'assistantes sociales, d'éducateurs techniques, d'instituteurs de rattrapage et de gendarmes qualifiés, tous veillant sur le sort de milliers de handicapés mentaux et débiles classés du lourd au léger comme des boxeurs, et formant avec ces malheureux la population entière de la ville de Mende, laquelle, sans cet apport précieux et sans cesse grandissant, eût sombré dans l'anéantissement alors qu'elle a ressuscité depuis que chaque village de France a perdu son idiot folklorique et traditionnel au profit du seul département de la Lozère. Et tout ce monde-là vote à chaque élection. Un modèle de démocratie, puisque le député de Mende n'est autre qu'un médecin psychiatre et son suppléant, j'imagine, un débile léger réadapté.

— Frédéric ! dit Aude, à demi horrifiée, à demi amusée, encore une fois, ne croyez-vous pas que vous chargez ?

— Si peu. Lorsqu'on lâche ces malheureux en ville, les magasins de lingerie féminine sont aussitôt dévalisés et les psychiatres en tirent des conclusions. Les malades placés dans les boutiques, les fabriques de fromage ou les fermes s'enfuient avec la caisse, qui est toujours remboursée par la Sécurité sociale. La nuit, à certaines lunes, la ville retentit de hurlements à vous glacer le sang. A l'hôtel de la préfecture, qui fait face à l'hôpital principal, les préfets se bouchent les oreilles. Ils craquent. On doit les remplacer tous les six mois. Ce pays, c'est l'avenir ! Fuyons !

— Frédéric !

— Aude, vous ne devriez pas rire ! Ce n'est pas conforme à la sensibilité de votre génération. Tout cela est très sérieux. Lorsque les présidents de la République s'adressent solennellement aux citoyens électeurs, ils ne manquent pas de débuter ainsi : « Chères Françaises, chers Français et chers zandicapés... » Les handicapés, aujourd'hui, c'est le Tiers Etat. Bientôt, ils prendront la Bastille !

— Frédéric ! Cessez !

En sortant de Mende j'avais pris la route de Saint-Flour, naviguant au nord-nord-ouest. J'arrêtai l'auto devant une auberge en pleine campagne, basse et couverte d'épaisses ardoises, tenue par un couple entre deux âges et manifestement sain d'esprit. L'omelette aux morilles était énorme et succulente, le vin de Châteaugay frais et rugueux à souhait.

J'examinai la carte de la région. Autour d'un point donné marqué d'un rond planté d'une croix, situé dans les environs des gorges de la Rhue, à environ trois heures de route, au pied de la chaîne des puys et que je pris comme centre, je traçai un large cercle d'une vingtaine de kilomètres de rayon. Aude se leva, curieuse, et vint se pencher par-dessus mon épaule, m'enserrant le cou de ses bras.

— Qu'est-ce que c'est ? demanda-t-elle.

— La croix représente l'abbaye de Saint-Amandin, haut lieu bénédictin. Dom Salvator de Orth en a été l'abbé. Le cercle figure le périmètre à l'intérieur duquel il nous faudrait trouver un toit avant la nuit, un vieux scotch pur malt et de profonds fauteuils devant une bonne flambée, une table élégante et une chambre à haut plafond donnant sur un parc boisé par deux immenses fenêtres, avec un très grand lit.

Les bras d'Aude autour de mon cou se firent plus pressants. Elle avait joint les mains et me tenait emprisonné. Scène de théâtre un peu fausse mais jouée par Aude à la perfection. En amour comme en religion, c'est le plus souvent d'une attitude que jaillit la conviction. J'ai toujours pensé, suivant en cela Salvator, que dans ces deux domaines plus l'attitude est élaborée, jusqu'à rejoindre le naturel par le détour de la perfection, comme dans la danse classique, plus s'affine le sentiment.

— Et comment découvrir tout cela ? demanda Aude.

— Je l'ignore. Faisons confiance au hasard. Il ne se débrouille pas trop mal en ce moment.

Nous reprîmes la route. J'évitai comme la peste les grands axes de circulation. Un peu avant Saint-Flour, cependant, il fallut couper la nationale 9, opération qui se révéla plus périlleuse encore que le franchissement traversier, à bord d'un voilier, du rail maritime de la Manche où supertankers et porte-conteneurs lancés à vingt-cinq nœuds forment un mur aveugle et résolument hostile percé de trouées hasardeuses. Sur la nationale 9, vers Clermont et Paris, en ce dernier samedi de vacances, l'enchevêtrement des poids lourds, des caravanes et des voitures pesant leur tonne de chair humaine, d'accessoires de camping et de planches à voile semblait d'autant plus terrifiant que ce fleuve puant et bruyant était emporté vers le nord à une vitesse de quatre-vingts kilomètres à l'heure scandée de brusques ralentissements prédateurs qui raflaient au passage leur tribut sanglant de morts et de blessés défigurés. Les conducteurs, en se doublant, se jetaient des regards de haine. Du haut de la passerelle de leurs supertankers, les chauffeurs de semi-remorques forçaient le flot insensé en semant la terreur. Par les vitres baissées des voitures surchauffées qui recevaient de plein fouet un soleil encore dur, on entendait hurler les lecteurs de cassettes. En musique, et quelle musique ! cette nuit les loups auraient envahi Paris. Aude et moi, bloqués au stop de notre petite route, nous contemplions, accablés, la migration collective et forcenée du ci-devant peuple le plus individualiste de la terre jouissant, dans l'exaspération, de son esclavage rituel. Il était impossible de franchir ce torrent. Ceux qui auraient accepté de nous céder le passage étaient poussés par la peur des porte-conteneurs qui crachaient derrière eux, pare-chocs contre pare-chocs, des menaces et des injures par tous leurs phares et leurs avertisseurs. D'autres que réjouissait notre immobilité forcée nous saluaient de bras d'honneur. Les enfants nous tiraient la langue. Une bouteille vide, lancée par une portière, manqua de peu le pare-brise de la Daimler et rebondit sur le capot avant d'éclater au sol avec un bruit de grenade qui explose.

— On nous fait la guerre, dis-je à Aude. Mais comment jouer l'adieu aux armes ? Il faudrait pouvoir passer...

Des motocyclistes de la gendarmerie remontaient ce flot à toute allure, sifflet entre les dents, escortant des ambulances. L'un d'entre eux, qui filait dans l'autre sens, nous aperçut et fit demi-tour. Un autre vint lui prêter main-forte. Ils ne furent pas trop de deux pour interrompre la circulation, en douceur et sans se faire massacrer, et nous forcer le passage. Des injures jaillirent de la gueule des monstres stoppés dans leur élan meurtrier. Nous nous retrouvâmes, haïs et sains et saufs, presque tremblants, sur l'autre rive de la nationale 9, tandis que se ressoudait aussitôt derrière nous l'anneau de la planète morte.

— L'exception n'est pas la règle, dit Aude. Je me sens souillée. Embrassez-moi.

Nous reprîmes notre cheminement, demeurant longtemps sans parler. La petite route, déserte, embouquait des vallées silencieuses, plongeait tout au fond de gorges sombres puis regagnait le ciel en grimpant à flanc de montagne, sautant de village en village, dix maisons basses faites de pierres noires volcaniques. Les châteaux des seigneurs disparus dressaient à chaque détour de la route les ruines béantes de leurs donjons. J'arrêtai l'auto constamment, jaillissant comme un diable d'une boîte pour gesticuler d'enthousiasme au pied d'un château féodal dont la puissance posthume était exactement pesée par l'œil vigilant et crevé d'un autre donjon en ruine qui se profilait au sommet d'une autre montagne.

— Expliquez-moi, demanda Aude gentiment, et c'était louable effort de sa part, à son âge, car l'on n'a jamais entendu parler d'une jeune femme de ce temps-ci qui s'intéressât aux fortifications. Qu'est-ce que ces murailles antédiluviennes vous inspirent ?

— L'enfermement. Il existe des forteresses quasi métaphysiques. J'ai visité il y a quelque temps, dans le sud du Périgord, une forteresse médiévale qui est un modèle du genre. Elle fut construite sur une colline, au confluent de deux minuscules rivières, dans un endroit désert où il ne passait personne, à l'écart de tous les chemins du temps. Autant dire qu'elle ne servait à rien. Elle représente cependant un sommet de l'architecture militaire, l'ultime merveille d'un art achevé, conçue au début du XVIe siècle pour être armée de bouches à feu et résister à l'artillerie naissante. Sa construction dura quarante ans, l'œuvre d'une vie, une perfection. Le seigneur du lieu y engloutit sa fortune et ses biens. L'ensemble se présente comme une proue de navire, un éperon effilé de façon à faire ricocher les boulets. Les plans de feu des meurtrières ont deux siècles d'avance sur leur temps. Il y a trois enceintes successives reliées par des souterrains secrets. Les glacis intermédiaires s'ouvrent sur des poternes et des escaliers sans issue qui sont autant de pièges pour l'assaillant. Le donjon lui-même est compartimenté de bas en haut, selon la technique des cloisons étanches et des sas à l'intérieur desquels ceux qui sont parvenus jusque-là sont mitraillés jusqu'au dernier depuis des meurtrières percées à travers le plafond. Rien n'a été laissé au hasard. Tout est diaboliquement agencé. Planté au sommet de la plate-forme du donjon s'élève un autre donjon, miniature celui-là. Il suffit d'un seul homme pour en défendre l'accès. La minuscule salle d'armes ne peut contenir qu'une seule personne. C'est l'œuf originel, le dernier havre avant le néant, l'ultime refuge du seigneur. C'est justement là qu'il mourut, la construction à peine achevée, guettant par l'unique meurtrière un ennemi qui ne viendrait jamais. Quarante ans d'efforts passionnés pour s'enfermer soi-même... Le château s'appelle Bonnaguil. On n'y a jamais tiré un coup de feu.

— La morale de l'histoire ?

— Il n'y en a pas. Chacun s'enferme comme il peut.

Nous longions une rivière à flanc de montagne. Le soleil commençait à baisser. La chaîne des puys se couvrait de reflets violets.

— Frédéric, dit Aude d'une voix douce, essayez de me regarder sans nous jeter au fond du torrent... Et maintenant répondez-moi. Suis-je une jolie fille ?

— Certes.

— Suis-je désirable ?

— Si vous ne l'étiez..., commençai-je.

— Pas d'arabesques. Répondez par oui ou par non. Suis-je désirable ?

— Oui.

— Suis-je vivante ?

— Oui.

— Jeune ?

Je répondis d'un signe de tête.

— Suis-je assise à vos côtés ? Sentez-vous le poids de ma main ?

Elle l'avait posée sur ma nuque, puis l'autre sur ma cuisse, tout en se tournant vers moi jusqu'à ce que ses lèvres se posent aussi sur ma joue.

— Oui et oui.

— Etes-vous seul ?

— Diable non.

— Tout à l'heure, vous avez bien parlé d'une chambre à très haut plafond ouverte sur un parc boisé par deux immenses fenêtres ? Vous n'avez pas menti ? Nous n'allons pas nous retrouver enfermés dans l'un de ces affreux donjons que vous affectionnez ?

J'avouai tout.

— Nous sommes presque arrivés. Le château s'appelle Lugarde. Il n'est pas en ruine. L'enceinte a été démantelée sous Richelieu et les douves comblées ont été transformées en jardin à la française. Il subsiste deux ou trois tours debout, mais le corps de logis date du règne de Louis XIV. Il y a de grands bois tout autour, une pièce d'eau avec des cygnes noirs, un colombier peuplé de tourterelles. C'est un château qui gagne sa vie. Une aile a été aménagée en hôtel. L'autre est habitée par la comtesse de Lugarde, qui est veuve. J'y ai fait un court séjour, seul, il y a dix ans, lors de l'intronisation de Salvator dans son abbaye. On nous attend. J'ai téléphoné.

Aude me jeta un regard faussement soupçonneux.

— Quand avez-vous téléphoné ? Aujourd'hui ?

Je demeurai muet.

— Hier ? Avant-hier ?

— Je fis oui de la tête.

— Avec un très grand lit ? Et deux couverts à table ? Oui encore.

— Parce que vous étiez certain que je vous accompagnerais ?

Je ne répondis pas. Avais-je jamais éprouvé des certitudes de ce genre...

— Mais dites-le que vous en étiez certain ! Dites-le donc une bonne fois !

— Je l'étais.

— Frédéric ! C'est superbe ! Moi qui mourais de peur de ne pas vous trouver au rendez-vous ! Frédéric...

Il me fallut arrêter l'auto qui zigzaguait dangereusement. La règle établie par Aude sur la conduite à tenir en automobile se vit infliger sur-le-champ un second démenti. Ayant retrouvé mon souffle, les bras d'Aude autour de mon cou, je me découvris heureux. C'était une sensation étrange.

L'allée qui menait à Lugarde était une allée de château bordée de hauts platanes, recouverte d'un épais gravier qui crissait sous les pneus. La Daimler y traçait un majestueux sillage. Le gravier, dans les maisons où l'on sait la prudence, remplit l'office des planchers qui chantent dans les palais impériaux japonais. Tout visiteur s'en trouve annoncé. Une femme de chambre, de noir vêtue, la taille ceinte d'un tablier blanc brodé, vint s'emparer de nos valises.

— Madame arrive, dit-elle.

Madame vint. La comtesse de Lugarde était une femme de tête et de goût, âgée d'une soixantaine d'années, qui faisait face avec courage, traquée par ses hectares de toits à entretenir, ses haies à tailler, ses parquets à cirer, ses impôts à payer, ses meubles à ne pas vendre et ses chambres à louer, tout cela sans déchoir.

— Je vous ai donné la chambre bleue, dit-elle.

Les chambres à donner sont toujours bleues. C'est une constante de l'hospitalité.

— Madame, j'espère que vous vous y plairez, ajouta-t-elle à l'intention d'Aude et sans la moindre ironie.

Ce qu'on appelle les châteaux-hôtels, en jargon touristique, sont le plus souvent, hors saison, des refuges de faux couples pitoyablement camouflés à coups de chèques sous une douteuse élégance affectée pour la circonstance. Dieu sait ce que les malheureuses châtelaines doivent avaler comme crapauds et couleuvres appariés pour tenir bon sous le toit des ancêtres...

— Mademoiselle ! rectifia Aude en décochant à Mme de Lugarde son plus éblouissant sourire.

— Mademoiselle, répéta l'hôtesse en lui rendant son sourire, je suis heureuse de vous voir ici.

C'est ainsi que la complicité marche de pair avec nos anciennes façons, gagnant en naturel ce qu'elle perd en vulgarité. Aude était rayonnante. Mme de Lugarde passa son bras sous le mien pour gravir l'escalier du perron.

— L'hôtel est à demi fermé, dit-elle. Ma cuisinière et ma femme de chambre, c'est tout. Vous vous contenterez des produits de la maison. A part vous, il n'y a qu'un charmant couple d'Anglais. Je crois qu'ils s'habillent pour dîner. Vous ferez ce que vous voudrez.

Dans la chambre à haut plafond, toute tendue de toile bleue, deux fenêtres à la française donnaient sur une chênaie rousse. Après un coup d'œil circulaire et satisfait, Aude ouvrit distraitement sa valise, rangea non moins distraitement quelques chandails dans une armoire, puis, s'interrompant, elle s'avança vers moi, les bras le long du corps, et dit :

— Maintenant.

Nous fîmes l'amour avec amour. Ecrivain, j'ai toujours, dans mes romans, escamoté les scènes de lit, préférant retrouver mes personnages à l'instant où ils reprennent conscience, plutôt que de les trahir avec des mots indiscrets.

Je hais la pornographie. J'éprouve à l'égard de l'érotisme en mots comme en images, ainsi qu'à l'égard de ses dérivés didactiques, une méfiance instinctive qui ne tient pas à la pruderie mais à la seule tristesse de savoir partagé par tant d'autres tout ce débordement du corps et de l'âme. Je sais bien que l'hymne, à des octaves diverses, est exactement le même pour tous dans la mesure où l'être humain transcende son animalité, ce qui est loin d'être la règle générale. Raison de plus pour garder le secret et continuer à s'imaginer que l'on a tout découvert soi-même... Aude, c'était simplement le don de soi, prodigué sans paroles, et au sortir de l'événement, un corps absolument superbe, totalement alangui, offert cette fois à l'état de repos, une longue chevelure déployée sur le drap blanc, enfin un immense sourire qui pouvait signifier quelque chose comme l'amour donné ou reçu, avec, dans la bouche, ces mots surprenants et parfaitement anachroniques : « Frédéric, Frédéric, quel bonheur ! Je suis votre maîtresse... » Je suppose qu'ils avaient conservé un sens particulier, agréable à l'oreille et au cœur, car Aude y revenait. Elle ne disait pas : « je t'aime », ou : « tu fais merveilleusement l'amour », ou bien : « je t'appartiens », ce qui n'est pas très original, ou encore : « je suis ton amie maintenant », ou même, car on en entend de toutes sortes, et je l'ai entendu, en ces temps de statistiques et de sondages d'opinion où le sexe tient sa comptabilité : « tu t' débrouilles drôlement bien, j'ai eu au moins trois orgasmes... » Non, elle répétait simplement :

— Frédéric, je suis votre maîtresse à présent, votre maîtresse. Qu'en dites-vous ?

Je répondis platement, sous le coup de la surprise, que je m'en trouvais honoré, flatté, comblé, que sais-je encore.

— Vous pouvez l'être !

Elle me considéra d'un œil perplexe, comme si elle cherchait à résoudre un problème important. Ayant trouvé la solution, elle annonça :

— Frédéric, vous, ne le dites pas. Mais moi, puis-je le dire ?

Elle n'attendit pas la réponse et la conclusion vint sur ses lèvres.

— Je vous aime.

Après quoi elle fusa hors du lit et bondit vers sa valise, étalant ses robes sur les fauteuils, semant de chaussures le tapis, répandant le contenu de sa boîte à bijoux sur un guéridon.

— Frédéric, si on s'habillait ? J'ai soif ! J'ai faim ! Vive la vie ! Et votre vieux scotch ? Et le grand feu dans la cheminée ?

Tout s'y trouvait, à sa place, dans un petit salon d'angle peuplé de gentilshommes à courte perruque blanche, vêtus de soie éclatante, la poitrine barrée du large cordon bleu ciel de l'ordre du Saint-Esprit, l'épée de cour au côté et qui nous contemplaient de leurs cadres dorés avec infiniment de bienveillance et de courtoisie, comme si nous eussions fait partie des amis de la famille. La note moderne était donnée par trois immenses canapés de coussins disposés autour de la cheminée et assortis de tables basses. Un gentleman en smoking et chemise à col cassé, plus britannique que nature, le teint brique comme il se doit, les cheveux gris élégamment retroussés au-dessus des oreilles en une perfection de coupe que je n'ai jamais pu obtenir d'un coiffeur français, s'expliquait dignement avec le flacon de gin sans prononcer une syllabe. Il avait l'âge d'avoir forcé les Dardanelles, midship de passerelle à bord d'un dreadnought. Non moins dignement, sa femme asséchait une bouteille de champagne rosé que son muet mari lui servait avec des attentions de vieux jeune homme. En robe décolletée sur des épaules décharnées, elle arborait cette laideur particulière que certaines dames anglaises, par on ne sait quelle alchimie, parviennent à métamorphoser en une très étrange séduction. Tous deux nous adressèrent un petit signe de tête.

— Je suis un peu ennuyé, dis-je à Aude lorsque nous

fûmes installés dans notre coin. Je crains que ce ne soit bien conventionnel pour vous. Nous allons prendre un coup de vieux. Vous le supporterez sans peine, mais imaginez le résultat sur ma propre personne...

— Que vous êtes bête, dit-elle en riant. Cela me rajeunit, au contraire. Ce n'est pas rétro, c'est bien au-delà. Nous ne savons même plus où nous sommes, en quel temps nous vivons. Frédéric, ajouta-t-elle en balayant l'air de la main, en vérité tout cela est un très joli cadeau. Il sera bien temps de revenir sur terre.

Ce temps viendrait, assurément. Il ne me fallut pas moins d'un double scotch bien tassé pour en éloigner l'échéance. Ayant refusé les glaçons que m'offrait la femme de chambre, j'aperçus le coup d'œil satisfait que me lança le vieux midship, comme si par ce seul geste de respect à l'égard d'un breuvage sacré, je venais de me ranger dans la catégorie des gens fréquentables. Il y eut une tournée générale de sourires entre nous, assortie de considérations sur la fraîcheur des nuits de septembre, à la suite de quoi nous nous retrouvâmes tous les quatre ensemble autour d'un somptueux souper froid servi au coin du feu. Dans le dégel britannique, Aude fut accablée de compliments. Elle portait un de ces sarouals du soir furieusement à la mode, en soie noire, un chemisier sans manches, noir également, serré à la taille par une ceinture dorée, et strictement rien en dessous. Le midship était amiral à la retraite. Lady Murdoch et lui voyageaient à moto. Ils avaient commencé leur périple à Brindisi, dans le talon de la botte, et comptaient le clore à l'île Unst, précisément au cap Herma, extrême pointe septentrionale de l'Europe, au-delà de l'Ecosse, au nord des Shetland du Nord. Comme nous dissimulions mal notre étonnement, lady Murdoch expliqua :

— Tom a fait de la moto toute son existence, entre deux embarquements. Il se débrouille très bien et moi j'adore me tenir à lui avec mes deux bras passés autour de sa poitrine.

D'ailleurs nous n'avons pas le choix. Tom a eu un drame dans sa vie. Il a dû se séparer de son butler après avoir vendu le château, pour payer ses dettes, à un homme d'affaires saoudien qui y a aussitôt installé quinze salles de bain avec des robinets d'or. Il a fallu aussi se débarrasser des automobiles qui allaient si bien avec les murailles et le lierre. Nous avons acheté une Harley-Davidson et voilà. Maintenant nous faisons la route sauvage.

Dans la bouche de lady Murdoch, l'épithète « sauvage », inimitablement accommodée à l'accent britannique, devenait quelque chose de furieusement exotique. La route « sauvage » de l'amiral Murdoch, commencée du côté des Pouilles et de la Calabre, ce qui est bien ce qu'il y a de plus sauvage et de plus primitif en Europe, avait remonté les Apennins pour franchir les Alpes par l'Autriche en évitant la Suisse trop léchée, foncer à travers la Bavière pour rebondir ensuite de Haute-Provence en Auvergne avant de traverser la Creuse déserte et déshéritée en direction de la Bretagne crottée où le couple intrépide et sa moto devaient embarquer sur le ferry de Saint-Malo.

— Et une fois aux Shetland? demanda Aude un peu étourdiment.

L'amiral eut un geste vague.

— C'est le bout du monde. Peut-être nous y mourrons, comme des lemmings. Nous y précipiterons la moto dans la mer, du haut du cap Herma. Le pèlerinage sera terminé. Peut-être retournerons-nous vivre dans une petite maison de garde-chasse que je n'ai pas vendue au Saoudien. Il ne nous gênera pas beaucoup, on ne le voit que deux ou trois jours par an. Avec un peu d'imagination, nous nous sentirons chez nous. Ses gardes sont nos anciens gardes. Seul mon butler a refusé de passer à l'ennemi. Il a pris sa retraite, comme moi, et le plus loin possible de moi. Nous ne nous verrons pas déchoir. Au service d'un maître déchu, le domestique déchoit. Que cela ne vous rende pas triste, mademoiselle. Ma femme et moi, nous sommes très gais, je vous l'assure. Tout cela se passait il y a des millions d'années-lumière...

— Qu'est-ce qu'on fait ? demanda Aude le lendemain, tandis qu'elle me versait le thé du matin. Pourquoi se réveiller si tôt ?

— C'est dimanche. Je vous emmène à la messe à Saint-Amandin. Cette fois nous prenons la piste.

— Savez-vous que vous avez parlé en dormant ?

— Beaucoup ?

— Non. Je vous aurais donné des coups de pied. Deux mots seulement, plusieurs fois répétés. Il s'agissait de cavaliers. Sept cavaliers. Je n'en sais pas plus.

— Sept cavaliers, récitai-je en étalant du miel sur un toast avec application, comme si ce geste matériel exorcisait mes poursuivants, sept cavaliers sortirent de la ville au crépuscule, face au soleil couchant, par la porte de l'Ouest qui n'était plus gardée. Tête haute, sans se cacher, car ils ne fuyaient pas, ils ne trahissaient rien, espéraient moins encore et se gardaient d'imaginer. Simplement ils allaient, ils se mettaient en mouvement et le plus jeune d'entre eux, qui n'avait pas seize ans, fredonnait une sorte de chanson...

— C'est un roman ?

— A peine commencé. Il ne sera jamais achevé. C'était un piège. La prochaine fois, réveillez-moi.

Vers neuf heures et quart nous nous sommes mis en route. Au pied du perron, l'amiral et lady Murdoch chargeaient les trois conteneurs à bagages de leur moto. Ils étaient vêtus de combinaisons de cosmonaute. L'engin était énorme, superbe, rouge vif, nickelé, étincelant comme une cuirasse de chevalier dans un film américain. Nous échangeâmes nos adresses. Puisqu'ils rejoignaient Saint-Malo et ce qu'ils appelaient la Bretagne crottée, je griffonnai sur le carnet de route de l'amiral le nom de l'auberge des Princes, à Guivinic, laquelle, à en croire la lettre de Salvator, devait être notre sésame. L'amiral et sa femme se couvrirent le chef de cet impressionnant casque à mentonnière qui donne aux motocyclistes l'aspect glacé de sauterelles géantes échappées d'un film de science-fiction. Lady Murdoch, sa maigreur ainsi harnachée, sous le casque hypertrophié deux fois plus large que son étroit séant, le regard perdu tout au fond de l'habitacle d'où sa voix sortait étouffée comme si elle avait traversé un tunnel sans fin, m'apparut particulièrement pathétique. Ils enfourchèrent leur moto avec une souplesse qui m'étonna. Nous leur fîmes escorte jusqu'au bout de l'allée du château, après quoi, sur la route, ils nous doublèrent dans une magnifique envolée. Vus de dos, bien droits sur leur selle, lady Murdoch agitant son bras en signe d'adieu, ils ressemblaient à s'y tromper à un couple de très jeunes gens.

Aude s'était habillée « messe », d'une robe bleue toute simple à encolure discrète, avec ce goût moderne et très sûr à la fois, adopté et hérité de générations de jeunes élégantes de province qui savaient d'instinct pourquoi et comment il convient de s'habiller en cette circonstance. Le temps n'est pas encore très éloigné où les églises relayaient le dimanche matin les salons de la ville. Les prêtres y ont mis bon ordre. Leurs assemblées populaires sont devenues tellement sinistres et ennuyeuses qu'on a perdu tout désir d'y draguer une jolie fille. D'ailleurs on n'y rencontre plus de jolies filles. C'est tout un pan de l'Eglise catholique, et non le moindre, celui qui tenait à la volupté, qui s'est écroulé à jamais. Il n'existe plus aucun rapport, de nos jours, entre la foi catholique et la beauté des femmes, et, par voie de conséquence, entre la foi et la beauté tout court. Minés l'un après l'autre, tous les ponts ont sauté.

— En un sens, dis-je à Aude, auprès de qui je pensais plus ou moins tout haut en conduisant, la mort subite du cardinal Daniélou dans les bras d'une belle pénitente, il y a quelques années, fut une mort exemplaire de prélat catholique, certainement la dernière du genre. Les autres rendront leur âme mesquine à un dieu indifférent, comme de vieux petits fonctionnaires rancis de l'Evangile. Allez donc expliquer cela maintenant...

— Voulez-vous vous taire ! dit Aude, feignant l'indignation et se mordant les lèvres pour ne pas éclater de rire. Croyez-vous que c'est un langage à tenir à une jeune femme qu'on emmène à l'église, et dans une abbaye par-dessus le marché ?

— A une jeune femme quelconque, peut-être non. A une jolie femme, si. A une femme ravissante qui sort de mon propre lit, raison de plus. Je suis tout à fait capable de vous parler d'amour pendant la messe.

— D'amour ? Vraiment ?

Et voilà. Je n'y puis rien. C'est ainsi qu'en ces circonstances saugrenues et peu sérieuses en dépit des apparences, le mot m'échappa et fut prononcé par moi pour la première fois. Je me promis d'en être économe à l'avenir. Il s'agit d'un mot qui contient au bout du chemin trop de souffrances, pour peu qu'on y ait trop cru à force de trop l'employer.

Nous remontions les gorges de la Rhue en direction de Bort-les-Orgues. A un certain carrefour où j'étais passé il y a dix ans et dont je me souvenais, une route empierrée prenait sur la gauche, signalée par une pancarte joliment peinte au pochoir, en gothique, de la main même des moines : abbaye de Saint-Amandin. J'y engageai précautionneusement l'auto qui se mit à rouler comme un vaisseau de haut bord.

— Dans une de ses dernières lettres, dis-je, Salvator m'avait écrit qu'il était bien embarrassé. On venait de rayer saint Amandin de la liste des saints reconnus, en compagnie d'un bon millier d'autres de très antique race, sous le prétexte pour le moins étrange qu'ils n'avaient jamais existé que dans l'imagination populaire. Comme si l'imagination n'avait pas toujours précédé la foi ! Salvator me donnait plutôt l'impression de rire sous cape. Nous fêterons, concluait-il, saint Amandin l'an prochain avec un faste particulier. Cela lui ressemblait tout à fait...

La petite route franchissait un col de faible altitude puis redescendait au fond d'une vallée fermée. La pente couverte d'une herbe courte et sombre était parsemée de moutons que gardait un moine à capuchon, debout au milieu du troupeau, appuyé sur un grand bâton. Il n'y manquait que l'inscription au verso : souvenir de ma première communion. Je donnai un petit coup de klaxon. Le moine nous salua de la main. C'était un jeune homme. Il nous regarda passer en souriant, les mains à nouveau croisées sur son bâton, des mains longues et fines. La vallée était entièrement cultivée. La terre noire avait été récemment labourée. A ce pays pelé, sans arbres, l'impeccable succession des sillons imposait une volonté, une sorte de rigueur esthétique. L'abbaye se dressait en plein champ au milieu de la vallée, navire de pierre battu par le flot régulier des vagues noires. C'était une construction rustique, du style roman le plus dépouillé, ramassée en carré sur elle-même, aux murs d'andésite noire, presque aveugles, les bâtiments conventuels formant trois côtés, l'église abbatiale fermant le quatrième de sa masse plus ouvragée surmontée d'un court clocher en forme de mur percé de quatre arcs en plein vent portant chacun une cloche. A l'intérieur se trouvait le grand cloître protégé des intempéries, lumineux les jours de soleil, où je m'étais promené quelques minutes, dix ans plus tôt, en compagnie de Salvator, parmi les fleurs et les fontaines d'un merveilleux jardin. Salvator, un sécateur à la main, y avait coupé des roses, les tendant l'une après l'autre à un jeune moine qui le suivait respectueusement, puis me les avait offertes en me priant de les emporter. Ce jardin était bien la seule note de douceur et de gaieté au sein de tant de noirceur austère.

— Et c'est là, dit Aude, que votre play-boy s'est enfermé

vingt-cinq ans ! Pour oublier un portrait de femme ? Se croyait-il donc exceptionnel ?

— Il l'était.

— J'en ai le frisson. Cela me glace le sang. Cela me révolte. Je ne parviens pas à y croire.

— A la réflexion, moi non plus. Mais le connaissant, sachant que c'est un homme qui tient ses engagements, ce qui me surprend plus encore, c'est qu'il ait planté là ses moines et son abbaye. C'est par son rayonnement que l'abbaye s'est peuplée de jeunes gens. C'est lui qui a relevé en grande partie ces murs, juste après la mort de son père et peu avant la ruine de la compagnie de Orth à laquelle la restauration de l'abbatiale n'est pas tout à fait étrangère. Seul un événement inconcevable a pu le pousser à s'enfuir de là. Je ne peux m'empêcher d'imaginer que le portrait y est pour quelque chose. Au moins une incidence s'y rapportant directement...

Il y avait une cinquantaine de voitures rangées sur l'esplanade, devant l'église. J'expliquai à Aude qu'à défaut de fidèles, c'étaient en tout cas des amateurs de chant grégorien, que l'on n'entend plus qu'en concert, par des manécanteries laïques, dans des églises désaffectées, à l'exception de Saint-Amandin où Dom Salvator avait tenu bon, contre vents et marées soufflant la mort des antiques splendeurs. Le grand portail était ouvert à deux battants. Posté en sentinelle près d'un gigantesque bénitier taillé dans un bloc de pierre noire, un jeune moine en manteau de chœur, capuchon relevé, offrait du bout de ses doigts de l'eau bénite à ceux qui entraient. Sa façon de rappeler le plus courtoisement du monde, avec un sourire angélique, qu'ici on se conformait aux usages, me sembla venir en droite ligne de la mouvance de Salvator.

— Incroyable ! me chuchota Aude à l'oreille. Vous avez vu comme il est beau !

— Taisez-vous ! Allons plutôt devant. Ici, il faut regarder autant qu'entendre.

Sur le bord de la travée centrale, au deuxième rang, nous trouvâmes deux chaises libres, assorties de prie-Dieu de paille. Partout ailleurs, les prie-Dieu d'église sont à vendre ou ont été vendus. Le chrétien, aujourd'hui, s'adresse à son créateur debout, en saine égalité. Signe tangible de la clôture monastique, une balustrade de fer forgé séparait la nef du chœur. Au-delà se dressaient les stalles des moines, de part et d'autre d'un grand espace dallé d'andésite grise au fond duquel s'élevait le maître-autel, simple table de pierre surmontée d'un christ en croix qui n'avait presque plus de visage, tant le bois sculpté, sans doute au XIe siècle, avait souffert du temps. Le regard vide était particulièrement impressionnant. Je savais que c'était Salvator qui avait retrouvé ce christ aveugle dans les combles du monastère. Un jeune moine vint allumer les cierges. Il ouvrit le missel, disposa les burettes sur la crédence, redressa les roses d'un unique bouquet placé dans un vase au pied du crucifix. Il ne marchait pas, il glissait. Il se déplaçait sans le moindre bruit perceptible. Il avait le geste lent et précautionneux. Rien de plus important pour lui que ce qu'il faisait là, à cet instant donné. Chacune de ses allées et venues le long de l'autel était coupée d'une génuflexion intégralement achevée, d'où il se relevait sans hâte. Ses mouvements, cependant, à travers leur lenteur, restaient parfaitement juvéniles, et c'était cela, surtout, qui semblait prodigieux. Un autre moine, légèrement plus âgé, de petites lunettes rondes d'acier sur un visage de vitrail, une étole verte passée au cou, se glissa dans l'alvéole central d'un vieux confessionnal de bois dont la porte se referma sans bruit. De part et d'autre, agenouillés derrière un rideau, des fidèles l'y attendaient déjà.

— Et si j'allais me confesser, chuchota Aude, qu'en diriez-vous ?

— Que ce matin, précisément, ce serait de l'exhibitionnisme et que cela me ferait rougir. Pas vous ?

La chevelure changea d'épaule, m'effleurant la joue au passage, tandis qu'un regard bleu se plantait dans le mien.

— Je vous aime, murmura Aude.

Notre voisine toussa. Son mari, un monsieur gris d'aspect dévot, redoutablement digne d'estime, se réfugia dans son paroissien à l'ancienne, traquant avec ostentation l'Evangile du jour. Aude avait à peine élevé la voix, mais dans le silence qui flottait au-dessus de la centaine de fidèles présents, j'avais l'impression que sa confidence avait été largement partagée. Une volée de cloches vint nous tirer d'embarras. Par une porte latérale, la communauté avait fait son entrée, deux par deux, en coule noire, le capuchon relevé sur la tête, les yeux baissés, devinant le chemin que leurs pieds nus dans des sandales semblaient trouver d'instinct de dalle en dalle jusqu'aux stalles où chacun s'installa à sa place hiérarchique, longues et minces silhouettes immobiles dans l'attente de ce miracle de beauté cent mille fois renouvelé de siècle en siècle qu'est un office solennel bénédictin. Le célébrant fermait la marche, escorté de toute cette cour prodigieuse d'acolytes, de thuriféraires, de diacres et de sous-diacres, au protocole si pointilleux et subtil que son déploiement fastueux est placé sous l'autorité d'un cérémoniaire, tout cela pour le seul honneur de Dieu. Le premier chant s'éleva. Ensemble les moines baissèrent leur capuchon, s'aidant les uns les autres, en un extraordinaire petit ballet, afin que les plis fussent exactement disposés sur le dos, sans pointe de capuchon qui regimbât de côté. Ils apparurent tête nue, les novices le crâne rasé, les pères et les frères ayant prononcé leurs vœux perpétuels, le front ceint de cette étroite couronne de cheveux qui marque une filiation millénaire et les sépare des autres mortels plus efficacement que toute autre précaution. On oublie en effet que les moines se regardent chaque matin dans une glace en se rasant et qu'ils s'y voient en moines...

— Mon Dieu ! dit Aude. Comme ils sont jeunes !

Et c'était vrai qu'à l'exception de deux ou trois vieillards qui devaient être les survivants du monastère déserté qu'avait connu Salvator à son arrivée, et de la demi-douzaine de religieux qui formaient la phalange de ses premiers compagnons, aucun des autres — et ils étaient cinquante — n'avait plus de trente ans, l'âge des certitudes.

On m'objectera que le terme que je vais employer peut paraître inconvenant, appliqué à ce qu'on appelait naguère encore le saint sacrifice de la messe, mais seul il peut dépeindre l'espèce de ravissement qui nous gagnait, Aude et moi. Cette messe fut un enchantement. Les voix des moines, admirablement fondues ensemble jusqu'à n'en former qu'une seule d'une ampleur séraphique, l'incantation du chant, la perfection des gestes, l'exceptionnelle beauté de tous ces jeunes visages au regard tourné au-dedans de soi-même, avec, de temps en temps, des fulgurances de bonheur, comme si la grâce divine, presque visiblement, voletait de front en front... A l'Evangile, le célébrant, qui devait être le prieur du monastère, s'adressa aux fidèles. Il parlait simplement, sans effets, mais ce qu'il disait était tout bonnement prodigieux. Je l'écoutais bouche bée. Aude ne le quittait pas des yeux. Il parlait du beau, qui est la transcendance du vrai, de la liturgie éternelle, qui n'est pas de l'art pour l'art, mais la seule illustration du fait qu'on ne peut vivre en la présence de Dieu sans la beauté. Il parlait aussi des anges, et l'entendre en cette fin de siècle, sur ce ton, dans ce cadre, parmi ces jeunes gens immobiles et attentifs sous leur capuchon noir : inoubliable ! Il disait : « Les anges sont des messagers, des intercesseurs. Ils font passer un immense courant de grâce. Ils pénètrent mieux l'essence humaine, ils en ressentent mieux la noblesse... Leur hiérarchie est conforme à la gloire de Dieu. Ils sont pleinement présents parmi nous jusqu'à la fin des temps... » Pour ma part, j'avais bien négligé l'ange gardien de mon enfance. Il me prenait envie, en cet instant-là, de lui adresser un premier petit salut complice... Puis je songeai à Salvator. Sa volonté de perfection esthétique se retrouvait en filigrane à travers tous les mouvements de la communauté. Entre mille détails, il suffisait de regarder les mains des moines, jointes d'une certaine façon, allongées doigts contre doigts, avec une position particulière du pouce dont on se rendait compte avec saisissement qu'elle annulait tout à fait ce que ce doigt-là, court et écarté des autres, peut avoir de vulgaire, de regarder encore ces mêmes mains lorsque, les moines étant assis, ils les posaient à plat sur leurs genoux, dans une attitude toute de calme imposé. Il faut un maître pour obtenir cela, avec tant de naturel. Ce maître avait été Salvator. Quelle faille avait rompu en lui l'enchantement ? Quel ange noir s'était glissé dans le cortège des ordres angéliques, parmi les trônes et les séraphins ?

Quand tout fut fini et que nous nous retrouvâmes dehors, sur le parvis, Aude dit :

— Je reprends souffle. C'est fou ! Ce sont des vestales de sexe masculin ! Je ne sais comment dire. J'ai été émue jusqu'au fond du corps. Tout ce qu'il y a de charnel en moi a frémi. Je commence à comprendre pourquoi votre ami a passé vingt-cinq ans ici. Mais beaucoup moins pourquoi il en est parti.

— Nous allons essayer de le demander.

A la porterie, un moine recevait les visiteurs. Je me nommai, précisant que j'étais un ami d'enfance de Dom Salvator. Je demandai à rencontrer le prieur. Au nom de Salvator, le regard du moine s'éclaira.

— Je vais prévenir Dom Jansen, dit-il. Je crois qu'il pourra vous recevoir avant sexte.

Il nous fit entrer dans une petite pièce attenante à la porterie, meublée de fauteuils campagnards. Il y avait, sur la table, une jarre de bois emplie de noix. Une énorme bûche achevait de se consumer en braises rouges dans la cheminée.

— Vous êtes ma femme, dis-je à Aude. Sinon la décence imposera que vous n'assistiez pas à la conversation.

Elle battit frénétiquement des cils. L'aventure l'amusait prodigieusement.

L'attente ne fut pas longue. Dom Jansen entra. Il avait à peu près l'âge de Salvator, peut-être un peu plus jeune. Grand, plus imposant encore dans sa simple robe noire que sous la chasuble du célébrant, avec cet air de douceur impérieuse qui est la marque des moines de combat. Je présentai Aude. Il ne s'embarrassa pas de formules religieuses et dit seulement, en s'inclinant légèrement : « Soyez la bienvenue. » Nous nous assîmes. Je le sentais sur la réserve. Peut-être anxieux. Certainement aux aguets.

— Ainsi vous êtes un ami de Dom Salvator. Sans doute savez-vous qu'il est absent du monastère en ce moment ?

— Je le sais. Il me l'a écrit.

J'avais choisi de dire la vérité. Tirant de mon portefeuille la lettre que Salvator m'avait écrite de Guivinic, je la lui tendis sans hésiter, même au prix de la peine qu'il aurait peut-être à lire que Salvator vivait au phare d'Ar Men « seul et heureux de l'être ».

— C'est bien son écriture, dit-il.

A partir de là, il se détendit. J'avais authentifié mon amitié. Il n'en demeura pas moins prudent.

— Que Dom Salvator est au phare d'Ar Men, poursuivit-il, nous le savons aussi, évidemment. Il nous en a avertis lui-même. Nous lui envoyons un peu d'argent chaque mois, pour qu'il vive. Les bénédictins ne sont pas un ordre mendiant. Mais le vœu de pauvreté n'est justement pas ce qu'on appelle un vœu pieux. Dom Salvator ne possède rien.

C'était dit avec une fierté souriante. De ce côté-là, rien d'équivoque. Ainsi que le marquait la croix qui suivait sa signature, Salvator ne s'était pas renié.

— Mon père, demandai-je, depuis quand vous a-t-il quittés ?

Dom Jansen ne répondit pas. Il semblait réfléchir, les mains posées à plat sur ses jambes repliées côte à côte, car les moines ne croisent pas les genoux, comme autrefois s'y appliquaient les jeunes gens bien élevés, on ne se rend plus compte de cela.

— Etiez-vous très amis ? demanda-t-il à son tour. Le connaissiez-vous bien ?

— Comme on peut se connaître à vingt ans. Nous habitions tous deux Paris. Nous avons fréquenté la même école, en Suisse. Nous nous quittions rarement. Par la suite, nous nous sommes écrit à peu près régulièrement.

— A vingt ans..., répéta Dom Jansen, songeur.

Je sais ce qu'il avait sur le bout des lèvres, qu'il brûlait de me demander. Lui aussi cherchait une explication : qui était Salvator à vingt ans ? Je vins à son secours, taisant ce qui ne pouvait être avoué. Je dis la générosité de Salvator, son rayonnement sur tous, son élégance morale, sa simplicité, sa gaieté, son goût de la vie. Je racontai nos virées en bateau à bord de la *Louise-Alice,* nos déguisements d'adolescents, sa guerre de jeune vainqueur, son souci de marquer, en toutes choses, sa vie de son propre sceau... Dom Jansen hochait la tête.

— C'est bien lui. C'est tout à fait lui.

Il ne m'interrompit pas une fois, m'écoutant avec la plus extrême attention, souriant lorsque j'évoquais telle ou telle scène drôle ou simplement bien menée — non par moi, par Salvator —, mais le plus souvent le front plissé de rides indiquant une intense réflexion. Jamais Dom Jansen n'aurait permis, encore moins provoqué, ce voyage à travers la jeunesse de Salvator s'il n'avait pensé y trouver quelque éclairage nouveau rendant plus compréhensible son départ. Les moines sont des légionnaires. Leur passé antémonastique ne compte pas. Ils n'en parlent jamais entre eux. Ils perdent jusqu'à leur identité première. Abandonnant leur patronyme, ils changent le plus souvent de prénom en entrant en religion. Salvator, sur ce point, était une exception. Il avait refusé de dépouiller complètement le jeune homme qu'il avait été, et cela aussi offrait peut-être une explication. Dom Jansen et moi, nous nous tenions chacun face à des versants opposés de la vie de Salvator, conscients — je l'étais en tout cas — qu'il suffisait d'un mot clef, d'une phrase-clef, pour découvrir le chemin par où ces deux versants communiquaient. Je me taisais. Dom Jansen hésita, puis se jeta à l'eau.

— Salvator, dit-il, lorsqu'il était jeune homme, vivait pleinement sa vie ?

— Pleinement.

— Savez-vous s'il a eu, à un moment donné, l'intention de se marier ? Avait-il aimé une jeune fille ?

Pauvre Dom Jansen... Dans le piège des mots, il ne pouvait s'engager plus avant. Il avait machinalement tourné son regard vers Aude, comme si Aude, par sa seule présence, venait de révéler cette force avec laquelle, peut-être, qui sait, Salvator avait dû compter autrefois. Il faut savoir, et le souligner avec respect, que les moines cloîtrés sont plus tentés en pensée que bien des hommes en liberté. Sur ce point, leur combat est quotidien. Sans être le moins du monde misogynes, eux qui croient au démon autant qu'aux anges, ils savent précisément quelles images suscite en eux-mêmes le démon pour y combattre la présence de Dieu, et le démon ne fait pas les choses à moitié : les tentations monastiques sont aussi subtiles que précises. Aude devait me confier plus tard qu'au tournant de cette conversation elle avait ressenti physiquement, non pas à l'égard de l'estimable Dom Jansen, mais comme quelque chose de cosmique, le pouvoir de sa séduction.

— Mon père, dis-je, à la première de vos questions, je puis répondre non. Pour la seconde, les doutes sont nombreux.

A moi aussi, piégé par les mots, compte tenu de l'endroit où je me trouvais et de la qualité de mon interlocuteur, il m'était impossible de m'aventurer plus loin. Au reste, l'essentiel était dit. La cloche de tête du clocher tinta à coups précipités, puis les autres se mirent de la partie.

— Sexte, dit le prieur, je vais devoir prendre congé.

Il ne m'avait rien appris, sinon cette sourde incertitude enfouie sous sa discrétion.

— Ma femme et moi partons pour la Bretagne. Nous serons à Guivinic la semaine prochaine. Si nous voyons Dom Salvator, faudra-t-il vous envoyer de ses nouvelles ?

L'hésitation dura un millième de seconde.

— Assurément. Je vous en serais reconnaissant. Dom Salvator est l'abbé de ce monastère. Il est toujours parmi nous.

— Mon père, tout à l'heure, vous ne m'avez pas répondu. Quand vous a-t-il quittés ?

— En avril. Un dimanche soir.

Dom Jansen se leva. Nous nous levâmes aussi. Je fis une dernière tentative.

— De quelle façon vous a-t-il quittés ? Peut-être ai-je moi aussi besoin de le savoir...

Il me considéra pensivement. Ses yeux m'interrogeaient sans que je comprisse tout à fait la nature de leur question.

— Je me le demande..., dit-il. Si vous cherchez vraiment à comprendre, Dom Salvator étant votre ami, peut-être, en effet, cela vous aidera-t-il. Dom Salvator a réuni ce dimanche-là le chapitre après vêpres. Il semblait tourmenté. Il avait perdu ce sourire qui nous faisait à tous tant de bien. Il nous a fait part de son besoin de solitude totale, de la nécessité pour lui de faire retraite, seul, pour une période indéterminée.

— Salvator a toujours eu horreur de la solitude.

— Moi, je le sais. J'étais aussi son ami. Mais nos frères l'ignoraient. Ils l'ont cru.

— Et vous-même, mon père, l'avez-vous cru ?

— Assurément. Salvator n'est pas un personnage ordinaire. S'il parlait de besoin et de nécessité, c'est qu'au moins ils devaient s'imposer à lui de façon impérieuse. Il nous a annoncé son départ pour le soir même.

— Pas un d'entre vous ne lui a posé de questions ?

— Pas un. Pas même moi. Nous sommes des féodaux. On n'interroge pas un père abbé sans y avoir été invité. Il ne nous y a point encouragés. Il s'est fait conduire le soir même à la gare d'Ussel, dans la camionnette du monastère, par le frère cellérier. Il a refusé que je l'accompagne. J'aurais pu, en effet, seul à seul, lui poser des questions.

— L'auriez-vous fait ?

— Je ne le crois pas.

Le deuxième carillon de sexte sonna.

— Je vous quitte, dit le prieur. N'omettez pas de m'écrire. Vous en savez maintenant autant que moi.

— Presque autant, mon père. S'est-il produit quelque chose de particulier ce dimanche-là ? Quelqu'un est-il venu ?

— Il est venu un jeune homme, qui a assisté à la messe solennelle du dimanche, exactement comme vous aujourd'hui. Puis il a demandé à voir Dom Salvator. C'était son neveu, José de Orth.

Je n'avais jamais entendu parler de lui. Ce devait être le petit-fils du frère de l'armateur, une branche de la famille où l'on se tuait en voiture de sport. J'ignorais qu'il y eût un survivant.

Quelque chose m'intriguait, une question très incidente qui me venait à l'esprit, mais que l'attitude du père prieur, se dirigeant lentement, trop lentement, vers la porte, semblait m'inviter à poser.

— Mon père, en parlant de José de Orth, pourquoi avez-vous précisé qu'il était venu ici, au monastère, exactement comme moi aujourd'hui ?

— C'est vrai ? J'ai dit cela sans y penser. Comme vous, José de Orth n'était pas venu seul. Il était accompagné d'une jeune femme. Les religieux ne sont pas aveugles. Lorsqu'elle se présente, ils savent reconnaître l'œuvre de Dieu dans la beauté de ses créatures. Je me souviens que cette personne était aussi une très jolie jeune femme.

Sur ce compliment pour le moins étrange, il nous quitta.

Nous avons déjeuné dans la campagne, à une table de café, de jambon de Maurs, de tripoux d'Aurillac et de mûres au sucre. Il nous a fallu quelque temps pour nous reprendre, pour nous rendre l'un à l'autre après les émotions de la matinée. Nous avons arrosé notre café d'eau-de-vie de prune. Aude s'est changée, a enfilé un pantalon de velours, et, comme moi, des baskets. Nous sommes allés nous promener à pied, sur une petite route le long d'une rivière encaissée. Il faisait beau. Rien, autour de nous, pas même le revêtement empierré du chemin, ne permettait d'identifier le siècle dans lequel nous vivions. C'est une sensation rare, de nos jours, quelque chose comme la perception d'un vide dont on a perdu la clef, ou la stupéfaction d'un passant, qui, se penchant à la margelle d'un puits, y jetterait une pierre, et en dépit d'une longue attente n'en recevrait aucun écho. Au sommet de la pente, on apercevait seulement l'extrémité de la tour carrée d'un clocher roman coiffé d'un toit d'ardoises en bâtière. Justement la cloche tintait.

— C'est l'heure de s'embrasser..., dit Aude.

Puis nous nous sommes assis sur une pierre plate, au bord de la rivière, et nous avons lancé des cailloux dans l'eau.

— Frédéric, commença Aude, ce moine, Dom Jansen, c'est un message qu'il vous a laissé...

— Que voulez-vous dire par là ?

J'avais eu la même impression, assortie d'une conclusion précise, mais je souhaitais l'entendre de la bouche d'Aude et sans la lui souffler. Deux impressions identiques vaudraient une certitude.

— Il a parlé d'une jeune femme qui accompagnait José de Orth. Il ne l'a pas fait par hasard. Il a attendu de vous juger avant de s'y résoudre. Il a dit exactement : « une très jolie jeune femme ». Ce furent même ses derniers mots. De sa part, c'était un immense effort qu'il ne pouvait poursuivre plus longtemps. Là-dessus, il a filé en nous tournant le dos de façon à couper toute reprise de contact de dernier instant. Il ne tenait pas à ce que vos regards se croisent. Il ne tenait pas à savoir si vous aviez compris. Pour lui, il en avait déjà trop dit, mais ce qui était dit était dit.

— Aude, sérieusement, imaginez-vous Salvator, abbé, tenu par ses propres moines en odeur de sainteté, plantant là vingt-cinq ans de vie monastique exemplaire parce qu'il aurait entr'aperçu une jeune femme, si jolie soit-elle, lui qui en avait tant vu qui ne l'avaient point retenu ? Et pour faire quoi ? Pour suivre la dame dans un moment d'aberration qui serait d'ailleurs absolument inconcevable ? Non. Pour s'enfermer dans un phare. Ce ne serait pas cohérent. Cette jeune fille, cette jeune femme, c'était peut-être Mme José de Orth, ou bien une sœur de José de Orth, une fiancée, une amie, n'importe qui, quelle importance ? Salvator n'a fait que l'entrevoir. Peut-être n'a-t-il même pas entendu le son de sa voix ? Il a embrassé son neveu et la cloche de sexte l'a appelé, voilà tout.

— Frédéric, vous vous faites l'avocat de Dieu et moi celui du diable. Il y a une question que vous auriez dû poser.

— Je le sais. Dom Jansen ne m'en a pas laissé le temps. Me l'eût-il laissé que j'aurais hésité.

— Vous voyez. Voulez-vous que je vous pose à mon tour cette question ?

— Allez. Nous n'y échapperons pas.

— Cette jeune fille, cette jeune femme, avait-elle de longs cheveux blonds, un nez légèrement aquilin, de grands yeux verts étirés sur les tempes ? Voulez-vous que je poursuive ? Ce sont vos propres souvenirs.

— Inutile. C'était bien là ma question.

— Et la réponse ?

— Cela ne tient pas debout. Ce portrait que j'ai vu à bord de la *Louise-Alice* a été peint, à ce que j'en sais, il y a près de quarante-cinq ans. C'était le portrait d'une jeune femme d'une vingtaine d'années qui aurait donc aujourd'hui, en admettant qu'elle ait jamais existé, au moins soixante-cinq ans. Vous la voyez réapparaître par miracle avec son visage de jeune fille ? Imaginez-vous ce portrait, probablement perdu aujourd'hui, subitement réincarné pour venir narguer jusque dans son monastère un moine qui l'avait sans doute oublié et dans la vie duquel il n'avait fait que passer ? Et quel rôle jouerait ce lointain neveu qui n'était peut-être même pas né quand Salvator quitta Paris pour s'enfermer dans son couvent ? Encore une fois cela ne tient pas debout. Cependant...

— Cependant ?

— Je n'y comprends rien. Nous ne formulons qu'une hypothèse. Mais j'ai beau me creuser la cervelle, je ne vois pas d'autre explication. Travers de romancier. Il faut s'en méfier. Dans le courant de la vie cela ne vaut rien.

— J'ai eu la même idée que vous, dit Aude, et je ne suis pas romancière.

— Romanesque, peut-être ? Je vous l'avais demandé mais vous ne m'aviez pas répondu. L'êtes-vous ?

— Terriblement, je l'avoue. On s'ennuie tellement dans le courant de la vie.

— Alors nous nous trompons. Il existe certainement une explication simple. Dom Jansen a seulement cherché à vous dire, à vous, quelque chose de gentil, et comme il n'a pas l'habitude des compliments, il s'y est empêtré. Quant à Salvator, il a fait comme tout homme de foi qui passe la cinquantaine, il a éprouvé le besoin de réfléchir sur soi-même. En langage monastique : retraite, prière, méditation. Je le connais bien. Fidèle à son personnage, il s'est offert un dernier luxe : une attitude. Un phare en mer ! A vingt ans, il n'aurait pas trouvé mieux pour s'étonner lui-même. Bientôt nous saurons la vérité. Elle nous décevra. Ne nous pressons pas trop.

Et je pensais : ne nous pressons pas trop, Aude, nous saurons bientôt la vérité sur nous-mêmes et elle aussi nous décevra...

Nous étions revenus au village où nous avions déjeuné. Deux gamins d'une dizaine d'années étaient plantés devant la Daimler qu'ils dévoraient des yeux comme un jouet neuf un peu mystérieux.

— D'où venez-vous, m'sieur ?

— Tzoung mélavitch practorvaï hongue garpatchoff akranato, répondis-je en roulant terriblement les r, avec un accent sino-slave à couper au couteau.

Bouche bée, les yeux comme des soucoupes, ils demeurèrent pétrifiés tout le temps que je manœuvrais pour sortir de la petite place. Puis je les vis dans mon rétroviseur se précipiter l'un vers l'autre pour échanger des commentaires animés.

— Que leur avez-vous dit ? demanda Aude, amusée.

— Des mots sans signification. Je ne parle aucune langue étrangère, hormis celle-ci que j'utilise lorsque je suis surpris, dans le métro, en première avec un ticket de seconde. Je n'allais quand même pas leur répondre, en bon français, que nous arrivions de Saint-Flour, ou même d'Avignon. Ce n'était pas à la hauteur de leurs espérances. Eux aussi, la vérité les aurait déçus. S'ils sont doués d'imagination, cela les occupera un bout de temps...

Nous rejoignîmes Lugarde par de petites routes presque désertes courant à travers un paysage qui prenait, à la nuit tombante, l'aspect désolé d'un haut-plateau des Andes. Gesticulant au milieu de la route, un couple de paysans sans âge et sans couleur poussait son troupeau vers une ferme voisine. Nous fûmes bientôt environnés de vaches, englués au milieu du troupeau. Je baissai la vitre et criai :

— Place à Monsieur le baron ! Place à Monsieur le baron !

Ils nous jetèrent des regards de haine, courant comme des dératés après une vache qui s'échappait.

— La rouquine ! La rouquine ! Tcheu, tcheu, psalmodiaient-ils désespérément.

— Comme vous êtes méchant ! dit Aude. Ils ne vous ont rien fait, ces braves gens.

— Il faudrait savoir, ma chère Aude, en quelle époque nous souhaitons vivre tous les deux ? 1788, cela vous va ? Nous avons encore un an de bon...

La soirée fut douce, à Lugarde. Nous étions ce soir-là les seuls hôtes du château. Dans le petit salon des gentilshommes, la femme de chambre a roulé une table chargée d'une fastueuse dînette, puis elle s'est retirée en disant que Madame avait pensé que nous serions heureux de nous servir nous-mêmes et sans cérémonie. Nous avons soupé assis sur le tapis, le dos calé par des coussins. Il y eut de longs moments de silence pendant lesquels on entendait seulement crépiter le feu dans la cheminée. Nous nous sommes surpris plusieurs fois à nous regarder tendrement, ce qui nous a fait rire.

Mme de Lugarde est venue nous rejoindre pour prendre le café et elle s'est assise par terre sans façon près de nous. Nous avons bavardé comme si nous étions des amis de vingt ans. Elle nous a parlé de sa famille. A un moment, en dépit de la gravité du propos, elle a dit assez drôlement : « Je n'avais qu'un mari. Je l'ai donné à la France. Il s'est fait tuer en Algérie, dans les combats de l'Ouarsenis. Je n'ai qu'un fils. Il a renoncé à la carrière des armes et je l'ai donné à la banque Rothschild. Tout cela pour rien. Nous avons perdu l'Algérie et la banque Rothschild a été nationalisée... » Elle nous a aussi annoncé qu'elle ne rouvrirait probablement pas son château au printemps.

— Je dois des sommes folles au fisc et je n'en ai pas le premier sou. « Ils » sont venus avec leurs faces de rats. « Ils » ont évalué Lugarde et m'ont taxée en proportion. Ce château est invendable aujourd'hui à ce prix, mais « ils » n'ont pas voulu démordre de leur chiffre. Et je n'ai reçu qu'une seule proposition d'achat, du tiers de la somme évaluée. Un coup monté. Il n'y aura pas d'autres propositions. « Ils » y veillent. Ecoutez-moi bien, ma chérie — c'était à Aude qu'elle s'adressait —, il me faudra vendre Lugarde à la Mutuelle des instituteurs du Cantal qui veut en faire un centre de week-end et de loisirs. Lugarde sera peuplé de petits barbus haineux qui ne se seront même pas donné la peine d'envahir le château, fourche et faux en main, et d'en dépecer le seigneur, comme en 89. Puisqu'il n'y a plus de gueux pour y flanquer le feu, c'est sans doute moi qui le ferai...

Tout cela d'un ton paisible, sans élever la voix, un sourire au fond des yeux. A la façon de l'amiral Murdoch elle ajouta :

— Que cela ne vous rende pas tristes. Il n'y a vraiment pas de quoi. Je suis très gaie, vous savez. Tout cela se passait en d'autres temps.

Elle eut aussi cette jolie phrase :

— Nous nous transmettrons la mémoire. Sa raréfaction fera notre fortune...

Plus tard, dans la chambre, au moment de s'endormir, Aude me demanda :

— Croyez-vous que Mme de Lugarde mettra le feu à son château ? Cela me ferait bien plaisir.

— Et pourquoi ?

— Je ne suis pas particulièrement méchante, mais cela m'ennuierait beaucoup que quelqu'un d'autre que moi soit heureux précisément dans cette chambre-là...

Nous ne nous sommes pas pressés.

De Lugarde, en Auvergne, à Guivinic, en Bretagne, environ sept cents kilomètres par ce que les radios, les jours de jolis bouchons, appellent les grands axes routiers. Par les petites départementales, autrefois vicinales, que nous choisissions systématiquement, presque le double. Il nous a fallu la semaine. Cent kilomètres le matin, cent l'après-midi, des arrêts fréquents pour admirer le paysage, des détours sans fin vers des chapelles désertées, des châteaux au loin dont nous cherchions l'accès. C'était une France un peu mélancolique que nous traversions. Elle nous donnait l'impression d'être seuls au monde et nous l'aimions. Nous déjeunions dans de petites auberges où les clients ne se bousculaient pas. Si la télévision fonctionnait, Aude demandait avec un sourire qu'on l'éteigne, et le plus souvent la patronne, étonnée d'un tel souhait formulé par quelqu'un d'aussi jeune et d'allure si moderne, obtempérait de bonne grâce. Nous avons passé ainsi des heures exquises dans de petites salles tranquilles, à l'abri de tous les vains échos. Nous nous racontions notre vie en mangeant des civets roboratifs et des saucissons durs comme de la pierre sous des pendules de bois ciré. J'avais oublié que j'avais eu une vie. Elle m'est revenue. J'en ai dit beaucoup. Il m'a fallu avouer mes deux fils, sans trop d'ennui, bien que l'aîné fût un peu plus âgé qu'Aude, mais aussi, pressé de questions, mes deux petites-filles, dont la plus âgée commençait déjà à baragouiner en faisant des mines. Je me sentais ridicule. Aude, quant à elle, riait franchement.

— Que vous êtes bête, Frédéric ! Si vous pouviez voir votre tête. Mais je le sais, votre âge ! Faut-il que je vous fasse des compliments pour effacer cette mine lugubre ?

Elle me les dit, au creux de l'oreille, en termes si crus que j'en rougis. Puis me regarda, interdite, l'air d'avoir été prise en faute, comme si les mots lui avaient échappé, et rougit à son tour, devenue pivoine du cou au front. Nous fûmes pris ensemble d'un fou rire sous le regard passionnément intéressé d'une grosse aubergiste à moustache qui avait dû dévorer tout son fonds de romans-photos.

— Et puis, dit Aude quand nous eûmes repris notre sérieux, vous n'aurez pas le temps de vieillir en ma compagnie, je ne suis pas là pour l'éternité. Aimez-moi donc sans souci.

Dans sa franchise, cette phrase me plaisait. Nous étions sortis tous deux du carcan de nos vies, bâtissant une manière de bonheur ailleurs. Je me demandais seulement qui fermerait la parenthèse le premier.

Petites auberges pour déjeuner, grands hôtels pour y passer la nuit, c'est la seule façon de voyager. De la veille au lendemain, j'apportais tout mon soin à la recherche du gîte d'étape. Je donnais de longs coups de téléphone chaque soir pendant qu'Aude faisait sa toilette et se changeait pour le dîner. Mes efforts étaient le plus souvent récompensés. Dieu merci, il existe en France, mais pour combien de temps, au cœur de certaines villes, des hôtels ravissants, délicieusement meublés, où l'on cultive encore le goût de recevoir et de plaire. Nous y vîmes des gens très étranges par ces temps ordinaires. Un jeune couple d'une grande élégance qui s'annonça clairement « en voyage de noces », tandis que nous buvions un verre au bar et bavardions en voisins, un colonel de cavalerie en uniforme portant monocle et gilet jonquille sans le moindre soupçon de ridicule, et un authentique évêque en soutane de soie à boutons rouges, escarpins vernis noirs à boucles et chaussettes non moins rouges, accompagné d'un secrétaire monsignore et d'une nièce tout à fait ravissante, qui se révéla malheureusement être un prélat diplomatique romain ; je dis malheureusement parce que chez nous, en France, la caste des princes de l'Eglise s'est perdue, remplacée par des commis d'évêché qui ne savent même pas choisir leurs cravates.

— 1788, dis-je à Aude. La bonne époque...

Nous nous amusions beaucoup. A l'échelle de mon compte en banque et sans plus m'imposer de soustractions sur les talons de mon chéquier, je laissais dans ces établissements des sommes astronomiques. Je brûlais gaiement mes vaisseaux. Ecrivain, de livre en livre, je n'avais fait que durer. Avec un peu d'honneur, on se lasse de durer. Cette fois sans manuscrit, sans sujet, rien dans les mains, rien dans les poches, rien dans la tête, je m'offrais à moi-même le spectacle de l'auteur comblé. Ce n'était pas à Aude que je donnais la comédie — elle acceptait tout cela avec le plus parfait naturel, comme si elle avait toujours vécu de cette façon et que venant de moi, rien ne l'étonnait — mais à moi. Sans être dupe. La seule chose que j'ignorais, c'était quand et comment le rideau tomberait. Sur quel décor ? Quelle scène ? Et qui applaudirait la pièce ?

Un soir, de la chambre, Aude téléphona à son père. La conversation fut brève. Je vis Aude sourire. A un moment elle dit : « Comme je ne l'ai jamais été. » Des larmes lui vinrent aux yeux sans qu'elle cessât de sourire, puis tout cela se transforma en une cascade de rires.

— J'avais promis de lui donner de mes nouvelles, dit-elle après avoir raccroché. Il n'a pas cherché à savoir quand je reviendrais. Il n'a pas eu l'ombre d'un ressentiment, pas un soupçon de désapprobation. Savez-vous ce qu'il m'a demandé ? Si j'étais heureuse ? Rien d'autre. Vous avez entendu ma réponse. Il a ajouté que rien ne pouvait lui faire plus plaisir à entendre...

Au matin, vers dix heures, nous filions hors de nos cachettes pour nous replonger bien vite dans nos petits chemins de campagne. Nous avons dû encore croiser ce siècle une ou deux fois, au nord de Poitiers, par un pont au-dessus d'une autoroute, occupé comme une tour d'assaut romaine par des gendarmes casqués armés de lance-grenades. Au-dessous de nous on se battait. Des poids lourds disposés en travers bloquaient la circulation. Il y en avait des dizaines, et des voitures par centaines dans les deux sens, immobilisées à perte de vue. Les manifestants, peut-être des chauffeurs routiers, hurlant de rage, balançaient des boulons de roue de camion dans les pare-brise des autos qui tentaient de se faufiler. Il y avait des visages en sang. Une ambulance de pompiers brûlait. Des gendarmes prirent peur. L'un d'eux gisait, le ventre béant, agité de soubresauts spasmodiques. Il y eut des coups au but malheureux. Un camion prit feu. Des gens fuyaient en escaladant les talus. Nous étions déjà loin que je voyais encore, par le rétroviseur, une colonne de fumée noire se répandre dans le ciel. Plus loin, du côté d'Angers il me semble, nous nous sommes fourvoyés aux lisières d'une zone industrielle, longeant d'immenses hangars déserts, entourés d'aires de béton tout aussi désertes sur lesquelles naviguaient tristement, poussés par le vent, de vieux cartons d'emballage éventrés. Un calicot, délavé par le temps, pendouillait à la façade d'un hangar. On y lisait en lettres rouges d'une calligraphie approximative : Usine en grève occupée par les travailleurs. Les portes coulissantes des hangars étaient rouillées. Quelques engins de levage vaguement alignés semblaient attendre le ferrailleur. On ne voyait personne.

Nous avons fui. Le lendemain, à un détour de la route, une croix de granit a poussé, plantée sur un talus. Au-dessus de nous, dans le ciel, rameutée par les vents d'ouest, s'avançait à travers le soleil une tumultueuse cavalerie de nuages. Nous étions en Bretagne. A partir de là, nous ne nous sommes plus arrêtés, sauf pour déjeuner, dans une crêperie de village, de délicieuses galettes aux saucisses arrosées de muscadet, et pour chercher à la poste, dans l'annuaire des Côtes-du-Nord, le numéro de téléphone de l'auberge des Princes. Parmi la quarantaine d'abonnés de Guivinic, aucun ne figurait sous ce nom-là. J'appelai de la cabine le café-tabac-restaurant « Au Rendez-vous des marins » qui semblait former, dans une toponymie classique, avec la crêperie-buvette du Port, tout l'équipement hôtelier de Guivinic. Il me fut répondu que le numéro de l'auberge des Princes était un numéro privé ne figurant pas dans l'annuaire et qu'il ne pouvait être communiqué par téléphone à un inconnu. Que je me présente en personne, on me le donnerait.

— Sur ma bonne mine ?

J'entendis rire ma correspondante au bout du fil.

— A peu près. Mlle Roparz habite là toute l'année, mais elle a fermé son auberge depuis plusieurs années et ne veut plus être dérangée. Quelquefois, exceptionnellement, elle prend encore un ou deux pensionnaires. Vous verrez bien...

Je tenais au moins un nom.

Il fut jugé prudent de bivouaquer sur une position d'attente avant d'investir Guivinic. Aude étudiait la carte routière.

— Il y a Port-Jagu, dit-elle. Ce n'est pas loin de Guivinic. Vous m'aviez parlé de Port-Jagu...

La *Louise-Alice* doublant la jetée, Salvator à la barre, une jeune femme blonde à son côté, cheveux au vent, l'Hotchkiss de M. de Orth sur le quai du port, le chauffeur en leggins grises m'ouvrant la portière, sa casquette à la main, le retour solitaire à Paris, le point final à notre jeunesse, la fin d'un monde aussi, mais cela nous ne le savions pas, Salvator et moi. Trente ans avaient passé. Je n'étais jamais revenu à Port-Jagu...

Aude s'était emparée du guide.

— Il y a un bon hôtel, sur le port justement. Ouvert du 30 mars au 10 septembre. Nous sommes le 10. Tentons notre chance. Vous ne trouvez pas que cela devient trop bourgeois, toutes ces réservations bien soignées ?

— Merci quand même.

L'hôtel était simple, mais chaud, chaleureux. Bien qu'il fermât le lendemain, on nous accueillit gentiment. La Daimler fut remisée dans la cour entre deux rangées de linge qui séchait. Notre chambre donnait sur le bassin des yachts. Toutes ces coques étaient nées à mille pieds sous terre en Arabie Saoudite sous forme de pétrole dont le plastique est un dérivé. Je ne pouvais m'empêcher de penser qu'elles étaient totalement dépourvues d'âme. Naguère encore, les bois dont on faisait les bateaux venaient de Suède, des Vosges, du Morvan, du Gabon, de l'Oregon, de Virginie, des hauteurs de Provence. Ils emportaient sur la mer un peu de leur âme natale. Ils étaient doués d'une sorte de porosité sentimentale où l'âme du marin épousait celle du bois pour engendrer l'âme du navire. Sur le plastique inerte glissent les ondes de l'âme comme des gouttes d'eau sur des plumes de cygne. Ce n'est pas demain qu'on verra surgir de l'horizon un Hollandais Volant dérivé du pétrole. La plupart de ces yachts étaient désarmés pour l'hiver. Sur les plus grands, les plus beaux, en travers des haubans, il y avait une pancarte : A vendre, s'adresser agence Z. Signe des temps...

Avant le dîner, comme le soir tombait, nous sommes allés, Aude et moi, nous promener jusqu'au petit phare du bout de la jetée. Lui n'avait pas changé. Construit en poutrelles de fer, il ressemblait toujours à une tour Eiffel en miniature. Pour le reste, je ne reconnaissais pas grand-chose du Port-Jagu que j'avais connu. Le quai avait été agrandi, débarrassé de ses épaves romantiques, vieux doris retournés, ancres rouillées, casiers abandonnés, pour servir de parking, désert à cette époque de l'année, ses pavés disjoints et inégaux noyés sous une couche uniforme de goudron où l'on avait peint des lignes blanches. Il me fut impossible de retrouver l'emplacement du petit restaurant où nous avions déjeuné tous les trois, Salvator, la jeune femme aux yeux verts et moi. Construits plus récemment, la plupart des magasins, les hôtels, les faux pubs à néon, les crêperies tenues par des Parisiens, les friteries, les bars étaient fermés. La vie de vacances n'est qu'artifice. Chacun s'y leurre sans se douter que le néant recouvre la plus grande partie de l'année le théâtre des illusions d'été et que les foules en congé d'un mois ne font que se croiser dans des tombeaux et déambuler dans des nécropoles. Il n'en reste personne. Personne n'est venu. C'est bien ainsi.

Le phare venait de s'allumer, clignotant de cinq éclats blancs. Une large houle d'ouest, rapportée par le flot, s'écrasait contre la jetée. Nous nous étions accoudés au parapet, regardant la mer qui se brisait à nos pieds. Parfois un embrun s'élevait comme une torche liquide, nous trempant le visage et le cou. Je me reculais, mais Aude ne bronchait pas, le visage ruisselant, passant sa langue sur ses lèvres pour en éprouver le goût salé.

— J'aime cette mer, dit-elle. J'aime ces vagues vertes. Qui sait d'où elles viennent ? Quand elles en sont parties ? Connaissez-vous ce passage d'un livre : « Une vague est morte sur nos rives matérielles. Elle n'avait plus de mémoire car elle venait de loin. Je l'ai prise dans le creux de ma main. Puis elle m'a échappé et il n'en restait rien... » ?

Je fis signe que oui. C'était tiré d'un de mes livres aujourd'hui oublié, épuisé, mort à jamais. Je reconnus cette phrase. Elle aussi avait fait un long voyage pour parvenir jusqu'à nous.

— Je vous connais depuis longtemps, dit Aude. J'ai lu ce livre quand j'avais quinze ans, je ne sais plus à quelle occasion et je ne l'ai jamais retrouvé, il s'est perdu. C'est lui qui m'a décidé l'autre jour à vous rejoindre à la gare d'Avignon, bien plus que tout le charme que vous aviez déployé l'avant-veille. Comment expliquer cela sans que vous compreniez de travers ? Si je me suis rappelé précisément ce passage, c'est qu'il me conduisait à vous et que je n'avais pas à hésiter, car il marquait aussi un terme...

— Et maintenant ?

— Je ne sais plus. Nous voilà déjà en Bretagne. Le terme s'est approché. Je le redoute. Je ne voudrais pas que tout m'échappe et qu'il n'en reste rien. Je...

Je vins à son secours. C'est-à-dire au mien. Une vague se présenta en renfort, un peu plus forte que les autres, et nous aspergea copieusement. Nous nous ébrouâmes en riant.

— Aude, que diriez-vous d'un baiser de cinéma ?

Elle me jeta un regard intrigué.

— Voyez autour de vous, dis-je. Nous sommes en plein décor tragique naturel. La nuit est presque tombée. La jetée est déserte et brillante de flaques. Au-dessus de nos têtes tourne le pinceau lumineux du phare. On entend le ressac des vagues, le bruit du vent et le cri des mouettes. Là-bas, à l'horizon, passe une voile lointaine. Vous avez les cheveux collés sur le front, le visage ruisselant d'eau de mer à laquelle se mêlent des larmes...

— Mais je ne pleure pas ! protesta-t-elle vivement. Je me sens plutôt gaie maintenant.

— Admettons. Je suis aussi trempé que vous et nous venons de nous dire, d'après le scénario, des choses définitives. A ce point-là de la scène, le baiser s'impose. Nous allons nous embrasser longuement et tout mouillés. Rien de plus classique.

Rien de plus classique aussi de dire que sa bouche avait un goût de sel et que c'était fichtrement bon. Nous avons répété la scène plusieurs fois, jouant la dernière à la perfection. A la faveur de nos effusions, la voile s'était légèrement rapprochée, émergeant presque totalement de l'horizon. On ne distinguait pas la coque, mais à peu près distinctement les divers éléments de la voilure blanche qu'éclairaient de plein fouet, d'une lumière rasante, les derniers rayons du soleil. Il s'agissait d'un côtre ou d'un sloop gréé à l'ancienne, portant grand-voile apiquée, voile de flèche, probablement aussi foc et trinquette. Un bateau de collectionneur, une sorte de pièce de musée, il en navigue encore quelques-uns sous pavillon britannique. Je ne pus en voir plus. Il vira de bord et s'éloigna au nord-est, en direction de Jersey. L'apparition me laissa songeur.

— La *Louise-Alice* de Salvator, dis-je à Aude, avait exactement ce gréement-là. Dans les années cinquante, c'était déjà un bateau qui avait une longue vie derrière lui. Il n'est guère probable que ce soit lui. Mais d'aussi loin, on s'y tromperait...

De retour à l'hôtel, Aude s'exclama :

— Regardez qui est là !

Une énorme Harley-Davidson rouge vif était béquillée sous le porche de l'hôtel. Au bureau de la réception, je griffonnai un mot sur une carte : « Soyez nos invités pour dîner. Nous vous attendons vers huit heures au restaurant. » Puis la glissai dans une enveloppe, et, choisissant une rose rouge dans un vase, demandai qu'on portât le tout dans leur chambre à l'amiral et lady Murdoch. La femme de chambre revint en disant que « ces messieurs-dames » y seraient.

Je trouvai l'amiral fatigué. Dans sa course au Septentrion, l'âge avait rattrapé le vieux jeune homme. Il embrassa Aude sur les deux joues, à la française. Sa femme le couvait d'un regard tendre et inquiet. C'était elle qui avait rajeuni. Toute sa laideur pathétique s'en trouvait transfigurée. Dans son visage osseux et décharné brillait cet éclat amoureux du regard qui avait dû, cinquante ans plus tôt, faire la conquête du midship.

Nous avons pas mal bu. On nous a servi des homards

grillés succulents, précisant que nous avions de la chance parce que la tempête s'était enfin calmée et que les pêcheurs avaient pu relever leurs casiers. L'amiral mangeait peu. La bataille au casse-noix contre une pince de homard était au-dessus de ses forces. Lady Murdoch brisait les pinces avec dextérité, extrayant la chair blanche et rose qu'elle disposait sur l'assiette de son mari, lequel la remerciait d'un regard à la fois triste et gai.

— Tom a eu un petit malaise, dit-elle, du côté de Chinon. Nous avons dû nous arrêter sur le bord de la route et attendre. Tom s'était étendu sur l'herbe pour se reposer. J'ai d'abord levé le pouce pour arrêter une auto mais j'y ai vite renoncé. Je suis une vieille femme. J'avais enlevé mon casque. Pas un de ces types au volant n'a même ralenti. C'est un couple de jeunes motards qui nous a tirés d'embarras (accommodé à l'accent britannique le plus oxfordien, le mot « motard » devenait quelque chose comme l'expression d'une caste tout à fait aristocratique). Ils se sont arrêtés spontanément. Tom allait un peu mieux. Il voulait continuer coûte que coûte. Le jeune homme s'est mis au guidon de la Harley-Davidson, Tom en passager sur la selle, et moi je me suis retrouvée à califourchon sur une Yamaha de compétition, agrippée à une charmante jeune fille qui riait tout le temps et m'appelait Diana...

Ainsi lady Murdoch se prénommait Diana. L'amiral ne l'appelait jamais que *Honey*. Nous ne sortions pas du répertoire classique.

— Nous avons filé comme le vent jusqu'à un petit village aux environs de Rennes où nous nous sommes fait déposer devant une auberge où nous avons couché. Tom se sentait d'attaque pour repartir le lendemain matin. Le jeune homme a dit : « Pas avant huit heures. Attendez de mes nouvelles. » La jeune fille a embrassé Tom en répétant : « Pas avant huit heures, faites comme il vous a dit... » Le lendemain, peu avant l'heure fixée, nous avons entendu un grand bruit de moteurs sous nos fenêtres. C'était l'escorte. Quatre garçons et quatre filles, sur quatre motos. Nous n'avons pas vu leurs visages, rien que leurs yeux derrière la visière du casque. Nous avons roulé d'une traite jusqu'à Guivinic, où nous espérions vous trouver. Le jeune homme avait préparé deux relais. Tandis que les uns faisaient demi-tour en disant adieu de la main, d'autres prenaient leur place, en avant de nous, en arrière, veillant aux carrefours dangereux, formant autour de nous une sorte de bouclier quand la circulation devenait plus dense. A Guivinic, nous avons serré la main de la dernière escorte, toujours casquée. Ils ont refusé l'invitation à déjeuner de Tom. Nous ne savons rien d'eux, sinon qu'ils étaient jeunes. Nous n'avons même pas entendu le son de leur voix. L'un d'eux a dit seulement : « Et voilà ! »

Nous terminâmes le dîner au champagne. Ce breuvage miraculeux rendit le don de la parole à notre ami l'amiral, qui n'avait guère ouvert la bouche jusque-là. Comme j'évoquais Ar Men, il me dit :

— Nous l'avons vu, ce phare. Du haut d'un cap, à travers les arbres d'une forêt, cet après-midi même, en cherchant l'auberge des Princes où nous pensions vous trouver. Il y en avait d'autres au loin, plus élevés, comme les pièces maîtresses d'une partie d'échecs désespérée. Je connais un peu ce coin de la mer. C'est un sale coin. Lorsque j'avais dix-huit ans, j'y ai navigué à bord d'un vieux clipper-école de la Navy. Nous avions viré de bord à un mille de là.

— Et l'auberge ? demandai-je. Existe-elle ?

— Cela, je ne saurais vous le dire. Nous nous sommes renseignés à Guivinic. On nous a répondu que l'auberge était fermée ; qu'il n'y avait personne en cette saison ; qu'on ne nous recevrait pas ; qu'il était inutile de nous présenter à la grille ; que personne ne viendrait nous ouvrir. Nous avons insisté. On a fini par nous indiquer le chemin. Il faut sortir du village dans la direction opposée à la route de Port-Jagu, franchir par un radier le lit à sec et vaseux d'un ruisseau, remonter de l'autre côté sur le plateau de la falaise et s'enfoncer dans la forêt. La route est un chemin empierré signalé par une pancarte : propriété privée, entrée interdite. Aucune mention de l'auberge des Princes. S'il s'agit vraiment d'un hôtel, on ne peut pas dire qu'ils en facilitent l'accès aux clients. Au bout d'un kilomètre à peu près, le chemin tourne à angle droit à cette pointe du cap d'où l'on aperçoit les phares à travers les arbres, puis amorce une descente légère en ligne droite. On ne peut aller plus loin. Une grille à deux battants barre le chemin. Elle est fermée par une chaîne cadenassée. A cinq mètres au-dessus du sol, vissée au portant de la grille, il y a une cloche de navire, de celles qui servaient à piquer les quarts sur le spardeck d'un voilier au milieu du XIXe siècle. Un nom est gravé dessus mais d'en bas je n'ai pas pu le lire. De la cloche pend une corde jusqu'à hauteur de bras. J'ai sonné plusieurs fois. Je n'ai pas carillonné. J'ai fait comme si je piquais le quart de midi, du temps que j'étais midship, sur le pont de mon clipper-école. Je sais bien que la mer n'était pas loin et qu'on entendait le bruit du ressac au pied du cap, mais cela m'a fait un drôle d'effet de retrouver ce langage marin au sein d'une forêt. Ainsi qu'on me l'avait dit, personne n'est venu. De la grille, le chemin descendait doucement, peut-être vers une crique. Mais si loin que l'on pouvait voir, on n'apercevait rien d'autre que la trouée du chemin à travers la forêt. De chaque côté de la grille partait un haut mur de granit hérissé de tessons de bouteille. Nous l'avons longé sur une centaine de mètres, à pied, Diana et moi. Je suis monté sur un petit talus, et en me hissant sur la pointe des pieds j'ai pu jeter un coup d'œil par-dessus le mur. Il n'y avait que la forêt à perte de vue. Voilà l'histoire ; je n'en sais pas plus. Combien de temps comptez-vous passer à Guivinic ?

Aude me regarda, guettant la réponse.

— Je l'ignore. Une huitaine de jours. Peut-être plus.

— C'est donc là que nous vous écrirons quand nous serons arrivés...

Nous nous sommes couchés tôt. Nos amis avaient une centaine de kilomètres à faire le lendemain pour attraper dès dix heures du matin le ferry de Saint-Malo qui les ramènerait en Angleterre.

— Nous sommes pressés, maintenant, dit lady Murdoch en nous quittant, un petit sourire triste aux lèvres, tandis que son mari l'avait déjà précédée, montant pesamment l'escalier qui conduisait aux chambres. Le cap Herma, l'île Unst, les Shetland du Nord, c'est encore très loin pour Tom...

Plus tard, au moment de s'endormir, la tête posée sur mon épaule, Aude demanda bizarrement :

— Croyez-vous qu'ils arriveront là-bas avant nous ?

Puis elle avait plongé dans le sommeil sans attendre la réponse. Sa question me tint longtemps éveillé.

Nous avons fait surface le lendemain après le départ de nos amis, sans les avoir revus. Tacitement, Aude et moi l'avions voulu ainsi. Les pages se tournent le soir. Au matin, on ne fait qu'inutilement revenir en arrière alors que la lumière du cœur a changé. Elle est beaucoup moins douce.

Vers midi nous avons fait notre entrée à Guivinic et garé la Daimler exactement en bordure du cadre de la carte postale découverte à la brocante de Florac, sur le quai, juste à l'amorce de la jetée de granit sur laquelle courait toujours la voie étroite d'un chemin de fer désaffecté. La marée était au plein, mais on se rendait nettement compte que depuis le temps où le petit garçon, Yves, écrivait à son papa comme on jette une bouteille à la mer, le port s'était ensablé, réduit à un étroit espace d'eau profonde le long de la partie la plus éloignée de la jetée. Deux petits chalutiers fraîchement repeints en rouge et noir (les marins bretons se mettent rituellement « en peinture » à la fin d'août), le *Marat* et le

Robespierre (ce qui situait Guivinic chez les Bleus), portant guérite à l'arrière pour abriter le barreur, étaient mouillés à leur corps-mort, presque à se toucher, aussière tendue à quai. Quatre autres corps-morts indiquaient que des bateaux étaient à la pêche. Ils rentreraient à mi-marée. On ne voyait aucun bateau de plaisance, hormis quelques mouille-culs à demi échoués au fond du quai. A comparer la carte postale du petit Yves avec le paysage maritime que nous avions sous les yeux en tournant le dos au village, et bien que les deux bisquines à beaupré eussent irrémédiablement disparu pour faire place aux deux chalutiers, rien, absolument rien n'avait changé. Le bébé phare à balustrade, au bout de la jetée, face à un étroit goulet, offrait toujours la même inclinaison surprenante, peut-être même accentuée. Mais ce qui frappait surtout, alors que pas une côte en France, même en Bretagne dans ses coins les plus reculés, à l'exception de quelques landes classées, n'a résisté à la furie promotrice, c'est que la falaise et le cap qui barraient ce côté-là de la baie apparaissaient tout aussi boisés et dépourvus de constructions que sur la carte postale que je tenais à la main. Si j'avais bien compris le récit topographique de l'amiral, c'était au sein de cette forêt privée que se cachait l'auberge des Princes. Fallait-il qu'ils eussent été têtus, d'héritiers en héritiers, fort misanthropes, très riches ou peu âpres au gain, pour contenir la marée humaine aux limites de leur domaine ! En se retournant vers le village, on comprenait pourquoi Guivinic ne figurait sur aucun guide touristique. D'abord il n'y avait pas de plage, qu'un espace assez vaseux près de l'embouchure du ruisseau ; et toute la falaise, de ce côté-là, avait été irrémédiablement saccagée au temps de la carte postale, peut-être même avant. Ce n'était qu'une gigantesque carrière désaffectée, ce qui expliquait la voie ferrée, béante, envahie de ronciers, traversée d'anciennes coulées d'éboulis qui plongeaient jusque dans la mer au-delà de la jetée, inconstructible à jamais. En conséquence de quoi, et pour le reste, Guivinic, c'était charmant. Une petite église toute simple, au clocher de granit rose, des maisons de carriers identiques, en granit également, devenues maisons de vacances et fermées à cette époque de l'année, d'autres maisons basses de pêcheurs, le long du quai, un boulanger, un boucher, une épicerie, une poste auxiliaire, une crêperie, fermée jusqu'à l'été prochain, et juste en face de nous, à traverser le quai, un café-tabac-restaurant d'apparence rustique, à l'enseigne du Rendez-vous des marins. A travers la vitre du café, une femme entre deux âges, vêtue de gris, les cheveux gris, nous observait.

— Regardez ce qu'il y a d'inscrit sur l'enseigne, en petites lettres, me dit Aude.

Je levai le nez. Juste au-dessous du nom de l'auberge, figurait sa raison sociale : *Maison Lemaire.*

La plume sergent-major à la main, un petit garçon s'était appliqué : « Mon cher papa, tu as écrit à Mme Lemaire, tu te plains que je ne t'écris pas. L'année dernière je t'ai envoyé une carte, tu ne m'as pas répondu, viens donc me voir. Je serai bien content, tu verras comme je suis grand. Maman dit que je te ressemble... »

Nous entrâmes. Quatre marins-pêcheurs retraités, la casquette malouine vissée au front, tapaient la carte sur un tapis vert célébrant les vertus d'un pastis. La salle comportait trois autres tables recouvertes d'une toile à carreaux rouges et blancs, un comptoir de bois ciré, des rayonnages portant bouteilles et cigarettes, et deux voiliers en bouteille encadrant sur une étagère la tirelire verte, en forme de demi-coque de canot de sauvetage, des Hospitaliers-Sauveteurs bretons. L'endroit était sympathique. Je demandai si l'on pouvait déjeuner.

— Il y a des moules à la crème si vous les aimez, et de l'andouille bretonne pour commencer, dit la femme.

Elle parlait d'une voix agréable que je reconnus tout de suite pour l'avoir entendue au téléphone. Son regard amusé étonnait dans ce visage neutre. Le muscadet était frais. Dehors le vent était tombé et le soleil brillait. L'andouille poivrée emportait la bouche comme il convient. Lorsque furent apportées les moules qui répandirent dans toute la pièce ce que les chroniqueurs gastronomiques appellent un fumet d'authenticité, je demandai :

— Etes-vous madame Lemaire ?

— Non. Je suis Mme Querré. Mme Lemaire est ma mère. Elle a pris sa retraite. Pourquoi ?

Je lui tendis la carte postale.

— Lisez.

Elle lut à la façon des gens simples lorsqu'ils forcent leur attention, en remuant les lèvres.

— Ça a au moins cent ans, dit-elle.

— A peu près. Retournez-la.

Elle fit la même réflexion que moi.

— Rien n'a changé. Et tenez, le bateau, là...

Elle alla chercher l'un des voiliers en bouteille sur l'étagère et le posa sur la table.

— Le voilà !

C'était bien la même bisquine à coque noire et beaupré. En bouteille, il figurait sous voiles. Les quatre vieux levèrent le nez de leur jeu. Ils se passèrent la carte postale de main en main avec des hochements de tête, déléguant la parole au moins silencieux des quatre.

— Ben mon vieux ! C'était bien ça... La bisquine à Joseph. En vingt-cinq, il est passé au moteur et s'est acheté un canot neuf. Il avait des goûts de luxe, Joseph, et la bisquine ne tenait plus que par la peinture. Elle a pourri dans la vase de la rivière. On jouait dedans quand j'étais gamin. Il n'en reste rien aujourd'hui...

— Et Yves ? demandai-je.

— Ça lui ferait quel âge ?

— A moins d'un miracle, l'âge d'être mort ces vingt dernières années, je le crains.

— C'est qu'il est mort plus d'un Yves.

J'interrogeai Mme Querré du regard.

— Elle est triste, votre carte. Laissez-la-moi. Je demanderai à ma mère... Sont-elles bonnes, mes moules ?

Le tournant de la conversation. Le reste allait suivre.

— C'est vous, le monsieur qui a téléphoné hier ?

— C'est moi. Ma bonne mine vous convient-elle ?

Elle rit.

— Je crois. Mais il y a Madame.

— Mademoiselle ! rectifia Aude, se demandant s'il fallait rire ou se fâcher.

— C'est la même chose, dit Mme Querré, cette fois le plus sérieusement du monde et sans s'être expliquée. Mlle Constance...

— Mlle Constance ?

— Mlle Constance Roparz, la propriétaire des Princes. Elle ne reçoit presque plus personne.

— Et elle préfère les messieurs seuls ?

Pas de réponse.

— Est-elle jolie, Mlle Constance ?

J'eus droit à un haussement d'épaules.

— Mlle Roparz a eu quatre-vingts ans cette année. Voici son numéro. Vous pouvez toujours essayer. Vous pouvez même téléphoner d'ici.

Le mystère s'épaississait. Tout cela devenait follement amusant. Les yeux d'Aude brillaient d'excitation. Je n'attendis pas le café pour sauter au téléphone, lequel se trouvait dans l'office, à portée d'oreille de Mme Querré.

— Je voudrais parler à Mlle Roparz, dis-je, le cœur battant.

— C'est moi, répondit une voix peu engageante.

Je me nommai. Pour faire bon poids, j'ajoutai : romancier. Il n'y eut aucun écho. J'annonçai mon désir de prendre pension pour quelques jours.

— Etes-vous seul ? demanda sèchement la voix.

Ma réponse négative en entraîna une autre, sans réplique :

— L'auberge est fermée.

Avant que la communication fût coupée, j'abattis précipitamment mon seul atout.

— Je suis un ami d'enfance de Dom Salvator de Orth.

Cette fois la réponse tarda quelques secondes. La voix polaire semblait s'être un peu réchauffée.

— Soyez là à trois heures. Vous sonnerez à la grille. Julia viendra vous chercher et vous montrera le chemin.

Pas d'au revoir, pas de formules. Seulement le déclic du téléphone qu'on raccroche. La femme en gris n'avait rien perdu de la conversation. Assez abasourdi, je me tournai vers elle.

— Et voilà, dis-je. On nous envoie une certaine Julia.

— La Négresse, dit Mme Querré en me considérant de son œil amusé, un peu comme si j'étais un enfant à qui l'on vient d'offrir une pochette-surprise et qui s'apprête à en dénouer la ficelle.

— Est-ce un surnom ?

— C'est ainsi que nous autres on l'appelle, sans vouloir l'offenser. Il y a cent cinquante ans, les marins de Guivinic faisaient la traite sur les navires des Roparz. Le vocabulaire est resté. Mlle Julia est plutôt noire.

— Une vieille demoiselle, elle aussi ?

— Vous verrez.

L'œil étincela puis s'éteignit, et je ne pus rien tirer de plus du visage de bois de Mme Querré. Je revins m'asseoir à table.

— Je n'y comprends pas grand-chose, dis-je à Aude, tandis que nous buvions notre café. Résumons-nous. Salvator m'écrit une lettre dont il sait probablement qu'elle me mettra en mouvement. Il ne suppose pas que je viendrai accompagné, car s'il m'écrit de me rendre précisément à l'auberge des Princes, c'est qu'il connaît l'endroit et ne peut donc ignorer les préférences de Mlle Constance, une vieille demoiselle, laquelle ne reçoit plus, mais fait encore quelques exceptions en faveur de messieurs seuls et pour des raisons que j'ignore. Cette auberge, par-dessus le marché, semble avoir été, il y a cent cinquante ans, le domaine d'un armateur négrier nommé Roparz, le même nom que Mlle Constance. Et voilà que, justement, parce que je suis un ami de Salvator, on nous envoie pour nous accueillir à la grille une négresse qui s'appelle Julia, dont nous ne savons rien, mais dont la seule évocation semble plonger notre présente hôtesse dans une certaine jubilation qu'elle se refuse à commenter. Comme toujours, il doit exister une explication simple à tout cela.

— Ce serait dommage, dit Aude. Et puis franchement, cela me surprendrait. Votre ami Salvator m'a toujours paru manquer de simplicité. On dirait qu'il se cache derrière son double. Il y a une faille quelque part. Moi je meurs d'envie d'en savoir plus, mais vous ? Ne craignez-vous rien ?

La question me laissa songeur un instant. Puis je l'écartai, me demandant seulement si j'avais raison de l'éluder, ce qui représentait quand même une sorte de signe vague.

— Partons, dis-je. Il est presque deux heures et demie.

La femme en gris avait repris sa faction derrière la vitre de son restaurant, regardant longuement la Daimler s'éloigner jusqu'à ce qu'elle eût disparu à l'autre bout du village. La marée avait baissé. Nous avons franchi le ruisseau, par un radier à sec frangé de vase, après quoi, remontant de l'autre côté sur le plateau de la falaise et dépassant la pancarte propriété privée, nous nous sommes enfoncés, comme nos amis anglais, à travers la forêt. C'était une vraie et très ancienne forêt. Nous avancions sous le couvert d'arbres dont on ne voyait pas le sommet, des chênes au tronc énorme, des ormes, des hêtres, des bouleaux. Lorsque le chemin a tourné à angle droit à la pointe du cap, nous nous sommes arrêtés. Nous avons marché quelques mètres sous les arbres et nous avons vu la mer à nos pieds. Le cap se prolongeait assez loin vers l'horizon par un amas de rochers noirs et roses dont certains émergeaient à peine, découpés en dents de scie, d'autres en tuyaux d'orgue, ou prenant sous la lumière des formes d'animaux effrayants. Presque à perte de vue, l'ensemble formait comme un immense piège, un dédale d'étroits chenaux striés de courants violents. Il faisait un temps superbe. La ligne des phares se dessinait nettement au-dessus de la mer, dressés sur leurs rochers. Je les nommai, à l'intention d'Aude : le phare des Echaudés, le plus éloigné ; celui de la Veuve, qui ressemblait à un cierge planté dans un bougeoir de granit ; la tour des Sourds, impressionnante, perdue au milieu de l'eau et dont l'assise rocheuse n'émergeait qu'aux grandes marées basses ; le phare de la Dame, voilé par la brume du beau temps, sentinelle lointaine montant la garde au sud ; enfin, plus proche de nous, reconnaissable à sa tour carrée, Ar Men, debout à l'extrémité d'un rocher plat en forme de demi-lune qui enserrait une crique étroite. J'avais apporté mes jumelles, de vieilles jumelles qui m'avaient servi pour la première fois à bord de la *Louise-Alice.* D'un faible grossissement, elles étaient incapables de faire surgir des détails qu'on ne distinguait pas à l'œil nu mais précisaient avec netteté le dessin de ce qu'on voyait. Ar Men m'apparut tel que Salvator l'avait décrit, durant une nuit de quart, à bord de la *Louise-Alice,* tandis que nous doublions le phare très au large. Construit sur une base légèrement évasée, c'était un donjon carré de quatre étages, surmonté d'une plate-forme curieusement crénelée au centre de laquelle se dressait la lanterne en forme d'échauguette. Les fenêtres, une seule par étage, s'ouvraient face au sud, donc vers nous, à l'abri des vents dominants. Elles étaient ogivales, celle du troisième étage formant une double ogive, Salvator avait parlé d'une chapelle sous la lanterne. A un moment, je crus voir bouger quelque chose, en bas, sur le rocher, devant la porte du phare. Ce n'était qu'un jeu d'ombre, un petit nuage isolé venant de passer devant le soleil. Remontant de bas en haut, je scrutai successivement chaque fenêtre. A cette distance, il était impossible de savoir si elles étaient ouvertes ou fermées, encore moins si quelqu'un se tenait debout derrière les vitres. Cependant je m'obstinai. Mes mains tremblaient un peu. Je me sentais gagné par l'émotion. L'observation des créneaux de la plateforme ne révéla aucun signe de vie. Du corps de l'échauguette s'élevait un haut mât de pavillon. Aucun drapeau n'y flottait. Avant la généralisation de la radiotéléphonie — dont Ar Men n'était pas équipé —, il existait dans le règlement des gardiens de phare un code sommaire de pavillons, noir pour un appel au secours, vert pour une demande de relève anticipée, etc. Je tendis les jumelles à Aude. Elle s'absorba à son tour dans l'examen attentif d'Ar Men.

— Il n'y a personne, conclut-elle. Si le phare était habité, j'imagine que par ce beau soleil, ce temps calme, ce qui ne doit pas se produire souvent, le gardien profiterait de l'aubaine pour aller faire quelques pas sur le rocher, pêcher du poisson frais, mettre son linge à sécher sur un fil, se tremper les pieds dans l'eau, que sais-je encore...

— Il est là, dis-je. J'en suis certain. Salvator n'a jamais menti... Presque trois heures. On nous attend.

Passé le cap auquel il tournait le dos, le chemin descendait en pente douce droit à travers la forêt, barré au bout de trois cents mètres par la haute grille de la propriété. Je sonnai. N'ayant jamais été midship de passerelle, en tirant sur la corde de la cloche à petits coups secs et répétés, j'obtins plutôt la cadence angoissée du tocsin.

— Arrêtez ! dit Aude en riant. C'est lugubre !

Elle riait pour cacher la tension nerveuse qui s'emparait de nous peu à peu. Sonner à la grille d'un hôtel n'a rien qui puisse faire battre le cœur. Et cependant mon cœur battait. J'avais la sensation d'attendre au seuil d'une frontière protégeant une contrée invisible dont je ne savais rien.

Nous aperçûmes la cavalière à l'instant même où nous parvint le bruit du martèlement des sabots de son cheval gravissant au galop le chemin empierré. Je n'oserais l'inventer dans un roman : c'était une noire apparition. Noire, la monture, robe et crinière ; noires les bottes et la culotte de cheval de la cavalière ; noire la courte toison crêpée de ses cheveux ; noire sa chemise aux manches relevées ouverte à trois boutons presque jusqu'à la pointe de ses seins, sur une peau presque aussi noire. Deux touches de couleur seulement éclairaient toute cette noirceur : un foulard rouge noué à la diable autour du cou rond et droit comme un fût d'ébène, et un regard d'un vert indéfinissable assez trouble, de ce vert que l'on rencontre chez certains mulâtres à peau noire, comme si toute leur ascendance de race blanche s'était concentrée dans les yeux. La cavalière était une jeune femme d'une trentaine d'années, grande, élancée, taillée en souplesse mais superbe d'allure et pesant somptueusement son poids de chair et de muscles. Si la perfection du corps féminin existe, c'est l'Afrique, sans conteste et paradoxalement, à travers tant de laideurs humaines et de difformités, qui lui donne le plus souvent naissance. Julia était le symbole de cette perfection. La Négresse ! Avec une majuscule. Balançant ses longues jambes, elle sauta de cheval et s'avança vers nous.

— Quel théâtre ! dis-je à Aude. Et quelle femme !

Je réprimai un cri de douleur. Aude venait de me pincer le bras comme seules les filles savent le faire, en tordant la chair entre le pouce et l'index.

— Ça vous apprendra ! dit-elle. Je suis là, moi !

Puis glissant son bras sous le mien, elle ajouta :

— Je le reconnais, c'est prodigieux.

Parvenue à la grille, la cavalière nous enveloppa tous deux du même regard vert, apparemment sans expression, mais auquel rien ne semblait échapper. Le regard s'attarda plus longuement sur Aude, puis revint vers moi et s'y posa avec une insistance qui me mit mal à l'aise. A ce moment-là elle sourit, découvrant sous des lèvres presques bleues, très charnues mais point négroïdes, ce qu'inévitablement il me faut appeler une double rangée de dents éblouissantes. Elle tira une clef de sa poche, ouvrit le cadenas. La chaîne tomba à ses pieds comme aux pieds d'une statue symbolisant — l'idée m'en vint bizarrement — l'abolition de l'esclavage. Puis elle ouvrit la grille à deux battants et dit :

— Bonjour. Je suis Julia de Orth.

La révélation me laissa sans voix un moment. Une certaine boucle était bouclée. Du diable si je savais laquelle...

— Etes-vous parente de Salvator ? demandai-je assez stupidement.

Le sourire s'élargit. L'œil fut traversé de lueurs vertes où il y avait de l'amusement, une certaine jubilation, avec quelque chose en plus qui me sembla relever du défi.

— Les apparences ne le laisseraient guère supposer, dit-elle. Il n'en est pas moins vrai qu'avec le beau Salvator, j'ai le choix entre plusieurs liens de parenté parmi lesquels je ne saurais choisir. Ma mère elle-même n'a jamais pu m'y aider, tant se mélangeait dans sa jeunesse la comptabilité chronologique de ses amants. Je suis peut-être sa sœur, sa demi-sœur. La chère Louise-Alice, sa mère, représentait, paraît-il, un monument d'ennui conjugal entraînant des compensations que son père s'offrait généreusement. Il se pourrait aussi que je sois sa cousine germaine. Le coureur automobile, frère de l'armateur, fréquentait tout aussi assidûment les Princes. L'idée me plaît moins. Enfin, il n'est pas impossible que je sois simplement sa fille. Ma mère était beaucoup plus belle que moi, et Salvator, malgré qu'il en ait dit, n'a pas toujours couru que les blondes. Il aimait bien, lui aussi, passer quelques jours aux Princes, chez sa bonne tante Constance... Comment se nomme Madame ?

— Mademoiselle ! protesta Aude machinalement.

Elle semblait aussi abasourdie que moi.

— Mademoiselle ? Mes compliments, monsieur. Vous n'aurez donc pas besoin de mes services. Ma tante Constance le regrettera. Vous vous arrangerez avec elle. A présent suivez-moi.

II

LES AUTOMATES

Surprenante découverte...

Sous le soleil de septembre, il faisait un temps de plein été. Le rivage de la baie des Princes formait un cercle presque parfait de sable blanc et de rochers roses qui alternaient en une succession de petites criques baignées par une eau couleur d'aigue-marine d'une transparence inhabituelle en Bretagne. Quatre bâtiments de taille modeste s'y trouvaient disposés à égale distance le long du chemin de terre. Les deux premiers, d'apparence austère, devaient être les communs. Les deux autres, un peu plus loin, à l'appareil plus soigné, les maisons de maîtres et d'invités. Aucun ne comportait d'étage. Au mouillage sur une eau calme, le nez lié à son corps-mort, un minuscule cotre à rouf se balançait doucement. Sa coque était peinte en noir, sa grand-voile rouge ferlée et ficelée proprement le long de la baume. Un autre corps-mort, signalé par une bouée conique, flottait à peu de distance du petit bateau noir, indiquant le voisinage probable d'un autre bateau absent. L'ensemble présentait l'inattendu spectacle d'un poste colonial perdu sur une île lointaine à la fin du siècle dernier. Quelques palmiers plantés en désordre au bord de l'eau, certains de haute taille et d'âge vénérable, accentuaient l'impression de dépaysement, mais en levant les yeux on retrouvait la forêt bretonne qui ne lâchait prise qu'à une vingtaine de mètres du rivage. Le feuillage des chênes qui recouvraient de leur masse la crête circulaire de la falaise ployait sous les dernières attaques du noroît alors qu'en bas ce vent n'était déjà plus qu'un souffle, et ce souffle était presque chaud. Cela s'expliquait par l'orientation de la baie, protégée des vents dominants, son enfermement sous le soleil qui devait en faire le tour à peu près complètement, et l'étroitesse du goulet par lequel elle communiquait avec la mer libre et froide. Je me promis d'y piquer une tête. Dans ma jeunesse, j'abattais des kilomètres à la nage, attiré vers le large comme l'aiguille d'une boussole par le pôle magnétique. Je demandai à Aude si elle aimait nager.

— Je nage très bien, dit-elle. Mais vous m'aviez parlé de pluie et de froid, de chandails, d'imperméables. J'ai oublié mes maillots de bain. Croyez-vous que cela ait de l'importance ? L'endroit semble si peu fréquenté...

Sur un signe de Julia, qui avait mis pied à terre, j'arrêtai la Daimler devant un premier bâtiment tout en longueur, fait de granit rose et couvert d'ardoises dont l'épaisseur et l'irrégularité ne devaient rien à ce siècle. Il donnait cette impression lassée, à la limite du renoncement, d'avoir été longtemps entretenu, puis délaissé au fil des années. Une partie en avait été ouverte et transformée en remise pour plusieurs voitures. Elle ne contenait qu'une vieille jeep blanche et une Hotchkiss hors d'âge, rouillée, ensevelie sous un manteau de poussière et affalée sur quatre pneus à plat dont les flancs blancs craquelés marquaient que l'abandon ne datait pas d'hier. De vieux bidons d'huile, gisant sur la terre battue, signaient le temps passé d'un graphisme démodé au nom d'une marque d'huile disparue. Une seule portière de l'Hotchkiss s'ouvrait encore, à l'arrière. Sous l'apparence d'une peau de momie, je reconnus le cuir blanc de la profonde banquette. Le capitonnage intérieur pendouillait en lambeaux, mais je découvris à leur place, sous l'accoudoir médian, les flacons de cristal de la cave à liqueurs, et, au-dessus de l'appuie-tête, le cornet acoustique au bout de son tuyau gainé qui franchissait la vitre de séparation et permettait de communiquer avec le chauffeur...

— Vous connaissez cette automobile ? demanda Julia.

— Il me semble.

— Moi je l'ai toujours vue là, dans cet état d'épave. Ma mère m'y asseyait et me racontait que le beau Salvator commandait la voiture pour telle heure et l'emmenait souper puis jouer à la roulette et danser au casino de Dinard, conduit par un chauffeur qui ouvrait la portière en enlevant sa casquette et les attendait jusqu'au petit jour, assis à son volant, enveloppé dans une pelisse. Ma mère ne sortait jamais des Princes, sauf avec Salvator. C'était un an avant ma naissance.

— Vous avez bien connu madame votre mère ? demandai-je sans trop savoir comment enchaîner, pour tirer sur le fil qu'on m'offrait.

— Madame...

Julia se mit à rire, mais point avec dérision. L'idée l'amusait franchement.

— Madame ma mère s'appelait Laetitia. Sur les registres de la famille Roparz, elle n'avait pas d'autre nom. Un vrai nom de négresse. Comme Julia. Comme Rosa, Joséphina, Gloria, Séraphina. Je vous montrerai le petit cimetière. C'est là qu'est ma mère. Elle est morte quand j'avais six ans. Je lui ressemble.

— Et Salvator ?

— Il avait disparu. Enfant, je n'ai aucun souvenir de lui. Autrement qu'en photo, je ne l'avais jamais vu... Ah ! tenez ! il a laissé un mot pour vous.

Le mot, non daté, était plié dans une enveloppe fermée. Je reconnus l'écriture.

> Fais ce que te dira ma tante Constance. Ne sois pas pressé de me revoir. Prends ton temps. Pour le reste, Julia s'occupera de toi.
>
> Salvator

J'avais lu à haute voix.

— Que faut-il comprendre ? demandai-je.

— Exactement ce qui est écrit. Vous n'êtes pas moine, que je sache.

Sous le regard d'Aude, je me sentis rougir. Puis je la vis qui se mordait les lèvres pour ne pas rire. Julia souriait aussi, ravie de son effet.

— Curieux rallye papier, dit Aude. Votre ami Salvator a certainement une idée en tête mais comme toujours il brouille les pistes et ne fait rien simplement.

— Si vous saviez comme tout est simple, dit Julia.

Un doute me traversa l'esprit. Que Salvator n'avait jamais quitté son monastère... Que pour une raison qui m'échappait et tenait sans doute à la visite de son neveu José de Orth accompagné d'une jeune femme inconnue, il avait choisi de rentrer dans le rang, de ne plus se montrer... Et qu'averti de ma présence, il avait lui-même monté cette mise en scène pour m'envoyer aux Princes chercher une clef, un témoignage, une certitude qui pût l'apaiser. Ce dont je ne doutais pas, c'est qu'il avait besoin de moi. Quelque chose de grave le tourmentait, qu'à sa manière il déguisait, comme au temps de notre jeunesse où nous jouions tous deux, dans le salon de ses parents, des rôles qu'il inventait... Julia servait d'appât. Elle plantait un décor à l'intérieur duquel il me fallait chercher. Relisant machinalement le billet, je m'aperçus qu'à la signature de Salvator il manquait l'habituelle petite croix. Oubli involontaire ? Soustraction délibérée ?

— Simple ? Expliquez-vous, demandai-je.

Je n'obtins pas de réponse. Le visage noir et lisse demeura sans expression.

— Mais enfin, Julia, où est Salvator ?

Elle haussa les épaules.

— Dans son phare, évidemment, où voulez-vous qu'il soit ? Il est arrivé un matin, à pied, avec un sac de marin, vêtu d'un gros chandail et d'un pantalon de velours. Je ne le connaissais que par ses photos de jeune homme. C'était toujours le beau Salvator, à peine vieilli, mais il avait le crâne rasé. Il a passé plusieurs heures avec ma tante Constance puis s'est installé dans une chambre d'où il ne sortait presque jamais. Léopold lui portait ses repas.

— Des visites ?

Pas de réponse. J'insistai.

— C'est à ma tante qu'il vous faudra le demander. Il est resté là environ trois semaines. Un jour de beau temps il a reçu un coup de téléphone et il a filé à Perros-Guirec. Le lendemain, un caboteur le débarquait à Ar Men. Depuis, quand les parages du phare sont calmes, c'est moi qui le ravitaille, avec le *Cham*.

— Le *Cham* ?

— C'est le petit cotre, là, au mouillage. Ne vous étonnez pas, je sais parfaitement le manœuvrer et je connais les passes mieux que les gens de Guivinic. On m'appelle la Négresse, mais la Négresse est aussi bretonne.

— Alors, vous l'avez revu ?

— Jamais. Il ne se montre pas. Il ne donne pas signe de vie. Si je l'appelle, il ne répond pas. Je dépose seulement les caisses à la porte du phare, qui est toujours fermée à clef, et je m'en retourne aussitôt, au cas où le gros temps se lèverait. Il vit de peu. Il n'a pas de besoins. S'il désire quelque chose de particulier, il glisse un papier sous la porte que je trouve à mon arrivée. Un jour, il a demandé du matériel de peinture.

— De peinture ?

— Oui, tout ce qu'il faut pour peindre : un chevalet, une toile, des couleurs, une palette, des pinceaux. C'était une série de temps calmes. Je suis revenue le surlendemain. Il n'avait rien demandé d'autre, mais j'ai aussi déposé des vivres frais. Depuis ce jour, il n'y a plus jamais eu de papier glissé sous la porte. Il semble ne plus rien désirer et se contente de ce que je lui apporte.

Un vieil homme était venu prendre le cheval de Julia par la bride pour le conduire à l'écurie. Il ressemblait à l'oncle Tom. Un bon visage tout noir couronné de cheveux crépus blancs et de l'amitié dans les yeux. Je me souvins qu'un de mes amis, planteur à la Martinique depuis quinze générations, classait ses coupeurs de canne à sucre en deux catégories, sur leur regard et sur leur mine, comme à l'ancien temps, les *bons nègs* et les *mauvais nègs*. Assurément, celui-là était bon nèg...

— C'est Léopold, dit Julia. Il s'occupera de vos bagages. Laissez votre voiture ici. Vous ne sauriez vous en servir à l'intérieur de la propriété. Les chemins n'y sont guère praticables. J'espère que vous aimez marcher. Etes-vous marin ?

— Très acceptable, dis-je.

— Je vous prêterai le *Cham*. Il a un bon vieux moteur qui fait bop bop bop et ne trahit jamais. Venez, maintenant, je vais vous faire visiter, que vous sachiez au moins où vous êtes tombés. Commençons par le commencement. Ici, c'est la prison...

L'autre partie du bâtiment, demeurée en son état d'origine, était percée d'étroites fenêtres à barreaux alternant avec de lourdes portes à guichet qui ressemblaient en effet à des portes de cachot.

— Enfin *c'était* la prison, poursuivit Julia. On ne s'en est plus servi de cette façon depuis 1865. Un peu de passage, c'est tout. Puis une certaine adaptation. Il y a encore une vingtaine d'années, certains amis de ma tante Constance venaient de fort loin exprès pour cela...

Je commençais à perdre pied.

— 1865 ? dis-je. Que s'est-il passé en 1865 ?

— Cherchez. La fin du monde, de l'autre côté de l'eau... Vous ne trouvez vraiment pas ?

Ses bras nus, ronds et noirs, tendus brusquement devant elle, Julia avait croisé les poignets. Puis elle avait fermé les yeux, prenant la pose d'une statue sans regard. Je m'aperçus que délivré de ce regard, je me laissais aller à la détailler sans vergogne. Peu de nos femmes sont douées de cette animalité-là. Sans doute la vérité s'est perdue...

Julia releva lentement ses paupières baissées et décroisa les bras.

— Quel dommage ! dit-elle. J'étais si bien là-bas...

Le sourire des lèvres bleues réapparut avec un décalage de quelques secondes pendant lesquelles me vint à l'esprit qu'en exprimant ce regret, Julia n'avait ni menti ni joué.

— Une prison d'esclaves, reprit-elle. Au temps de la traite des Noirs, jusqu'à la défaite des Sudistes, en 1865, les Princes servaient de relais entre l'Afrique et l'Amérique. Sépik Roparz, le grand-père de ma tante, ne trafiquait pas de bétail humain. Il ne vendait que des esclaves de luxe, des jeunes gens, des jeunes filles, destinés aux riches planteurs de la Virginie, de la Louisiane, parfois aussi du Brésil où l'esclavage, dans les grands domaines, survécut longtemps à son abolition. On en faisait des pages, des valets d'alcôve, des chambrières, des servantes-maîtresses. Sépik les gardait aux Princes plusieurs mois, le temps de les acclimater, de leur apprendre des façons, un langage, une attitude, des dispositions de sentiment. Ma tante, peut-être, vous racontera cela. En réalité, ces prisons servaient peu. Aux Princes, les esclaves étaient bien traités, bien nourris, vêtus élégamment. Les filles se montraient d'abord étonnées, puis ravies de se découvrir jolies et désirables. La plupart apprenaient vite et se résignaient gaiement à cette forme inespérée de servitude. Regardez. Rien n'a changé.

Julia avait poussé la porte d'une cellule. La pièce était relativement vaste, proprement carrelée, murs et plafonds blanchis à la chaux, meublée d'un bat-flanc qui servait de couchette, d'un fauteuil de paille et d'une table portant cuvette et pot à eau. En dépit du temps qui avait passé, cette cellule respirait un certain souvenir de la vie. Insolite dans une prison, un grand miroir où l'on pouvait se voir en pied était fixé au mur. Pendant que son image sinueuse s'y inscrivait, et tout en s'y jugeant d'un œil visiblement satisfait, Julia expliqua que selon les méthodes chères à Sépik Roparz, aucune tentation de liberté ne tenait, au moins chez les bons sujets, devant la révélation de la beauté et du goût de soi-même. Sous l'éclairage intentionnellement équivoque, j'acquis la certitude que se cachait un signe à décrypter. Puis elle nous prit tous les deux par le bras, comme de vieux amis, et nous entraîna vers le bâtiment suivant.

Sous l'effet de la marée, le petit cotre avait viré sur sa bouée et nous présentait son tableau arrière où se lisait son nom, en arabesques blanches sur fond noir : *Cham.* Par malédiction, l'ancêtre de tous les nègres, le fils noir de Noé... Puis loin, presque au milieu de la passe qui s'était découverte au fur et à mesure que nous marchions, émergeait une haute balise fixe, construite en pierres maçonnées, ce qu'en langage de marin on appelait une « tour à virer ». Je connaissais l'usage qui s'en faisait autrefois. Je me souvenais en avoir vu de semblables à certaines entrées à goulet de petits ports bretons parmi les plus sauvages. Les grands voiliers du temps passé étaient dans l'incapacité de manœuvrer à l'intérieur des limites de ces étroits passages. Alors on lançait une haussière à l'équipage d'un canot qui s'en allait vivement, à force de rames, l'enrouler à la tour, et le navire, ainsi immobilisé par le nez, n'avait plus qu'à se laisser porter pour virer de bord sur place. Chef-d'œuvre de précision dont seuls étaient capables équipages et capitaines connaissant parfaitement les lieux. La tour à virer était la marque des ports mal famés. Pirates, contrebandiers, trafiquants de tout poil y avaient leurs aises. Personne ne se risquait à les y poursuivre. Julia approuva mon petit cours d'archéologie marine.

— Vous avez deviné, dit-elle. C'était bien de cette façon

que le *Cham* manœuvrait. Pas ce *Cham*-là évidemment, mais l'autre, le seul, l'unique, le grand *Cham* de Sépik Roparz, un trois-mâts. Ma tante vous montrera de vieilles photos...

Le second bâtiment n'avait pas de fenêtre, seulement une porte cochère que Julia ouvrit à deux battants.

— L'entrepôt, dit-elle. Voiles et accastillage de rechange. C'est tout ce qu'il reste du *Cham*.

Pliées et lovées aux poutres du plafond, toute une série de voiles pendaient jusqu'à terre. Sur une étiquette de bois attachée à une ralingue, je lus, écrit à l'encre de Chine en belles rondes : *diablotin*. Sur une autre : *marquise*. Deux voiles d'étai du mât d'artimon. Sur une troisième : *petit cacatois*, la plus haute voile du mât de misaine. Je suis incollable sur les gréements carrés des géants d'antan. Inconsolable aussi... Il y avait des chaînes lovées sur le sol, soudées par la rouille en un seul tas compact, des alignements de tonnelets cerclés de cuivre où se lisait en lettres noires au pochoir : rhum, eau, morue, lard... Nous marchions silencieusement, Aude et moi, parmi tous ces objets comme entre les tombes d'un cimetière, enjambant des sacs de clous éventrés, des ancres à jas de canot, des ballots d'étoupe à calfater, des paquets de cordages pétrifiés par cent années d'immobilité. Aux murs étaient accrochés des poulies de bois grosses comme le poing, des bouées rouges et blanches marquées *Cham*, *Guivinic*, des palans, des lampes tempêtes et des lampes à cardan recouvertes de vert-de-gris. Toute une pavillonnerie dormait enroulée dans les petits compartiments d'une étagère, et sur la tranche d'immenses classeurs de toile noire empilés sur une table, on pouvait lire les noms de côtes d'Afrique et d'Amérique.

— La cloche de quart n'avait pas de double, dit Julia. Vous l'avez vue à la grille d'entrée. Et voici Aziza.

Je la regardai sans comprendre.

— La figure de proue, reprit-elle. Elle s'appelait Aziza.

Aziza était couchée au fond du bâtiment sur un lit de

vieilles voiles. La patine noire du bois, probablement de l'ébène, luisait comme une peau. Contrairement aux figures de proue du XIXe siècle qu'on représentait toujours habillées pour respecter les superstitions des marins de ce temps, l'Aziza du *Cham* s'offrait aux regards complètement nue. Si modèle il y avait eu, ce devait être une fille superbe. L'artiste en avait libéralement profité pour se laisser aller à un réalisme sans pudeur et à un souci du détail charnel tout à fait surprenants pour l'époque. Il l'avait disposée jambes légèrement écartées pour que les longues et larges cuisses fussent appréciées chacune dans toute sa plénitude, sans oublier la toison crépue du pubis finement ciselée dans le bois, et lui avait replié les bras derrière la nuque, ce qui avait pour effet de projeter en avant deux superbes seins africains. Haut perché sur un long cou, le fin visage juvénile d'Aziza rendait encore plus troublante la somptuosité de ce corps, d'autant mieux que le sculpteur, bornant volontairement son œuvre à l'illustration de cette chair noire, avait fermé les yeux de la statue, ce qui était inconcevable pour une figure de proue. J'en fis la remarque à Julia.

— A Guivinic, dit Julia, la vie n'était pas rose en 1850. Les marins n'avaient pas le choix. Courir le maquereau en doris, à la rame, et voir leur famille crever de faim, ou crever eux-mêmes d'épuisement sur les bancs de Terre-Neuve et mourir à trente ans. Pour eux, le *Cham,* c'était le paradis et Sépik Roparz un dieu. Savez-vous ce qu'ils disaient d'Aziza, les marins de Sépik ? Qu'elle voyait beaucoup mieux la route à suivre par le... — je vous passe le mot — que par les yeux, vu que de cette façon-là elle avait toujours été douée... Leurs arrière-petits-fils s'en tapent encore les cuisses. Lancez le nom d'Aziza chez la mère Querré, au café, vous les verrez lever le nez de leur belote. Rien qu'au souvenir de ce que les anciens racontaient, quand je vais à Guivinic, cela avive leur mémoire...

Certes je l'avais remarqué, mais il avait fallu qu'elle le

dise, qu'elle ressemblait à la statue, elle n'avait pu s'en empêcher...

— Sépik Roparz, reprit-elle, avait acheté Aziza en chair et en os au Bénin, lors du premier voyage du *Cham.* A quatorze ans elle avait déjà les formes que vous voyez là, servies par un tempérament si généreux que dès la première nuit à bord, contrairement aux règles en usage sur les navires négriers de bonne tenue, Sépik Roparz lui-même n'y résista pas. Il s'était à peine ressaisi que le second du bord succomba. Puis le bosco, le charpentier, le cuisinier. De retour aux Princes, tout l'équipage y avait passé. Le jour où il fut question de revendre Aziza au Brésil, une délégation de l'équipage vint supplier Roparz. Ils s'étaient cotisés et offraient des pièces d'or dans un béret. Sépik refusa l'argent et garda Aziza aux Princes. Lorsque le *Cham* y prenait ses quartiers d'hiver, Aziza s'installait dans la voilerie et recevait qui voulait, aux seules conditions, imposées par Sépik, que ce fût un marin du *Cham.* Pour la bonne règle morale, Sépik la maria à un brave nègre qui était le jardinier du domaine. On se demande comment il s'y prit au milieu d'une telle foule d'amants, mais il parvint à lui faire un enfant, une fille, à la peau toute noire. A bord du *Cham,* dès la deuxième campagne, Sépik la remplaça par cette figure de proue, qui suffisait à peupler les rêves et calmer les impatiences. Et cela dura près d'un demi-siècle. Les fils après les pères, puis les petits-fils en âge d'être mousses...

— Mais c'est monstrueux ! dit Aude. C'est répugnant ! La malheureuse...

Julia eut une moue, de celles qu'on ne peut réprimer devant quelqu'un qui décidément ne comprend rien à rien.

— Vous verrez chez ma tante Constance une photographie d'Aziza prise un an avant sa mort, à la sortie du bain. Elle avait soixante-cinq ans. Elle aimait beaucoup nager dans la baie, l'été, mais n'avait jamais pu se faire à l'idée d'enfiler une de ces ridicules robes de bain à volants que les femmes portaient en ce temps-là. Vous jugerez. Une femme bien dans sa peau, fière de ses cuisses et de ses seins. Elle donnait cent fois plus de joie aux marins petits et grands de Guivinic que n'en étaient capables leurs épouses rancies et leurs fiancées fanées. Quand elle mourut, ce fut une telle consternation au village que les bonnes femmes se prirent à souhaiter sa résurrection pour rendre le sourire à leurs hommes...

— Mais elle est morte esclave, dit Aude qui s'obstinait.

Julia haussa les épaules.

— Esclave ? En France ? En 1890 ? Et d'ailleurs, qu'est-ce que cela veut dire, esclave ? Le vieux Sépik, par exemple, refusait l'abolition de l'esclavage comme d'autres la prise de la Bastille. En 1880, cependant, il dut se résigner à désarmer le *Cham* et à abolir l'esclavage sur ses terres. Depuis le premier Roparz qui trafiquait le nègre sous Louis XV, il y a toujours eu quelques esclaves sédentaires aux Princes, jardiniers, cochers, chambrières, bonnes d'enfants, nourris, logés, habillés, bien traités, mais non payés. Cette année-là, il en restait huit, dont Aziza, son mari, et sa fille, Rosa, ma grand-mère, qui avait vingt-cinq ans et qui était très jolie. Sépik offrit à chacun de l'argent, une jolie somme, pour s'établir ailleurs, quitter les Princes définitivement. Il proposa de doter Rosa, ma grand-mère, pour qu'elle puisse faire un beau mariage aux Antilles ou au Sénégal, dans la nouvelle bourgeoisie de couleur. Aucun des huit ne voulut l'entendre. Esclaves ils étaient, esclaves ils demeureraient. Cela ne signifiait pour eux absolument rien de pénible ni de déshonorant. Léopold et moi, nous sommes les deux survivants de ce temps-là et cela ne nous gêne aucunement. Quant à Rosa, au soir même de ce jour, pour bien marquer sa liberté refusée, elle força la porte de la chambre du vieux Roparz qui ne lui avait rien demandé et qui avait dépassé soixante ans. Je le tiens de ma mère à qui Rosa l'avait raconté. Il paraît qu'elles riaient toutes deux comme des folles à l'évocation des prouesses du Vieux. Alors, la liberté...

Elle eut un geste de la main par-dessus son épaule. Puis saisissant un morceau de voile, elle en couvrit la statue de bois jusqu'au menton, comme d'un drap.

Dehors, je lui demandai :

— Julia, pourquoi nous raconter cela ? Faites-vous le même topo complet à chaque nouveau visiteur ?

Elle éclata de rire.

— Certes non, grands dieux ! D'ailleurs l'auberge est pratiquement fermée. Ma tante Constance a beaucoup vieilli. Sauf en de rares circonstances, pour se faire plaisir, pour se rappeler la belle époque, elle n'exerce plus ses devoirs d'hôtesse depuis plusieurs années. De temps en temps un ami de passage... Dans ces cas-là, généralement, si aucun désir différent n'a été précisé, mes attributions sont tout à fait d'un autre ordre. Mais Mlle Laroche est là. Elle est très belle. Elle plaira à ma tante.

Rouge comme une pivoine, Aude en resta bouche bée.

— Est-ce tellement nécessaire ? finit-elle par articuler.

— Assurément. Ma tante Constance professe que le domaine des Princes est voué à un certain type féminin, et qu'à s'en écarter c'est toute une ambiance que l'on abîme. Ma tante, sachez-le, ne s'est jamais trompée.

Aude suffoquait de surprise, mais je vis qu'elle s'amusait.

— Et comment dois-je le prendre ? demanda-t-elle.

— Mais bien, je vous l'assure, et avec naturel. Depuis soixante ans que Constance Roparz gère les Princes, il ne s'est jamais rien passé ici qui fût déplaisant pour qui que ce soit. C'est même le contraire qui a toujours été la règle. Vous pouvez être flattée...

— Dois-je vraiment l'être ? dit Aude avec bonne humeur.

— C'est à vous d'en décider. La soumission d'une jolie femme procède d'abord de sa volonté.

Revenant au courant des choses, Julia nous conduisit à un petit canot peint en noir échoué sur le sable.

— J'espère que vous savez godiller, dit-elle. C'est l'annexe du *Cham*. Il est très stable. A deux on le pousse facilement à l'eau...

Je tentai de la ramener sur la scène, de lui faire parler de Salvator.

— Salvator ? Quel Salvator ? dit-elle. Je n'en connais qu'un, le beau Salvator. Celui dont me parlait Laetitia, ma mère. A six ans, j'étais déjà capable d'apprécier le genre de confidences qu'elle me faisait. Ici, les filles ouvraient rapidement les yeux. Le beau Salvator débarquait de son Hotchkiss à la nuit tombée, les bras chargés de paquets portant en lettres rouges ou dorées des noms de grands couturiers. Dans l'une des cellules, Laetitia l'attendait. Il jetait sur la couchette une robe du soir de Worth, une zibeline de Heim et disait : « Habille-toi ; nous passerons la nuit à Dinard. » Il la regardait se changer. Il ne la quittait pas des yeux. Et si j'ai bonne mémoire, si je me souviens bien de ma mère, ce devait être un spectacle qu'un homme n'oublie jamais et emporte précieusement dans sa tombe. Il n'avait pas oublié. Quand il est revenu, durant les trois semaines qu'il a passées ici avant de disparaître dans son phare, il lui arrivait de contempler d'un air pensif la vieille auto sous la remise ou de méditer dans la cellule que je vous ai montrée. Pauvre Laetitia ! Hélas, elle n'était pas blonde et n'avait pas les yeux verts du portrait. Quand Salvator téléphona qu'il ne reviendrait jamais, ma mère pleura beaucoup. Elle en pleurait encore lorsque j'avais six ans. Un attachement d'esclave. Je crois qu'elle en mourut.

Aude écoutait calmement, une petite moue gourmande aux lèvres... Pour ma part, en cet instant, je ne songeais qu'à la femme aux yeux verts du portrait. Depuis ma visite à Dom Jansen, au monastère de Saint-Amandin, je m'attendais à la voir apparaître, mais pas du tout de cette façon, pas au détour d'une phrase de Julia. Ne l'ayant vue qu'une seule fois, à bord de la *Louise-Alice,* mystérieux tableau tiré d'un coffre du bateau, je ne parvenais plus à me rappeler distinctement ses traits, ni l'expression de son regard, tout au moins à les distinguer de ceux de la jeune inconnue que le chauffeur de M. de Orth, ouvrant la porte de l'Hotchkiss rutilante, avait déposée sur le pavé du port de Saint-Quay-Portrieux. Elle aussi reprenait son rôle, comme le reprenait également la vieille auto messagère, échouée sur ses pneus crevés, et qui m'avait moi-même, un jour triste de ma jeunesse, ramené solitaire à Paris.

— Le portrait ! dis-je. Où est-il ?

— Dans le salon de ma tante Constance, répondit Julia. Si je la connais bien, vous ne devez son hospitalité qu'au désir irrésistible qu'elle a de vous montrer ce tableau et de vous en parler. Savez-vous qui l'a peint ?

— Non. Et vous ?

Je n'obtins pas de réponse.

— Décrivez-le-moi, voulez-vous, demandai-je à Julia. J'ai vu ce tableau il y a bien longtemps. Peut-être ne parlons-nous pas du même ? A dire la vérité, je le souhaiterais.

— Que craignez-vous ? C'est en effet le même tableau.

— Qu'en savez-vous ?

— Salvator me l'a dit. Il m'a raconté cette croisière. Vous fumiez la pipe en ce temps-là. Il y avait aussi, à bord, une jeune femme très blonde, aux grands yeux verts, habillée tout en blanc et qui s'appelait Christina. Sa voix était mélodieuse, avec un léger accent germanique.

J'avais oublié l'accent. A présent, je l'entendais. A vingt ans, encombré comme je l'étais d'une pipe assortie d'un romantisme de bazar, n'avais-je pas imaginé qu'il s'agissait d'une comtesse autrichienne ruinée, rien qu'à sa façon délicieusement exotique de prononcer le nom de Salvator, comme si elle se fût trouvée au fond d'un sombre château des Carpates, à demi nue sur une peau d'ours, aux pieds d'un de ses amants archiducs ? On mélange délicieusement les genres à cet âge-là. Ainsi s'appelait-elle Christina. La voilà qui sortait de l'ombre à nouveau, je ne m'étais pas trompé, accompagnée de détails précis qui l'authentifiaient. Ma ridicule bouffarde, par exemple...

— Vous connaissez Christina !

Je confondais les époques. Julia se mit à rire.

— Je n'étais pas née, dit-elle. Mais ma tante Constance la connaissait... Nous voici arrivés à votre chambre, reprit-elle en s'adressant à Aude. C'est la seule que nous puissions vous offrir. Les deux autres sont définitivement fermées.

La maison des invités ressemblait à une petite gentilhommière de vacances, tout en façade et sans étage, percée d'une douzaine de fenêtres dont trois avaient été agrandies pour former des portes indépendantes. Tous les volets en étaient clos, à l'exception des trois premiers. La chambre était spacieuse et claire, sobrement luxueuse, élégamment meublée de meubles anglais de bateau. Il y avait, au fond, un grand lit-divan à demi caché par un rideau blanc que l'on pouvait tirer, et, disposé près des fenêtres, une sorte de petit salon avec une table basse et de profonds fauteuils de cuir. Julia avait ouvert les fenêtres, qui donnaient sur la baie des Princes. Le vent était tout à fait tombé. Le petit cotre noir semblait posé comme une maquette sur un miroir vert. Derrière lui, à l'entrée de la passe, entre les mâchoires sombres des falaises, se dressait la tour à virer, blanche avec un cercle rouge, borne-frontière pour initiés. C'était un endroit sauvage et délicieux. Aude me remercia d'un regard.

— Vous êtes chez vous, dit Julia, s'adressant à nouveau à Aude.

— Pourquoi chez *moi*? demanda Aude. Pourquoi *ma* chambre ? Nous sommes deux.

— C'est l'usage ici, répondit Julia en souriant. Les chambres n'ont pas de numéro, pas de nom. Ma tante les a toujours baptisées du nom de leur occupante du moment.

Quand ma tante, autrefois, annonçait au prince de Galles, au cardinal de Hohenlo, à Guy Schneider ou à tout autre de ses hôtes : « je vous ai réservé la chambre *Delphine,* ou la chambre *Yolande...* », il s'ensuivait bien évidemment qu'une Delphine ou une Yolande, qui étaient des femmes exceptionnelles, comme toutes celles que proposait ma tante, s'y trouvaient déjà pour accueillir l'invité. Aujourd'hui les circonstances ont changé. La présence d'une Aude Laroche ne doit rien aux recherches de ma tante, qui, d'ailleurs, ne reçoit plus de cette façon. Mais ma tante tient aux anciennes conventions. Monsieur Pons habitera donc la chambre *Aude.* C'est sous ce nom qu'elle figurera sur sa note.

— J'espère que ce sera hors de prix, dit Aude le plus sérieusement du monde, mais je vis que son œil pétillait. Elle ajouta pensivement :

— La chambre *Aude...* Cela impose, j'imagine, des devoirs particuliers. Quels autres noms a-t-elle portés ?

— Le mien, dit Julia.

— Je n'en doute pas. Mais auparavant ?

— Delphine, justement. Et Clarisse... Je les aidais à s'habiller, le soir. J'avais quatorze ans. Je plaisais beaucoup dans ce rôle. Delphine m'a offert mes premiers bijoux. C'était une femme extrêmement séduisante, remarquablement intelligente. Elle arrivait sans prévenir d'Athènes, de Boston, de Londres. Ma tante expédiait précipitamment quelques télégrammes codés. Pour ne pas manquer Delphine, un jour, en plein synode, le cardinal a planté là Rome et le pape pour courir jusqu'à Paris et filer à Guivinic avec la propre voiture du nonce. Ma tante prétend que cette fugue, au conclave suivant, lui coûta le pontificat. Le chauffeur de la nonciature avait pris pension au café Lemaire. Ces temps-là ne reviendront plus...

— L'Eglise se meurt, dis-je sur le même ton, persuadé que Julia se fichait de nous.

— D'autres noms ? demanda Aude.

— Laetitia, bien sûr. Et Christina. L'incomparable Christina, ainsi que ma tante l'appelait. Christina est venue aux Princes quelques semaines en été, deux ou trois années de suite. Une grande époque...

A traquer mes souvenirs, il m'avait cependant bien semblé que Christina aimait Salvator. Se fût-elle consolée si vite, précisément en cet endroit, et de cette façon-là ? J'en fis la remarque.

— Christina ! Aimer ! dit Julia.

Elle me jeta un regard de commisération. Aude s'impatientait, je ne comprenais pas pourquoi.

— Bon ! C'est entendu ! Christina... Mais plus récemment ?

— Plus récemment ? s'étonna Julia. Et quand ?

Aude insista.

— Cette année. Peut-être au printemps. Une jeune femme très blonde.

Aude jouait avec une sorte de fil qu'elle entortillait et détortillait de son doigt, comme si elle eût été affligée d'un tic ou d'une manie, ce qui ne lui ressemblait pas. Brusquement, elle déploya ce fil et le tendit à la lumière où il se révéla ce qu'il était : un long cheveu blond.

— Avec des yeux verts, évidemment, reprit-elle. Qui était-ce ? Comment s'appelait-elle ? Que faisait-elle ici ? Comment était-elle venue ? Avec qui ? Qui a-t-elle rencontré ?

Ce qui revenait à demander : l'inconnue avait-elle vu Salvator ? Ou plutôt : l'avait-elle *revu* ?

Julia gardait le silence. Puis elle se ravisa.

— Ce n'est pas à moi de vous répondre. Ne me posez plus de questions, à moins qu'elles ne se rapportent au service de l'hôtel, lequel est réduit au minimum. En ouvrant la porte de cette commode, vous trouverez un bar et un réfrigérateur. Léopold vous servira le petit déjeuner dans votre chambre, ainsi que le dîner. Rassurez-vous, il est excellent cuisinier. A déjeuner, je vous conseille le café Lemaire, à Guivinic. C'est simple mais toujours bon. Il y a d'autres restaurants encore ouverts dans les environs. Si vous préférez faire un tour avec le *Cham,* ou simplement dans la baie, avec l'annexe, vous n'aurez qu'à demander un pique-nique à Léopold. A votre place, je profiterais du soleil pour aller me baigner. L'eau est encore presque chaude.

— C'est ce que je vais faire, dit Aude.

Elle disparut dans la salle de bains et en ressortit quelques instants plus tard, pieds et jambes nus, seulement enroulée dans une serviette. Par la fenêtre ouverte, Julia lui désigna un point du rivage, à peu de distance de l'autre côté de la baie.

— Vous voyez ce rocher, dit-elle. Juste derrière, il y a une minuscule petite plage abritée. Le soleil donne en plein dessus l'après-midi. Le sable est chaud. C'est un endroit délicieux. Aziza y entraînait, l'été, ceux de ses marins qui savaient nager.

— Frédéric nage comme un poisson, dit Aude d'un petit ton guilleret, en me jetant un regard par-dessus son épaule.

Sur ces mots plutôt culottés, elle ouvrit la porte et sortit. Je me sentis bêtement rougir, ce qui fit rire Julia. Nous la vîmes traverser le chemin en courant tout en dénouant sa serviette qu'elle laissa glisser sur le sable, puis entrer résolument dans l'eau. Avec un émoi de propriétaire qui me surprit moi-même, je découvris une nouvelle fois l'élégance de sa chute de reins, la perfection de ses longues cuisses et la beauté ronde de ses bras qu'elle éleva au-dessus de sa tête en un geste un peu théâtral avant de plonger son corps blanc dans l'eau verte puis s'éloigner d'un crawl rapide.

— Superbe ! dit Julia. Ma tante était certainement à sa fenêtre. Cela lui rappellera le bon vieux temps.

Voilà qui valait une gifle. A la réflexion, j'y renonçai. Il y avait du vrai dans ce que Julia disait. Aude jouait le jeu, elle s'amusait.

— Julia, dis-je, n'avez-vous pas un peu forcé ?

— A peine. Si vous étiez venu seul, ce n'aurait pas été nécessaire. Ma compagnie aurait suffi. Nous aurions passé agréablement notre temps. C'est ce que voulait Salvator, que vous preniez le temps de comprendre...

Comprendre, comprendre... Me croyait-on bouché ? J'explosai.

— Comprendre quoi ? Un bordel de luxe ? Une famille de tarés ? Une hérédité de négrier ? Une vieille maquerelle baroque ?

Julia ne broncha pas d'un cil. Il me vint l'idée saugrenue que des cornes allaient lui pousser au front. Je regardai machinalement ses bottes pour voir si des pieds fourchus n'allaient pas crever le cuir et apparaître dans toute leur horreur. Mauvaise idée, éculée, à éviter depuis que Goethe et Boulgakov, parmi d'autres, y ont imprimé la marque de leur génie. Mais il était vrai que par moments, Julia commençait à me flanquer la trouille, au moins à me rendre mal à l'aise avec sa noire beauté et ses propos sulfureux. Une femme de l'espèce la plus dangereuse, de celle qui procède de la divine boue humaine...

— Frédéric, vous faites de petits progrès, dit-elle imperturbablement, mais ce ne sont pas les mots qui conviennent. Vous le sauriez si Salvator, à bord de la *Louise-Alice* — mais je vois qu'il ne l'a pas fait —, vous avait parlé des Princes où précisément il se rendait ce jour-là, ce qu'il ne vous a pas dit non plus. Tout est question de forme, pas de fond. On peut tout faire et tout admettre, sous l'élégance d'une attitude, et les Roparz n'en ont jamais manqué. Il vous faudra veiller à votre vocabulaire, surtout en présence de ma tante. C'est une femme âgée, malade, fatiguée, mais elle a conservé toute sa tête. A moins qu'elle ne souffre trop, je vous conduirai chez elle ce soir après dîner. Quant à Salvator, il ne dépend que de lui de vous ouvrir sa porte et de se montrer. Je crois qu'il fera beau demain. Nous irons à Ar Men avec le *Cham*, dans l'après-midi, si le temps le permet. Il faut embarquer à marée basse, avec la fin du jusant, et revenir avec le flot, pour profiter des courants, sans quoi l'on ne passe pas. Si d'ici là vous avez envie de vous approcher un peu du phare, il y a une ancienne tour de guet sur le cap, à l'autre bout de la propriété, juste à l'aplomb de la passe. Vous y trouverez une vieille longue-vue de marine qui appartenait à Sépik. De là il guettait les retours d'Afrique du *Cham* et les manœuvres des bricks de la douane. Ma grand-mère Rosa venait lui tenir compagnie. Elle apportait une gourde de rhum. Après que Sépik eut vendu le *Cham,* il continuait, à certaines marées, à prendre la veille par habitude. Nul ne savait ce qu'il attendait. Il passait là des nuits entières et ne rentrait qu'à l'aube. En ce temps-là pointaient encore hors de l'eau, entre Ar Men et la passe, les mâts d'un navire douanier naufragé. Un matin, Rosa est revenue en courant. Il était mort. Belle mort de vieillard... Cette fois je vous laisse. Je dois m'occuper de ma tante. Si vous désirez sortir de la propriété, voici un double de la clef de la grille. N'oubliez pas de la refermer. Nous n'aimons pas les intrus. Etes-vous satisfait, maintenant ?

Jamais plongeon ne me fut plus salutaire. Ma tête bouillonnait de pensées contradictoires. Le choc de l'eau froide lui fut un bain de santé. Je nageai d'abord à toute vitesse vers le cotre au mouillage. Le souffle un peu court, mais pas mécontent de ma forme, je m'agrippai à la bouée du corps-mort. Elle était d'un modèle récent, en plastique rouge. Mais l'autre, à peu de distance, semblait beaucoup plus ancienne, cône de fer peint en blanc, surmonté d'un anneau, avec des traces de rouille et des larmes d'algues marines qui ne dataient pas d'hier. A un moment elle pivota et je vis sur son flanc, presque effacées par le temps, deux lettres noires au pochoir, d'un graphisme démodé qui me parut contemporain de celui qui avait servi à marquer les tonnelets de rhum et de morue dans la voilerie désaffectée. Je lus : L.A. Je traduisis : *Louise-Alice.* Il n'y avait pas d'autre interprétation. Le port d'attache de la *Louise-Alice*... Et Salvator ne m'en aurait rien dit... Le ravissant sloop des Orth, tout d'acajou rivé de cuivre, s'il existait encore, eût depuis longtemps atteint l'âge où les bateaux en bois achèvent de pourrir dans la vase des arrière-ports qui les engloutit peu à peu. La bouée ne pouvait être qu'un souvenir. Je la rejoignis en vingt brasses. Il me sembla que le fer de l'anneau était poli par de récents frottements d'aussière. Je plongeai pour inspecter la chaîne. C'était une chaîne neuve, en acier galvanisé. Avec leur peu de goût pour les « intrus », je n'imaginais pas Mlle Roparz ou Julia faisant refaire à neuf un mouillage pour la seule commodité de yachts de passage ayant doublé la tour à virer par miracle sans connaître les alignements. Et la veille, au large de Port-Jagu, n'avais-je pas aperçu le gréement à l'ancienne d'un sloop qui ressemblait de loin, comme un jumeau fantôme, au souvenir de la *Louise-Alice*? Il faisait voile vers Jersey. Il pouvait tout aussi bien sortir d'ici. Ou d'ailleurs. Ou de nulle part. Il y a, dans la vision lointaine d'un bateau à voile, en mer, quelque chose d'intemporel qui devient une fête de l'imagination. J'avais peut-être trop imaginé...

De la bouée à la petite plage jusqu'où Aude avait nagé, la distance n'excédait pas quatre cents mètres. Etendue sur le sable, à l'abri d'un rocher, Aude se chauffait au soleil. J'étais parvenu sans effort à la moitié du chemin quand j'entendis sa voix qui m'avertissait :

— Attention au courant ! Il faut viser bien à gauche !

En effet, le courant de jusant m'emportait vers la passe. Il me fallut nager comme un forcené. Chaque mètre gagné en direction de la plage m'en coûtait dix à remonter. Je ne risquais pas ma vie, mais simplement d'aborder plus loin, une autre plage, séparé d'Aude par des amas de rochers glissants. Cela me rendait furieux. J'y voyais un coup bas du destin, un signe. Il me parut soudain que la chose la plus importante qui me restait à accomplir en ce monde était de parvenir jusqu'à Aude. Elle s'était assise, enserrant ses genoux de ses bras, et m'observait calmement, en souriant. Je commençais à perdre haleine. Mes bras se fatiguaient. D'une voix haletante, je parvins à lui crier :

— Cela vous amuse !

— Follement ! Et vous savez, on ne peut aller à pied d'une plage à l'autre...

Non loin du bord, le courant finit par faiblir, puis s'annula. Je n'en pouvais plus. Aude m'observait toujours, les jambes légèrement écartées, et j'aperçus, tout en nageant, cette petite fleur rose et nacrée qui m'avait fait dire à Aude, chez Mme de Lugarde, qu'elle avait le sexe le plus élégant qu'il m'ait jamais été donné de contempler, remarque qu'elle avait accueillie sans rougir, comme un compliment qui allait de soi. J'abordai enfin la plage et m'étendis sur le sable, fermant les yeux, face au soleil. Je me sentais bien, reposé, heureux. Sans que j'entendisse le moindre bruit décelant un mouvement, la pointe d'un sein vint me frôler la poitrine, tandis qu'Aude, se penchant, posait ses lèvres sur les miennes.

— Vous étiez indécente, dis-je.

— Je le sais. J'ai repris cette plage à mon compte. Mais gardez les yeux fermés, je vous le demande ! C'est promis ?

— C'est promis.

— Et enlevez ce ridicule slip de bain, vous m'y semblez fort mal à l'aise.

Je m'exécutai. Il y eut un moment de silence. Aude s'était éloignée de moi. J'étendis la main comme un aveugle, ne rencontrant que le vide.

— Où êtes-vous ?

— Tout près de vous. Ne bougez pas.

— Que faites-vous ?

— Je vous regarde. Je vous regarde là où il me plaît exactement de vous regarder. Et si vous ouvrez les yeux je n'oserai plus. Je n'ai jamais regardé un homme de cette façon. Non ! N'ouvrez pas les yeux ! Je n'oserais plus vous parler... Ce que je vois, qui fait partie de vous, Dieu l'a donné à n'importe lequel des hommes sur cette terre, Dieu est un inconscient... Non ! Gardez les yeux fermés, je vous en prie... Je suis belle, vous me l'avez dit, je suis vivante, je suis jeune, je me trouve à quelques centimètres de vous, je suis entièrement nue, je n'ai pas usé d'artifices, j'ai revêtu cette parure qui est ma propre peau et je déclare que ce que je vois, je le contemple avec amour et que c'est par amour...

Elle parlait à voix basse, doucement. Elle répétait : « Par amour... par amour... » comme une litanie, tandis que légèrement, sans peser, agenouillée au-dessus de moi, elle me guidait de ses mains en disant : « Par amour... par amour... »

— A présent ouvrez les yeux, dit-elle. Regardez-moi.

Elle avait clos les siens. Je n'oublierai jamais cet instant. Il n'y a pas tant de sommets dans une vie qu'on ne prenne soin de les imprimer religieusement dans sa mémoire. Celui-là était si élevé que je sus qu'il présageait une fin. On n'atteint jamais deux fois la perfection. Peut-être Dieu ne le permet-il pas. Il n'aime pas trop que l'âme aille se mêler de chair, car cela deviendrait un délice d'être un homme et d'être une femme dans cette vallée de larmes où il nous a bannis. Aude avait levé haut les bras, ce qui soulignait l'admirable disposition aphrodisiaque de ses seins : incantation de prêtresse, souvenir d'un temps enfui depuis des milliers d'années, avant que le sang du Golgotha vînt répandre son flot sur les âmes. J'ai dit combien le corps d'Aude était blanc. Elle aimait le soleil, mais s'en protégeait. Un jour elle m'avait dit : « Si je bronze, ce n'est plus moi. L'été n'est qu'un cimetière de jolies femmes. Les plages sont jonchées de momies... » Elle avait une peau délicate, sans défaut, au grain imperceptible, une peau de marbre chaud, de statue animée. Aude, Aude, soleil blanc... Je buvais du regard l'architecture éblouissante de ce corps qui semblait flotter au-dessus de moi et auquel elle avait imprimé une sorte de lent galop, sa crinière noire oscillant en vagues sur ses épaules, jusqu'à ce moment où elle ouvrit les yeux, les planta dans les miens et dit simplement : « Oui ! » Je vis ses yeux bleus s'étirer jusqu'à prendre pour moi les dimensions d'un ciel...

Nous sommes restés un long moment dans les bras l'un de l'autre. Là-haut, sur la falaise, le soleil s'est enfoncé subitement dans le couronnement de la forêt. Aude frissonna.

— Il fait froid. Je donnerais ma vie pour une tasse de thé.

L'eau nous a paru chaude, par comparaison. Nous avons d'abord nagé le long du rivage, pour profiter des contre-courants. Il y avait d'autres petites plages, toutes isolées les unes des autres à travers les rochers, comme des loges de théâtre ou des cabinets particuliers. Enfin nous avons pu couper droit à travers la baie, nageant l'un près de l'autre, sans forcer, et négligeant le relais du petit cotre noir, nous avons abordé près de l'annexe. La serviette d'Aude s'y trouvait toujours, mais soigneusement pliée. Il y en avait une autre disposée à côté. Quelqu'un veillait sur nous. Aude noua sa serviette autour de ses hanches et nous courûmes vers la maison, de l'autre côté du chemin.

— Tiens ! Léopold ! dit-elle en poussant la porte de la chambre et en cherchant des yeux, vainement, de quoi se couvrir les épaules.

Un feu flambait dans la cheminée. Sur la table du petit salon, le thé était servi. Aude ajouta :

— Léopold, ange gardien ?

— C'est mon rôle, mademoiselle.

— Un peu indiscret, peut-être ?

— Que Mademoiselle ne s'en offusque pas. J'ai servi tant de jolies femmes ici même, autrefois, qu'à mon âge j'ai mon comptant de souvenirs. La théière qui porte un fil rouge, c'est du Chine. L'autre, du Darjeeling. Mais après un bon bain de mer je conseille le Chine, plus rude, plus vigoureux. Sous la serviette du plateau vous trouverez des toasts chauds. Vous devez avoir très faim tous les deux...

Lui aussi se fichait de nous ? Quel emploi tenait-il dans ce théâtre ? Sa dernière remarque ne semblait laisser aucun doute sur l'idée qu'il se faisait de la nécessité de réparer nos forces. Je l'observais, bon nèg', avec ses cheveux tout blancs et ses yeux ronds de chien fidèle. Impossible de soupçonner chez ce brave bonhomme la moindre propension à l'humour, au sarcasme, voire à l'impertinence, encore moins à l'indécence, car s'il regardait Aude sans se gêner, son regard ne s'attardait pas, aucune lueur particulière ne s'y allumait, comme s'il se fût agi d'un spectacle familier dont il s'accommodait selon l'esprit des lieux. Non, il avait dit cela parce que la chose, ici, tout simplement, pour lui, allait de soi. Aude, au moins, semblait n'en pas douter. Elle le remercia de son plus gracieux sourire.

— J'ai *terriblement* faim, en effet.

Puis dans un joli balancement de sa chevelure, l'un des plus harmonieux que je lui aie vu exécuter, elle nous tourna le dos et disparut dans la salle de bains, d'où nous parvint aussitôt le bruit de cataracte d'une douche énergique. Léopold affichait une mine à la fois solennelle et ravie.

— Un plaisir de servir Mademoiselle, dit-il d'un ton où l'on devinait un demi-siècle d'expérience et de discrète complicité...

— Bon, ça va ! N'en remettez quand même pas !

Il me regarda sans comprendre. Pourquoi m'irriter ? Je représentais à ses yeux ce qu'il avait toujours connu, un riche amateur de bonnes fortunes, succédant à d'autres amateurs, hôtes habituels de Mlle Constance. Il tentait simplement de me dire, tout en se tenant à sa place, que je n'étais vraiment pas si mal tombé. Il en éprouvait de la satisfaction pour moi. Pour lui aussi. A la fin d'une longue carrière, il pouvait encore se donner les gants de servir sans déchoir et de le faire savoir. Il m'annonça justement que si cela nous convenait, il servirait le dîner vers neuf heures, à la nuit tombée. Le calme, la paix, un petit souper fin, le bonheur...

— Le bonheur ? Pourquoi pas les violons par-dessus le marché ?

De quoi se mêlait-il encore !

Il eut un regard un peu triste. Il hésitait, sans trop savoir s'il devait poursuivre. Comme j'étais en costume de bain, il alla décrocher ma robe de chambre dans un placard où il l'avait pendue avec mes autres vêtements et me la présenta avec des gestes de cérémoniaire.

— Le bonheur, dit-il, cela arrive... Cela ne dure pas... Ce n'est pas toujours souhaitable...

Et cela ne lui tirait pas un sourire. Est-ce qu'il essayait, lui aussi, de me faire passer un message ? Je rompis. On verrait bien s'il s'obstinerait.

— Je vous remercie. Je n'ai plus besoin de vous.

Il s'incrustait.

— Il y a un bouton de sonnette près du lit, un autre au petit salon. N'hésitez pas à vous en servir, je suis là pour cela. Si vous avez besoin de quoi que ce soit, ailes de poulet, pâté en croûte, fruits frais...

Allait-il me débiter tout un menu avant de vider son sac ? Machinalement, en désespoir de cause, j'enchaînai :

— Et le champagne ? Rosé, j'espère ?

Exactement ce qu'il attendait : que je fasse durer le jeu, le temps pour lui de se décider. Il trouva la bonne balle et la saisit au bond.

— Rosé, si vous le désirez. Nous avons un remarquable Veuve Cliquot 1975. Justement, M. de Orth...

Il hésitait encore, pour la forme. Je n'eus pas à le pousser beaucoup. Une petite relance et nous y étions...

— Quel M. de Orth ?

— M. Salvator, bien sûr. Il choisissait toujours les mois

creux, l'automne, de préférence, ou le début du printemps. Il téléphonait de Paris à Mlle Constance, mais le plus souvent de l'autre bout du monde. Il voyageait beaucoup. Selon ce que lui répondait Mademoiselle, il arrivait.

— Des yeux verts, dis-je, plutôt aigue-marine. Des cheveux blonds...

— Précisément, monsieur. C'était un jeune homme très romantique, très secret. Imprévisible aussi. Aimant s'amuser, jetant l'argent par les fenêtres, se conduisant de façon tout à fait folle, puis soudain bien sombre pour son âge. Il ne demeurait jamais longtemps. Un matin, on s'apercevait que l'Hotchkiss avait disparu. Il avait filé dans la nuit. Lors de ses derniers séjours, de plus en plus espacés, ses goûts avaient changé. Son humeur aussi. Il ne s'intéressait plus qu'à Laetitia, la mère de Mlle Julia.

— Je le sais. Julia m'en a parlé.

— A-t-elle dit la vérité ?

— Que Laetitia l'aimait ?

— Hélas, oui, monsieur. Une attitude regrettable. Des amis de Mlle Constance qui avaient retenu depuis des mois, à prix d'or, la chambre Laetitia, s'en retournaient chez eux mécontents. Mademoiselle dut annuler de prestigieuses réservations. En un sens, cela l'amusait. Certains venaient quand même, suppliaient. On ne peut imaginer aujourd'hui une femme aussi belle que Laetitia. Pauvre Laetitia... Salvator buvait plus que de raison. Il lui faisait des scènes épouvantables. Quelquefois il l'appelait *Blondie,* pas pour rire, méchamment. C'était stupide et elle fondait en larmes. Ils s'enfermaient pendant plusieurs jours dans leur chambre et en sortaient hagards. D'autres fois, c'était le soleil après la tempête. Il apportait des cadeaux, des robes, l'emmenait déjeuner, dîner, nager, se promener en voiture, faire du bateau. Ils riaient comme des gosses. Un jour, j'ai vu Laetitia heureuse. Il est passé tant de jolies femmes, ici, au caractère fortement trempé et doué pour la simulation, que je sais reconnaître un sentiment vrai s'il s'en présente exceptionnellement. Eh bien, monsieur, elle était heureuse. Lui, je ne saurais l'affirmer. Il se conduisait de façon attentionnée, et puisque vous l'avez connu, vous savez que dans ces cas-là il se montrait absolument charmant. Il était arrivé l'avant-veille, sans chauffeur, faisant des projets pour un plus long séjour. Je leur ai servi vers minuit un très joli petit souper. Au matin, Laetitia s'est réveillée seule. Elle s'est précipitée dehors. L'Hotchkiss n'avait pas bougé du garage. Salvator était parti à pied, abandonnant ses valises. Il a téléphoné de la gare. Il avait marché cinq heures. Laetitia ne l'a jamais revu et personne, Dieu sait pourquoi, n'est venu chercher la voiture. Lorsqu'il a réapparu inexpliquablement il y a quatre mois, la première chose qu'il a faite, c'est de passer son doigt sur le capot, traçant un trait dans la poussière, comme un enfant...

Je connaissais la conclusion de ce départ. Le 31 décembre de cette même année, à Neuilly, Salvator avait doublé ses adieux à peu près de la même façon... Le récit de Léopold éclairait le passé, exactement comme le jour qui se lève, au lendemain d'une bataille perdue, débusque l'un après l'autre de l'ombre les morts et les mourants jusqu'à ce que le néant se peuple au grand soleil. Sans se retourner, le cavalier Salvator s'en était allé. J'ignorais, à l'époque, qu'il fût à ce point sombre et désespéré...

Il me restait une question à poser, d'une futilité de comédie, mais c'était là, justement, que s'ouvrait la bizarre petite brèche aménagée par Léopold, lequel espérait bien que je la découvrirais.

— Et comment vous y preniez-vous, Léopold, il y a près de trente ans, pour servir à Salvator du champagne de 1975 ?

— Ai-je vraiment dit cela, monsieur ? Le 75, évidemment, c'était au mois d'avril, quand Salvator est revenu. Mademoiselle m'a tout de suite envoyé lui porter une bouteille dans sa chambre, comme cela s'est toujours fait. Il a vaguement souri. Il m'a dit : « Alors, Léopold, nous reprenons nos vieilles habitudes ? Mais je n'ai plus un sou... » Cela n'avait pas d'importance. Mlle Constance m'avait donné des ordres : bon vin, bonne chère, comme pour un convalescent. Mais il mangeait à peine. Des légumes, un peu de poisson, des fruits. La première flûte de champagne que je lui ai versée, il y a à peine trempé ses lèvres. Il a passé son doigt sur le rebord du verre exactement comme il l'avait fait sur le capot de sa vieille auto, en murmurant quelque chose que je n'ai pas compris à propos d'années effacées, de rendez-vous posthumes et de jugement dernier...

Là-dessus il s'interrompit, mais le message était passé et le message était signé. Dom Salvator de Orth, assuré d'être jugé au tribunal de Dieu, n'en n'avait pas moins retranché sans hésiter trente années de sa vie pour marcher comme un condamné au-devant d'un rendez-vous inconcevable... Inconcevable : le mot clef... J'en vins à me demander si ce n'était pas précisément cela que le pauvre Dom Jansen, empêtré dans ses phrases, avait maladroitement essayé de me faire comprendre... Et Julia ? Elle n'avait pas froid aux yeux. Elle ne s'embarrassait d'aucune pudeur morale élémentaire. Ne s'était-elle pas défilée elle aussi sur le seuil de la vérité ? Qu'est-ce qui l'arrêtait ? Que Salvator fût moine ? Situation que l'on pouvait juger scabreuse, malsaine, affligeante, tragique, ou même comique, tout ce que l'on voudra, en admettant que cette situation eût été menée à un terme qui méritait ce jugement... mais inconcevable, certainement pas ! La nature humaine a déjà fait abondamment ses preuves : de toutes les formes de déchéance, depuis belle lurette, elle n'en a oublié aucune qui fût concevable... Et Léopold ? En cinquante ans de service d'alcôve, il avait tout vu, tout entendu, et tout bon nèg' qu'il fût, il devait être blindé... Or tous reculaient comme au bord d'un gouffre. Je tentai la même question que j'avais posée à Julia :

— Léopold, une bonne fois, dites-moi la vérité ! Pendant

son séjour aux Princes, Salvator n'a pas toujours vécu seul? Une jeune femme est venue?

— Une jeune femme? Oui monsieur. Mais qui pourrait le croire...?

Le blocage, à nouveau... Salvator, pardonne-moi. C'est toi qui m'as conduit jusqu'ici. Alors ne m'en veux pas de creuser...

— Léopold, vous saviez qui était Salvator? D'où il venait? Où il avait passé ces trente dernières années?

— Je le savais. Lorsqu'il est arrivé, en chandail, son sac sur l'épaule, je l'ai d'abord pris pour un marin. Les vrais marins ont ce regard-là. J'en ai connu, à Guivinic. Ils ont fait trente fois le tour de la terre et s'aperçoivent tout simplement que c'est la vie qui est passée, rien de plus... C'est ce que j'ai dit à M. Salvator quand je l'ai reconnu et il m'a répondu que je ne me trompais pas de beaucoup, qu'il avait bien navigué trente ans, mais sans quitter le cloître d'un monastère d'Auvergne. Par la suite, au moins les premiers jours, il y a fait d'autres allusions, puis n'en a plus parlé.

— Et c'est cela qui vous retient? S'agissant d'un saint moine, dans votre vénérable maison de passe, avez-vous subitement peur des mots?

Il répondit avec dignité. Il s'exprimait à la façon d'un homme d'Eglise d'ancienne mode commentant prudemment, sans déplaisir, les septième et neuvième commandements. N'avait-il pas été, pendant cinquante années, le sacristain de ce temple?

— Non, monsieur. Ce ne sont pas ces mots-là que je crains. Ils ne feraient qu'illustrer ce qui est souhaitable ici et tout à fait conforme à la vocation de la maison. S'il ne s'agissait que de cela, je n'aurais pas le moindre scrupule à satisfaire votre curiosité, encore que sur un point précis, le degré d'intimité entre M. Salvator et cette jeune femme, je ne saurais rien affirmer. Mais ce qui s'est passé ici, vous devez le découvrir seul. Nous ne sommes pas là pour vous aider. Seulement pour vous mettre sur la voie. Il y a des choses inexprimables. Quant à comprendre, qui le pourrait ? Vous, monsieur... ? Nous en doutons. Salvator semblait le penser. Aussi étiez-vous annoncé. Avant de partir pour Perros-Guirec rejoindre ce bateau qui allait le débarquer à Ar Men, il m'a dit : « Un ami viendra peut-être. Dis-lui qu'elle s'appelle Irène et qu'il patiente jusqu'à son retour... »

Je m'affalai dans un fauteuil, comme un boxeur à la fin d'un round. J'avais gagné celui-là. Aussitôt me vint un doute. La partie était truquée. « On » m'avait laissé gagner. Illusion de victoire : une présence que j'avais déjà devinée ; un prénom sur un visage dont je me souvenais...

— Et cette Irène va réapparaître ?

— Inéluctablement, monsieur. Nous l'attendons...

Comme il ne cessait de me considérer de ses bons yeux ronds et amicaux, je m'avisai soudain que son regard, *jamais,* ne changeait d'expression. Peut-être pas si bon nèg' que cela...

— Pourquoi : « nous » ? Vous parlez au pluriel, maintenant ? Voilà déjà trois fois que vous me servez ce « nous » !

— C'est que je ne suis pas seul, monsieur. Il y a Julia. Il y a Mlle Constance.

— Et Salvator ? L'attend-il aussi ?

— Si nous pouvions répondre, vous ne seriez jamais venu jusqu'ici.

Là-dessus il s'en alla tout aussi dignement, me rappelant qu'il servirait le dîner à neuf heures et qu'il ne fallait plus lui poser de questions. Et de deux... J'en avais plus appris de lui que de Julia et cette progression ne me semblait pas l'effet du hasard. On eût dit deux jacquemarts qui venaient l'un après l'autre de frapper la cloche du destin. Combien seraient-ils à les suivre ?

Un jour d'avant la guerre, lorsque j'étais enfant, lors d'un voyage en Allemagne, mon père nous avait emmenés, mon frère et moi, un peu avant midi, en levant haut la tête, sur la place d'une petite ville médiévale dont j'ai oublié le nom, célèbre pour les jacquemarts de son beffroi. A midi, précédé d'un grincement de rouages et de chaînes, apparut le premier personnage. C'était un cavalier en cuirasse, le visage dissimulé sous le heaume, dit *cavalier de la mort* ou *cavalier sans nom,* qui de son gantelet frappa le premier coup. Ceux qui suivaient étaient armés d'un maillet. J'en comptai douze : un soldat casqué, un évêque mitré, un moine au capuchon relevé, et d'autres que mon père, guide en main, nous nommait au passage : le *roi sans couronne,* la *reine infidèle,* le *bourreau,* le *bouffon,* la *courtisane,* l'*esclave,* qui me fit une forte impression parce que son corps de bronze était à peu près nu et que du pied du beffroi, en écarquillant les yeux, on parvenait à distinguer sa poitrine et ses fesses, enfin la *jeune fille sage,* mince et souple statue revêtue de feuilles d'argent et qui resplendissait au soleil. Une mécanique unique au monde, car hormis le cavalier masqué qui ouvrait toujours la marche, aucun des personnages ne se présentait jamais dans le même ordre, ce qui entraînait des voisinages parfois inattendus que les bonnes gens de la ville, aux temps anciens, faisant mine de se scandaliser, jugeaient hautement divertissants. Jusqu'au jour où vingt ans après la première ronde de ces jacquemarts et plus de six ans après la mort de leur génial facteur, surgit un treizième personnage que nul n'avait jamais vu et qui dans un silence de mort, sous les yeux exorbités de la population stupéfaite, leva lentement son maillet et frappa un *treizième* coup de midi. Il avait un visage d'ange, des cornes au front, des pieds fourchus. Tous reconnurent le *diable.* Il fit d'autres apparitions cette année-là, selon la « programmation » posthume d'un mécanisme dont nul ne put percer le secret, puis s'enferma dans sa niche verrouillée pendant plus d'un demi-siècle. On l'oublia. Jusqu'au jour où, d'un treizième coup de midi, il se rappela brutalement au bon souvenir de la population. Le soir même, l'évêque de la ville se pendit. Dès lors, bons catholiques, bardés de ces superstitions qui sont les fondements de la foi, les habitants de la cité, lorsqu'ils se trouvaient sur la place du beffroi, à midi, prirent l'habitude de se signer sitôt que le douzième personnage abattait son maillet sur la cloche. Ces pieuses pratiques bloquèrent le treizième jacquemart dans sa niche pendant plus de trente ans, alléluia ! Que se passa-t-il ensuite ? Un relâchement de la foi ? Ou à nouveau l'oubli ? Le diable s'échappa trois jours d'affilée et la peste entra dans la ville. On eut recours à un exorciste. Sans succès. La funeste apparition faisait son petit tour de beffroi chaque jour tandis que la peste frappait l'une après l'autre les maisons de la cité. On essaya d'autres recettes. L'exorciste fut brûlé vif sur la place par la populace déchaînée et expira dans les flammes au treizième coup de midi, les yeux dans les yeux de l'affreuse créature de bronze. Mais l'automate s'obstina. Dans l'imagination de tous, il se transforma en une sorte de minotaure qui réclamait de jeunes proies. Cerné dans la Maison de ville par tous les citoyens valides, le Conseil des échevins siégeait sans désemparer. L'idée qui prévalut au Conseil fut que le diable, sans doute, avait fini par se lasser de ses compagnes de bronze et exigeait de la chair vivante. Une courtisane se porta volontaire, mais réclama mille thalers d'or qui lui furent comptés sur-le-champ. Comme elle était aussi la maîtresse de l'évêque, nul ne douta de son succès. Lorsqu'elle redescendit au matin du sommet du beffroi où elle avait passé la nuit, sa ravissante bouche débitait un tel flot d'horreurs assorties de précisions érotiques inouïes que par la suite elle fit fortune dans toutes les cours d'Europe, son récit s'étant répandu comme une traînée de soufre et chaque prince mettant son point d'honneur à expérimenter dans son lit les tourments odieux qui avaient séduit le diable. En effet, là-haut, le treizième jacquemart semblait vaincu et la peste recula. Ce n'était que rémission. Il réapparut huit jours après. Cette fois on lui offrit une négresse achetée à un marchand gênois. La noire créature avait déjà pas mal servi — on n'en trouva pas d'autre —, mais fortement douée de la poitrine et de l'arrière-train, elle présentait l'avantage, si le diable n'y regardait pas de trop près, de ressembler à l'esclave automate du beffroi. Le diable s'y trompa, car il se tint à nouveau coi. La peste continua de frapper çà et là, sans conviction, se bornant à prélever son tribut quotidien chez les pauvres des faubourgs. De la négresse, on n'apprit rien. Elle ne parlait pas un mot de teuton ni d'aucune langue connue sur cette terre. Le Conseil la revendit avec un gros bénéfice à un banquier juif aussi riche que chenu et qui fuyait la ville le jour même. Fort heureusement pour elle, car on l'eût brûlée le surlendemain sur un bûcher, l'automate cornu, fourchu et insatiable s'étant encore échappé de sa niche pour sonner son midi chrétien. Et la peste, cette fois, franchit avec sa faux les portes des notables qu'elle avait jusqu'à présent épargnés. A défaut d'une *reine infidèle* — la petite ville était hanséatique et libre —, il fallut bien se résoudre à offrir au frappeur de mort celle qui représentait sans doute son ultime exigence, la seule qui pût le satisfaire et l'apaiser, à l'image du plus exquis et du plus harmonieux automate du beffroi : une *jeune fille sage.* Par bonheur, la ville en comptait des dizaines, des brunes, des blondes, des rousses, soyeuses et douces, toutes sages, très sages, leurs longs cils pudiquement baissés sur leurs plus intimes secrets. Le Conseil tira au sort et le sort désigna la plus belle, la plus jeune, la plus fragile, la plus convoitée. Ce fut un déchirement. Mais la peste redoublait. On conduisit la jeune fille sage, seulement vêtue d'une cape d'argent, jusqu'à la porte basse du beffroi, et la place aussitôt se vida comme se dépeuple magiquement la forêt alors même que l'incendie n'a pas encore éclaté. Le lendemain matin, sur la place tout aussi déserte, ainsi qu'il avait été convenu, la supérieure du couvent des béguines de Sainte-Rita, le monastère féminin le plus clos et le plus sévère de la ville, attendait seule la jeune fille. On a prétendu par la suite que la jeune fille souriait d'un air tout à fait angélique. Rien ne le prouve. La scène n'avait pas eu de témoins, hormis la mère supérieure ensevelie sous ses voiles noirs. Cette fois le diable se le tint pour dit. La peste cessa d'un coup. L'automate cornu plongea dans un si profond sommeil que la ville, encore une fois, l'oublia. On s'en souvenait comme d'une légende. Nul ne revit la jeune fille sage, enfouie au plus secret de son couvent. Trente ans plus tard, ce couvent fut fermé sur un ordre venu de Rome. D'étranges rumeurs scandaleuses suintaient de ses hauts murs. On parlait d'inconduite, de mœurs incompatibles avec l'état religieux, de pratiques inavouables qui s'y étaient peu à peu développées, mais personne, parmi les survivants de l'année de la peste, ne risqua ou n'osa risquer le rapprochement avec la jeune fille sage, par crainte de réveiller l'horrible créature du beffroi dont ils avaient enterré volontairement le souvenir au plus profond de leur mémoire. Seule une femme d'une cinquantaine d'années, appartenant à l'une des meilleures familles de la ville, fut bizarrement saisie du désir soudain de confesser des fautes commises trente ans plus tôt. « Sage... sage... pas si sage que cela... », répétait-elle en parlant de son amie de jeunesse, tandis que dans son regard passaient tout à la fois du bonheur et de l'effroi. Et le soir même, lors de sa ronde, avant de clore les portes de la cathédrale, le sacristain découvrit dans un confessionnal deux cadavres tétanisés, comme frappés par la foudre : la dame et son confesseur. Les moniales furent dispersées, chacune conduite en berline opaquement close, rideaux tirés, portes verrouillées de l'extérieur, pour être confiées, comme des condamnées, à d'autres couvents choisis parmi les plus rigides de la province, et enfermées à vie dans des cellules de discipline. Vingt berlines avaient quitté la ville. Dix-neuf livrèrent leur prisonnière. La vingtième arriva vide. On ne put soupçonner le cocher, les clefs des berlines ayant été portées séparément, sous enveloppes scellées, par chevaucheurs impériaux, aux supérieures des couvents... Après quoi, durant les trois cents ans qui nous séparent du temps présent, le diable du beffroi se contenta d'apparaître dix ou douze fois, à des fréquences imprévisibles de plus en plus éloignées l'une de l'autre et sans dommage apparent pour la population, mais qui sait ce qui se passe dans les âmes ? Les gens de la cité gardèrent cependant l'habitude de se signer à midi sur la grand-place. Quand naquit le tourisme, les touristes les imitèrent et ni mon père, ni mon frère, ni moi-même n'y manquâmes. Ce n'était plus que du folklore. Le treizième automate ne se montrait plus. Il s'ouvrit même un restaurant sacrilège doublé d'un marchand de souvenirs à l'enseigne du « Diable du beffroi ». C'est la foi qui engendre le démon. Personne n'y croyait plus. On raconte néanmoins que lorsque Hitler visita la ville en 1938, le chef de sécurité de ses SS, saisi d'une inspiration, fit pointer une mitrailleuse depuis un toit voisin, vers le sommet du beffroi, prêt à abattre le monstre s'il s'avisait par hasard de surgir de sa niche à l'instant même où l'autre, en bas, dominant de son podium frémissant de noir et de rouge la forêt des bras tendus, allait entamer son discours au douzième coup de midi. Hitler ne se signa pas, ni personne parmi cette foule révulsée. Personne, d'ailleurs, ne levait les yeux plus haut que le podium où se tenait l'homme à la mèche. Le diable s'en tint quitte. Il avait perdu son public. Ou mieux : il était devenu inutile. Il le fit payer cher. En avril 1944, par une belle journée claire de printemps, la petite ville fut rayée de la carte. A midi moins cinq, un effroyable grondement venu du nord emplit peu à peu tout le ciel, produit par l'apparition à six mille pieds d'altitude, escadre après escadre, de trois cents forteresses volantes disposées selon le principe du tapis volant. Les bombes rasèrent d'abord les faubourgs du nord, puis vers midi moins deux s'attaquèrent à la ville elle-même dont il ne resta pas un édifice debout. C'est à midi précis que s'écroula le beffroi, réduit à l'état d'une pyramide de gravats d'où s'élevait une fumée âcre. Lorsque l'on entreprit, de nombreux mois plus tard, de déblayer cette pyramide, le premier jacquemart que l'on dégagea, brisé, tordu, presque méconnaissable, c'était le cavalier en cuirasse. Les autres gisaient à ses côtés, tout aussi mal en point. On en compta douze en tout, enfouis juste sous la pointe de la pyramide. Ce n'est qu'en atteignant le ras du sol qu'on découvrit le treizième, miraculeusement indemne, ses deux cornes intactes, son profil d'ange, ses pieds fourchus. C'était *lui.* On ne sait par quel détour cette effrayante merveille de la statuaire médiévale atterrit dans un musée de Plymouth sans autre identification que : *chef-d'œuvre de l'art allemand religieux,* XVe *siècle.* Une jeune fille se suicida dans le musée, non loin de la statue. Puis une autre. Des jeunes gens aussi. Affaire de drogue ? Affaire de mœurs ? C'était à la fin des années soixante. On attribua cette épidémie au mal de vivre qui ravageait alors la jeunesse. Le musée fut fermé quelques mois. Un jeune conservateur, fraîchement nommé, spécialiste du moyen âge germanique, se souvint alors du diable du beffroi de la petite ville dont j'ai oublié le nom. Elle avait été reconstruite entre-temps. Rien ne survivait du passé, pas même sa population entièrement formée de nouveaux venus, réfugiés de l'Allemagne de l'Est. A force de recherches, le jeune conservateur finit par dénicher l'un des ouvriers qui avaient participé aux travaux de déblaiement, précisément ceux de la pyramide. Aidé des copies de rapports de la *Third US Air Force,* il acquit la conviction que si l'on découvrit en dernier, au ras du sol, le treizième jacquemart, c'est que précisément, le jour du bombardement, celui-ci avait dû sortir de son refuge caché au douzième coup de midi, puis s'avancer et frapper le treizième coup à l'instant où la bombe éclatait au pied du beffroi. Précipité par-dessus bord par le choc, il reçut tout l'édifice sur le corps, avec, entre lui-même et ses douze compagnons, l'espace infime de quelques secondes qui sépara l'écroulement de la base du beffroi de celui de son sommet. Les conclusions du conservateur ne furent jamais publiées dans la presse, seulement par un ou deux bulletins hautement spécialisés. Quand le musée rouvrit ses portes, le « chef-d'œuvre de l'art religieux allemand » en avait été enlevé. Emballé dans une caisse cerclée de fer et vierge de toute inscription à l'exception d'un numéro de code, il quitta les lieux par une porte de derrière et fut conduit à la base navale de Plymouth, d'où on l'embarqua sur un dragueur de mines, assorti d'un ordre de l'Amirauté de l'immerger quelque part dans la Manche, le plus loin possible des côtes de l'Angleterre. L'opération se déroula de nuit. On utilisa pour faire glisser la caisse à la mer cette sorte de rampe amovible qui fait partie de l'équipement de tous les navires de guerre et qui permet d'immerger les morts cousus dans des sacs et lestés. L'Amirauté n'avait-elle pas précisé curieusement : « On ne sait pas trop ce que c'est, mais employez un minimum d'égards... » Sur le chemin du retour, une forte tempête se leva, échappant à toutes les lois de la météorologie, étroitement localisée, presque sans vent. Le dragueur perdit un homme, emporté par une lame. Le tribut payé, semble-t-il, la tempête s'apaisa d'un coup. Ce fut aussi le dernier voyage de ce dragueur de mines. Déjà rescapé de la guerre, il fut expédié à la casse. On ne l'avait sans doute pas choisi par hasard pour cette mission et l'on s'en débarrassait aussitôt comme d'un objet contaminé. Ainsi se termine l'histoire du treizième jacquemart, échappée de ma mémoire au moment où je contemplais par la fenêtre le dos un peu voûté de Léopold s'éloignant sur le chemin. Elle me fut contée autrefois par mon père, lequel, amateur fort érudit, l'avait patiemment reconstituée pour distraire sa retraite. Il s'en était beaucoup amusé et s'éteignit à quatre-vingt-douze ans d'une mort tout à fait naturelle. Lorsque le prêtre — ils se déplaçaient encore de ce temps-là — lui administra l'extrême-onction *in articulo mortis*, aucun craquement suspect ne se produisit dans la pièce. Sur sa tombe, au cimetière Montparnasse, les fleurs s'épanouissent et se fanent exactement au même rythme que leurs voisines, et selon les gardiens du cimetière, au moins dans cette section-là, personne ne s'est jamais suicidé...

— Vous avez l'air pensif, dit Aude en réapparaissant. Elle était vêtue de son pantalon de velours bleu et d'un de ces chandails très amples qui vont si bien aux jolies femmes que l'on aime parce que c'est un merveilleux exercice de retrouver de mémoire, avec exactitude, les formes qu'ils dissimulent.

— Je vous raconterai. Qu'étiez-vous devenue ?

— J'avais laissé la porte entrouverte. J'écoutais. Sauf le début, j'ai tout entendu.

— Pourquoi ces précautions ? Vous pouviez aussi bien nous rejoindre.

— En ma présence, il n'en aurait pas tant dit. Je ne sais quelle image il se fait de moi...

— Je vais prendre une douche, dis-je. Je me sens aussi salé qu'un hareng. J'en ai pour une minute.

Sur la tablette de la salle de bains, les objets de toilette d'Aude étaient impeccablement alignés. Bien que peu nombreux, ils affirmaient sa présence. Les serviettes dont elle venait de se servir étaient étendues pour sécher. J'adore partager les salles de bains tout autant que le lit. Cela fait partie de l'intimité. Cela met de bonne humeur. J'y éprouve un réel bien-être. Il y a là une sorte de gage mutuel. Cette fois, il y avait également autre chose, trois mots tracés sur la glace avec un bâton de rouge : « je vous aime ». C'était plaisant à lire, mais quelle drôle d'idée de cinéma...

A mon retour dans la chambre, Aude souleva les deux étuis ouatinés qui tenaient les théières au chaud, m'adressa un vrai beau sourire, de ceux qui signifient : « je suis vraiment heureuse que vous soyez là », puis me demanda, contrefaisant Léopold :

— Chine ou Darjeeling ? Après un bon bain de mer, je conseille le Chine, plus rude, plus vigoureux. Des toasts ? Je vous les beurre. Que Monsieur ne s'en offusque pas, mais après une si joyeuse partie, vous devez avoir faim...

Ainsi, elle avait eu la même impression que moi. Je ne m'en étais pas rendu compte aussitôt, mais il flottait dans tous les propos de Léopold une sorte d'insistance.

— Chine, répondis-je en me penchant sur Aude pour l'embrasser. Et pourquoi cette proclamation, dans la salle de bains ? Vous savez comme il faut être économe de ces mots-là...

— Cela m'a prise sans réfléchir, quand Léopold a dit « nous » à la place de « je ». Cela m'éloignait de vous. J'ai voulu conjurer quelque chose.

— Parce que vous m'incluez dans ce « nous » ?

— Non, bien au contraire. C'était plutôt de moi qu'il s'agissait. Je n'étais pas prévue. Le rôle était dévolu à Julia. J'essaye d'entrer dans la peau du rôle, je fais semblant, non de vous aimer, c'est justement ce qu'ils craignent. La peau, pour eux, c'est ce mot-là qui compte. Je crois qu'on n'a jamais aimé ici...

— Qui ? ils. Qui ? eux.

— Eh bien, Léopold, Julia, et la mystérieuse tante, et Christina, Clarisse, Aziza, Delphine, Rosa et les autres, toutes ces femmes auxquelles je m'efforce de ressembler pour donner le change, mais ils ne sont qu'à demi convaincus, ils se méfient. Croyez-vous vraiment que j'aie agi d'une façon qui me soit naturelle en me promenant toute nue devant ce vieux nègre ou en faisant mon numéro de strip-tease balnéaire sous les yeux de Julia ? Savez-vous que je ne me balade jamais sur une plage les seins nus, ni le reste à plus forte raison. J'ai horreur de disperser dans le commun ce qui m'appartient en propre. Mais cela m'amuse de les tromper sur mon compte. Pour un peu, je me laisserais prendre au jeu...

Le regard bleu qu'elle me jeta, accompagné d'une onde de tempête qui secouait sa chevelure noire passant d'une épaule à l'autre, fut une sorte de télégramme érotique si parfait qu'il réussit aussitôt son effet.

— Mes compliments, dis-je.

Elle éclata de rire.

— Vous voyez !

— Bon... Je conviens que le climat des lieux se trouble. L'eau est un peu fangeuse. On n'y voit plus très clair...

Je regardai ma montre. Dans un quart d'heure, Dom Jansen et les moines de Saint-Amandin prendraient en longue procession noire le chemin de l'abbatiale pour y chanter vêpres. Dans le chœur, le fauteuil de l'abbé resterait vide... La chambre disposait d'une ligne téléphonique directe. Je composai le numéro de l'abbaye. Au moine qui me répondit, il me vint l'impulsion irraisonnée de demander à parler à Dom Salvator de Orth. J'entendis la voix hésiter, puis m'apprendre que le révérendissime père abbé s'était absenté.

— Dans ce cas, pouvez-vous me passer Dom Jansen, dis-je en me nommant.

— Je vais essayer de le trouver. Veuillez patienter.

L'attente dura près de cinq minutes. Il n'existait que deux téléphones à Saint-Amandin, l'un dans la porterie, l'autre chez le frère cellérier, autrement dit l'économe, celui qui doit compter avec le monde extérieur. Les moines usent peu du téléphone. Ils n'éprouvent aucune sympathie pour ce fil qui trahit la clôture monastique. J'imaginais les longs couloirs de l'abbaye, Dom Jansen se hâtant lentement après ne s'être mis en mouvement qu'à contrecœur, parce qu'on lui avait passé mon nom et que ce nom-là le liait à quelque nouvelle que j'allais peut-être lui apporter. Pendant ce court laps de temps, le fait de téléphoner de cette « auberge » à l'abbaye me parut soudain grotesque. Même pas inconvenant, bien que je me fusse assis, pour téléphoner, sur le rebord de l'immense divan qui n'était pas un lit de vertus, mais grotesque. Et cependant, en dépit de leur éloignement sidéral, moral plus que géographique, il me sembla que c'était entre ces deux champions que la partie se jouait. Les coups se marquaient à longue distance, sans visibilité, à la façon de ces croiseurs de bataille qui se canonnent sans s'apercevoir par-dessus l'horizon, ou de ces joueurs d'échecs qui manœuvrent leurs pièces à coups de cartes postales expédiées d'un bout du monde à l'autre... L'un tenait pour la chair, l'autre pour l'âme. Je haussai les épaules. Voilà que je romançais...

L'appareil que j'avais posé près de moi, sur le lit, émit des sons lointains. Je fis signe à Aude de prendre l'écouteur. Comme le fil était court, elle vint se serrer contre moi. Je posai ma main sur son cou, à la naissance soyeuse des épaules.

— Qui suis-je pour vous ? lui demandai-je.

— Quelle drôle de question ! Et pourquoi la poser maintenant ? Vous allez faire attendre ce pauvre moine. « Monsieur Pons, monsieur Pons... », on dirait qu'il appelle au secours...

Je répondis.

— Dom Jansen ?

— C'est moi. Mais pourquoi demander Dom Salvator ? Auriez-vous des raisons de supposer qu'il est revenu ici ?

Je m'en voulus un peu de ma grossière manœuvre. J'insistai cependant.

— Pourquoi pas ? N'est-il pas à l'abbaye ? Ou l'avait-il seulement quittée ?

— Hélas, monsieur Pons, je ne mens jamais.

La voix de Dom Jansen semblait triste, presque désabusée.

— Ainsi, vous ne l'avez pas vu ? poursuivit-il.

— Non. Peut-être demain. Mais le phare a l'air bien désert. On m'a simplement dit qu'il s'y était enfermé.

— « On » vous a dit...

J'attendais qu'il me demande des précisions sur ce « on ». Il n'en fit rien. Ce n'était peut-être pas nécessaire.

— Je suis inquiet, reprit-il. Vous savez que nous lui envoyons chaque mois un peu d'argent. Il était parti sans un sou. La poste de Guivinic vient de nous retourner les mandats.

— Mais s'il se trouvait dans son phare...

— Il aurait pu laisser des instructions. La poste n'en avait pas reçu.

— Je vous rappellerai demain, dis-je, si j'apprends quelque chose. Mais aujourd'hui, c'est à vous de me renseigner. Cette jeune femme dont vous m'aviez parlé, vous souvenez-vous de son nom ? Salvator l'a-t-il prononcé devant vous ?

— Non, pas lui. Son neveu. Elle s'appelait Irène.

Je laissai passer un temps. Je l'entendais respirer, à l'autre bout du fil, comme quelqu'un qui éprouve une violente émotion.

— Pouvez-vous me la décrire ?

— Ne me demandez pas cela. Je m'efforce de l'oublier. Je vous en avais déjà dit beaucoup, sauf qu'elle m'avait paru *terriblement* jeune...

Je relevai l'adverbe. Il ne devait rien au vocabulaire de ce temps qui détourne les mots forts de leur sens et en abuse à tout propos. Il pesait exactement son poids de terreur, accolé à l'adjectif « jeune » et s'appliquant à une jeune femme que Dom Jansen, lors de notre visite au monastère, avait déjà jugée *très* jolie. On pouvait, par imagination, se laisser entraîner à des impressions inavouables. Je regardais les doigts d'Aude serrés sur l'écouteur à s'en blanchir les phalanges.

— Dom Jansen, dis-je, cette jeune fille, c'était la jeune fille du portrait, n'est-ce pas ?

Je l'entendais à peine. Il s'arrachait à lui-même les mots.

— Quel portrait ?

C'était dit dans un souffle.

— Dom Jansen, insistai-je, vous ne mentez jamais...

Enfin la réponse me parvint, affaiblie par la traversée de lointaines galaxies situées à des années-lumière de ce que l'homme peut concevoir.

— C'était elle, en effet... Salvator me l'a dit, dans sa cellule, juste au moment de nous quitter... Foudroyé, il était foudroyé... Car ce portrait, le saviez-vous ?... Salvator m'en avait parlé, quand nous étions jeunes moines, puis l'avait oublié... Ce portrait... Il en était l'auteur... Le peintre, c'était lui... Il avait quatorze ans... Dites-lui, si vous le voyez... dites-lui que je prie pour lui...

A travers ces derniers mots, un son plus éloigné se fraya un chemin. C'était la cloche du monastère qui appelait aux vêpres, et la communication fut coupée. Je ne sais pourquoi, pendant un long moment, ayant reposé le téléphone sur le lit, tandis que de l'écouteur ne nous parvenait plus que le grelottement insistant d'une ligne désormais *occupée,* je caressai de mes doigts le cou et les épaules d'Aude par l'échancrure de son chandail. Peut-être la chair est-elle le secours de l'âme, ses béquilles d'invalide, les prothèses de son inexistence... Dans le grand vide glacé, la peau n'est-elle pas la seule source de chaleur ? Une nouvelle fois, je demandai :

— Que suis-je pour vous ?

— A l'instant présent, tout, répondit Aude.

Je raccrochai le téléphone et le silence prit possession de la chambre, comme si l'effacement de ce lointain refus que représentait le signal « occupé » venait de nous couper du monde.

— Je vous l'avais dit, reprit Aude. Ce moine qui ne ment jamais savait tout. Lorsque nous sommes allés le voir, il ménageait ses effets...

— Je vais vous raconter une histoire, dis-je.

Elle s'étendit sur le lit et croisa ses bras sous sa tête.

— Une belle histoire ?

— *Terriblement* belle, vous jugerez... Un jour d'avant la

guerre, lorsque j'étais enfant, lors d'un voyage en Allemagne, mon père nous avait emmenés, mon frère et moi, un peu avant midi, en levant haut la tête, sur la place d'une petite ville médiévale dont j'ai oublié le nom, célèbre pour son beffroi...

Et je lui contai l'histoire du treizième automate, telle que je la tenais de mon père. Aude souriait en m'écoutant et témoignait un vif plaisir, tant il était vrai que mon récit, assorti d'effets un peu gros, ne semblait nullement effrayant. Elle en rit le plus souvent. Aussi fus-je très surpris, après que j'eus terminé, quand elle me fit remarquer, le plus naturellement, que lorsque la *chose* fut immergée, à la fin des années soixante, au large de la Bretagne et le plus loin possible de Plymouth, l'auberge des Princes où nous nous trouvions était déjà à demi fermée. Et je m'entendis répondre, de façon presque automatique :

— L'endroit était prédestiné...

— Exactement ! dit-elle fort sérieusement. Mais j'y songe... L'amiral Murdoch... Ne nous a-t-il pas dit qu'avant de prendre sa retraite, il avait commandé à Plymouth à peu près à la même époque ? Demandez-le-lui. Vous pouvez lui écrire. Il vous a laissé une adresse.

Je la trouvai au fond d'une poche de ma veste, griffonnée sur un bout de papier : *Vice Admiral John Murdoch, c/o the officer commanding the Royal Navy base, Shetland Islands.* Je lui dédiai une pensée affectueuse teintée de mélancolie : « S'il y arrive, vieux cavalier... »

En fin d'après-midi, nous avons marché jusqu'à la tour de guet, au bout de la falaise, un peu essoufflés parce que nous nous embrassions tous les vingt mètres et que le chemin, sous les arbres, nous opposait une pente assez rude. On n'y voyait pas de traces de roues, bien que le chemin fût vaguement carrossable, mais des empreintes de sabots de cheval dont certaines paraissaient toutes fraîches. La route sinuait en désordre, pour éviter les plus grands arbres, et le sous-bois, par endroits, l'effaçait peu à peu. Parfois elle se rapprochait du bord de la falaise et l'on pouvait apercevoir la mer libre, au-delà de la passe. Nous découvrîmes un rocher plat, juste à droite de la route, qui formait un belvédère surplombant la baie. Il y avait même une balustrade de fer, rouillée mais encore solide, comme si l'endroit eût été, quelques années plus tôt, un lieu de promenade fréquenté. En se penchant légèrement par-dessus, on avait une vue plongeante sur toute la série des petites plages entrecoupées de rochers que nous avions longées à la nage, Aude et moi.

— Ça par exemple ! s'écria Aude. Je ne lui pardonnerai pas !

Elle semblait réellement furieuse, presque écarlate d'une honte que je ne m'expliquais pas.

— Là, juste au-dessous de nous, mais regardez !

Je me penchai.

— Eh bien, dis-je, c'est une plage.

— Et quelle plage ?

Je la reconnus. Le soleil l'éclairait encore avec une telle netteté qu'à trente mètres au-dessous, on pouvait presque en compter les grains de sable. Je rougis à mon tour. Aude ne décolérait pas.

— La putain ! L'ordure ! Elle est venue. Elle a tout sali avec ses yeux... Oh ! je comprends, je comprends maintenant... Frédéric, là, en bas, tout à l'heure, est-ce que vous m'aimiez pour de bon ? Je veux dire : est-ce que vous pensiez que vous m'aimiez, car moi je le pensais, je le pensais très fort... Pourriture, elle n'est qu'une pourriture !

Je la pris dans mes bras, la calmai, cueillis en l'embrassant une larme qui coulait le long de sa joue, lui murmurai à l'oreille toute une série de platitudes d'un romantisme consternant que je débitais sans effort, car elles me jaillissaient du cœur. En amour, quand viennent les arabesques et les grandes symphonies, c'est que le moment brut est passé ; on ne fait plus que truquer.

— C'est vrai ? C'est bien vrai ? disait Aude. Mon chéri...

« Mon chéri » ! Même ce mot-là ! Consternant, je le répète... Ah ! nous le savions, cette fois, que nous nous aimions. Il était temps de redescendre des sommets.

— La Négresse ! dit Aude d'un ton décidé, elle en sera pour sa peine !

— Alors, on ne joue plus avec eux ?

— Ce n'est pas un jeu de leur part. Ils ne sont même pas libres. Quelque chose les détermine. Ils me font peur.

— Qu'est-ce qui vous fait imaginer cela ?

— Les révélations de votre moine, au téléphone, à propos du portrait. Si Salvator en est l'auteur, qu'il l'a peint à l'âge de quatorze ans et que près de quarante ans plus tard, sous les traits d'une jeune fille, le portrait se fait chair et se met soudain à vivre, c'est que nous nous trouvons devant...

— Devant quoi ?

Songeuse, elle murmura :

— C'est invraisemblable...

— Voulez-vous que nous abandonnions la partie ?

— Ah non ! Plus maintenant. Je veux savoir. Cela me fait penser à votre château.

— Bonnaguil ? Qui est enfermé ?

— Salvator. Il s'est enfermé dans sa propre vie.

Ce n'était pas mal vu. Nous avions franchi une frontière...

Dix minutes plus tard, nous parvenions à l'extrémité du cap où s'élevait la tour de guet. Elle n'avait de tour que le nom, et sa forme circulaire. C'était une petite construction basse, en granit grossièrement taillé, mais faisant corps avec le rocher sur lequel elle était ancrée par une forte maçonnerie. On y accédait par un étroit sentier juché périlleusement sur l'arête du cap. De part et d'autre, à cinquante mètres au-dessous, l'eau bouillonnait furieusement à travers mille anfractuosités du rocher dont elle se retirait en grondant et en soufflant comme un monstre des profondeurs, produisant un effet de respiration sonore tout à fait impressionnant. Puis quelques marches taillées, équipées d'une rampe, conduisaient jusqu'à la porte. C'est seulement à l'intérieur de la tour, par toute une succession d'étroites fenêtres qui permettaient d'observer la mer à cent quatre-vingts degrés, que se révélait dans son ampleur la sauvagerie minérale et liquide de cet univers marin, une sorte de désolation sacrée. Et cependant il faisait beau. La mer était calme. On distinguait parfaitement les chenaux et les mouvements de courants qui animaient ce labyrinthe. Les rochers se comptaient par centaines, à perte de vue, jusqu'à la ligne des grands phares, au loin, sur l'horizon. Sous certains angles de lumière, ils prenaient des formes humaines ou animales, silhouettes à la Jérôme Bosch, ou bien gravées par Dürer. Je repérai même, à gauche du paysage et non loin du virage, tout un escadron de cavaliers. On eût dit qu'une armée avait pénétré dans la mer à la conquête de l'impossible. Ce qu'on voyait, encore émergé, c'était l'arrière-garde. Le reste des régiments engloutis poursuivait sa marche aux abysses... Sept cavaliers parvinrent un soir aux bornes maritimes de la terre. Nul messager, derrière eux, n'avait pu les rattraper, bien que le prince en eût dépêché cent et cent qui couraient la poste à bride abattue en soulevant tant de nuages de poussière que le soleil s'y noyait, porteurs d'un unique message qui ne contenait que quatre mots : « Revenez, il faut vivre... » Les sept cavaliers entrèrent dans l'eau jusqu'au poitrail de leurs chevaux. « Allons ! dit le plus âgé, le monde nous appartient », et il éperonna son cheval. « Allons ! dit à son tour le plue jeune, il n'y a rien à regretter », et il salua d'un sourire, en se retournant légèrement, le vide qu'il venait de traverser. Bientôt l'on ne vit plus que la trace de sept sillages qui s'estompaient peu à peu en direction du large, jusqu'à ce qu'une vague, venue de l'autre côté des choses, les effaçât tout à fait... Cela aussi était une scène de mon roman inachevé. C'en était même la scène finale... En bas, au pied de la tour, les cavaliers de pierre semblaient s'être enfoncés légèrement dans l'eau. Le jusant avait fait place au flot. La marée remontait.

C'était au milieu de ce plateau rocheux que se dressait Ar Men, moins élancé, plus trapu sous sa plate-forme crénelée, que les autres grands phares du premier rang, la Veuve, la Dame, les Sourds, les Echaudés, qui paraissaient le dominer en dépit de leur éloignement. Ainsi décalé de la ligne, cerné, blessé même — à la longue-vue je décelai une fissure qui lui courait verticalement le long du corps —, on eût dit un combattant d'arrière-garde sacrifié, s'étant hissé pour attendre la mort sur un refuge encore paisible. En déplaçant la longue-vue, je parcourus lentement le rocher plat, au pied du phare, en forme de demi-lune, et la minuscule plage de sable entre les deux extrémités du croissant. Par ce mouvement de balayage, je repérai une forme grise immobile étendue sur le sable. Fébrilement, j'améliorai la mise au point jusqu'à ce que s'inscrivît nettement dans le cercle optique l'image d'un bois flotté. Il n'y en avait pas d'autre. Pas d'autre signe de vie que cette unique silhouette vaguement humaine qu'une marée haute avait déposée et que la prochaine, peut-être emporterait. Les fenêtres du phare étaient fermées. A un moment, je crus apercevoir quelque chose comme un bref signal lumineux. Il se répéta de fenêtre en fenêtre, du bas vers le haut, quatre fois, autant que le phare comptait d'étages. Ce n'était que le soleil. En s'abaissant sur la mer, ses rayons venaient frapper les vitres, l'espace d'un instant, comme le pinceau d'un projecteur mobile. Aude vint prendre ma place et tint son œil collé pendant un long moment à l'œilleton de la longue-vue. J'avais pris position à une autre embrasure. Le ciel, à l'horizon, commençait à se foncer. D'ici une heure il ferait nuit. Nous ne prononcions pas une parole. Nous *écoutions*. Il n'y avait pas la moindre chance que d'Ar

Men nous parvînt un appel, un son, à travers cette distance, et cependant nous écoutions. A la fin, Aude renonça.

— Il n'y a personne. Plus nous nous approchons de ce phare, plus il paraît désert.

— Espérons encore, dis-je. Essayons d'observer. Nous n'avons qu'à nous relayer.

La chambre ronde de la tour était sommairement meublée d'un lit de camp recouvert d'un velours rouge en lambeaux et passé, d'une table constellée d'empreintes de verres et de bouteilles et de deux chaises de paille percées. On n'y avait pas fait le ménage depuis des années. Dans la cheminée, les cendres mortes n'exhalaient plus d'odeur. Pour passer le temps, je racontai à Aude l'histoire du vieux Roparz prenant la veille dans cette tour, alors que, le *Cham* vendu, il n'attendait plus nul navire. Et comment la jeune Rosa, équipée d'une gourde de rhum, venait tenir compagnie au vieillard jusqu'à ce qu'une nuit, il en mourût...

— De qui tenez-vous cela ? demanda Aude.

— De Julia. Rosa était sa grand-mère.

— Je l'aurais parié ! Il n'y a pas un endroit, ici, qui échappe à leur obsession. Cela va devenir difficile...

Je ne relevai pas la remarque. Aude s'était déjà exprimée là-dessus, à la limite des mots... J'avais réglé l'azimut de la longue-vue sur Ar Men. J'y jetais un coup d'œil de temps en temps. Les fenêtres ne brillaient plus. Elles étaient aussi dénuées de vie que des orbites de squelette.

— Regardez ! dit Aude. Les phares ! Ils viennent de s'allumer...

Là-bas, sur l'horizon, les quatre sentinelles de pierre, la Dame, la Veuve, les Sourds, les Echaudés, avaient entamé leur longue ronde nocturne. Comme il faisait encore un peu jour, on ne distinguait qu'une succession d'éclats brefs et longs, annonciateurs de ces pinceaux lumineux qui en tournant dans la nuit noire ressemblaient à des manèges aériens. Je portai mon regard sur Ar Men. Sa lanterne semblait aussi morte que le reste de sa silhouette qui s'effaçait peu à peu. Aude et moi, hypnotisés par ce vide, fixant un point dans le crépuscule où l'on devinait en filigrane la fantomatique lanterne d'Ar Men, nous demeurâmes là un moment, immobiles, tendus, retenant notre respiration, dans l'attente de quelque chose — un allumage à retardement... la marque lumineuse d'une présence à l'un ou l'autre étage de l'édifice... — qui ne se produirait pas et dont nous savions avec certitude qu'il était inutile de l'espérer plus longtemps.

Le phare d'Ar Men était éteint.

— S'il allumait une bougie, dis-je en pensant à Salvator, on ne l'apercevrait même pas d'ici...

Aude avait l'air émue. Il me plaisait qu'elle le fût. Les connivences du cœur sont le sel de la vie et l'unique antidote contre la solitude.

— C'est un espoir ou un adieu ? dit-elle.

Je haussai vaguement les épaules sans répondre. Elle m'adressa un petit sourire, pour prendre date, revenir à la réalité, à la vie, à nous-mêmes...

— Brrr..., fit-elle en frissonnant, ce n'est pas gai. Fichons le camp de là...

La nuit était tombée. On distinguait à peine les marches de l'escalier. Nous avons franchi les quelques mètres du sentier en arête avec des précautions d'alpiniste, pas après pas, ne levant un pied qu'une fois l'autre assuré. Nous n'en menions pas large. D'en bas s'élevaient toujours, enflés par la marée montante, les grondements et soufflements du monstre des profondeurs.

Cavalière immobile, presque invisible sous les arbres, Julia nous attendait.

— J'aime mieux cela, dit-elle. Je m'inquiétais. J'avais peur que vous ne vous rompiez le cou. Saurez-vous rentrer seuls, ou préférez-vous que je vous accompagne ?

— Plutôt me perdre ! répliqua Aude, sèchement.

— Ça viendra, ma petite, ça viendra...

Sur ces mots elle nous planta là et disparut au galop, courbée sur l'encolure de son cheval pour éviter les branches basses.

— Allons ! Ne soyez pas si émotive, dis-je à Aude. Elle joue la comédie, elle soigne la mise en scène. On voit trop la ficelle. A en croire votre mine, on imaginerait tout à fait qu'elle a éclaté d'un rire sardonique en roulant des yeux terrifiants et en faisant « ah ! ah ! ah ! » à tous les échos de la forêt, comme à l'opéra...

— Justement, elle ne l'a pas fait...

Deux scotches bien tassés, du champagne pour Aude, il n'en fallait pas moins pour effacer les traces de notre expédition. J'appelai la Direction des Phares et Balises, à Paris, dont j'avais conservé le numéro, mais les bureaux étaient fermés. Je pris quelques notes, par habitude. Pendant que j'écrivais, Aude lisait un livre, étendue sur le lit. De temps en temps, je la regardais. Elle me répondait d'un sourire. A neuf heures le dîner fut servi, par un Léopold devenu muet et tout à l'exercice de son art. D'un placard de la chambre il tira tout ce qu'il fallait pour dresser somptueusement deux couverts, puis sortit et revint quelques minutes plus tard en portant fort adroitement un gigantesque plateau sur lequel étaient disposés plusieurs plats avec leurs couvercles d'argent et deux bouteilles dans un seau. Il eut des gestes d'alchimiste, de grands mouvements de manchette, soulevant et reposant les couvercles, et, sortant de son mutisme, annonça : « Le caviar sevruga... le homard de Bretagne grillé au beurre des Charentes... les feuilles vertes... le sorbet aux fruits de saison... le blanc fumé de Pouilly du Clos de la Chaumienne... » sur un ton inimitable de retape gourmande et de respect, comme s'il se fût adressé, entre complices mais de valet à maître, à Son Eminence le cardinal de Hohenlo en personne, familier de la maison. Il déboucha les bouteilles, s'inclina cérémonieusement devant Aude en disant : « Mademoiselle est servie », puis se tourna vers moi, ajoutant : « Mademoiselle Constance recevra Monsieur et

Mademoiselle à dix heures, ce soir ; Julia viendra vous chercher et vous conduira auprès d'elle ; Mademoiselle devra s'habiller... » Après quoi il se retira, nous laissant tous deux bouche bée et bien vite pris d'un fou rire sitôt la porte fermée.

— Et flûte ! dit Aude, nous verrons bien.

Puis découvrant le caviar, riant encore :

— L'enfer, décidément, est pavé de bonnes intentions...

Uu peu après dix heures, on frappa à la porte. C'était Julia. D'excellente humeur tous les deux, nous avions décidé de prendre les choses au mieux, comme elles se présenteraient. La première surprise, justement, ce fut Julia, aussi somptueusement moulée que largement décolletée, *présentée,* même, le dos nu jusqu'au bas des reins et les seins à peine cachés de part et d'autre d'une vertigineuse échancrure en V, dans une robe de soirée encore plus noire que sa peau et fendue d'un seul côté de la cheville à la fesse. Miraculeusement, l'ensemble ne donnait pas l'impression de mauvais goût. Julia ne portait aucun bijou, seulement une tresse de fils d'argent mêlée à ses cheveux de laine.

— C'est ainsi, dit-elle. Cela fait plaisir à ma tante. Cela lui rappelle de bons souvenirs.

Elle avait parlé d'un ton simple, avec un demi-sourire sympathique. Curieuse fille... Elle ouvrit un placard à porte coulissante dissimulé dans une boiserie.

— Vous ne pouvez pas sortir comme cela, dit-elle à Aude, qui n'en était pas encore revenue. On va vous trouver quelque chose. Venez, ma chérie, choisissez...

Alignées sur des cintres, dans un chatoiement de couleurs, il devait bien y avoir trente, quarante robes...

— Les femmes de Barbe-Bleue ? dit Aude.

— Rassurez-vous. La plupart vivent encore, je crois. Sauf ma mère. Cherchons... Avez-vous une préférence ?

— Le blanc, répondit Aude en me regardant du coin de l'œil. Je suis la jeune fille sage. Tenez... Celle-ci... Celle-là... Celle-là encore... et puis celle-là. Croyez-vous qu'elles m'iront ?

Julia l'enveloppa de la tête aux pieds d'un regard appréciateur.

— Il n'est entré ici que des femmes parfaites, de formes un peu plus généreuses que celles généralement admises par les canons de la mode. Vous êtes tout à fait le genre.

— Merci quand même ! dit Aude, les quatre robes sur le bras, en prenant le chemin de la salle de bains.

Je me suis assis pour attendre. Julia s'est lovée sur le canapé, jambes repliées. Je remarquai qu'elle ne portait pas de chaussures. La laque rouge de ses ongles était la seule note de couleur dans toute cette noire symphonie.

— Et moi ? demandai-je. Dois-je m'habiller ? Je n'ai pas emporté de smoking.

— Aucune importance. Ici les hommes ont tous les droits.

— Alors, ça continue ?

— Qu'est-ce qui continue ?

— La mise en scène... Avouez que nous sommes de bonne composition.

— Il faut l'être.

Elle avança le bras et posa sa main sur la mienne, en un mouvement amical qui n'était pas affecté.

— Au moins ce soir, persévérez, dit-elle. Ma tante Constance est une grande malade, condamnée à brève échéance. Elle refuse tout traitement. On ne la soigne que pour atténuer ses souffrances lorsqu'elles deviennent intolérables. Ne la décevez pas. D'ailleurs, vous-même, vous ne serez pas déçu.

Elle se souleva légèrement, changea la position de ses jambes, pivota pour s'appuyer d'une seule épaule au dossier du canapé, tout cela en une reptation silencieuse absolument fascinante, accompagnée, je ne vois pas d'autre mot, d'un retournement d'âme, car l'espèce de tendresse qu'elle avait eue en parlant de sa tante disparut de son regard où rien ne vint la remplacer qu'une quiétude animale entièrement dénuée d'expression. Je rompis le silence.

— Julia, le phare d'Ar Men est éteint.

— Ah ! vous l'avez remarqué, dit-elle sans quitter son masque.

— Depuis quand ?

— Depuis dix jours. C'était annoncé. Les instructions nautiques et les cartes marines à jour signalent l'extinction de ce phare au 1er septembre de cette année. Il s'est éteint le 1er septembre.

— Au Service des Phares, à Paris, on ne m'avait pas dit cela. On m'a seulement répondu qu'il était question de le désaffecter pour cause de vétusté, mais sans qu'une date ait été fixée.

— On vous aura mal renseigné, voilà tout.

— Mais Salvator ? Pourquoi s'obstine-t-il ?

— Vous le lui demanderez demain... Nous embarquerons à trois heures, si le temps est beau...

Je ne pus rien en tirer de plus. Ce n'est qu'au retour d'Aude qu'à nouveau la statue se dégela, comme s'il était midi au beffroi.

Décrire Aude en « jeune fille sage » ? Etait-ce une certaine disposition de sa coiffure qu'elle avait imperceptiblement modifiée, ou la démarche qu'elle avait adoptée, légèrement hésitante, timide, maladroitement gracieuse, la retenue de ses mouvements, les bras le long du corps, notamment, le cou un peu penché, comme celui d'une adolescente craintive, tout le contraire d'une femme sûre d'elle-même, ou bien la coupe juvénile et mélancoliquement démodée de sa robe, laquelle, pour accentuer le trouble et brouiller les cartes de l'âme, ne cachait rien de cette angélique modestie tant elle était transparente, enfin les paupières pudiquement baissées, à peine soulignées de bleu à la façon d'une toute jeune grâce qui se farderait pour la première fois avec la permission de sa maman, toujours est-il que je me levai pour exprimer mon admiration. Les paupières se haussèrent lentement sur des yeux bleus qui pétillaient d'humour et de plaisir.

— Comment me trouvez-vous ?

Le verdict tomba. Dans la bouche de Julia, c'était un compliment :

— Coûteuse. Très coûteuse. Hors de prix.

— Et la robe ? A qui appartenait la robe ? Jacques Heim 1952...

— A Christina. Jacques Heim était le couturier favori de Salvator.

— Il avait oublié les chaussures. Je n'en vois pas.

— Ici, le soir, les femmes n'en portaient pas. Faites comme moi.

— Pieds nus et la corde au cou, c'est ça ?

Julia eut une moue d'impatience. Il me sembla, cette fois, qu'Aude avait trouvé le ton et ressaisi la maîtrise d'elle-même, et ni ce ton ni cette indépendance ne convenaient à Julia.

— Allons, dit-elle, nous faisons attendre ma tante.

Sur le chemin on n'entendait que le bruit de mes pas. Les deux jeunes femmes semblaient glisser dans le plus profond silence...

Je m'attendais à des chichis, tentures, rococo de boudoir, capiton douillet de cabinet particulier, équivoque de canapé pour présentation de jeunes beautés... Rien de tout cela. Le salon de Mlle Constance se présentait comme un salon d'armateur fortuné de la fin du siècle dernier, entièrement voué au souvenir. De cette pièce, quelqu'un, autrefois, sans doute le vieux Sépik Roparz, avait fait le musée de toute une vie. Sextants de cuivre, longues-vues de marine dans leurs écrins de velours, maquettes de trois-mâts à l'ancre sous d'énormes globes, bateaux en bouteille que les imperfections du verre ancien voilaient comme un mince rideau de brume, occupaient toutes les surfaces planes, le dessus de toutes les commodes et de nombreux rayons d'une vaste bibliothèque. Meubles de bateau, naturellement, de fabrication anglaise ou plus vraisemblablement virginienne, somptueux, dans leurs reflets d'acajou, à force de netteté et de simplicité, meubles parfaits, que des années de roulis en mer n'eussent pu disjoindre d'un millimètre. De ce salon naissait le rêve, l'au-delà de tous les horizons... Capitaines du temps passé, avec barbiches et tuniques longues, cols en tuyau et casquettes molles, fins cigares et gobelets de punch... Rêve sombre aussi, rêve odieux, hanté de visions inhumaines, rêve brisé de capitaine négrier... Trois des quatre murs de la pièce, entièrement recouverts de boiseries, étaient occupés par des dizaines et des dizaines de peintures, de gravures, de vieilles photographies encadrées, alignées en rangs serrés, et qui toutes illustraient le même thème : la traite ! Collection exceptionnelle tout à fait effrayante si l'on songe qu'elle représentait une réalité vivante. Des générations de Roparz s'étaient transmis la passion de la traite comme d'autres la passion de la chasse... Je me souviens avec précision de deux gravures jumelles, toutes deux attribuées au peintre anglais David Roberts, et disposées au centre d'un panneau de façon révélatrice. L'une montrait des messieurs en redingote, coiffés de chapeaux à larges bords, qui se désignaient entre eux de leur canne, sans doute pour illustrer quelque commentaire approprié, un groupe de beautés noires juchées sur une estrade et serrées l'une contre l'autre peureusement. La légende, en anglais, indiquait : *Vente aux enchères d'esclaves femelles fraîchement débarquées en Virginie, en 1861.* Sur l'autre gravure, parmi les palmiers, un groupe de femmes jeunes et élancées, vêtues de blanc, le visage dévoilé, semblaient attendre calmement leur sort, et beaucoup d'entre elles souriaient. La légende : *Scène typique du marché aux esclaves qui se tenait constamment au Caire en 1840.* Les visages n'étaient pas tous foncés, ni les lèvres épatées. Il y en avait de blancs, avec des yeux étirés, des bouches finement dessinées. La Circassie et le Caucase, notamment, ont alimenté pendant longtemps les marchés de la Méditerranée en jeunes femmes réputées pour être les plus belles du monde. Lord Byron lui-même, combattant de la liberté, s'était acheté une Circassienne sur un marché turc, en Thessalie, avant de s'en aller mourir à Missolonghi dans les rangs des Grecs insurgés, non sans lui avoir consacré l'un de ses plus émouvants poèmes, dans *Werner, le Difforme transformé,* qui est une variante de la légende de Faust. Il y vendait son âme au diable — s'il en était encore besoin, lorsqu'on connaît sa vie... il l'avait vendue tant de fois —, en échange des forces qui étaient venues à lui manquer pour jouir pleinement de son acquisition. Cela avait hâté sa fin...

— Approchez, que je vous voie mieux, dit une voix qui n'était pas chevrotante, ni cassée, ni même lasse, plutôt impérieuse, bien que le timbre en fût chaleureux et éminemment féminin.

Mlle Constance Roparz était assise dans un fauteuil droit, tout au fond de la pièce, à portée de main d'un secrétaire à tiroirs, et, sur l'autre versant du fauteuil, d'une table de jeu marquetée couverte de photographies encadrées alignées en demi-cercle par rang de taille ainsi que des spectateurs sur les gradins d'un amphithéâtre bondé et qui semblaient considérer la vieille demoiselle comme le centre d'un monde achevé. Certaines étaient des photos de famille. D'autres, les plus nombreuses, presque toujours dédicacées, représentaient des personnages de sexe masculin dont les visages m'étaient familiers, car ils appartenaient à l'histoire contemporaine, au moins à la vie publique. Tous avaient eu le même humour de choisir des photographies du type le plus officiel. L'imposant ecclésiastique coiffé d'un chapeau romain rouge devait être, à n'en pas douter, ce cher vieux cardinal de Hohenlo, ancien *papabile.* Il n'avait pas marchandé sa dédicace : il avait envoyé sa bénédiction...

— Voyez mes hôtes, dit Mlle Constance, comme ils me faisaient confiance. J'aurais pu me servir cent fois de ces photos. Je n'y ai même jamais songé. Ce n'est pas ce pouvoir-là qui m'intéressait. Ni l'argent, d'ailleurs... Asseyez-vous près de moi. Non, pas vous ! ajouta-t-elle à l'intention d'Aude ; que d'abord je vous regarde...

Elle aussi, Constance Roparz, avait dû être très jolie, dans sa jeunesse. Toute décharnée qu'elle fût devenue, le nez pincé, les joues creuses, la peau livide, marquée par l'approche de la mort qu'elle ne tentait pas de camoufler à l'exemple de tant de vieilles beautés perdues, sous de pitoyables maquillages, il restait dans le dessin de son visage, l'attitude gracile de toute sa personne, jusqu'aux petits ongles nacrés, d'un ovale parfait, qui faisaient oublier les déformations de ses mains, suffisamment de vestiges du passé pour que l'on pût imaginer Constance Roparz à vingt ans, l'âge où elle avait hérité de son grand-père Sépik, ainsi que me l'avait appris Julia. De cet âge elle avait conservé les yeux, des yeux très noirs, pas du tout délavés, d'une mobilité incessante, comme si le spectacle de la vie leur réservait toujours quelque nouveau détail inédit qu'il ne fallait pas manquer. Blonde ou brune ? Impossible de le deviner. Constance Roparz était chauve. Plus un cheveu. Une conséquence, sans doute, du mal qui la rongeait... Mais pourquoi ce dédain de l'apparence, ce refus d'avoir recours aux perruques ? Cette effrayante ostentation la faisait ressembler à l'une de ces vieilles moniales des temps anciens, condamnées au couvent pour des péchés de chair, et dont on tenait les cheveux soigneusement et constamment rasés de telle sorte qu'elles devinssent un objet d'horreur pour elles-mêmes. Les moniales de Sainte-Rita, lorsqu'elles furent chassées de cette petite ville allemande et dispersées dans des couvents de discipline après que la *jeune fille sage* eut vécu trente ans parmi elles, devaient avoir, à leur mort, exactement cette apparence-là... Je vis qu'Aude s'appliquait à ne pas trop la regarder. Elle semblait très impressionnée. Ce fut sans doute pour lui donner le temps de s'accoutumer à son apparence que Constance affecta de ne s'adresser qu'à moi, parlant d'Aude.

— Ravissante, dit-elle, absolument ravissante, encore que ce ne soit pas ce qui me frappe le plus chez Mlle Laroche. La robe est tout à fait inconvenante, mais en contrepoint, quelle discrétion ! quelle distinction ! Deux dons particuliers lorsqu'on sait en jouer... Plaise à Dieu, cher monsieur, que vous ayez découvert vous-même cette merveille. Si vous l'aviez trouvée ici, par mes soins, il nous aurait fallu procéder à un arrangement qui fût à la hauteur d'une telle profusion...

Comme je m'apprêtais à me lever et à lui clouer le bec, elle posa sa main sur mon bras.

— Allons, allons, ne vous fâchez pas. Tout cela n'était que symbolique. Vous savez que je n'exerce plus. Vous êtes mon invité, ici : chambre Aude et tout compris. Et vous, ma chère enfant, ne vous croyez pas insultée. D'ailleurs mon petit doigt me dit que vous ne le croyez nullement. Venez vous asseoir avec nous... En d'autres temps, j'aurais établi votre carrière. Nous aurions atteint des sommets. Guerlande serait venu vous photographier et nous aurions conquis le monde. Je vais vous montrer mon fichier. Vous auriez eu la bonne idée d'avoir vingt ans plus tôt, et moi, vingt ans de moins, vous y auriez tenu votre place, croyez-moi...

Julia déposa sur la table une pile de chemises cartonnées qu'elle était allée chercher dans un tiroir du secrétaire. Constance choisit l'une de ces chemises et la tendit à Aude.

— Tenez, justement, voici le dossier de Christina. Cela vous intéressera. Vous portez l'une de ses robes. Voyez comment travaillait Guerlande. Cette discrétion dans l'allusion, cette économie d'effets, et cependant...

Aude avait ouvert le dossier et se penchait, fascinée. Julia reprit sa place près du fauteuil de sa tante, légèrement en retrait, debout, toute son imposante beauté déployée mais absolument immobile, muette, le regard neutre. Domestique ? Dame de compagnie ? Chef du protocole ? Conseillère privée ? Eminence grise ? Medium ? Relais ?... Et que venait faire là Guerlande, photographe officiel de nos trois dernières républiques, conduit au cimetière Montparnasse, en grande pompe, cinq ans plus tôt ? Une exposition permanente lui est consacrée, au Petit Palais, à Paris. Mais j'ignorais qu'il eût photographié des nus. J'en fis la remarque à Mlle Roparz. Car c'était de cela qu'il s'agissait. Aude venait de me passer, sans un mot, le « dossier » Christina...

— Ce sont les seuls nus de Guerlande, en effet, dit Constance. Une collection inestimable. Plus de cent modèles en quarante ans, et quels modèles ! Les plus belles filles du monde... Toutes ces photos ont été prises ici. Dès qu'on avait besoin de lui, il accourait, tout frétillant. Il refusait d'être payé, mais certaines de ces jeunes femmes avaient des bontés pour lui. Quand il est devenu célèbre, et hors de prix, il en avait fait une condition. Qui l'eût cru ? Ce petit vieillard...

Je ne l'écoutais plus. Je ne l'entendais plus. J'étais figé dans un tête-à-tête : un tête-à-tête avec Christina, la passagère de la *Louise-Alice*. J'avais vingt-deux ans... Je me souvenais si bien d'elle que j'en avais le cœur serré, et combien j'avais envié Salvator au point de le détester, cette nuit-là... Une jeune fille élégante, racée, distinguée, remarquablement élevée, intelligente, parfaitement à l'aise, ne jouant pas de sa séduction, s'accommodant de sa beauté comme d'une sorte d'accessoire superflu, sportive, ne craignant pas l'effort, souriant avec chaleur, amicale, spontanée. C'était justement cela que Guerlande avait exprimé. Hormis la totale nudité de Christina, toute intention érotique semblait avoir été si bien gommée de ces photos que justement, devant une telle discrétion manifestement due à l'éducation et au tempérament aristocratique de la jeune femme, on n'avait plus qu'une envie : bousculer toute cette perfection...

Deux notes manuscrites accompagnaient ces photos, écrites à l'encre noire de la main même de Mlle Constance. La première indiquait : *Christina von Falkenberg, née au château de Falkenberg, Prusse-Orientale, en 1930, fille du vice-amiral comte von Falkenberg et de la comtesse, née Louise de Mérillac. En 1945, lors de l'envahissement de la Prusse-Orientale par les Russes, on retrouve Christina en Allemagne, mêlée à la foule des réfugiés de l'Est. Plus de famille, plus de fortune, plus d'amis. En zone d'occupation française, elle devient la maîtresse du colonel de Mérillac. Ce n'est qu'au bout de quinze jours qu'elle avoue son identité. Le colonel de Mérillac est son oncle, le propre frère de sa mère. Mérillac est bouleversé. Christina a seize ans. Il veut s'en séparer. Elle refuse. Elle le persuade. Le colonel est marié. Mme de Mérillac vit dans ses terres et gère le vignoble. Lorsqu'il est nommé à Paris, la jeune fille prend le chemin de Mérillac. Elle fera la conquête de sa tante, de ses cousins. Tennis, équitation, voile sur le bassin d'Arcachon, demi-pensionnat dans un collège chic de Pauillac. Le colonel multiplie les permissions, mais les occasions de tête-à-tête sont rares et difficiles à susciter au sein de cette famille limpide. Ils prennent de moins en moins de précautions, manquent d'être surpris vingt fois par Mme de Mérillac ou l'un ou l'autre de ses enfants. La maîtrise de Christina, son regard franc, son visage net donnent le change. Quand éclate la guerre d'Indochine, le colonel démissionne et se retire à Mérillac. Le scandale ne tardera pas. C'est sa propre fille qui les découvrira tous les deux dans une chambre des communs et courra, en larmes, se jeter dans les bras de sa mère. Christina n'exprimera aucun regret. Son regard tout aussi net et franc ferait douter de la vérité si l'on pouvait encore en douter. Elle rassemble ses vêtements, téléphone sans façon à Pauillac pour appeler un taxi et s'en va sans se retourner. Elle a dix-sept ans. Le soir même, le colonel de Mérillac se tirait une balle dans la tête. On découvrira plus tard qu'il avait soustrait d'assez fortes sommes de son compte en banque, en liquide et à plusieurs reprises...*

Il y en avait des lignes et des lignes de cette veine-là. Avec cette appréciation finale : *Aucun sens moral. Mais un grand souci de dignité. Laisse tomber sans pitié dès que le payeur a cessé de plaire. Donne de grands bonheurs mais affectionne les conclusions tragiques. Prévenir les intéressés qu'il y a danger à s'attacher : excellente publicité, de toute façon...*

Levant les yeux, abasourdi, je rencontrai le regard de la vieille demoiselle qui s'amusait de mon étonnement.

— Edifiant, n'est-ce pas. L'incomparable Christina... L'une de mes meilleures recrues. Mais pas unique en son genre. Ces années de l'après-guerre furent une époque bénie (elle tapait de la main sur la pile de dossiers, son œil luisait d'un plaisir qui n'était pas malsain et que j'apparentais à celui d'un esthète, ou d'un collectionneur). Il n'y a que sur des ruines puantes que peuvent pousser ces fleurs-là. L'Europe s'est relevée trop vite, petite-bourgeoise à en vomir. J'ai vécu assez longtemps... Christina ! Quel parcours ! Quels sommets !

La seconde note manuscrite ne comportait, sur trois colonnes, que des doubles dates, des noms, des chiffres, répartis sur cinq années, de 1949 à 1954. Certains noms se retrouvaient plusieurs fois, courant d'une année sur l'autre, comme celui de notre vieille connaissance, le cardinal de Hohenlo. La double date indiquait le début et la fin du séjour aux Princes, de vingt-quatre heures à une semaine (il y a danger à s'attacher...), et le chiffre, celui du prix payé, tellement chargé de zéros que même sans me souvenir de la valeur de la monnaie du temps, on atteignait, comme le disait la tante chauve, « des sommets ». Une trentaine de noms en tout, étagés sur une soixantaine de séjours brefs. Mlle Christina von Falkenberg, comme dans les bonnes familles, espaçait les visites... Le nom que je cherchais y était cité à quatre reprises dans le courant du second semestre de 1952, avec, en première mention : *8.VII.52-12.VII.52... Salvator de Orth...* le mois de juillet de cette année-là, je me le rappelais parfaitement. A bord de la *Louise-Alice,* Salvator venait de ranger dans le coffre de la chambre le portrait de la jeune fille. Moi je tirais sur ma pipe, perplexe et mélancolique. L'inconnue dormait dans sa cabine, porte fermée. Nous parlions d'elle. Je demandais : « Et elle, vas-tu l'aimer ? » Il ne répondait pas. J'insistais : « Mais elle va t'aimer ? » Et lui, d'un ton pénétré, comme s'il s'agissait d'une fatalité : « Peut-être... » Alors je m'inquiétais : « Que se passera-t-il ? » Et sa réponse, le mot de la fin, le bouquet : « Ce sera plus difficile encore de la quitter... »

Il l'avait quittée, justement, le 12.VII.52, pour la retrouver deux jours les 25 et 26.VIII.52, puis se l'offrir à nouveau du 3.X.52 au 6.X.52, et enfin, vingt-quatre heures seulement, du 5.XII.52 au 6.XII.52... Je refermai le dossier « Christina von Falkenberg ». Je ne me sentais même pas triste devant ce précieux souvenir brisé. A peine déçu. J'étais revenu, moi aussi, de tant d'illusions, en trente ans, j'avais encaissé tant de déceptions... Je me tournai vers le crâne chauve.

— Ainsi, c'était vous... C'était votre créature... La « charmante fille d'un vieil ami de papa »...

— Créature n'est pas le mot juste, rectifia-t-elle... Création, plutôt. Et s'il ne s'agissait que de Christina... J'ai écumé toute l'Europe de ses blondes aux yeux verts pour satisfaire les phantasmes de ce jeune homme. Vous étiez un ami de Salvator, vous devez bien vous rappeler certaines de ses conquêtes ? (Elle fouilla dans la pile et me tendit un dossier.) Celle-là vous dit-elle quelque chose ?

Une pure jeune fille, je m'en souvenais. Une merveille de féminité à peine éclose... On n'aurait jamais imaginé, sous les chastes robes qu'elle portait, un corps aussi plein, aussi rond, aussi mince, aussi naturellement provocant que celui que j'avais sous les yeux, photographié par Guerlande. En ce temps-là de mon existence, j'étais plus ou moins affligé d'une fiancée, selon le sens que le mot avait encore à l'époque, une gentille cruche à qui je disais que je l'aimais. Quand on n'a pas beaucoup de succès, à vingt ans, et qu'on fume la pipe, on joue des grands sentiments, cela console, cela meuble le vide... Nous avions déjeuné tous les quatre dans une auberge de Montfort-l'Amaury. De tout le repas, je n'avais pas quitté des yeux la jeune fille aux yeux verts. Cela m'avait valu une scène en règle et la cruche s'était cassée. Je veux dire que nous avions rompu. Je venais de comprendre que l'état féminin, que j'ai toujours placé au plus haut, ne supporte pas la médiocrité et que c'est pour cette raison qu'il y a tant d'hommes frustrés sur la terre... La merveille qui m'en avait convaincu s'appelait Thelma, une Roumaine de Transylvanie. La note rédigée par Mlle Constance se terminait ainsi : *Un cœur de pierre. Capable de tout, même d'amour. On sort de ses bras le corps et l'âme brisés. A ne pas confier à ceux qui n'ont pas d'âme. Dans ce cas le charme dévastateur n'opère pas...*

Je reconnus d'autres amies de Salvator parmi les dossiers que me passait Constance. Elle me les choisissait dans la pile avec des mines gourmandes de gastronome composant à la carte son menu.

— Ah ! Edwige... Prodigieuse... Une Estonienne. Je vois que vous l'avez connue. Elle ne donnait vraiment sa mesure que dans les cas désespérés. Spécialiste des fils de famille gravement atteints de chagrin d'amour. Le traitement était hors de prix, mais les résultats surprenants. Les jeunes gens qu'elle secourait oubliaient tout sentiment. Mais elle ne ressemblait pas assez à la jeune fille du portrait. Elle n'en avait pas du tout le regard. Salvator a rechuté. J'ai fini par dénicher une perle, presque la sœur jumelle du portrait. Tenez, la voici : Virginie... Elle ne m'était pas sympathique. Onctueuse, enveloppante, tout de suite couchée, du miel... Malheureusement, comment l'exprimer... elle poissait de partout. Evidemment, ça n'a pas marché. Je crois même que le dénouement s'en est trouvé accéléré. Après, je me suis lassée. Salvator ne quittait plus Neuilly. Je ne lui expédiais que de l'à-peu-près, de la doublure, le fond de tiroir de mes dossiers. La dernière était particulièrement atroce. Une beauté, certes, mais avec tant d'excès de formes et d'intentions qu'elle avait dû comprendre, dès douze ans, dans le regard de son propre père, quelle était sa vocation. La voici, justement. Et la date : la nuit du réveillon de 1952.

Je reconnus le somptueux animal, tout en courbes, en lignes ondulantes, en replis, vautré sur un canapé dans le plus grand désordre, comme ce soir-là, à Neuilly. C'était au lendemain matin que Salvator avait disparu. Je me souvins que cette fille n'avait pas prononcé un mot. Elle ne s'exprimait qu'avec son corps, de façon extrêmement triviale.

— Elle était muette ? demandai-je.

— Dieu merci ! elle l'était. Je n'ose imaginer le flot d'horreurs qui serait sorti de sa bouche si elle avait été, en plus, douée de la parole... Zulda ! Et elle s'appelait Zulda !

— De A jusqu'à Z, dis-je, compliments... Mais comment Salvator pouvait-il se méprendre, conserver quelques illusions ?

Je l'entendais encore, toujours cette même nuit, à bord de la *Louise-Alice,* évoquant « les cadeaux de papa » avec une désinvolture souriante et cette indulgence amusée qu'il avait à l'égard de lui-même : « Des jeunes femmes absolument charmantes, aventureuses, parfois aventurières, mais toujours romantiques. Je ne sais comment mon père s'y prenait, mais beaucoup d'entre elles étaient prêtes à m'aimer. Là-dessus on me trompe rarement... » J'imaginais son dégoût, son chagrin, lorsqu'il avait ouvert les yeux, comprenant peu à peu que les cadeaux de papa n'étaient que des Zulda... Cela expliquait bien des choses, ses visites à l'auberge des Princes, où, devenu conscient, il précipitait le dénouement, son humeur de plus en plus sombre, cette sorte d'amour de diversion qu'il avait recherché à travers Laetitia, puis cette hâte à disparaître, à se dépouiller du passé, une cascade d'attitudes, tout cela lui ressemblait...

La vieille demoiselle me considéra pensivement. Elle semblait presque peinée d'avoir à proposer une autre vérité.

— Monsieur Pons, dit-elle enfin, vous étiez très jeune, très naïf. Vous éprouviez, n'est-il pas vrai, de l'admiration pour Salvator, presque de la vénération ?

J'acquiesçai d'un signe de tête.

— Vous n'étiez pas le seul dans ce cas, reprit-elle. Je n'ai connu personne, de l'entourage de Salvator, qui n'ait un jour ou l'autre partagé ce sentiment-là. Même Christina ! Alors vous, mon cher monsieur, vous qui l'admiriez tant... Ce devait être si visible qu'il n'a pas voulu vous décevoir. Il avait bon cœur, Salvator, à sa façon. Et il vous a servi cette édifiante histoire, ce papa Père Noël à la hotte remplie de jolies blondes aux yeux verts toutes débordantes d'amour... Ma parole ! Trente ans après, mais je vais en rire !

Ce qu'elle fit, gaiement, avec une spontanéité de jeune fille qui n'était pas son côté le moins étrange. Le bien, le mal s'étaient-ils parfois combattus, ne serait-ce qu'en arrière-garde, sous ce crâne devenu chauve ? Probablement jamais. Le bonheur procède du mal autant que du bien et Mlle Constance riait avec bonheur... Redevenue grave, elle ajouta :

— Je vous ai fait de la peine ?

— Je ne peux le croire. Qui payait ?

— Salvator, et son père. Quelle importance ! Un jour, mon beau-frère Jean de Orth est venu me voir. Il était un de mes hôtes réguliers, il connaissait les ressources de la maison. Il aimait beaucoup son fils, c'est vrai, mais sans s'être jamais occupé de lui, trop égoïste pour cela, et bien trop pris par ses paquebots. Et comme il lui restait aussi un peu d'affection pour sa femme, ma pauvre sœur Louise-Alice, il m'a dit : « Salvator va faire une connerie » — c'est le mot qu'il a employé. « Louise-Alice est très ennuyée. Déjà que la vie n'est pas folichonne avec elle... Trouve à ce jeune nigaud des bonnes femmes qui lui changent les idées. Je t'ouvre un crédit illimité. Tu peux accepter tous les chèques de Salvator, ils seront honorés directement à ton compte en Suisse. Je n'y mets qu'une condition : que tes filles ressemblent à ça... » Et il m'a laissé tout un jeu de photographies en couleurs du portrait que vous connaissez...

— Mais Salvator ? Il n'a donc jamais été dupe ?

— Pas le moins du monde. Il faisait méthodiquement son petit marché dans mon étalage de dossiers. Comme il était d'un naturel romantique, il soignait la mise en scène, il s'acharnait à éliminer tout ce que ces brèves rencontres pouvaient avoir de commun, d'ordinaire. Il expédiait l'automobile et le chauffeur, se faisait précéder de monceaux de fleurs, ouvrait des comptes chez Hermès ou chez Heim, fixait des rendez-vous dans des petits ports bretons, à bord de son bateau, à Paris, au musée du Louvre, chez Lasserre, à la cathédrale russe, rue Daru, selon l'humeur, ou encore à Bruges, à Amsterdam, devant une jeune fille de Vermeer, c'était sa manière, sa patte. Mais dupe, jamais...

— Il devait être très malheureux, dit Aude, ce qui n'entraîna aucun commentaire, à l'exception d'un imperceptible haussement d'épaules de Julia.

Et où placer aussi cette phrase de Salvator, prononcée dans les mêmes circonstances, une vraie tirade de jeunesse ? Comme je lui faisais remarquer qu'il était « bourré de fric », il m'avait déclaré : « Frédéric, tu ne connais rien à l'amour ! Il y a des instants de vérité et c'est justement la part du surnaturel dans l'affaire. L'argent n'apporte rien au surnaturel... »

— Le surnaturel ? dit Constance, après que je lui eus fait part de cette profession de foi, comme c'est joli ! Ah ! le beau Salvator, cela ne m'étonne pas de lui. Eh bien, en amour, il ne le recherchait pas, voilà tout. Il le fuyait comme la peste, et justement, ici, il ne risquait pas de le retrouver sur son chemin, mais au contraire d'en être débarrassé, ce qu'il souhaitait, je crois, de toute son âme. Tout a commencé lorsqu'il avait treize ans... Cette année-là, en cadeau d'anniversaire, il avait simplement demandé à ses parents de quoi peindre. Cela avait étonné tout le monde, Salvator n'ayant jamais manifesté la moindre disposition pour la peinture ou le dessin. C'était un enfant très gâté. Souhaitait-il un cheval ? Il l'avait, avec box et palefrenier. Un train électrique ? On courait au Nain Bleu acheter cent mètres de rails, des locomotives par dizaines, des gares, des wagons. Bien que croyant à un caprice, ses parents ne lésinèrent pas. Ils lui servirent le grand jeu, la panoplie complète du futur Rembrandt, des kilos de tubes, des toiles de toutes tailles, des chevalets perfectionnés, des régiments de pinceaux, de quoi peindre cent ans et peupler tout un musée. On lui aménagea un atelier d'artiste dans les combles de l'hôtel de Neuilly, et, pour faire bonne mesure, on garnit les rayons de sa bibliothèque d'une foule de livres d'art et d'ouvrages techniques qui comprenaient aussi la livraison complète des cours de dessin et de peinture de l'Ecole Universelle. On lui proposa même un professeur à domicile qu'il refusa en déclarant que son œuvre était déjà toute formée dans sa tête et qu'il n'avait nul besoin de conseils. Sur quoi le petit chéri remercia gentiment, souffla ses treize bougies, s'empiffra de gâteau et annonça le plus sérieusement du monde son intention de se mettre au travail aussitôt. Le soir de ce même jour, à huit heures, il fallut expédier le valet de chambre prévenir M. Salvator qu'il était temps de se préparer pour dîner. Salvator ferma l'atelier à clef et mit la clef dans sa poche. Le lendemain matin, à l'heure où le chauffeur le conduisait en classe, il s'était à nouveau enfermé, répondant à travers la porte qu'il ne retournerait pas à Gerson avant d'avoir terminé ce qu'il avait entrepris. Rien ne put le faire revenir sur sa décision, ni les menaces, ni les promesses, ni les supplications. Il n'apparaissait plus qu'aux repas, les doigts maculés, le regard absent, l'esprit occupé ailleurs, quasi muet. Une nuit, tandis qu'il dormait dans sa chambre, sa mère chercha la clef de l'atelier. Salvator l'avait cachée. Ses parents commencèrent à s'inquiéter pour de bon quand il se fit installer un lit dans l'atelier et déclara qu'il n'en sortirait plus. Une femme de chambre lui montait ses repas. Il entrouvrait la porte en la bloquant du pied. Il émergea dix jours plus tard, amaigri, les yeux creux, sale comme un vieux torchon, mais ayant retrouvé l'usage de la parole et toutes les dispositions de son heureux caractère. Il se fit couler un bain, réclama son goûter, se changea des pieds à la tête et annonça qu'il reprendrait le cours de ses études le lendemain. Quand ses parents, à moitié rassurés, lui demandèrent ce qu'il avait peint, il répondit : « La femme de ma vie... » Sous le stéréotype, mon beau-frère Jean de Orth, qui pour son coup d'envoi, à treize ans, avait plus que lutiné l'une des jeunes femmes de chambre de ses parents, soupçonna tout de suite le pire. En quoi il se trompait. Salvator était un garçon sain. Il semble même qu'il n'était affligé d'aucune des vilaines manies de son âge. « Une femme ! » s'exclamèrent ses parents, « une femme que tu connais ? » Il répondit seulement : « Vous pouvez monter, c'est ouvert... » Ils se précipitèrent. Quand ils redescendirent de l'atelier, ils avaient l'air pensif l'un et l'autre. Surtout mon beau-frère Jean, qui, sans peindre lui-même, savait apprécier la peinture. Il demanda : « Qui est-ce ? » Et le gamin répondit : « Je l'ignore, elle n'a pas de nom, mais c'est la femme que j'aime. Un jour elle apparaîtra. » Il parlait avec assurance, comme s'il ne doutait pas un instant que, quelque part au monde, existait une jeune fille née de son propre rêve et qui lui était destinée. Mon beau-frère insista : « Mais enfin, elle ressemble bien à quelqu'un ? » Salvator fut catégorique : « A personne. Elle est unique. » Ses parents se creusèrent la tête, battirent le rappel de leurs souvenirs, fouillant tous les jalons de cette vie de gosse de riches, à Paris, en vacances, au Bois, au manège, au golf, au tennis, à la campagne, en croisière, cherchant à découvrir parmi leurs amies d'une minute ou d'un an qui avait bien pu, fût-ce de loin, inspirer ce portrait. En vain. Un inventaire serré des actrices de cinéma à la mode ne donna rien non plus. Pendant que son fils était en classe, mon beau-frère entreprit d'examiner une par une toutes les reproductions de tableaux contenues dans les livres qu'il avait offerts à son fils, persuadé que le mystère s'éclaircirait et que son fils avait copié ce visage quelque part, ce qui représentait déjà une surprenante maîtrise. Il fallut se rendre à l'évidence. Ainsi que l'avait déclaré Salvator, la jeune fille était unique. Peut-être ressemblait-elle d'assez près à la *Jeune Femme à sa toilette,* de Giovanni Bellini, avec ses longs cheveux partagés par une raie médiane, mais il n'existait à Neuilly, chez les Orth, aucun ouvrage sur Bellini, pas plus qu'il n'y avait de chances que Salvator eût jamais croisé sur son chemin la jeune Vénitienne du XVe siècle. Ce rapprochement fut avancé par un peintre célèbre, ami des Orth, qu'ils avaient appelé en consultation. Car ce qui les intriguait tous, c'était, dans le regard de la jeune fille, cet éclairage de l'âme, mystérieux et lointain. Le peintre amena des confrères. Il en fut discuté longtemps. Tous tombèrent d'accord sur le fait qu'il était impossible à un enfant de treize ans qui n'avait jamais tenu un pinceau de sa vie, ignorant les techniques les plus élémentaires, de parvenir à ce degré d'extrême subtilité. Et l'un d'eux ajouta que même s'il eût possédé la maîtrise picturale, ce qui était déjà inconcevable, cela l'était doublement qu'une telle vision ait pu naître dans l'imagination d'un enfant. Mais comme il n'existait aucune autre hypothèse plausible ni la moindre possibilité de se trouver devant une mystification, ils convinrent sans l'expliquer que Salvator avait été inspiré et que cela ne se reproduirait sans doute plus. En quoi ils avaient raison, car du jour au lendemain, le portrait achevé, Salvator se désintéressa complètement de la peinture et ne mit plus les pieds dans son atelier. Ma sœur le conduisit chez un psychiatre mondain. La mode de ces individus-là commençait. Il demanda à interroger l'enfant seul à seul. En échange d'un gros chèque il eut l'honnêteté de reconnaître qu'il ne diagnostiquait rien d'anormal et que le garçon, au contraire, était doué de sentiments sains et d'un équilibre mental parfait. Tout juste s'il avait pu déceler une légère tendance au narcissisme qui le porterait peut-être à se montrer trop exigeant dans certains choix affectifs, ce qui n'était pas si mal vu. « Et le portrait ? » avait demandé ma sœur. « Quel portrait ? » avait répondu le médecin. Salvator n'en avait pas dit un mot et ma sœur n'insista pas. Le portrait fut accroché parmi d'autres dans le salon des Orth et il n'en fut plus jamais parlé. Salvator ne lui adressa plus un regard, comme s'il l'avait oublié...

Bellini... Bellini... Tandis que le crâne chauve égrenait ses souvenirs, le nom du maître vénitien se heurtait aux parois de ma mémoire comme un oiseau enfermé. Vingt ans plus tôt, je ne sais plus quel hebdo d'art m'avait commandé une chronique à l'occasion du 450ᵉ anniversaire de la mort du peintre. Pourquoi moi, fort étranger à la peinture, et coupable du péché majeur de n'avoir point encore mis les pieds à Venise ? Ce sont les mystères de la presse. Par besoin d'argent, armé de quelques bouquins, j'avais accepté l'impossible et je m'y étais cassé la figure. On m'avait poliment refusé mon papier. Du fatras désordonné de mes recherches, il me revenait des bribes ayant encore quelque forme, le portrait de la *Jeune Femme à sa toilette* notamment, l'une des rares compositions profanes de Giovanni Bellini, probablement la seule connue, et qui fut sa dernière œuvre. Il l'avait peinte en 1515, peu de temps avant sa mort, à l'âge de quatre-vingt-cinq ans. C'était un nu. J'avais déniché, je ne sais plus où, l'hypothèse qu'il existait un rapport étroit entre la mort du peintre et ce portrait. On aurait insinué en ce temps-là, à Venise, que le maître des Madones, le peintre de la *Transfiguration*, du *Précieux Sang*, du *Christ en croix*, de l'*Assomption* et de tant d'autres chefs-d'œuvre d'inspiration chrétienne, entretenait avec son modèle, qu'il avait installé chez lui et qu'il présentait comme sa petite-nièce, des rapports doublement coupables que le grand âge de Giovanni et l'extrême jeunesse de la demoiselle rendaient plus inexplicables encore. Calomnies de jaloux, vengeance de barbouilleurs que Giovanni Bellini écrasait de son génie. Il n'empêche que les circonstances de sa mort avaient été entourées de mystère et de scandale et qu'il avait fallu rien moins que la présence du doge et tout l'apparat de Venise, quand Bellini fut porté en terre, pour tordre le cou aux rumeurs. Mais l'une d'entre elles avait eu la vie dure : n'avait-on pas murmuré, avec une telle insistance que l'on avait même exorcisé en secret l'atelier du peintre après sa mort à la demande de sa famille, que celui que l'on nommait à voix basse, en ce temps-là, le « Seigneur des Ténèbres », avait dépêché auprès du vieux maître le plus séduisant de ses archanges pour lui faire payer, au prix de son âme, les admirables tableaux qu'il avait peints à la gloire de Dieu, du Christ, de la Vierge, de la Rédemption et de tout le saint-frusquin ? Comment croire à ce genre d'histoires ? N'étaient-elles pas en réalité, dans le passé, une sublime tentative de l'homme pour oublier sa solitude ballottée entre bien et mal ? L'homme s'inventait tout un folklore de l'âme pour se dissimuler à lui-même l'épouvantable abandon où la Création l'avait plongé, jusqu'à se mettre à y croire, Dieu ou démon, pour peu que les coïncidences s'en mêlent... Mais qui, aujourd'hui, ressent le besoin de tels phantasmes ?

La vieille demoiselle poursuivant son récit, j'abandonnai provisoirement Bellini.

— A vingt ans, reprit-elle après avoir trempé ses lèvres dans une coupe de champagne que lui tendait Julia, le soir de son anniversaire, à l'issue d'un dîner en compagnie de ses parents et de quelques amis où il avait été question, sur le mode plaisant, de ses succès féminins et des femmes en général, Salvator se leva brusquement, s'en alla décrocher au salon le portrait qu'il avait peint autrefois et le présenta à la ronde en disant : « Mes succès, mes succès, on en reparlera le jour où j'aurai retrouvé cette fille-là... » Le tunnel avait duré sept ans. Je crois qu'il avait toujours été éclairé d'une violente lumière intérieure dont rien ne transparaissait. Pour la pauvre Louise-Alice, le coup fut rude. A son habitude, elle se réfugia dans la gaffe, mais Salvator veillait. Alors qu'elle ouvrait la bouche pour raconter comment son cher petit prodigue, à treize ans, s'était lancé tout seul sur les traces du grand Giovanni Bellini dont il ignorait tout, Salvator la foudroya du regard, lui coupa la parole et dit : « Auteur inconnu, ça suffit ! » Puis il fila dans sa chambre en emportant le tableau et ne réapparut pas de la soirée. Deux jours plus tard il embarquait au Havre sur un paquebot de la compagnie Orth. De cargo en paquebot il fit le tour du monde, le portrait au fond de sa valise. De temps en temps il envoyait de brèves nouvelles à son père. Curieusement, c'est à Lambaréné, au Gabon, dans l'hôpital du docteur Schweitzer où sa traque l'avait conduit par hasard, qu'il crut avoir atteint le terme de sa chasse. Lambaréné était un endroit furieusement à la mode. Sous couvert d'altruisme, tous les snobs faisaient le détour. Il était de bon ton d'y être vu, de pouvoir en parler dans les salons. La jeune fille qu'il y avait rencontrée était d'une autre trempe. « C'est elle, trait pour trait », écrivait Salvator à son père. Infirmière bénévole, elle était adorée des malades. Les plus atteints dans leur chair étaient ses préférés. Ils se formaient tout le jour en cortège à sa suite et ne la quittaient plus, tout ce que l'Afrique engendre, les plaies les plus hideuses. Il en venait jusque dans sa chambre, au pied de son lit. La nuit, des formes monstrueuses rôdaient devant sa porte en quête d'affection, comme des chiens. Une semaine plus tard parvenait à mon beau-frère une lettre laconique : « Je me suis trompé, hélas. Ce n'est qu'un ange de bonté... » Ce fut tout pour cette année-là. Par la suite il entreprit deux autres tours du monde, visita minutieusement l'Europe, sans succès. C'est au retour d'une dernière croisière, à bord du *Salvator,* qu'on venait de lancer, que la jeune femme au portrait lui accorda un second rendez-vous. Au sortir du canal de Panama, le navire avait fait escale dans l'île de Margarita, au large du Venezuela, mouillant en rade foraine. L'endroit ne comportait pas de port, juste une jetée de bois vermoulu impropre à l'accostage d'un paquebot. La capitale de l'île n'était qu'une bourgade cuisant au soleil dans sa misère : une vieille église espagnole, un édifice crénelé qui ressemblait de loin à un palais fortifié plus ou moins abandonné, quelques bâtiments de style colonial à demi ruinés, le reste formé de baraquements de fortune couverts de tôle ondulée. Des échos de coups de feu espacés se frayaient un chemin jusqu'au navire, témoins d'une bataille qui se mourait. Qui se battait ? Contre qui ? Pourquoi ? A bord, nul n'en savait rien. De temps en temps l'un des créneaux du palais se couronnait de fumée et au coup de feu qui suivait répondait une salve rapidement tarie. Les passagers se prêtaient leurs jumelles. Salvator, de la passerelle, braquait les siennes sur le palais. Puis ce fut le silence. Vainqueurs ? Vaincus ? Qui le savait ? Soudain, d'une porte du palais qui avait dû s'entrouvrir, surgit une silhouette humaine qui bondit à travers la place et courut jusqu'à l'extrémité de la jetée d'où elle se précipita dans l'eau en un plongeon impeccable, tandis que des coups de feu nourris éclataient, tirés de tous les baraquements. La jetée se peupla de gueux en armes vêtus comme des mendiants, allongés pour mieux viser celui ou celle qui s'enfuyait. C'était une femme. Lorsqu'elle eut refait surface, on vit ses longs cheveux blonds se déployer comme une comète. Elle nageait avec énergie un crawl digne d'une championne. A présent, de la jetée, on lui tirait dessus sans interruption. Des cris de rage se faisaient entendre. Elle fut bientôt environnée de petites gerbes d'eau qui l'encadraient avec une précision croissante. A bord du paquebot, une émotion intense se propagea parmi les passagers. La jeune femme avait considérablement ralenti son allure. Le mouvement de ses bras se fit plus lent, plus saccadé, soumis à des sautes de rythme de plus en plus fréquentes. « Elle est touchée ! » dit quelqu'un, à bord. A quoi répondirent, à terre, des hurlements de triomphe. La nageuse était parvenue à peu de distance du paquebot quand les coups de feu cessèrent. Ceux qui retentissaient encore comme des abois de haine ne pouvaient plus l'atteindre, mais chacun vit qu'elle était blessée. Du sang s'échappait de son corps. Elle était nue, ayant dû se dévêtir complètement pour pouvoir nager plus vite. Là-bas, sur le sable, près de la jetée, des hommes poussaient une embarcation à la mer, armaient les avirons, souquaient en se courbant sous l'effort. Le commandant du paquebot fit parer la coupée, dépêchant un lieutenant et deux hommes, auxquels s'était joint Salvator, pour recueillir la jeune femme et l'aider à se hisser à bord. Elle ne progressait plus qu'imperceptiblement, agitant faiblement ses pieds, sur le dos, cette fois, sans doute pour mieux respirer. Le moment approcha où l'on put redouter qu'elle ne fût rattrapée par ses poursuivants avant d'atteindre la coupée, d'où, déjà, des mains se tendaient. Levant la tête vers la passerelle, des passagers invectivaient le commandant, le sommant de mettre une chaloupe à la mer pour secourir la malheureuse. Salvator cria qu'il allait sauter à l'eau et la ramener lui-même. Hurlant dans son porte-voix, le commandant tentait de calmer les esprits, disant qu'il y allait, face à ces gens armés, de la sécurité du bateau et de celle des passagers, ce qui en calma plus d'un. Salvator s'apprêtait à passer outre, quand dans un dernier sursaut, la jeune femme, en quelques brasses, atteignit la coupée au pied de laquelle elle se laissa aller, flottant comme une noyée. « C'était elle », écrivit plus tard Salvator à son père, « cette fois c'était bien elle, il n'y avait pas le moindre doute. Elle a expiré dans mes bras, sur la plate-forme de la coupée, tandis que le lieutenant et moi, nous venions de la hisser hors de l'eau... »

— Mon Dieu ! dit seulement Aude.

— Je ne vois pas Dieu là-dedans, ma petite, répondit sèchement le crâne chauve. Attendez la suite. La jeune femme fut portée sur le pont, étendue sur une bâche. On écarta les passagers qui venaient renifler la mort, avides de sensations. Salvator lui ferma les yeux, puis essuya lui-même le sang qui avait coulé de ses blessures, et, mélangé à l'eau de mer, s'était répandu sur toute la surface de son corps en larges rigoles roses. Cela aussi, il l'écrivit à son père : « Elle avait le corps très doux, très blanc, infiniment gracieux, un corps et un visage qui appelaient la tendresse. En procédant à la toilette de cette morte, je me liquéfiais de tristesse... »

— La jeune femme à sa toilette, murmurai-je, pensant au tableau de Bellini.

— J'y ai songé aussi, dit Constance, quand mon beau-frère m'a montré cette lettre. Mais écoutez la fin... Lorsque la chaloupe de gens armés aborda la coupée du paquebot, on se rendit compte qu'il s'agissait de pauvres hères dont la mine patibulaire exprimait souffrance et misère plutôt que haine et méchanceté. Celui qui semblait être le chef héla le commandant, exigeant en termes mesurés qu'on leur rendît la fuyarde, faute de quoi ils se verraient obligés de s'en emparer par la force. « Elle est morte... », répondit le commandant. Il y eut quelques hourras à bord de la chaloupe, mais beaucoup de ces misérables pleuraient silencieusement sans se cacher et l'on comprit cette chose atroce, qu'ils pleuraient des larmes de joie. « Nous voulons nous en assurer par nous-mêmes, si vous le permettez », demanda le chef de la bande. C'était un homme plus tout jeune, habillé de haillons, le visage las, le regard exempt de fanatisme, que les autres appelaient « Padre » et à qui ils témoignaient toutes les marques du respect. Un prêtre, probablement, bien qu'il restât muet là-dessus. « Tous ? » demanda le commandant, qui s'inquiétait de cette invasion. « Moi seul, répondit le Padre, les autres me croiront, ma parole suffira... » On le conduisit au chevet de la morte, qu'on avait recouverte d'un drap. Il écarta le drap d'un geste brutal, sans les ménagements d'usage dont on entoure les identifications de cadavre, comme s'il lui arrachait ses vêtements. « La chienne ! dit-il. A nous elle ne fera plus de mal, mais Dieu protège les rivages où son âme noire s'est envolée... » Puis d'un ton monocorde, sans effets, comprenant la nécessité d'éclairer la situation, il se lança dans un récit d'où il ressortait que l'île de Margarita, naguère, vivait pauvrement, mais dignement, dans la paix, sous la houlette d'un gouverneur débonnaire. Un jour, l'excellent homme, qui s'était jusqu'alors contenté d'une rotation mesurée de filles complaisantes de l'île dans son lit, exprima, à la surprise de tous, le désir de prendre une épouse, puis dédaignant les ressources locales, écartant les nombreuses postulantes, s'en alla chercher femme sur le continent. Il en revint marié un mois plus tard. De la goélette du courrier, la population au complet, rassemblée sur la jetée, vit débarquer une jeune femme blonde aux yeux verts, absolument ravissante, mais de maintien modeste, souriant sans affectation, entièrement vêtue de blanc, qui s'accrochait en rougissant légèrement au bras de son mari pour franchir la passerelle branlante jetée entre la goélette et le quai. Quelques vieilles joignirent les mains en disant avec ravissement : « La Madona ! » Ce fut le paradis. La jeune femme visita l'hôpital, réconforta les malades, communia le dimanche suivant à l'église, invita les notables au palais, procéda à une distribution de riz et de lait dans les quartiers nécessiteux et se conduisit de telle sorte qu'en peu de jours elle était devenue l'objet de la vénération de toute l'île. Le gouverneur, radieux, semblait planer dans les nuages, se déchargeant d'un grand nombre de ses obligations sociales sur sa femme. On remarqua seulement qu'il se montrait moins qu'auparavant. Puis il se fit plus rare encore. Les bonnes gens répétaient d'un air entendu qu' « il était tout à son bonheur ». Le premier désenchantement survint sous la forme d'un impôt nouveau destiné, selon les affiches placardées signées du gouverneur, à la construction d'une école maternelle et à l'édification d'un jardin public. On paya sans histoires, jusqu'à ce qu'un deuxième impôt, suivant de peu le premier, beaucoup plus lourd et annoncé en termes nettement coercitifs, ne vienne ébranler la confiance de la population. D'autant plus que certaines rumeurs commençaient à sourdre des murs du vieux palais. On murmurait que la Madona introduisait chez elle les jeunes vauriens de l'île par une porte dérobée, qu'on avait même vu des caballeros de bonne compagnie franchir cette même porte à la nuit, et chacun s'interrogeait sur l'étrange silence du gouverneur. Au troisième impôt, franchement insupportable celui-là, une délégation de notables se présenta au portail du palais. A leur plus grande stupéfaction, il leur fut répondu par un jeune homme honorablement connu jusqu'ici et armé jusqu'aux dents, que Son Excellence, gravement malade, ne pouvait les recevoir, mais recommandait instamment le paiement immédiat de l'impôt entre les mains des collecteurs qui se présenteraient dès le lendemain dans tous les foyers de l'île. On paya, mais il y eut de la casse. Ceux qui renâclaient furent cruellement passés à tabac, des maisons incendiées pour l'exemple. Au palais, la nuit, la Madona ne se gênait plus. Par les fenêtres brillamment éclairées, on apercevait des couples à demi nus enlacés. Les collecteurs ne collectaient pas que de l'argent. Des jeunes filles étaient arrachées à leur famille, mais beaucoup d'autres, consentantes, sitôt le crépuscule, se hâtaient vers le palais où elles s'engouffraient comme dans la gueule d'un moloch. Cela dura trois mois. La Madona et ses amants mettaient l'île en coupe réglée, massacrant sans pitié ceux qui leur résistaient. Vint la disette, la famine. Nul besoin, désormais, de recruter pour le palais. Les mères venaient elles-mêmes livrer leurs filles et leurs fils en échange de quelque nourriture. L'église fut pillée, profanée, fermée, le curé jeté dehors, chassé de la ville à coups de crosse. Comme un semblant de résistance commençait à s'organiser dans les montagnes de l'île, la Madona eut recours à la terreur. On pendit, on crucifia, on empala. La Madona venait en personne, à la tête de sa meute d'amants, présider aux exécutions. Son sourire n'était pas moins angélique ni son regard moins lumineux que le jour funeste où elle avait posé le pied pour la première fois sur la jetée du port. Du gouverneur, aucune nouvelle. La rumeur courait qu'elle l'avait donné en pâture à ses chiens. Elle signait de son nom les décrets de mort et les avis d'imposition qui s'abattaient sur l'île. Ses dernières exigences revêtirent un caractère odieux. Elles ne concernaient que des enfants. Sa fin en fut hâtée. Sans doute le savait-elle. De la montagne descendirent le Padre et ses troupes déguenillées. Et nous voilà, cher monsieur Pons, retombés sur nos pieds...

Pendant tout cet étrange récit, clos de façon désinvolte, mais conduit avec un certain talent, pas un instant la vieille demoiselle n'avait paru manifester d'émotion.

— Salvator en reçut un choc, reprit-elle. De ce jour il ne fut plus le même. Il avait perdu tout ressort. Il renonça à ses voyages, ses chasses à travers le monde. Il eut des crises de mysticisme. C'est à ce moment-là que mon beau-frère Jean de Orth me demanda de prendre le relais. Je m'y suis employée comme vous le savez. J'ai échoué. Au moins jusqu'à présent...

Je relevai cette annonce de revanche. Elle fournissait pour la première fois une clef à la conduite inconcevable de Salvator depuis qu'il avait fui son monastère, une sorte d'explication logique en dépit de tout ce qu'il y avait d'irrationnel dans cette logique. Et si l'irrationnel portait cette fois un nom, à l'évocation duquel, jadis, se signaient les hommes de foi, pour ma part j'avais du mal à l'admettre. J'entendis un gémissement et je vis le crâne chauve se plisser, tandis qu'une grimace de douleur déformait le visage de Mlle Constance. Julia se pencha vers elle.

— Il est temps de vous reposer, ma tante. Je vais vous faire une piqûre.

La vieille demoiselle luttait. Elle avait fermé les yeux, serrait ses mains convulsivement l'une contre l'autre. Puis la crise sembla passer. Elle ouvrit un tiroir de la table, y prit une enveloppe qu'elle me tendit.

— Tenez ! Jugez vous-même.

Dans l'enveloppe se trouvait un jeu de photographies en couleur récentes, du travail de bon amateur, rien qui rappelât en tout cas les photographies des « dossiers » de Mlle Roparz. Elles représentaient sous différents angles, sans intention érotique, en gros plans de visage, ou en pied, une jeune femme que je connaissais bien. Ces photos avaient été prises sur la jetée d'un port, ou sur le pont d'un yacht par des temps différents, puisqu'elles la montraient aussi bien en costume de bain, les seins nus, qu'occupée à quelque manœuvre de réglage de voile, en combinaison imperméable jaune et bottes de pont. Impossible de se tromper, c'étaient les mêmes yeux verts étirés sur les tempes, les mêmes longs cheveux blonds séparés par une raie médiane, et, surtout, dans le regard limpide et lumineux, le même défi que Salvator avait su planter, de façon presque imperceptible, à la pointe de son pinceau, dans un autre regard identique, celui de la jeune femme du portrait. Il ne fut plus possible d'en douter quand Julia, sur un signe de sa tante, s'en alla chercher dans un coin obscur de la pièce un tableau de petites dimensions que je n'avais pas remarqué en entrant et le posa sur la table, avec son chevalet. Ma mémoire ne m'avait pas trahi. Mais c'était vrai aussi, ce que j'ignorais trente ans plus tôt, ne connaissant rien, à cette époque, de l'œuvre de Bellini, qu'il existait plus qu'un air de famille entre la *Jeune Femme à sa toilette* et le modèle imaginaire qui avait inspiré Salvator. Quant à la troisième incarnation de cet éternel féminin, la madone aux seins nus photographiée en Kodacolor, j'en conclus qu'elle était la mystérieuse Irène. Je le dis au crâne chauve qui émit aussitôt une sorte de sifflement.

— C'est elle ! L'Irène et l'oméga ! Et lui, là-bas, il sortira de son phare, ce rat !

Je levai les yeux, surpris. J'avais décelé bien des perversions de l'esprit chez Constance Roparz, mais point de haine. Cela m'étonnait d'elle. Je ne l'en croyais pas capable. Plus haut, de la bouche de Julia, toujours debout derrière le fauteuil de la vieille, tombèrent ces mots prononcés sur le ton que l'on prend pour calmer un enfant difficile :

— Il en sortira, ma tante. Il en sortira... Mais cessez d'y penser. Il faut aller vous reposer.

En même temps, à mon intention, elle posa un doigt sur ses lèvres. J'ignorai le signal, m'adressant directement à Constance.

— Comment avez-vous retrouvé Salvator ? demandai-je.

Elle s'était maîtrisée, mais ses douleurs l'avaient reprise. Elle serrait à nouveau ses mains l'une contre l'autre. Peut-être fallait-il mettre sur le compte de la souffrance l'écart de langage qui lui avait échappé tout à l'heure ? Ma question parvint à lui arracher un sourire.

— L'enfance de l'art, mon cher monsieur ! Je possédais au moins une information de base : Salvator, moine ! Mon beau-frère me l'avait appris. Mais ni lui ni ma sœur n'étaient plus avancés. Salvator avait rompu tout lien. Quand l'un et l'autre ont péri dans un accident d'auto, on n'a même pas pu l'en prévenir. Dans quel ordre monastique ? Quelle abbaye ? Quel pays ? Nul n'en savait rien, sauf son notaire, qui a toujours refusé de répondre. Aussi, lorsqu'il y a quelques mois est apparue Irène, je me suis souvenue d'un vieil ami que je comptais au Vatican et je lui ai écrit. Vous pouvez me croire, cela n'a pas traîné ! Ah ! c'est une machine bien huilée, l'administration pontificale ! Elle m'a servi sur un plateau, en un temps record, le nom de l'abbaye, son adresse, et la haute qualité de notre beau Salvator, accompagnés d'une carte de visite de cet ami, octogénaire à présent, où je lus cette unique petite phrase qui m'a beaucoup fait rire : « Pour solde de tout compte... » La chère vieille chose pourrie, il pense à son salut... Le reste, un jeu d'enfant. Je n'ai eu qu'à siffler mon neveu. Quant à Irène, avec la belle assurance de son âge, elle a dit : « Du gâteau ! »

J'imagine qu'il n'y a aucune différence entre le ravissement d'une mère devant le petit trésor qui pour la première fois prend son biberon tout seul, et la joie tout aussi saine de l'ogresse, constatant que son rejeton, les babines sanglantes, vient de dévorer tout cru son premier Chaperon rouge surpris dans la forêt. Toutes deux sourient avec la même tendresse. C'est exactement ce sourire-là qui éclairait la face livide de la vieille demoiselle. Elle en était émerveillée.

— La chère enfant ! dit-elle. Et elle n'a pas seize ans... Je l'ai expédiée dare-dare en Auvergne avec mon neveu José. D'ailleurs elle est sa trouvaille, cela tient du miracle. Vous ne connaissez pas ce José de Orth ? Admirablement bien élevé, charmeur, follement sympathique, jouant à la perfection le jeune homme de bonne famille, en réalité la canaille la plus amorale que j'aie jamais rencontrée dans une existence pourtant bien remplie. Un serpent... Et elle ! Le Bon Dieu sans confession... C'est exactement ce qu'elle a fait. Salvator célébrait la messe. Elle est allée communier, les mains jointes, le front baissé, et quand ce fut son tour, elle a relevé la tête avec cette grâce inimitable qui est la sienne, elle a pointé entre la moue de ses lèvres sa jolie petite langue rose et ouvert tout grands des yeux embués d'émotion pour saisir en entier le regard de Salvator. Je me demande comment le clocher du monastère ne s'est pas effondré. Je me demande aussi comment elle s'y est prise, sans presque prononcer un mot, lors de la courte entrevue qui suivit, pour envoûter à ce point Salvator que peu de temps après il rejoignait le bercail, ici-même. La moitié du chemin était faite. Je ne connais rien ni personne, dans la Création, qui atteigne ce degré de perfection que l'on trouve au confluent de la perversité naturelle et de la véritable et juvénile beauté. C'est une preuve de l'existence de Dieu. Je lui en ai toujours été reconnaissante...

Pour un peu, j'eusse répondu : amen. Je regardais Aude, sidérée, statue de la stupéfaction, dévisager la vieille folle avec cet air que l'on prend dans les circonstances inexplicables de la vie. Ce qui suivit fut assez pénible. Mlle Constance se plia en deux, le front entre les mains, le corps agité de tremblements, poussant de petits gémissements de souffrance. Pour ma part, je crois suffisamment en Dieu pour penser qu'il était totalement étranger à cette crise, laquelle était due, probablement, aux ultimes attaques d'un cancer généralisé. Si le ciel et l'enfer existent, Dieu n'a nul besoin de montrer le bout de l'oreille et de sévir sur cette terre. Je n'éprouvais aucune pitié. Si j'avais pu ressentir, à l'égard de la vieille demoiselle, au début, une certaine sympathie, il ne m'en restait qu'un vague et trouble sentiment de connivence qui faisait se rejoindre, dans l'abjection du subconscient, ce que j'avais de plus laid en moi et ce qu'elle avait de moins mauvais, cette jonction naturelle se situant au niveau le plus équivoque de l'âme. J'en étais conscient, et, à la fois, je m'en échappais. Je me sentais enfin à peu près maître de la situation. Je n'étais plus le jouet de personne. Je commençais même à entrevoir, à une inconnue près, la véritable raison qui avait précipité Salvator sur la route de Guivinic, et, par voie de conséquence, celle qui l'avait incité à demander mon aide de façon si singulière et à m'assurer d'un témoignage qui recoupât le sien. La vieille se domina encore une fois, grimaçant un sourire, et dit en regardant Aude :

— Ravissante ! Vraiment ravissante. Une fraîche jeune fille...

Julia souriait vilainement. C'était tout à fait dégoûtant. Je me levai, m'inclinai vaguement, puis rejoignis Aude qui avait déjà pris le chemin de la porte, non sans avoir adressé à Julia, cette fois grise de colère, un petit salut cavalier...

Dehors, il faisait une nuit superbe, étoilée, presque sans vent. On entendait à peine le clapotement des vagues qui venaient se briser sur les rochers avec des précautions de calme plat. La silhouette solitaire du petit *Cham* au mouillage se dessinait nettement sous la lune, doublée de son reflet. Aude passa son bras sous le mien. Mi-sérieuse, mi-plaisante, elle me dit :

— Si ces deux chouettes se mettent à hululer, je disparais sous terre !

Bien entendu, elles n'en firent rien...

Une fois à l'abri dans notre chambre (abri était le mot qui convenait : j'en verrouillai la porte soigneusement, bloquai les volets fermés au crochet), Aude fit glisser sa robe à ses pieds, la foula rageusement du talon en un accès de colère qui n'était pas tout à fait feint, la réduisit en charpie comme un vulgaire chiffon, puis la roula en boule et la jeta au sommet d'une armoire en pestant :

— Et merde ! Et merde ! Et merde à la fin ! Qu'elles aillent au diable ! Moi, ce n'est pas comme cela que je me vois !

Sur quoi elle disparut dans la salle de bains où se fit entendre aussitôt le fracas d'une douche ouverte en cataracte, puis revint peu de temps après, en chandail et pantalon de velours, et se laissa tomber dans un fauteuil en balançant ses jambes par-dessus l'accoudoir.

— Ouf ! dit-elle. Je me sens renaître. Tout à l'heure, sous la douche, j'ai cru qu'un fleuve de boue s'écoulait à mes pieds.

J'affectai un regard soupçonneux.

— Faudra-t-il faire lit à part ?

— Frédéric, vous êtes odieux ! répondit-elle gaiement.

Allez donc vous fourrer sous la douche, vous aussi. Après une pareille séance, moralement, vous n'êtes pas à prendre avec des pincettes.

Quand je la rejoignis, changé à mon tour, frais comme l'œil, une délicieuse odeur emplissait toute la pièce. Aude avait ranimé le feu dans la cheminée, et se servant du tisonnier comme d'une broche, était occupée à faire griller du pain.

— Les ressources de la maison, annonça-t-elle. L'affreux Léopold pense à tout. Viande des Grisons, jambon de Parme, riesling. Je me sens une faim de loup, pas vous ?

Puis se composant un visage inquiet :

— Et s'ils cherchaient à nous empoisonner ?

— Parlez-vous sérieusement ?

— Je crâne un peu, mais autant vous l'avouer, par moments je n'en mène pas large...

Le feu crépitait dans la cheminée. Chauffée à blanc, la plaque de fonte fleurdelisée émettait de petits craquements familiers. Une date et un nom s'y lisaient : *Les Princes, 1793.* On avait chouanné, par ici... Aude installa des coussins près du feu, empruntés au canapé, disposa le plateau entre nous, et rejetant d'un mouvement de tête sa chevelure d'une épaule à l'autre, poussa un soupir de soulagement. Ce décor-là nous convenait.

— Aucun risque, lui dis-je. Il n'y a rien à craindre d'eux. Passez-moi un toast, voulez-vous, et attaquons cette bouteille... De toute façon, nous sommes intouchables. Ils ont encore besoin de nous, puis ils disparaîtront quand le rideau tombera. Nous sommes leurs spectateurs, un témoignage de leur existence qui vient relayer celui de Salvator, sur lequel je commence à croire qu'ils se sont cassé les dents. Ils comptent que vous et moi, nous ne les oublierons pas. De Bellini et bien au-delà, à Salvator et longtemps après lui, la chaîne ne s'interrompt jamais. Ils sont tapis dans la mémoire des hommes. Ils ne sauraient s'en passer.

— Je ne comprends pas bien, dit Aude. Vous tournez autour, vous n'osez pas...

— Et vous ? Oseriez-vous soutenir qu'à l'époque où nous vivons, nous venons de nous jeter, vous et moi, dans une sorte de guêpier où s'agitent sur les traces d'un moine de petits démons métamorphosés en femmes, en automates immergés, en portraits, en photos, que sais-je encore ?

Aude vida son verre d'un trait et me le tendit pour que je le remplisse.

— Tout procède de Salvator, dis-je. Déjà, lorsqu'il était jeune, il tissait sa propre vie plus qu'il ne la vivait. Dans sa toile il attirait tous ceux qui l'approchaient et auxquels il avait assigné un rôle. Cette fois la scène est d'importance. Elle fait partie d'un très vieux répertoire et il n'est pas donné à n'importe qui de la jouer. Mais Salvator n'est pas n'importe qui. Pendant trente ans, au fond de son abbaye, il a tenté, sans y parvenir, d'oublier la jeune femme blonde et son visage angélique. Jusqu'au jour où il a fini par admettre, à force de méditations et de réflexions, j'imagine, qui elle était et d'où elle venait, ce qu'il pressentait depuis longtemps. C'est alors qu'Irène est apparue, ainsi que tout un cortège de signes et de personnages. Pour en être délivré d'un coup, Salvator a battu le rappel de ses ennemis. Il en est arrivé de partout : le treizième automate, la *Jeune Femme à sa toilette,* et Julia, et Constance...

Aude avait ouvert de grands yeux et me regardait d'un air incrédule. Il est vrai que j'avais pas mal bu au cours de cette longue soirée.

— Cela n'a pas de sens, dit-elle. Je ne peux y croire.

Je le reconnus volontiers. Pour parler en taux d'alcoolémie, je devais être à peu près dans l'état du conducteur euphorique qui se prend pour un as du volant et après un bout de parcours enlevé avec maestria s'écrase immanquablement contre un platane. Ou bien dans celui de l'écrivain qui noircit furieusement dix feuillets de génie, en vidant whisky sur whisky, et doit admettre le lendemain matin, lucide et dépité, qu'il n'a plus qu'à flanquer toute sa copie de la veille au panier. Je n'aurais jamais, à jeun, tenu ce raisonnement-là ni avancé cette explication. Le constater me dégrisa, mais rien n'en fut changé pour autant. Je regardai ma montre. Il n'était pas tout à fait minuit. A Saint-Amandin les moines étaient couchés. Ils se lèveraient à trois heures trente pour matines. Je composai le numéro de téléphone de l'abbaye et j'attendis. J'avais peu de chance qu'on me répondît. Le monastère était bouclé pour la nuit, plongé dans l'obscurité, la porterie déserte. Peut-être quelqu'un veillait-il encore dans le bureau du frère cellérier...

— Et si quelque chose avait tout de même un sens ? dis-je pour répondre à une interrogation muette d'Aude, en lui faisant signe de prendre l'écouteur.

La sonnerie cessa. Il y eut un déclic et une voix demanda :

— Qui parle ? Il est bien tard...

Je me nommai, déclarant que si cela ne le dérangeait pas à cette heure, je désirais entretenir Dom Jansen d'une affaire importante.

— Il est près de moi, je vais vous le passer.

J'entendis une autre voix plus lointaine, celle de Dom Jansen, qui s'adressait à mon interlocuteur.

— Vous pouvez aller vous coucher, mon frère, nous reprendrons les comptes demain.

Il se passa quelques secondes, le temps pour le frère cellérier de quitter la pièce en fermant la porte derrière lui.

— Allô, reprit Dom Jansen. Vous êtes toujours là, monsieur Pons ? Que se passe-t-il ?

Comme je débitais une formule pour me faire pardonner l'heure tardive, il me coupa.

— Ne vous excusez pas ! Je dors très peu en ce moment. Quand je ne prie pas, je travaille. Je me force à veiller. Je bois du café. J'ai beau avoir confiance en Dieu, je me fais un souci d'encre. Alors ?

J'en vins tout de suite à la question que je voulais lui poser.

— Mon père, dis-je, cet après-midi je vous ai parlé d'Irène et vous m'avez répondu. Depuis, j'ai beaucoup appris. Répondez-moi aussi franchement. Connaissez-vous l'existence d'une île au large du Venezuela, du nom de Margarita, où Salvator aurait autrefois débarqué ? Et vous aurait-il confié qui il y avait trouvé, et dans quelles circonstances ?

Comme lors de notre précédente conversation quelque chose d'oppressant dans l'intensité du silence marquait son hésitation.

— Je vois..., dit-il enfin. Je vois... Vous avez terriblement avancé...

Pour la seconde fois, de sa part, je notai l'emploi du même adverbe. Irène, *terriblement* jeune... Et m'approchant de celle qu'on appelait la *Madona,* dans l'île de Margarita, j'avais, semble-t-il, *terriblement* avancé...

— Vous voulez parler de cette jeune femme, reprit-il, qu'il avait voulu sauver et qui est morte dans ses bras ? C'est un épouvantable drame. Oui, il me l'a raconté.

— Mais vous a-t-il dit qui elle était ? Ce qu'elle représentait là-bas ? A qui elle ressemblait ?

— Il me l'a dit aussi. Il m'en a fait deux fois le récit à trente années de distance, lorsque nous nous sommes connus, jeunes postulants, et après que l'autre fut venue, juste avant qu'il nous quitte. Je n'ai pas de raison de douter de lui. Voilà trente ans que nous sommes amis. C'est une épreuve majeure qu'il subit.

— Alors, vous aussi, mon père, vous croyez...

Il m'interrompit avec colère.

— Taisez-vous ! Ne prononcez aucun nom. Ne permettez pas aux mots de vous entraîner trop loin. Dom Salvator lui-même ne s'est pas laissé abuser, malgré les apparences.

— Qu'en savez-vous, mon père ?

— Rien, avoua-t-il tristement. Pardonnez-moi. Tout cela me désespère.

— Que n'est-il resté à Saint-Amandin, dis-je.

— C'est sa seule imprudence. Dieu veuille qu'il ne la paye pas trop cher. S'il s'était expliqué, j'aurais pu le convaincre. Il ne l'a pas fait. Pour ma part, je ne puis que déduire, m'en remettre à la Providence, et prier. Rappelez-moi quand vous voudrez, mais ne me posez plus de questions, je vous ai dit tout ce que je savais...

Quand nous eûmes raccroché, Aude inclina pensivement la tête.

— Ainsi, elle n'avait pas inventé...

— Qui, la vieille folle ?

— Elle-même. Nous tenons maintenant le recoupement. Frédéric, est-ce que nous rêvons ? Parvenez-vous à concevoir, à présent, devant quoi nous nous trouvons ?

Je considérai le fond de mon verre vide comme s'il devait me fournir une réponse. Quand je l'eus rempli de glace et de scotch, les idées me vinrent en foule.

— Il y a des tas de formules magiques, vous savez, commençai-je avec entrain. Nous ne sommes pas du tout désarmés. On pointe sa main droite à l'horizontale, l'index et le majeur écartés, et l'on dit d'un ton résolument impératif : « Vade retro... » A ce moment-là, l'invisible détale, et ça se met à sentir très fort le soufre dans la pièce comme si l'autre avait sué de peur. On peut également brandir son chapelet comme une arme et en faire de furieux moulinets, il a horreur de ça. Tout le monde sait que Marie a écrasé le serpent de son pied, mais je ne dispose pas de chapelet. Le buis des Rameaux est un bon bouclier, une hostie consacrée également, qui agit comme une torche allumée sous le nez d'une bête fauve, mais où en trouver ce soir ? Nous pouvons également, pour dormir en paix, répandre un cordon d'eau bénite tout autour de notre lit, ainsi que l'on procède en Afrique, avec du vinaigre, pour se protéger des cafards. A défaut d'eau bénite, il nous reste la solution de nous coucher chastement le plus loin possible l'un de l'autre en nous tournant le dos et de passer la nuit en prière. C'est radical. Il s'en consume d'ennui et se lasse. Le seul inconvénient de cette dernière méthode, recommandée par le saint curé d'Ars, qui en connaissait un sacré bout là-dessus, c'est que nous risquons nous-mêmes de périr d'ennui encore plus vite, ne trouvez-vous pas ?

Elle me répondit d'un petit rire perlé qui nous fit le plus grand bien à tous les deux.

— Faut-il vraiment en arriver là ? dit-elle avec effroi.

Puis elle se remit à rire. Je crois qu'elle était un peu pompette elle aussi, selon le cycle bien connu de la glace et du whisky, qu'en cette minute précise, ainsi que je lui en fis la remarque, il eût été malvenu de qualifier d'infernal. Puis nous avons bavardé quelque temps en attendant que le feu s'éteigne. J'ai couvert les braises et nous nous sommes couchés, éteignant toutes les lumières, y compris la lampe de chevet. Aude est venue poser sa tête sur ma poitrine. Je l'ai enveloppée d'un bras et je l'ai attirée contre moi. Nous nous sommes écoutés respirer et je crois que nous étions heureux. Lorsqu'elle s'est mise à me parler, j'ai remarqué, dans l'obscurité qui avait effacé son apparence charnelle, combien sa voix était fraîche, pure, et jeune.

— Frédéric, la vieille folle, vous rappelez-vous ce qu'elle a dit de moi ?

— Heu... Elle a dit tant de choses. La robe que vous portiez... Ah oui, je m'en souviens. Vos dons particuliers...

— Je n'en ai pas. Je suis toute simple. Quoi encore ?

— Je ne vois pas.

— La chambre Aude... L'arrangement financier... D'après elle, vendue à la nuit, je devrais coûter très cher. Horriblement cher, même...

— Cela vous a choquée ?

— Non. Mais dois-je justifier le prix ?

J'ai saisi sa main, j'en ai porté la paume à mes lèvres et je l'ai embrassée. Nous nous sommes aimés chastement. Nous étions deux anges de sexe différent. C'était très doux, très tendre, et pour tout dire, après une aussi rude journée, beaucoup moins fatigant.

A son habitude, juste au moment de s'endormir, Aude a encore parlé. J'avais déjà remarqué qu'elle emportait toujours dans le sommeil, comme un viatique, un mot, une question, un sujet de réflexion. Elle n'avait pas le sommeil animal. Elle s'endormait en pensant.

— Frédéric, l'Irène et l'oméga ? La vieille folle, qu'a-t-elle voulu dire par là ?

— Une périphrase, j'imagine. L'alpha et l'oméga, le commencement et la fin...

Moi j'ai plus de mal à m'endormir. Je ne sombre que lentement, en proie à toutes les angoisses. Aude a poussé un léger soupir, celui qui marque l'entrée dans le sommeil profond. J'ai posé ma main sur son ventre et cela m'a apaisé. Est-ce que je dormais ? Est-ce que j'étais éveillé ? Il m'a semblé entendre, étouffé par les volets fermés, le bruit caractéristique d'un moteur marin, un bop bop bop qui s'éloignait en direction de la passe.

Nous nous sommes réveillés à neuf heures et demie le lendemain. J'ai ouvert les volets et les fenêtres et le soleil a inondé la pièce. On n'entendait pas un bruit. Quiétude et clarté de paradis. En Bretagne, le grand beau temps a toujours valeur de sursis. J'essayai d'imaginer cette baie presque fermée et ces falaises couvertes de forêts, noyées de pluie sous des vents furieux. C'est un travers de caractère. Pour moi l'été commence en mars, parce qu'il est une espérance, et l'hiver tombe le 22 juin, à la minute précise où le jour amorce ce long rétrécissement qui annonce des nuits sans fin, des âmes tristes et des paysages lugubres. J'appuyai plusieurs fois sur le bouton de sonnette placé auprès du lit, puis nous sommes allés piquer une tête dans la baie, moi en costume de bain, Aude pudiquement enroulée du cou aux cuisses dans une serviette de plage dont elle se sépara précautionneusement à l'abri d'un rocher juste au moment d'entrer dans l'eau.

— Il faudra que j'achète un maillot, dit-elle. Ici, même les poissons me jettent des regards déshonnêtes.

Nous avons nagé jusqu'au petit cotre noir. Il me sembla qu'il était mouillé plus court que la veille sur son corps-mort. Je me hissai à bord, tandis qu'Aude, telle Virginie, refusant obstinément d'apparaître hors de l'eau toute nue, patrouillait vigoureusement autour pour combattre le froid. C'était un petit navire. Il ne comportait pas d'écubiers de part et d'autre de l'étrave, mais presque au bout de son nez pointu, sur le pont, une étroite ouverture communiquant avec le puits de la chaîne d'ancre. Je soulevai le bouchon où était accroché le premier maillon de la chaîne et en tirai quelques pieds. Une petite flaque d'eau se forma sur le pont. On avait mouillé le *Cham* à l'ancre cette nuit. C'était donc lui que j'avais entendu. Je remis tout à poste, plongeai. Aude proposa une course pour rejoindre le rivage et arriva première.

— Ecoutez ! lui dis-je, haletant. Ou je vous bats à la nage, ou je vous fais l'amour. A vous de choisir !

Des gamins...

Dans la chambre, Léopold nous attendait. Il avait déjà couvert le lit et disposé sur la table tout un amoncellement de pots, de cafetières, de théières, de beurriers et de confituriers d'argent, de paniers emplis de toasts et de croissants.

— Je sais, lui jeta Aude au moment où il ouvrait la bouche. Chine ou Darjeeling. Merci, pas ce matin. Pour moi, du chocolat.

— Il y en a, mademoiselle ! annonça gaiement ce personnage solennel.

Je l'observai à la dérobée, très bon nèg', redevenu tout à fait humain. Il se mit à parler de la pluie et du beau temps.

— J'écoute toujours la météo marine le matin. On annonce la formation d'un front froid venant d'ouest, entraînant des vents violents et de fortes perturbations. C'est normal en cette saison. Les tempêtes d'équinoxe approchent. Mais rien avant six ou huit jours. Monsieur et mademoiselle devraient en profiter. Ah, je vous ai apporté le *Télégramme de Brest.*

— Pas de journaux pour moi, dis-je.

— Monsieur devrait y jeter un coup d'œil. En page sept, il y a quelque chose qui vous intéressera.

Sur quoi il nous quitta en nous souhaitant une bonne journée.

Je courus à la septième page où m'attendait la photo d'Ar

Men assortie d'un article d'une trentaine de lignes, chapeauté d'un titre où se reconnaissait le style inimitable qui fait le charme des rubriques locales des journaux de province : *Entouré du regret de toute la population marinière, un vieux et digne serviteur prend sa retraite.* La photo devait être récente. On y distinguait nettement la fissure qui s'ouvrait du haut en bas comme une fermeture Eclair. La légende indiquait qu'elle avait été prise d'hélicoptère « par le brigadier-chef pilote Couarec et nos amis dévoués et vigilants de la gendarmerie maritime de Lan-Bihoué, dignes de tout éloge ». Le chemin de ronde du phare était aussi désert que celui du donjon de Bonnaguil. Nulle silhouette ne s'y montrait, saluant « l'ange gardien en plein vol au-dessus de nos côtes déchiquetées... » L'article valait les légendes :

> Ar Men, fière tour médiévale plantée par Viollet-le-Duc en 1860 au sein du plateau rocheux de Guivinic où depuis le fond des âges périrent tant de marins, illumina pendant plus de cinquante ans, solitaire et fidèle au poste, par sa robuste lentille de Fresnel, le noir théâtre de tant de naufrages. O combien de marins, combien de capitaines, pour paraphraser le poète, lui doivent le salut au lieu du grand plongeon dans cette chaudière du diable ! Combien de malheureux orphelins, de veuves inconsolables a-t-il épargnés à notre collectivité laborieuse ! Veillé par cinq générations de gardiens d'élite, qui sacrifiaient famille et plaisirs à leur haute mission, le phare d'Ar Men, après la Grande Guerre, se vit renforcé par des flanqueurs d'avant-garde beaucoup plus puissants que lui. La Veuve, les Sourds, la Dame, les Echaudés, qui dardaient leurs pinceaux lumineux secourables sur cette immensité. En retrait, Ar Men devint inutile, mais eu égard à son grand âge et à ses prestigieux états de service, on lui permit encore, pendant près de soixante ans, de joindre ses modestes

éclats au tonitruant concert des quatre mousquetaires de la nuit. C'était un honneur, chez les gardiens, de servir ce vieux monsieur, jusqu'au jour où on l'équipa — comme les hommes comptent peu désormais ! — d'une lanterne automatique. Blessé dans sa chair de pierre aux grandes tempêtes de l'an passé, éteint par mesure d'économie et pour cause de vétusté le 1er septembre dernier, il vient d'être désaffecté à titre définitif et ne sera pas réparé. L'Administration des Phares et Balises du Quartier maritime de Perros-Guirec envisage même de le faire sauter par mesure préventive de prudence, une fois qu'il aura été vidé de son mobilier et de ses équipements, parmi lesquels l'antique lentille de Fresnel qui trouvera un dernier refuge au musée de Perros, et pour le démontage de quoi le Conseil général et le Conseil municipal ont voté chacun une subvention exceptionnelle de 2 000 francs. Cette dernière opération pourrait intervenir prochainement, si le temps le permet, conduite par notre vieil ami bourlingueur de rochers, le mouilleur de balises *Président-René-Coty* (voir notre photo en médaillon).

Le médaillon encadrait la tête d'un sympathique loup de mer aussi barbu que le capitaine Haddock et coiffé de la casquette malouine, avec cette légende : *Chef gardien de 1re classe Hervé Le Guen, patron du* Président-René-Coty. *Il aura l'honneur de rendre les derniers honneurs au phare.*

C'était presque parfait. On n'écrit plus comme cela. On a tort. La langue devient un désert. Petits sentiments, petits adjectifs, aucun lyrisme. Et que nous apprenait cet article ? Que le phare était inhabité. Nulle mention d'une expérience en cours, de solitude et de survie, menée par un M. de Orth, agrégé de l'université, pour le compte du C.N.R.S.

J'appelai à nouveau la place Fontenoy, à Paris, cerveau des Phares et Balises. Renvoyé cette fois de bureau en bureau, j'appris que le préposé aux relations extérieures venait d'être muté, qu'il n'avait pas été remplacé, et que, de toute façon, il n'avait pas qualité pour communiquer des informations par téléphone. J'insistai. Je fis sonner mon nom, qui ne disait plus rien à personne, et je m'entendis finalement répondre par une voix d'homme goguenarde que le dossier d'Ar Men venait d'être définitivement classé aux archives où le bouffait une armée de rats et qu'il me fallait, pour en savoir plus, interroger directement, « sur le terrain », la subdivision des Phares et Balises du Quartier maritime de Perros-Guirec dont on me livra obligeamment le numéro.

On m'y répondit beaucoup moins courtoisement. En province, la Fonction publique sécrète ses propres défenses. Confrontés sur le tas au jugement des contribuables, les préposés sont parfaitement désagréables. On consentit enfin à me passer le « responsable adjoint », tapi derrière ses points de retraite. D'une voix modérément excédée, il me répondit qu'en effet, il avait autorisé le débarquement d'un « chercheur » à Ar Men, en avril, lors d'une rotation du *Président-Coty,* après lui avoir fait signer une décharge de responsabilité, ce à quoi se bornaient les instructions qu'il avait reçues. Si le « chercheur » s'y trouvait encore ? A son avis, non. Il disposait d'une embarcation privée à terre et avait peut-être déjà quitté le phare. L'équipage du *Président-Coty* avait procédé récemment à un inventaire d'Ar Men, en vue de son évacuation complète, sans y découvrir âme qui vive, mais enfin, comme le temps ne s'y prêtait pas et qu'il avait fallu agir rapidement, on ne s'était pas attardé à explorer tous les recoins. On avait seulement appelé et personne n'avait répondu. La cuisine était propre et rangée. La chambre du gardien n'avait pas été utilisée. Le visiteur avait préféré s'installer dans la chapelle du troisième étage, juste sous la lanterne. On y avait trouvé, en effet, transporté de la chambre, le matelas du gardien posé à même le sol. Il y avait aussi des pinceaux dans un verre, et un tableau sur un chevalet de peinture.

Je sursautai. Je n'avais pas oublié ce que Julia m'avait déclaré : qu'elle avait un jour déposé devant la porte du phare, pour obéir à un billet de Salvator, tout un attirail de peintre...

— Un tableau ! Que représente-t-il ?

— Ça, je n'en sais rien. Faudrait vous renseigner auprès du chef gardien Le Guen. C'est lui qui a fait la visite. Pas moi.

— C'est insensé ! Vous ne le lui avez même pas demandé ?

Je sentis l'autre un peu secoué au bout du fil. Il prit le parti de ne pas se fâcher.

— Oh, vous savez, moi, la peinture...

Cette incuriosité me consternait.

— Où peut-on joindre le chef gardien Le Guen ?

— Ici, à Perros, mais pas avant huit jours. Le *Président-Coty* est allé donner un coup de main dans le raz de Sein. Il mouille des balises neuves.

J'insistai.

— Vous pourriez peut-être l'appeler par radio ? Ou profiter d'une vacation pour lui poser la question...

Cette fois j'avais trop tiré sur la corde.

— Mais enfin, pour qui vous prenez-vous et en quoi tout cela peut-il vous intéresser ? Vous ne me l'avez pas précisé.

Je sentais déjà autour de mon cou les tentacules visqueux de l'administration. Nom ? Prénom ? Prénom de votre père ? Nom de jeune fille de votre mère ? Age ? Domicile ? Profession ? Motif de la visite ? Libellé de la réponse, de la réclamation, de la demande de renseignements (rayer la mention inutile)... Et dans quel encadré de quel type de formulaire expliquer en termes administratifs qu'il était une fois un moine de mes amis, lequel avait peint, lorsqu'il avait treize ans, une jeune femme à sa toilette, puis s'était embarqué à sa recherche sur l'un des paquebots de son père, jusqu'au jour où... Le « responsable adjoint » m'en évita l'effort.

— Je n'ai pas de temps à perdre, finit-il par aboyer. La prochaine fois, veuillez rédiger votre requête par écrit...

— Et voilà, dis-je à Aude en raccrochant. Le *Président-Coty* — c'est un bateau, l'autre est mort depuis mille ans, précisai-je en voyant son regard étonné — nous fournira peut-être la clef de tout le mystère.

Je lui résumai la conversation, ajoutant que ce bateau, il faudrait l'attendre huit jours. A moins que Salvator, d'ici là, ne se manifestât.

— Je n'y crois guère, dit-elle.

— Moi non plus. Je brûle, mais je ne suis sûr de rien. Pouvez-vous attendre huit jours ?

— Avec vous, certainement. Je suis là pour ça. C'est près de vous que je veux attendre. Dix jours, même.

— Pourquoi cette limite ? La fac peut se passer de vous.

Je vis une petite larme au coin de son œil. Elle s'efforça de sourire.

— La fac, oui. Mais pas Julien. Ni mon père, ni ses invités, tous les ténors des barreaux de Nice et d'Avignon, ni les amis de bridge de ma mère, et les oncles, les tantes, ma grand-mère, les fils de famille d'Avignon, ma vieille cheftaine de guides, mon parrain l'ancien Garde des Sceaux, et mon cousin jésuite qui revient exprès de Rome pour célébrer la messe à Notre-Dame-des-Doms, avec bénédiction pontificale dans sa valise, enfin la couturière que j'ai laissée en plan avec ses essayages, sans compter le voyage de noces pour lequel je n'ai pas encore été fichue de manifester une préférence, Julien veut m'emmener à Capri, vous vous rendez compte, à Capri ! Frédéric, je me marie le dernier jour de ce mois.

Mon cœur battit un peu plus fort, c'est vrai. Je sentis les paumes de mes mains se couvrir d'une légère sueur. Mais ce n'était pas une mauvaise nouvelle. J'avais toujours su qu'il me faudrait céder Aude assez vite. Autant que ce fût aux conventions...

— C'était décidé avant ? demandai-je.

— Ce l'était.

— Pourquoi ne pas me l'avoir dit plus tôt ?

— Parce que je vous aime. Je voulais avoir le temps de vous le prouver.

— Et maintenant ?

— Eh bien, je vais continuer, jusqu'à la dernière minute. Il n'y a rien de changé. Je vais simplement rassurer mon père sur la date de mon retour. En réalité, tout en ayant confiance en moi, il se fait un sang d'encre. Il n'a jamais rien compris aux femmes et s'est toujours imaginé le contraire. C'est ce qui le rend délicieux, Julien, c'est la même chose.

— Vous l'aimez ?

— Non. Mais je l'aimerai. Pour le moment ce n'est qu'un mari.

— Vous ne l'avez pas encore épousé !

— Justement.

Devant ma mine ébahie, elle éclata de rire.

— Vous non plus, mon pauvre Frédéric, vous n'êtes guère perspicace. Et maintenant je vais vous confier autre chose. Savez-vous à qui je dois la bénédiction pontificale ?

— A votre cousin jésuite, vous venez de me le dire.

— Et qui lui a obtenu cette faveur ?

— Quelqu'un de l'entourage du pape, j'imagine.

— Le préfet de la Congrégation pour les Sacrements et le Culte divin. Mon cousin travaille dans son dicastère. Vous ne me demandez pas son nom ?

Elle m'observait du coin de l'œil en ayant l'air de beaucoup s'amuser. Un soupçon me vint, grandit, éclata.

— Oh non ! Pas lui, quand même...

— Mais si ! En personne ! Son Eminence le cardinal de Hohenlo. Je vais m'ensevelir sous mon voile de mariée, au moins qu'on ne me voie pas pouffer sous le nez de mon solennel cousin quand il lira au tout-Avignon l'auguste message pontifical contresigné par le vieil ami de mademoiselle Constance. Je n'ai pas d'autre choix : le voile ou le pied de nez. Cela va être un moment épatant...

Pendant qu'Aude faisait sa toilette, j'écrivis un petit mot à l'amiral Murdoch, *c/o the officer commanding the Royal Navy base, Shetland Islands,* pour l'entretenir d'un dragueur de mines qui aurait immergé dans la Manche, en partant de Plymouth, emballé dans une caisse cerclée de fer, sous un numéro de code, un objet non identifié. Il me prit ensuite l'envie soudaine de revoir Aude, comme cela, sur-le-champ, alors qu'elle ne m'avait pas quitté depuis plus de dix minutes et qu'elle se trouvait à cinq mètres de moi, derrière le mur de la salle de bains. Je frappai à la porte et j'entendis sa voix : « C'est vous, Frédéric ? Entrez. » Elle était assise de trois quarts devant la coiffeuse, nue, et à l'aide d'une brosse lissait ses longs cheveux. De l'autre main elle tenait un petit miroir rond, de ceux que toutes les femmes transportent dans leur sac, s'en servant de façon que la glace de la coiffeuse, par le jeu du miroir, lui renvoyât l'image réfléchie de sa chevelure déployée. Attitude des plus féminines, classique, extrêmement gracieuse, légèrement mystérieuse aussi. On y devinait un peu de l'alchimie de la beauté. C'était ainsi que Bellini avait représenté la jeune femme à sa toilette, même miroir rond, même geste du bras, même impression de surprendre un rite d'initiée. Sans se retourner, Aude me sourit et je vis briller le bleu de ses yeux dans la glace de la coiffeuse, tandis que ses lèvres dessinaient trois mots que je devinai : je vous aime. Je refermai doucement la porte, heureux, apaisé.

Au moment où nous sortions de notre chambre, nous croisâmes Julia, au volant de la jeep, qui freina et stoppa en nous apercevant. La voiture était chargée de paniers et de sacs en papier d'où dépassaient des feuilles de salade et des fanes de radis.

— Hello ! dit-elle avec un large sourire. Ça va ?

Elle nous expliqua qu'elle revenait du marché de Lannion où elle se rendait une fois par semaine, tôt le matin. On y trouvait un pain admirable cuit au bois, du beurre de ferme à l'ancienne, des bouquets de rocher devenus aussi rares que le caviar, de l'agneau de pré-salé fondant et les meilleurs légumes de Bretagne à cette époque de l'année. Elle avait l'air d'une grande fille sympa qu'un papa fonctionnaire d'outre-mer au cœur d'or aurait ramené d'Afrique ou des Antilles, et qui se serait tout de suite adaptée. Nous échangeâmes quelques mots sur la pluie et le beau temps qui semblaient être, décidément, avec les propos ménagers qui précèdent, le type de conversation en usage ce matin-là aux Princes. Elle nous quitta en nous donnant rendez-vous à trois heures, assurant que ce serait un après-midi idéal pour débarquer au phare.

Sous l'auvent du garage, la Daimler bleue brillait comme un jouet neuf. Ses chromes étincelaient. Le bois blond du tableau de bord avait été ciré d'une touche légère qui le faisait chatoyer. J'en remerciai mentalement Léopold. Hélas, les huit cylindres furent longs à se décider. Il en manquait quatre à l'appel, puis deux, puis encore quatre. L'automobile s'ébrouait, toussait, tremblait sous l'effort et calait. Je m'obstinai au démarreur, lequel n'était pas à clef, mais à manette, héritier d'un temps où l'on ne volait pas les autos et où nulle main vulgaire ne se serait crue autorisée à perpétrer le sacrilège.

— L'humidité, dis-je à Aude. La vieille dame est accablée par l'âge. Ce n'est pas son premier accident de santé. Le cœur n'en peut plus.

J'avais téléphoné deux mois plus tôt à Daimler-France, à Paris, décrivant les symptômes du mal et le rythme de sa progression. On m'y avait répondu, sur le ton du plus profond respect, que pour se pencher au chevet d'un modèle aussi ancien, aussi rare, aussi prestigieux, seule la maison mère de la firme, à Londres, disposait encore d'un personnel qualifié, et qu'en prenant rendez-vous, on pouvait en effet m'envoyer par avion deux de ces gentlemen accompagnés d'un aide préposé à l'énorme matériel qu'exigeait le traitement complet. Il m'en coûterait seulement, en dollars, en livres sterling, en francs suisses, en marks, seules monnaies acceptées, la somme de... Inutile d'y penser. Assise à côté de moi, dans cette auto immobile, Aude attendait calmement.

— Au moins, dit-elle gentiment, si elle a décidé de finir ses jours ici, sera-t-elle en bonne compagnie. Elle ne déchoira pas. On dirait deux dames très âgées se racontant leur jeunesse dans un salon de thé.

La remarque d'Aude n'était pas sotte. Je regardai l'Hotchkiss échouée sur ses pneus aplatis, sa blancheur autrefois immaculée devenue grise sous la poussière comme une peau de vieille dame. C'était la jeunesse de Salvator. Trente ans plus tôt, il l'y avait enfermée, abandonnant l'auto avant de disparaître. Aujourd'hui, c'était mon tour. Le long sursis s'achevait. Il s'achevait en beauté, mais il n'y aurait pas de rémission. Huit jours, dix jours peut-être, avait précisé Aude. Je tirai une dernière fois sur le démarreur, priant le Seigneur d'insuffler quelque force à la batterie épuisée. Quatre cylindres s'ébranlèrent, puis deux vinrent les rejoindre, enfin les deux derniers, jusqu'à ce que l'on n'entendît plus rien, c'est-à-dire que le moteur, tournant rond, eût retrouvé ses aristocratiques façons, toutes de silence et de discrétion.

— Merveilleux ! s'exclama Aude, avec juste ce qu'il fallait de snob dans la prononciation de ce mot pour saluer l'événement.

Nous quittâmes les Princes par le chemin sablé, où la Daimler filait lentement, d'un train majestueux, comme un paquebot qui gagne le large.

Nous n'étions pas fâchés de changer d'air.

A Guivinic, où nous nous proposions de revenir chez la mère Querré à l'heure du déjeuner, j'ai jeté ma lettre, en passant, dans l'unique boîte de la poste auxiliaire. Aude ayant décidé, pour occuper la matinée, qu'un costume de bain, si elle en dénichait un, ne pouvait se trouver qu'au bord de l'eau, nous avons pris la route de la côte, à l'opposé de Port-Jagu, où la carte indiquait quelques petites stations balnéaires. C'était une côte sans abris, sans ports, sans marins, rectiligne, bordée de dunes mal fixées par des alignements de tamaris étiques au pied desquels avaient pissé tant de chiens et d'êtres humains, pendant la haute saison de vacances, que la plupart des arbres en avaient crevé de dégoût. Un paradis de l'immobilier bon marché, anarchique et sans beauté. La plupart des villas étaient fermées, mais beaucoup, déjà, portes et volets béants, avaient été forcées. A plusieurs reprises nous en vîmes sortir des êtres sales et hirsutes, apparemment des deux sexes. L'un d'eux s'accroupit sur le seuil et baissa la loque roide de crasse qui lui servait de pantalon. Je ralentis l'allure et me mis à observer avec plus d'attention les rangées de maisons à travers la vitre de l'auto, comme un chercheur qui découvre, l'œil à son microscope, un grouillement de microbes particulièrement répugnants. Depuis notre départ d'Avignon, nous n'avions croisé ce siècle que deux ou trois fois. Il se rappelait à nous par ce qu'il avait de plus laid, et en même temps de plus vivant... Sept cavaliers traversèrent une ville qui venait d'être pillée et qu'occupait, lâche et menaçant, un rebut d'humanité. Le plus jeune, qui n'avait pas seize ans, cessa de fredonner sa chanson et dit : « Quelle pitié que la vie ! » Après quoi, se penchant sur le col de son cheval, il perça de sa lance l'un de ces misérables...

Nous poursuivîmes notre route lentement. Certains jardinets disparaissaient sous un amoncellement défenestré de meubles brisés, de linge épars et de vaisselle cassée. Je regardai Aude. Elle avait blêmi. Dans le jardin d'une autre maison, deux spécimens de ces êtres-là, le pantalon sur les talons, s'accouplaient au ras du sol. La femme, si c'en était une, en voyant passer la Daimler, se redressa sur un coude et leva légèrement la tête. Sans cesser d'être besognée par un derrière maigre et gris agité de grotesques soubresauts, elle cracha dans notre direction. Son visage encadré de cheveux ternes collés sur le front par la sueur n'exprimait aucun sentiment humain. Je ne pus m'empêcher de songer à Bellini, à la jeune femme au portrait, à ce regard interrogeant le miroir et y découvrant, peut-être, le mystère de la beauté et les pièges de la perfection... Et Aude, me devinant, conclut avec mépris :

— Même le diable, s'il existe, refuserait de gîter dans l'âme de pareils déchets ! Il a plus d'orgueil que cela, Dieu merci !

Plus loin, il y avait un hameau, avec une buvette, une épicerie-tabac, une boulangerie, une crêperie. Toutes portaient, clouée sur la porte, une pancarte : *A vendre.* De la cabine téléphonique publique il ne restait que la carcasse. Elle puait comme vingt tinettes de gare. Seule vivait la dernière maison, un bazar, le Bazar Andrée. Deux hommes chargeaient une camionnette. Le trottoir était encombré de marchandise de plage. Assise près de la porte, sur un pliant, une jeune femme assez jolie, un fusil de chasse posé sur ses genoux, jetait de fréquents coups d'œil aux deux extrémités de l'unique rue. Je stoppai la Daimler juste devant la camionnette. La femme nous adressa un petit salut de la main, qu'elle accompagna d'un sourire.

— C'est la guerre ? demandai-je.

— Oui, et on l'a perdue. On se replie. Qu'êtes-vous venus faire par ici ?

— Acheter un costume de bain, répondit Aude.

— Facile. Quelle taille ?

— Trente-huit.

— C'est ce carton-là. Servez-vous. On solde. Pour essayer, vous avez tout le magasin. Il est vide.

Quand Aude réapparut avec trois costumes de bain se balançant au bout de son doigt, au moment de payer, la jeune femme refusa.

— Je vous en fais cadeau. Cela me portera chance.

Elle avait une grande bouche généreuse, des yeux rieurs, l'air heureux de vivre.

— Aujourd'hui a quand même été un beau jour, dit-elle. Merci d'être venus.

Puis sans paraître le moins du monde troublée dans sa sérénité, je la vis empoigner son fusil et l'armer.

— Tenez ! dit-elle. La vermine...

A l'extrémité de la rue s'avançaient une demi-douzaine d'épouvantails efflanqués, accompagnés de deux gros chiens qui tiraient furieusement sur leur laisse. On entendait le grondement des molosses. La jeune femme visa. Le coup partit. C'était une arme qui faisait beaucoup de bruit. Un chien tomba, foudroyé. L'autre se mit à hurler en tournant comme un fou sur lui-même. Les silhouettes détalèrent par où elles étaient arrivées.

— Et il y avait des femmes avec eux, dit-elle. Des femmes ! Avec ces types-là ! Ça, je ne le comprendrai jamais...

Vers midi, nous étions de retour à Guivinic. Plusieurs voitures stationnaient sur la place. Dans le port, outre *Robespierre* et *Marat,* quatre autres chalutiers étaient mouillés à leurs corps-morts, *Fils-du-Peuple, Danton, Gagne-ta-croûte* et *Ravachol,* toute la flotte de Guivinic. Le café Lemaire était plein. Les quatre vieux beloteurs tapaient le carton en hochant la tête, indifférents au vacarme qui montait des autres tables où une vingtaine de marins-pêcheurs poussaient de grands coups de gueule, abattant leurs énormes mains sur leurs cuisses pour ponctuer leurs arguments. Ils semblaient passablement éméchés, le mufle écarlate, lapant du rouge à grands traits. Chacun sa tournée. A vingt, cela faisait vingt tournées. Je murmurai à l'oreille d'Aude : « Ça y est. Ils sont mûrs. Ils vont prendre la Bastille, eux aussi... » Il ne s'agissait que de la sous-préfecture de Morlaix. Ils en venaient. Au petit matin, à plusieurs milliers, ils l'avaient réduite en cendres après une bataille rangée. Un gorille en tricot de marin qui répondait au nom de Toto, Toto Guérin, expliquait : « Et c'est moi qui vous le dis, j'en ai étouffé un, comme ça ! » Croisant ses bras gros comme des cuisses, en force, il avait fait mine de serrer, serrer. Les veines saillaient de son cou. Il aurait broyé un bœuf. Nous nous frayâmes un chemin jusqu'au comptoir. Découvrant Aude, Toto leva poliment sa casquette et siffla. C'était un compliment. Il rétracta son énorme bide pour nous laisser passer. Il avait les yeux d'un brave type. Le tumulte s'apaisa quelque peu. Je commandai deux ballons de muscadet bien frais. Par la fenêtre, je contemplai les bateaux qui se balançaient doucement. La marée descendait. *Ravachol,* proche du quai, commençait à s'échouer. Fraîchement repeint en rouge et blanc, sans la moindre bavure aux lettres de son nom ni au liséré de la flottaison, cordages lovés comme dans la Royale, astiqué, lavé, briqué, poncé, il avait l'air d'une maquette grandeur nature. On se demandait par quel détour secret de l'esprit cette merveille de propreté et de conscience professionnelle avait bien pu être placée sous le patronnage d'un Ravachol, anarchiste, assassin, criminel de droit commun. C'était le bateau de Toto...

— Dans une heure tout sera calme, dit Mme Querré. Vous déjeunerez ici ? Crevettes et praires, maquereaux grillés, tarte aux poires, cela vous convient ?

Cela nous convenait. La mère Querré posa devant nous, sur le comptoir, la carte postale du petit Yves à son papa. Je la relus. Encore une fois, cette tristesse morte me serra le cœur.

— Vous l'avez retrouvé ? demandai-je à Mme Querré.

— Oui, dit-elle. Malgré son âge, ma mère a une mémoire

d'éléphant. Elle a bien connu le gamin, quand elle était enfant. A cette époque, Mme Lemaire, c'était sa future belle-mère. Elle tenait déjà le café.

— Alors ? Il est vivant ?

— Non. Vous le trouverez au cimetière. Il est mort à l'âge de douze ans.

— Avait-il revu son père ? dit Aude.

— Non, jamais. C'était un marin-pêcheur d'ici, un brave gars. Il avait épousé une fille de la campagne, qui, sortie de son étable, était devenue si jolie qu'à peine mariée depuis deux mois, des messieurs venaient de la ville pour la voir. Alors le marin est parti. Les trop jolies filles, chez nous, c'est une calamité. On n'en a pas l'usage. Cela se termine toujours mal...

Je regardai cette femme en gris, la cinquantaine sans âge, les cheveux gris. Les yeux, gris également, de beaux yeux calmes. Le visage régulier, sans traits particuliers. Qu'était-elle, à vingt ans, jolie ? très jolie ? pour porter sur les siens un jugement si cruel...

Elle me jeta un regard amusé.

— Vous vous demandez, n'est-ce pas ? Eh bien, je vais vous le dire. J'étais une fille solide, bien en chair, pas trop gourde, une peau qui avait de l'éclat et des yeux qui n'étaient pas dans ma poche. Je servais au café. Je savais taper gentiment sur les mains qui s'égaraient, et les gars disaient à ma mère : « Il faut vite la marier. » Un jour, Mlle Constance est venue. Elle m'a offert de servir à son hôtel. Comme beaucoup, ici, mon grand-père avait embarqué sur le *Cham* des Roparz. Il y a des choses auxquelles nous étions habitués. On voyait passer les autos qui se rendaient aux Princes, des messieurs distingués, des jeunes femmes élégantes. Mlle Constance a dit à ma mère : « Je m'engage à veiller sur elle. » Et à moi : « Es-tu discrète ? » Je l'étais. C'est ma principale qualité. Je regarde, j'écoute, je reste muette, je me rends invisible, on ne fait plus attention à moi. C'est pourquoi je ne me suis jamais ennuyée. J'ai servi cinq ans là-bas. Puis Mademoiselle m'a dit : « Tu intrigues le cardinal. Un de mes amis veut te prendre en photo. Il est temps pour toi de nous quitter. » J'ai épousé un marin-pêcheur, un type tout simple et plutôt beau gars. Je ne l'ai gardé que dix ans. Il a péri en mer. Mais je l'ai rendu heureux. Ses campagnes de pêche duraient quinze jours, sur un chalutier de Perros. Je ne l'ai jamais trompé. Quand il rentrait, il trouvait un bain chaud, des serviettes propres, des draps frais, une table dressée comme pour un banquet, avec des fleurs et des bougies allumées, et tous les volets fermés. Mademoiselle m'avait fait cadeau d'un lot de robes de soirée démodées, mais superbes. J'allais me changer dans la chambre, et à travers la porte je criais à Querré : « Sers-toi un verre, j'arrive. » Et j'arrivais. La première fois, il en est resté tout baba. Il répétait : « Eh bien, si je me doutais, eh bien, si je me doutais... » Je n'étais plus invisible du tout. Il aurait pu le prendre mal, rire bêtement, se demander de quelle façon j'avais attrapé ces manières, et si d'autres en avaient profité. Il a simplement vérifié que personne ne pouvait nous voir à travers les volets et il est venu m'embrasser en me disant dans le cou que j'étais belle. Le lendemain matin, j'étais redevenue la jeune femme modeste qu'il avait épousée. Il m'a demandé : « Qui est la vraie Annick ? » Je lui ai dit : « Devine ! Mais si tu trouves, garde-le pour toi... » Il partait heureux. Il revenait heureux. Il ne s'est jamais lassé de ces petites fêtes, à ses retours. Il disait, ravi : « Ah ! Si les copains savaient... » Mais lui aussi était resté discret. Je ne me suis jamais remariée. Quand ma mère a pris sa retraite, Mademoiselle m'a avancé l'argent, sans intérêts, pour racheter le café. Je lui sers un peu de conciergerie et j'ai continué à ne jamais m'ennuyer. Vous voyez, le mauvais a du bon...

Le café se vidait lentement. L'œil de Mme Querré s'est éteint. Elle s'est penchée vers l'évier, rinçant des verres.

— Où est le cimetière ? demandai-je.

— Juste derrière l'église, dit-elle. Le gamin s'appelait Meriadec. Yves Meriadec. Sa tombe se trouve au fond, à gauche. Soyez revenus pour une heure, votre déjeuner sera prêt...

La porte de la grille grinça, comme toutes les portes de cimetière. Nos pas crissèrent sur le gravier des allées. C'est Aude qui découvrit son nom presque effacé sur une croix rouillée. Puis désignant la croix voisine, elle me dit :

— Regardez !

Comment ne pas l'admettre ? Tout s'enchaînait. Yves nous avait conduits au caveau des Roparz, une lourde dalle au ras du sol, d'une sobriété britannique, simplement marquée d'une quinzaine de noms. Des vies bien remplies. On naviguait jeune et longtemps, on se mariait tard, on vivait vieux. En remontant quatre générations, on se retrouvait sous Louis XV : Gwenn Roparz 1770-1841, puis Sépik Roparz 1826-1915... La dynastie finissait en quenouille, deux femmes : Louise-Alice de Orth, née Roparz, 1900-1957, et sa sœur, Constance Roparz, 1902-1984. Je passai le bout de mon doigt dans les rainures fraîchement incisées des chiffres. Il se couvrit d'une légère poussière de granit. Nom et dates avaient été gravés récemment, comme si Constance Roparz reposait depuis peu dans le caveau de famille.

— Je ne rêve pas, dis-je. Nous sommes bien en septembre 1984 ?

— Le 12 septembre, compléta Aude, et cette précision me fit mal.

— Ainsi donc, hier soir, 11 septembre 1984, nous avons été reçus, chez elle, par une Mlle Constance Roparz, malade mais bien vivante, tout autant que morte et enterrée. C'est évidemment impossible.

— Il lui reste trois mois et demi pour mourir dans les délais, dit Aude.

— Mais pourquoi anticiper ? C'est macabre !

— Elle est capable de tout...

Il n'y avait pas de mystère. L'explication nous fut révélée, entre les praires et le muscadet, par une Mme Querré à l'œil vif, qui semblait à nouveau, selon son expression favorite, ne pas du tout s'ennuyer.

— C'est Mademoiselle, bien sûr, qui a eu cette idée. Elle a parlé d'un contrat qui s'achevait en quatre-vingt-quatre.

— Un contrat ? Avec qui ? Avec quoi ? Cela n'a pas de sens.

— Avec la vie, je suppose. Elle ne m'en a pas dit plus, sinon qu'elle ne souhaitait pas vivre au-delà de cette année. On peut la comprendre, elle souffre énormément. Graver son nom sur sa propre tombe et l'année de sa mort, c'était se donner rendez-vous. Elle ne le manquera pas. Elle a tout arrangé elle-même, sans passer par le marbrier du village. Un type est arrivé en voiture, il y a quinze jours, de Lannion ou de Perros, à moins que ce ne soit d'ailleurs, je ne sais pas. Il a passé deux heures au cimetière, accroupi sur la tombe, avec un ciseau électrique qui fonctionnait sur une batterie. Il est parti aussi discrètement qu'il était venu.

— A quoi ressemblait-il ?

— Moi, je ne l'ai pas vu. Il n'est même pas entré au café boire un verre. Ce que je vous dis là, ce sont mes joueurs de belote qui me l'ont raconté. Il y a des bancs, au cimetière. En été, il y fait frais. Ils vont souvent y tailler une bavette. Le gars n'avait pas l'air d'un ouvrier. Sa voiture était une voiture banale qui ne portait pas de nom d'entreprise. Il n'était pas causant. Les vieux n'ont pu lui tirer un mot, même pas bonjour ou au revoir. Une fois son travail terminé, il a simplement dit à mi-voix : « maintenant elle peut venir, c'est prêt... », comme s'il se parlait à lui-même. Il a laissé la grille ouverte en partant.

— Un original, dis-je.

— Sans doute...

Après déjeuner, nous avons fait, Aude et moi, quelques

pas le long du quai. Toto bricolait à bord du *Ravachol* et nous adressa un signe amical de la main.

A trois heures, en chandail, bottes et pantalon, ciré sur le bras, nous rejoignîmes Julia qui nous attendait, assise sur le rebord de l'annexe. En louve de mer, elle était superbe, vêtue d'un pull épais de marin anglais, d'un blanc immaculé, et d'un jean noir délavé. Décorative, mais compétente. Une fois à bord du *Cham,* en deux minutes les voiles étaient hissées, les écoutes parées, tous les cordages dormants lovés. J'avais tenu ma partie. Je connaissais ces gréements-là, nommés houaris, avec corne et pic et deux drisses de grand-voile.

— Le vent est bon, dit Julia. On n'a pas besoin de moteur. Je sors le bateau de la passe, et ensuite, Frédéric, si vous le voulez, vous prenez la barre.

Une petite brise, au près serré, nous porta jusqu'à la tour à virer. Julia barrait debout, jambes écartées. De temps en temps elle se baissait pour choquer ou embraquer son écoute. Nous nous étions assis, Aude et moi, sur le plat-bord, au vent, heureux de respirer l'air pur et de sentir sous nos pieds le tillac d'un bon vieux bateau. Nous étions loin des miasmes de la veille. Le *Cham,* débouquant de la passe, broncha sur un petit clapot sec. Une série de vagues courtes se brisèrent sous l'étrave, et comme il arrive dans ce cas-là, nous fûmes tous trois douchés par les embruns. Julia s'essuya le visage du revers de la main en riant. Nos regards se croisèrent. Je reçus le message muet : « Eh oui, c'est bien moi ! »

— A virer ! dit-elle. Le foc au petit largue, Frédéric.

Je choquai l'écoute de tribord, j'embraquai l'autre prestement. Les poulies claquèrent tandis que la bôme de la grand-voile changeait de bord. Un petit vent royal nous cueillit par le travers et le bateau, doublant sa vitesse, glissant sur le clapot, pénétra par une sorte de chenal naturel dans la grande forêt minérale que le bas de l'eau avait découverte. Devant nous, à l'extrémité de cette tranchée, se dressait Ar Men sur son rocher. A tribord et bâbord, Julia me désigna deux points de relèvement : la tour de guet des Princes, au sommet de son promontoire, et la flèche du clocher de Guivinic.

— C'est simple, dit-elle. En deçà de cet alignement, tout est clair, vers Guivinic et Port-Jagu, ou au nord vers Saint-Tugduald. Vous trouverez une carte à bord. Quant à ce plateau rocheux, je ne vous le conseille pas sans moi. A marée basse, les rochers sont presque tous émergés et il suffit de les arrondir, mais il y a de forts courants traversiers et des risques de dérive brutale. A marée haute, c'est un piège. Vous auriez quatre chances sur cinq de vous planter.

Que fallait-il comprendre ? Conseils de prudence élémentaires, ou avertissement déguisé : Ar Men, chasse gardée...

— Et la nuit ? demandai-je.

— La nuit ? Qui aurait l'idée de s'aventurer la nuit dans un endroit pareil...

La réponse coulait de source. Le ton sonnait juste. Et cependant je n'avais pas rêvé. Le *Cham*, la nuit dernière, avait quitté son mouillage au moteur.

Cette armée de rochers, que nous passions en revue, cédait au niveau de l'eau un peu de cet aspect effrayant qu'elle avait lorsqu'on en saisissait l'ensemble depuis les fenêtres de la tour de guet. Vus de près, sous un éclairage différent, la plupart d'entre eux avaient perdu ces formes humaines ou animales, qui, d'en haut, sautaient aux yeux. Je retrouvai, cependant, deux ou trois guerriers à cheval, dressés face au large, le poitrail de leur monture hors de l'eau. Julia m'avait laissé la barre. Elle s'était installée à l'avant, debout, se tenant d'une main à la draille de foc, figure de proue démesurée, Aziza en pull blanc. De temps en temps elle me lançait sans se retourner : « Laissez porter un peu... comme ça... » et je voyais défiler à fleur d'eau, à trois mètres du bateau, des rochers bruns et biscornus qui ressemblaient à des monstres noyés. Un haut rocher se présenta, largement émergé. Je le reconnus tout de suite. Il n'avait pas changé. Vues d'en bas, au contraire, ses formes se précisaient au fur et à mesure que nous nous approchions, celles d'une statue équestre, aux lignes à la fois précises et tourmentées. C'était le cavalier de tête, le chef d'armée, le dément qui prétendait conquérir la mer. Je ne l'apercevais encore que de dos. Il était coiffé d'un casque rond équipé d'un lourd camail qui lui protégeait le cou et les épaules. Julia annonça : « Le cavalier. » Il ne pouvait s'appeler autrement.

— C'est le rocher le plus élevé du plateau, dit-elle. Aux grandes marées d'équinoxe, tout son buste jaillit encore de l'eau. Contre le flot montant, il a l'air de fendre les vagues. Les jours de tempête, c'est prodigieux. De la tour de guet, à la longue-vue, on le distingue très bien. Tout seul, dans les brisants, il se bat.

Quand le bateau l'eut doublé, je me retournai vers lui. Son visage, sous le casque, par le jeu de la lumière courant sur les facettes saillantes de la pierre, était un visage d'adolescent qui semblait sourire légèrement. Le reflet du soleil sur les vagues éclairait de lueurs passagères les deux trous sombres qui figuraient les orbites. A ces moments-là, le regard aveugle s'éclairait.

— Venez me remplacer à l'avant, dit Julia un peu plus tard. Nous arrivons. Tenez-vous prêt à mouiller. Sortez dix mètres de chaîne, cela suffit. Veillez à ce que tout soit clair. Nous allons manœuvrer dans un mouchoir de poche.

La voilure du bateau m'avait caché le phare. Il se dressait devant nous, à deux cents mètres environ. Entièrement découvert, le roc sur lequel il était planté ruisselait d'eau comme un sous-marin qui vient de faire surface. Le rocher plat qui le prolongeait, en forme de demi-lune, enserrait un minuscule lagon qui brillait comme une émeraude, bordé d'une plage lilliputienne. Tout autour, comme des défenses avancées, pointaient de l'eau des couteaux de granit camouflés sous des chevelures de varech glauque et poisseux. En équilibre depuis des siècles, d'autres rochers étaient percés de siphons d'où se retirait avec des bruits de succion l'ultime arrière-garde du jusant. Je cherchais la passe des yeux. Je ne la voyais pas. Large seulement de cinq à six mètres, elle s'ouvrait au détour d'un rocher que Julia doubla en virant sec, m'ordonnant d'abattre le foc et de me tenir prêt. Puis Julia abattit la grand-voile, et le bateau, sur son erre, vint s'immobiliser exactement au centre du lagon, bout au vent. Je laissai filer l'ancre et la chaîne, puis lançai à Julia :

— Magnifique !

— Uniquement par petit temps, répondit-elle.

Elle marqua une pause et précisa :

— Par petit temps, et de jour.

Le plaisir de la manœuvre m'avait entièrement absorbé. A présent que quinze mètres seulement d'une eau calme nous séparaient de la plage et du phare, ma pensée, immédiatement, se retourna vers Salvator. En bonne logique et toute amitié, m'ayant tiré du fond de ma Provence, il eût dû m'accueillir sur la grève en agitant la main et me héler par mon nom. Il n'y était pas. Me souvenant de son goût de la mise en scène, je portai mon regard au sommet du phare, pensant l'y découvrir derrière un créneau, au pied de la lanterne, laissant tomber comme un seigneur quelques vigoureuses paroles de bienvenue. Mais Salvator ne se montrait pas et c'est à cet instant précis que j'acquis la conviction que s'il avait assurément séjourné à Ar Men, il ne s'y trouvait plus et depuis quelque temps déjà. Julia avait déployé sur le pont un minuscule youyou de caoutchouc. Pendant qu'elle s'occupait à le gonfler, j'entrepris de scruter chaque fenêtre du phare, une à une. Si quelqu'un nous observait, on ne pouvait manquer de le voir, car moi-même, d'où j'étais placé, j'apercevais, à travers les vitres, soit les murs nus, soit les plafonds voûtés de chacun des étages.

Nulle silhouette ne s'y encadrait. Une seule chose m'intriguait : un cageot de bois déposé sur le sol, à l'extérieur, devant la porte.

Julia avait mis le youyou à l'eau.

— Il n'y a que deux places, dit-elle. Je débarque Aude et je reviens vous chercher.

Au retour, justement, Julia rapportait le cageot que j'avais repéré devant la porte. Il était rempli de bouteilles d'eau minérale et de boîtes de conserve vides, ainsi que de petits sacs-poubelles de plastique apparemment pleins et fermés par un nœud. Julia le fit disparaître dans le rouf, d'où elle ressortit avec un cageot identique chargé pareillement de bouteilles et de boîtes, mais pleines, de pains sous cellophane, de cartons de lait, de légumes, de fruits, de paquets de beurre et d'œufs emballés.

— Je le ravitaille au jugé, dit-elle en embarquant le cageot dans le youyou. Cela semble lui convenir. Il ne demande rien de plus. Allez, venez, la marée va bientôt se renverser et je n'aime pas faire de vieux os ici.

Je pris pied à mon tour sur la plage. Julia déposa le cageot devant la porte, aussi naturellement qu'un épicier de campagne qui fait une livraison. La porte était fermée à clef, une lourde porte étanche comme on en voit dans les bateaux. Je secouai la poignée, sans succès, tapai du poing, criai, appelai, pour lever mes derniers doutes.

— Il est peut-être malade et mourant, dis-je. Ou bien il s'est rompu le cou en tombant dans l'escalier. Ce serait affreux.

L'hypothèse était plausible mais je n'y croyais pas. Je ne l'avais avancée que pour voir les réactions de Julia.

— C'est ainsi chaque fois que je viens, dit-elle. La porte reste fermée. Il ne se manifeste pas. Mais il mange tout ce que je lui apporte. Et aussi, vous l'avez vu, il n'aime pas salir la mer.

Je désignai le cageot de vivres frais.

— Pourquoi bluffez-vous ? Julia. Qui voulez-vous tromper ?

— Je ne comprends pas ce que vous voulez dire.

Je haussai les épaules.

— Comme vous voudrez.

Je rejoignis Aude qui observait, accroupie, un morceau de bois sur la plage, de la dimension d'un corps humain. Je le reconnus instantanément. A la longue-vue, de la tour de guet, je l'avais d'abord pris pour quelqu'un qui dormait. L'étonnant, après deux marées, c'était qu'il fût encore là. Le courant de jusant aurait dû l'emporter, et le flot le déposer sur Dieu sait quel rivage.

— Regardez, dit Aude. Il est attaché.

Un cordage d'une vingtaine de mètres, en effet, semblait courir comme un serpent sur le sable mouillé. L'une des extrémités était solidement nouée à un anneau scellé sur un rocher, l'autre, par deux boucles d'ancrage passées autour du torse, saisissait cette sorte de statue de bois couchée. Ainsi flottait-elle en laisse, à marée haute, pour s'échouer ensuite à marée basse sur la plage. Dans ma jeunesse, en Bretagne, je passais parfois de longues heures à me promener le long des plages à la recherche de bois flottés. Certains d'entre eux, par l'effet du hasard, à force d'être roulés sous les vagues, précipités contre les rochers, rabotés par la mer et le sable, devenaient de véritables statues, le plus souvent d'un style torturé. J'en avais fait un moment collection, sans jamais en avoir trouvé qui ressemblât autant à un christ que ce grand corps attaché. Et pas n'importe quel christ. Celui-ci n'avait presque plus de visage. Son regard aveugle était impressionnant. Il ressemblait, trait pour trait, à ce christ de bois du XIe siècle que Salvator avait découvert dans les combles du monastère et qu'il avait fait dresser derrière le maître-autel. J'en restai muet de saisissement.

— C'est troublant, n'est-ce pas ? dit Aude. L'explication est simple. Quelqu'un a donné de larges coups de pouce au hasard. Le bois avait l'apparence vague d'un christ. La ressemblance est le résultat d'un travail patient. Les yeux, particulièrement, ont été excavés au couteau. Celui qui a fait cela ne disposait d'ailleurs que d'un couteau. Il y a consacré des dizaines d'heures, je le sais, je sculpte un peu moi-même. C'est pourquoi il l'avait attaché. Ce bois est bien trop lourd pour pouvoir être porté jusqu'au phare par un seul homme...

J'imaginais Salvator, assis sur le sable, comme un naufragé, façonnant son christ aveugle, à l'Opinel, heure après heure, les jours de beau temps, pour s'occuper l'esprit en attendant... En attendant qui ? La rencontre avait eu lieu, d'une façon qui l'avait satisfait, puisqu'il avait quitté la place, même si Julia, pour des raisons que je soupçonnais, s'obstinait à faire croire le contraire. Ce christ prouvait au moins une chose : Salvator avait retrouvé son équilibre. De cela, je ne doutais plus. Julia nous appela.

— Holà ! On embarque. Dépêchez-vous ! La mer monte.

Avant de rejoindre le youyou, nous fîmes le tour du phare. Sur ses trois autres faces, il ne comportait pas d'ouvertures. D'autres fissures s'y lisaient, plus profondes encore que celle qui courait sur le quatrième côté, du premier étage au chemin de ronde. On aurait pu y enfoncer le poing et le bras jusqu'au coude. Elles se ramifiaient de nombreuses lézardes.

Le retour se fit au moteur, vent debout. Impossible de louvoyer à travers les rochers. Julia était pressée de rentrer. Elle barrait silencieusement. Je repensai à ce bruit de moteur marin dans la nuit, à cette chaîne d'ancre mouillée.

— Avez-vous un horaire des marées ? lui demandai-je.

— Dans le petit placard du rouf, sur l'étagère.

J'y trouvai ce que je cherchais, l'heure du bas de l'eau, la nuit précédente : 3 h 27. Il était à peu près trois heures du matin quand j'avais entendu le *Cham* sortir de la baie. Il n'y avait pas de vent. La mer était calme. La lune brillait. Des conditions idéales, en connaissant le plateau rocheux, pour se glisser jusqu'au phare.

— Julia, cette nuit, c'était vous, n'est-ce pas ? Je vous ai entendue.

— Vous avez rêvé, dit-elle sur un ton d'impatience, non pas celui que l'on prend quand on ment et qu'on se sent deviné, mais celui que l'on oppose à un interlocuteur importun, lorsque, perdu dans d'autres pensées, on refuse la conversation.

La côte approchait. En retrouvant la tour à virer, les quatre maisons basses de granit, les palmiers, les rochers roses, la haute forêt au faîte des falaises, je fus frappé, encore une fois, par la beauté voilée de mystère de cette baie presque totalement close.

— Que deviendra tout cela, demandai-je, si votre tante venait à disparaître ?

— Ne vous avisez pas de lui poser la question. Elle n'est pas encore morte. Elle luttera longtemps.

— Pas au-delà de cette année, dis-je.

Julia me jeta un regard aigu.

— Qu'est-ce qui vous fait penser cela ? Vous n'êtes pas médecin !

— J'ai vu la tombe des Roparz, ce matin.

Je lui racontai notre visite au cimetière, la découverte du nom fraîchement gravé, les deux dates, l'artisan anonyme et la petite phrase qu'il avait prononcée, son ouvrage achevé... A cette dernière évocation, il me sembla qu'elle accusait mal le coup. Ses pupilles s'étrécirent, son regard vert fut saisi de panique, mais cela ne dura qu'un instant.

— Des sornettes ! s'écria-t-elle. Encore la mère Querré ! Cette bonne femme ! Complètement mythomane ! Vous feriez mieux d'attraper la gaffe et d'aller à l'avant récupérer le corps-mort.

Suivit toute cette petite agitation qu'entraîne le retour à son mouillage d'un bateau. Il faut amener les voiles, enfourner le foc dans son sac, lover les cordages, saisir la bôme et la barre, mettre de l'ordre, s'assurer que l'aussière du corps-mort est convenablement frappée à son taquet. Quand tout fut terminé, au moment d'embarquer dans l'annexe, je revins à la charge.

— Mais Julia, je l'ai vu, ce nom. Et les deux dates aussi. Aude les a vus également.

— Pour l'amour du ciel, dit-elle d'une voix changée, pas un mot à ma tante !

Je lui fis remarquer que, selon Mme Querré, c'était sa tante, justement, qui avait convoqué l'ouvrier.

— C'est vrai, finit-elle par admettre. Mais il ne devait pas venir si tôt...

Pendant quatre jours pleins, jusqu'au 17 septembre, il y eut une sorte de suspension du temps. Le temps qu'il faisait, d'abord. Ensoleillé, presque chaud, parcouru de petites risées sèches de sud-est et s'alourdissant imperceptiblement mais de façon continue, tandis que le baromètre que j'avais découvert dans un coin, fixé à un mur de la chambre, avait amorcé une chute dont la progression régulière s'accélérait. J'avais beau tapoter le verre du doigt, l'aiguille s'obstinait à confirmer la baisse, laquelle se traduisait, en attendant le coup de torchon, par un climat paradisiaque, phénomène classique en Bretagne. L'eau de la baie luisait comme un miroir et les petites criques, entre les rochers, ressemblaient à l'intérieur nacré d'un coquillage. Quant à l'autre temps, celui qui passe, il semblait lui aussi s'être arrêté. Julia s'était faite presque invisible. Elle s'absentait plus fréquemment que d'habitude avec la jeep, montait son cheval tôt le matin dans la forêt, passait de longs moments près de sa tante et se bornait, quand nous nous rencontrions, à des propos anodins. Plus un mot sur Salvator, pas la moindre allusion. J'imagine qu'avoir été devinée la rendait extrêmement circonspecte à notre égard, encore que j'eusse acquis la presque certitude que son bluff, au phare, ne nous était destiné que par ricochet. Que nous fussions ou non présents, Julia agissait *comme si* Salvator était toujours réfugié dans son phare. Face à l'échéance qui approchait, pour perpétuer la fiction d'un Salvator pris au piège, peut-être avait-elle choisi de s'illusionner elle-même, ce qui est une disposition d'esprit plus commune qu'on ne le croit. Peut-être aussi la partie qu'elle jouait n'était-elle pas complètement perdue... Il suffisait d'attendre. Comptant les jours malgré moi, devinant qu'Aude les comptait comme moi, j'en savourais chaque minute, presque assuré, autant qu'un homme peut l'être, qu'Aude ne laissait passer aucune de ces minutes sans se rapprocher de moi, alors que chacune d'entre elles, au contraire, l'éloignait. En parfait serviteur, Léopold était devenu transparent. Lui aussi bornait sa conversation à des propos de service, et le bon nèg', cette fois, ne souriait plus du tout. Un soir qu'il servait le dîner, glissant comme une ombre autour de la table, je tentai de le provoquer, comme on provoque un scorpion, en Provence, pour voir s'il est mort ou vivant et s'il faut le tuer ou le balayer. Je lui parlai d'Irène.

— Ah oui, monsieur, Irène..., répondit-il d'une voix neutre, et il laissa tomber la phrase.

Ce mutisme nous convenait. Tout était suspendu. Aude téléphonait chaque matin à Perros-Guirec, au service des Phares et Balises, pour avoir des nouvelles du *Président-Coty* et de son commandant, le chef gardien Hervé Le Guen. Elle y réussissait beaucoup mieux que moi, s'étant trouvé une complice en la personne de la standardiste, laquelle flairait quelque aventure de cœur et la renseignait complaisamment : aux dernières nouvelles, le 18 à seize heures... Et le 21 de ce mois, le 22 au plus tard, Aude aurait rejoint Avignon.

Aussi, pour tous les deux, les journées n'étaient pas assez longues. Nous faisions de longues promenades à pied dans la forêt. La tour de guet nous fascinait. Nous y sommes montés un matin que la marée était haute. L'équinoxe approchait. C'était la face cachée de toute chose et de chacun, la création jumelle, à des millions d'années-lumière, où brille la vérité. Tout le plateau rocheux avait été englouti. Il n'avait jamais existé. Nous n'y avions jamais navigué. Tourbillonnaient seulement des courants circulaires et violents au-dessus des rochers invisibles, signalant le néant. Sa tête casquée pointant seule hors de l'eau, le cavalier mesurait l'étendue de sa défaite. Disparus, la crique où nous avions mouillé, et le rocher au pied du phare. Ar Men et ses quatre compagnons jalonnaient cette nécropole d'illusions... Une autre fois, par hasard, en choisissant un petit sentier sous les arbres, nous sommes tombés sur le cimetière dont nous avait parlé Julia. Ce n'était pas vraiment un cimetière, mais un ensemble d'une quarantaine de tombes dispersées en désordre à travers le sous-bois. On les découvrait un peu comme des champignons, en écartant la végétation. Aucun de ceux qui gisaient là ne semblaient avoir de patronyme, et l'unique date qui figurait ne mentionnait que leur trépas. Ils avaient été conçus là-bas, en Afrique, dans la matrice de l'esclavage. Certains avaient dû mourir dès leur débarquement du *Cham* — M'ba 1842... N'guolé 1848... Lumba 1852... — avant que les Roparz leur eussent imprimé leur marque. Même ceux ou celles qui étaient nés sur le domaine des Princes, comme Rosa, par exemple, ou Laetitia, n'avaient eu droit qu'à un prénom suivi d'une unique date : Rosa 1932, Laetitia 1959. Nous nous dirigions dans ce cimetière forestier un peu comme le Petit Poucet, allant de tombe en tombe, n'en quittant une que lorsque nos yeux avaient découvert la suivante. C'était un jeu étrange. Joséphina 1837... Gloria 1845... Séraphina 1861... Aziza était enterrée à l'écart, avec un soin particulier. Un renflement de terre, une croix de bois (1910), et formant une sorte d'enclos privé, deux rangées de quatre hêtres qui avaient peu à peu mélangé leurs branches comme les arceaux d'une voûte. Une boîte plate était posée sur la tombe, recouverte de mousse. Au fur et à mesure que je grattais la mousse apparut une vitre qui protégeait une peinture naïve composée comme un ex-voto : un trois-mâts par grosse mer, et, dans un médaillon, là où se voit d'ordinaire la Vierge ou le saint que l'on souhaite remercier, je reconnus, entièrement nue, la figure de proue, Aziza...

Pendant ces quatre jours, à deux reprises, Julia vint nous chercher pour nous conduire auprès de sa tante. Comme nous étions ses invités, il nous était difficile de refuser. Je crois surtout que Mlle Constançe désirait se rendre compte, de ses propres yeux, que nous étions toujours là. Elle ne se maintenait en vie que dans cette espérance : débusquer Salvator. Cela devait avoir une grande importance pour elle que nous figurions au final. En quarante-huit heures, elle avait encore vieilli, le teint cireux, le nez pincé, les mains agitées de tremblements qu'elle n'était plus capable de maîtriser. Il ne fut plus question de « dossiers », ni encore moins de « s'habiller ». Elle se montra aimable, nous parla de sa famille, de son bisaïeul Gwenn Roparz, qui était corsaire du roi et reçut en secret, au plus fort des guerres de Vendée, le prince de Condé et son fils débarqués d'une croisière anglaise, d'où le nom de la propriété. C'était ce Gwenn qui, le premier, tournant le dos aux combats du Consulat et de l'Empire, s'était lancé dans le commerce du « bois d'ébène ». Dès que son fils Sépik eut douze ans, il l'avait embarqué avec lui sur le *Cham* premier du nom, l'initiant au commandement des hommes, à la navigation, mais surtout aux subtilités du choix, au coup d'œil, dans les grands marchés d'esclaves du Bénin et de Gorée. Le jeune Sépik tenait les registres du bord, de son écriture appliquée d'enfant. Mlle Roparz en feuilleta un devant nous : nom d'Afrique, prénom d'Europe, âge supposé (jamais plus de seize ans), prix d'achat, description. Le garçon avait la plume lyrique. Qui n'aurait acheté, les yeux fermés, « cette jeune sauvagine couleur de miel foncé, à la gorge pleine et gracieuse, aux attaches fines, aux pieds nus, la taille bien prise, les bras harmonieux, le visage délicatement dessiné, sachant servir à table, douce et tendre, gazouillant quelques mots de français et d'anglais » ? Constance Roparz avait une vénération pour son grand-père Sépik. Mort lorsqu'elle avait quatorze ans, il l'avait pratiquement élevée, lui léguant la propriété et ce goût qu'il avait du négoce de la beauté. En l'évoquant pour nous, la vieille demoiselle oubliait ses souffrances.

— Quand il me présentait à quelqu'un, il disait en souriant : « mon associée », ce que personne ne comprenait, car Sépik, depuis longtemps, semblait ne plus exercer aucune activité. Le *Cham* avait été vendu, les bâtiments des Princes désaffectés, mais lui, le vieux fou, pour le plaisir, et parce qu'il avait ça dans le sang, commerçait secrètement avec d'autres rivages. Ses derniers clients, juste avant la guerre de quatorze, furent le sultan de Turquie, le grand vizir d'Egypte, le maharajah de Mysore, le podestat d'Arménie... Il y a des lettres charmantes de tous ces gens-là, des désirs exprimés avec une soif de perfection, un sens aigu de la beauté, une émotion esthétique rare... L'argent, dans ce temps-là, appliqué à de telles passions, n'était plus vil, mais sanctifié. Je n'ai fait que gérer l'héritage. Je l'ai adapté à ce temps. Et ce temps-là est mort. Quand le bien et le mal se confondent jusqu'à n'être plus perceptibles, qui peut encore en jouir...?

Elle avait fermé les yeux, baissant la tête, et je ne vis plus que la peau parcheminée de son crâne. L'entrevue était terminée.

Le lendemain, nous avons été reçus encore une fois, brièvement. La vieille demoiselle avait de la peine à parler. A chaque son qui sortait de sa bouche, elle portait la main à son cou. Elle s'était seulement enquise si nous avions vu Salvator. Comme Aude faisait signe que non, elle dit avec colère : « Vous mentez ! Je sais qui vous êtes... » Aude avait tourné les talons sans répondre. J'avais pris congé en murmurant des banalités. Mlle Constance n'écoutait plus. Elle s'accrochait comme une noyée aux accoudoirs de son fauteuil. Elle devait souffrir énormément. Des gouttes de sueur roulaient de son front. Cela me laissait, je l'avoue, parfaitement insensible. En fermant la porte, derrière moi, je l'avais entendue qui appelait : « Irène ! Irène !... »

Le jour suivant, trois visites, dans la matinée, vinrent animer le silence. La première, assez tôt, tandis que nous prenions notre petit déjeuner sur le seuil de la chambre, par un soleil radieux. Une petite Renault s'arrêta devant la maison de maître. Celui qui en sortit portait une mallette à la main, probablement une trousse de médecin. Il resta une demi-heure, puis, avant de partir, s'entretint quelque temps sur le pas de la porte avec Julia. Un peu plus tard, au moment où nous nous apprêtions à aller piquer une tête dans l'eau, ce fut le tour d'une grosse Mercedes tabac d'où descendit un monsieur d'une soixantaine d'années, porteur d'une serviette de cuir. Le médecin, le notaire... Il ne manquait que le curé. C'eût été plaisant de voir s'aventurer jusqu'ici le représentant de Dieu. Ce fut le représentant de l'ordre qui apparut à sa place, un gendarme, ou plutôt deux, à bord d'une estafette. Nous sortions du bain, Aude et moi. Arrêtés presque sous nos fenêtres, ils parlaient à Léopold. Le plus élevé en grade suivit Aude des yeux tandis qu'elle traversait le chemin en courant. Puis, comme nous nous changions, j'entendis Léopold qui prononçait mon nom. « Et la fille ? » demanda un gendarme. Une minute après, ce fut la voix de Julia, et celle du gradé qui lui répondait : « Dans ces conditions, nous ne dérangerons pas votre tante. D'ailleurs, je n'ai pas d'ordre. Quant à M. José de Orth, rappelez-lui qu'il n'est pas en règle avec les autorités maritimes et douanières et qu'il devra, dès son arrivée, se présenter au Quartier maritime de Perros sous peine de se voir confisquer son bateau et arraisonner s'il passe outre. » Après quoi, on frappa à la porte. C'étaient les gendarmes jumeaux. Je les fis entrer.

— Vous êtes seul ? demanda le gradé.

— Mlle Laroche finit de s'habiller, dis-je.

— Nous l'attendrons. Vous connaissez José de Orth ?

— Je ne l'ai jamais rencontré. Je ne sais rien de lui. Nous ne sommes ici que depuis peu de temps. Je n'étais jamais venu auparavant.

Il me demanda ma carte d'identité. Puis Aude fit son entrée, sortant de la salle de bains. En petite robe bleu marine et sandalettes, elle avait l'air d'une pensionnaire.

— Vous aussi, mademoiselle, je dois vous prier de justifier votre identité.

— Que cherchez-vous ? lui demandai-je.

Il eut un geste évasif.

— On ne travaille que sur des présomptions.

— Quelqu'un, peut-être ? Une fille très jeune ?

— Une ? Plusieurs ? Qui le sait ? Pourquoi dites-vous cela ?

— Vous vous êtes intéressé à Mlle Laroche. Mais elle a vingt-quatre ans.

Il hésita, regarda Aude, me regarda, jugea sans doute que nous avions de bonnes têtes.

— Les filles foutent le camp de chez elles à seize ans, maintenant ! Et nul besoin de les enlever. Alors, avis de recherche ou pas... Nous en avons un, cependant, en provenance de Plymouth, transmis par la police anglaise. Une de ces filles-là... On l'aurait vue sur le bateau de ce M. de Orth.

Plymouth... Plymouth... N'était-ce pas au musée de Plymouth, justement, que le treizième automate, devenu « chef-d'œuvre de l'art religieux allemand », avait séjourné quelque temps, entraînant une épidémie de suicides, la fermeture du musée, et son immersion dans la Manche par la Royal Navy ? Tout concordait, même la date. La jeune fille recherchée avait seize ans. Elle était donc née en soixante-huit. L'affaire du musée de Plymouth datait de cette époque-là.

— Vous savez quelque chose ? me demanda le gendarme en me voyant plongé dans mes pensées.

J'émergeai de ma surprise, décidé à me taire. Comment lui expliquer...

— Hélas ! non. Je songeais à la disparue.

Il haussa les épaules.

— Disparue ! Elle se fout de nous, oui ! Elle doit se porter comme un charme et mener la belle vie...

Il tira un papier de sa poche.

— Voyons... Irène Stéphanie Grey'Witham, née le 22 septembre 1968 à Plymouth, fille de Stephen George Grey'Witham, conservateur de musée, et de Alexandra Stapeldon, décédée le 22 septembre 1968... La mauvaise graine a tué sa mère en naissant...

Je parvins à cacher mon excitation, affectant de regarder ma montre comme si j'avais un rendez-vous.

— Enfin, si vous la voyez..., reprit-il. Une jolie fille. Des yeux verts, de longs cheveux blonds avec une raie au milieu, un visage angélique...

L'autre gendarme, qui s'était absenté, et que j'avais vu, à travers la fenêtre, téléphoner de son Estafette, revint avec un papier à la main qu'il tendit à son supérieur.

— Un conseil, tout de même, dit le gradé. Vous êtes honorablement connu, monsieur Pons, et vous aussi, mademoiselle. Mais si le nommé José de Orth, accompagné de cette Irène Grey, débarque aux Princes de son bateau, il pourrait y avoir une enquête...

— Oh, vous savez, dit Aude, nous sommes exorcisés.

— Ah bon, fit l'autre sans chercher à comprendre.

Après quoi il tourna les talons...

La Daimler bornait ses caprices à de longs toussotements matinaux puis nous conduisait sans histoires au-delà de Guivinic vers une lande déserte au bord de la mer. Nous y marchions pendant des heures, par l'ancien sentier des douaniers, les jambes fouettées par les ajoncs, respirant l'air à pleins poumons. Le 17 septembre, sur cette même lande, levant le nez vers le ciel bleu, Aude me fit remarquer un unique petit nuage, d'un noir intense, qui accourait de l'ouest à une altitude élevée, poussé par un fort vent imperceptible au sol. On eût dit un cavalier éclairant une avant-garde invisible au-delà de l'horizon. Nous croisâmes un douanier en uniforme bleu, des jumelles autour du cou, qui tenait en laisse un gros chien-loup. Il marchait vite et nous salua de la tête, n'ayant d'ailleurs regardé qu'Aude, comme s'il la photographiait des yeux au passage. Devant nous, la mer était vide.

Nous déjeunions tous les jours à Guivinic, chez la mère Querré. Elle ne parut pas s'émouvoir autrement d'apprendre que Mlle Constance allait de plus en plus mal. Quand je lui fis part de la venue aux Princes du notaire et du médecin, elle me dit : « S'il n'y avait que ceux-là... J'ai aperçu les gendarmes... » Nous avons bu un verre sur le zinc avec Toto. Julia est passée en trombe sur le quai avec sa jeep, tournant au coin de l'église, vers la route de l'intérieur.

— Celle-là aussi s'agite beaucoup, remarqua Mme Querré.

— La Négresse ! dit Toto. Un beau cul !

A l'énoncé de ce nom, les quatre vieux beloteurs, avec un ensemble parfait, levèrent le nez de leurs cartes. Leurs yeux éteints se mirent à briller, et leur porte-parole ajouta :

— Et comment que c'est dedans, Toto ?

— Vous ne le croirez jamais, c'est tout rose !

Ce devait être la plaisanterie de rigueur, car ils partirent tous les cinq d'un gros rire. Puis nous avons parlé du temps.

— Demain, il fera encore beau, dit Toto. La nuit d'après, ça commencera à se gâter. Et dans trois jours, on pourra doubler les amarres et prendre la veille à bord...

L'après-midi, nous nous amusions comme des fous. J'appris à Aude à godiller. L'annexe du *Cham* tournait en rond. Nous piquions des rires d'enfant. Nous avons exploré toutes les petites criques au soleil, autour de la baie. L'eau avait considérablement refroidi, traversée en profondeur de courants venus du large. Cela ne nous empêchait pas d'y nager. Nous en sortions gelés, nous frictionnant mutuellement à nous en faire rougir la peau. Après quoi, réchauffés, nous tombions dans les bras l'un de l'autre. C'était gai. Si j'avais à choisir parmi tous ces souvenirs, c'est celui-là que je conserverais... Avec le *Cham* aussi, nous avons fait des ronds dans l'eau. J'initiais Aude à la manœuvre du foc. Elle s'en tirait si bien que le lendemain, 18 septembre, c'est à la voile, à bord du *Cham,* que nous sommes allés déjeuner à Guivinic. Un bateau en mer, si petit soit-il et même longeant la côte loin des grandes solitudes du large, c'est déjà un monde à part, une sorte de microclimat sentimental tout entier contenu entre la pointe du mât et la quille, entre la draille de foc et le safran.

Au sortir de la passe, cap sur le clocher de Guivinic et à peu près au tiers du chemin, une surprise nous attendait, une vedette peinte en gris, d'aspect militaire, portant antenne et radar, ainsi qu'une mitrailleuse à l'avant, protégée par une bâche. Elle n'était pas mouillée sur son ancre et se maintenait immobile dans le vent à petits coups de moteur. Je m'étonnais qu'elle fût arrivée jusque-là, compte tenu de son tirant d'eau, puis je me souvins qu'on approchait à trois jours près des plus hautes marées de l'année. Le jusant la chasserait bientôt. De la passerelle, deux hommes nous observaient, coiffés d'une casquette plate à taud blanc. Je reconnus l'uniforme de la gendarmerie maritime. Le premier braqua ses jumelles dans notre direction, tandis que l'autre s'emparait du radiotéléphone. Comme nous tirions de petits bords au près serré, ils eurent tout le loisir de nous dévisager, et en même temps d'être renseignés. Au moment où nous les doublions, l'un raccrocha son téléphone et l'autre reposa ses jumelles. Nous les saluâmes de la main. Ils répondirent de bonne grâce.

— Pour des gens qui travaillent sur des présomptions, dis-je, ils mettent quand même le paquet...

A pleine marée haute, le petit port de Guivinic semblait immense, presque noyé. Des échelles de quai, n'émergeaient que les deux derniers barreaux, et le minuscule phare, penché comme la tour de Pise, au bout de la jetée, avait les pieds trempés. La plupart des bateaux se trouvaient à leur mouillage et tiraient sur leurs chaînes raidies par la hauteur inhabituelle de l'eau. Me faufilant sans casse entre *Fils-du-Peuple* et *Gagne-ta-Croûte,* puis évitant de justesse *Marat* et *Robespierre,* je choisis de jeter l'ancre à proximité de *Ravachol,* d'où Toto, ayant lâché le cordage qu'il était en train d'épisser, contemplait la manœuvre avec une curiosité goguenarde. Aude fut parfaite. Le foc tomba à point nommé, l'ancre fila comme de l'huile et Toto dit en se tapant les cuisses : « J'aurais l'usage d'un mousse comme ça ! » Puis il ajouta : « Ça s'arrose ! »

Il vint nous chercher avec son doris puis grimpa à son bord pour aider Aude à se hisser. C'est-à-dire qu'il l'empoigna d'une seule main par le bras et la souleva par-dessus la rambarde comme s'il était un treuil et Aude une palanquée. Le pont luisait de propreté. Du caisson à glace il tira une bouteille cachetée en disant : « Je ne suis pas marié. J'ai mes luxes. » C'était du bourgueil. Il rinça trois verres et les emplit à ras bord.

— A votre santé ! dit-il. Si vous aviez abîmé ma peinture, on n'aurait pas été copains. Mon bateau, c'est comme votre auto.

Nous avons parlé de la pêche et des marins-pêcheurs, des manifestations de l'autre jour à Morlaix. Je lui ai demandé ce qu'il y faisait.

— Oh, moi ? Je me donnais du bon temps...

J'aurais voulu lui parler du « beau cul de la Négresse » si

lyriquement évoqué au café, mais ne savais trop comment m'y prendre. Je tentai l'approche classique.

— Vous connaissez Julia de Orth ?

— La Négresse ? Oui, dit-il, je l'ai connue.

Sa mine s'était tellement assombrie et l'expression de ses yeux était devenue si pathétique que je crus qu'il allait se signer, tout Ravachol qu'il était, pour conjurer quelque menace. Il se contenta de cracher par-dessus bord.

— J'avais trente ans. Elle, quinze. Je me suis fait piéger comme un bleu, et à l'œil. Ça n'avait pas de prix. On l'avait vue sortir de chez moi. J'ai crâné. Je continue. Ça fait rigoler les vieux. Mais ce n'est pas un bon souvenir...

Il en resta là et je ne voyais pas le moyen de lui faire achever sa pensée. Pour bien marquer que l'incidente était close, il servit la seconde tournée. La conversation repartit sur la pêche.

— Les types, par ici, dit-il, draguent les fonds comme des paysans. La praire, la coquille, c'est facile, mais ça n'aura qu'un temps. Il y en a déjà qui désarment. Alors ils crèveront, parce que ce ne sont pas des pêcheurs. Moi je vivrai toujours, et bien. La sole, le saint-pierre, la dorade, le bar, le homard. Le homard, surtout, je sais où le trouver. J'ai mes alignements, mes repères, mes casiers dans des coins impossibles. Je les relève à certaines heures, certaines marées, avec certains courants. J'en pose jusqu'aux roches d'Ar Men, à quelques mètres du phare.

Je dressai l'oreille et fis l'innocent.

— Il est inhabité ?

— Oh, ça fait bien vingt-cinq ans qu'il n'y a plus de gardien. Pour ma part je n'en ai jamais vu. C'est pourquoi j'ai été très étonné, au mois de mai ou de juin, je ne sais plus, en relevant mes casiers, de découvrir un type qui prenait tranquillement le frais sur le rocher. On s'est dit bonjour en gueulant. Il y a eu une longue période de mauvais temps où il n'a pas dû s'amuser. Ensuite je l'ai revu deux ou trois fois. Il se baignait. Il pêchait à la ligne. Il allumait un feu de bois dehors et faisait griller des maquereaux. Une sorte de Robinson. Il avait l'air de trouver tout naturel d'être là. Mais ce qu'il y fichait, je n'en sais rien et je ne le lui ai pas demandé.

— Il vivait seul ?

— Autant que je sache, oui. La Négresse est venue rôder une ou deux fois par là. Cela m'avait surpris. Elle n'était pas son genre, à ce type-là. Il avait de bons yeux, un bon sourire, une bonne gueule, quoi !

— Parce que vous l'avez vu de près ?

— C'est moi qui l'ai ramené à terre. Un jour il a dû en avoir marre. Je pêchais le bouquet ce jour-là. Il m'a appelé. J'ai armé le youyou et je l'ai embarqué. Il faisait beau. Le lendemain et pendant presque un mois, cela n'aurait plus été possible. Il a sauté dans le bateau presque les mains dans les poches. Il n'avait aucun bagage, pas de sac, rien. On a cassé la croûte, on a bu un bon coup. Il ne parlait pas beaucoup et moi je suis discret. Il m'a seulement demandé de le débarquer à Port-Jagu au lieu de Guivinic, ajoutant que c'était un détour pour moi, qu'il le savait mais n'avait pas de quoi me dédommager. Il me plaisait, ce type. A mon tour je lui ai demandé si quelqu'un l'attendait et il m'a répondu que non. Je l'ai largué à Port-Jagu, lesté d'une musette avec un autre casse-croûte et une bouteille. Je voulais lui offrir cent francs pour la route, il a refusé. A Port-Jagu il m'a serré la main et il est parti à pied.

— Vous a-t-il prié de ne rien dire ?

— Non. A mon avis, cela allait de soi. Le fait qu'il ait voulu éviter Guivinic m'a suffi. Et puis chacun ses affaires, n'est-ce pas ? Maintenant cela fait presque un mois. Il doit être loin. Si je vous en ai causé, c'est que je vous ai reconnus. Je vous ai vus il y a quelques jours, au phare, dans mes jumelles. Je m'étais dit que vous n'y étiez pas par hasard.

Vous étiez en mauvaise compagnie, mais vous aviez une bonne tête, et madame était bien sympathique.

— Je m'appelle Aude, dit Aude.

Toto la regarda avec sympathie et nous échangeâmes un large sourire. Sur son bateau aussi régnait un microclimat. On s'y sentait bien, en confiance. Nous étions trois copains. Toto proposa : « Si on mangeait un morceau ? » De sa poigne énorme maniant le couteau qui disparaissait entre ses doigts, il ouvrit trois douzaines de praires fraîchement pêchées du matin, sortit le beurre de la glacière, le saucisson, le camembert, renouvela la bouteille. Ce fut un déjeuner épatant. Je me suis demandé, plus tard, le rôle que Toto avait tenu, apparaissant fort à propos pour me donner l'information qui me manquait encore. Celui d'un homme de bien, au moins. Ce qui me laissa penser que nos routes, ce jour-là, ne s'étaient pas rejointes par hasard...

Nous sommes revenus au moteur. J'avais hâte de rentrer. Nous croisâmes la vedette de la gendarmerie qui fuyait le jusant. Elle n'avait fait que de la figuration, mais il devait y avoir une raison à cela.

— Où est Salvator? demanda Aude. En avez-vous une idée ?

— Forcément dans la région, puisqu'il n'a pas rejoint son abbaye. Il n'avait pas d'argent. Il n'a pu prendre le train. Je ne le vois pas faisant du stop, ni gîtant comme un vagabond en chemin. Il a dû marcher une journée, peut-être un peu plus, disons quinze heures au maximum. Cela représente à peu près soixante-dix kilomètres. Si nous traçons un cercle de soixante-dix kilomètres à partir de Guivinic, il se trouve assurément à l'intérieur de ce cercle.

— Mais pourquoi s'obstine-t-il ? Il pouvait tout aussi bien entrer dans le premier bureau de poste, appeler son abbaye en P.C.V., se faire expédier un mandat télégraphique et filer.

— Il ne veut pas s'éloigner. Il attend, lui aussi. Il ne refera surface qu'après que le danger sera définitivement conjuré.

Nous nous apprêtions à embouquer la passe des Princes, luttant contre le courant. La mer n'était plus aussi calme. Des mouvements de profondeur l'agitaient, soulevant une large houle qui devait venir de loin, de là où la dépression se creusait.

— Mais qui le préviendra ? demanda Aude.

— C'est là que j'entre en scène, et pour quoi il m'a fait venir. Il m'a fallu du temps pour le comprendre. S'il ne m'a donné aucune information pour m'aider, c'est qu'il tenait à ce que je me fasse moi-même une idée de ce qui se passait. Autrement, me l'eût-il dit ou écrit, je ne l'aurais pas cru. Et il sait que je le retrouverai et que le moment venu, c'est moi qui l'avertirai.

— Alors, où se cache-t-il ?

— Où peut se cacher un moine sans le sou, sans bagage, à pied, sans robe de moine, sans le moindre signe distinctif, avec l'assurance de se faire reconnaître et d'être reçu sans qu'on lui pose de question ?

— Dans un monastère, j'imagine.

— Dans un monastère, exactement. Il nous suffira de chercher. Il ne doit pas en exister trente-six dans un cercle de soixante-dix kilomètres...

J'ai coupé le moteur. Aude a attrapé le corps-mort à la gaffe. Nous étions arrivés. L'endroit paraissait plus désert encore que de coutume. A côté du *Cham* au mouillage, l'autre corps-mort marqué *L.A.* se soulevait et replongeait au rythme d'une respiration venue du large et qui s'amplifiait.

— Il était temps, dis-je. Ça va commencer à secouer.

— Regardez ! dit vivement Aude. La jeep n'est pas rentrée. Elle n'était pas là non plus ce matin.

— Julia le cherche, elle aussi. Mais le cardinal de Hohenlo ne trahira pas deux fois. Nous, nous avons Dom Jansen...

La chambre avait été faite en notre absence, mais on pouvait noter, à certains petits détails, un léger relâchement. Les serviettes de toilette, correctement pliées, n'avaient pas été changées. Ma robe de chambre, que Léopold pendait toujours à un cintre, dans l'armoire de la salle de bains, gisait sur le dossier d'un fauteuil, là où je l'avais abandonnée le matin. Le service avait été assuré, machinalement, par quelqu'un qui avait la tête ailleurs. J'étalai sur la table la carte Michelin n° 58. Il était quatre heures et demie. J'avais le temps avant les vêpres. J'appelai Saint-Amandin. Le frère cellérier reconnut ma voix. Deux minutes plus tard, Dom Jansen accourait.

— Monsieur Pons ! Je vous en prie, dites-moi que vous l'avez retrouvé...

— Presque, mon père. Ce n'est plus qu'une question d'heures. Il a quitté Guivinic et s'est réfugié quelque part.

— Dieu soit loué ! Il est sauvé.

Dans ce monde, certes. Mais dans l'autre ? Je me dis que le bon prieur allait peut-être un peu vite en besogne. Je lui résumai la situation, les révélations de Toto, mes propres déductions.

— Mon père, vous pouvez m'aider. Dans les régions de Guingamp, de Morlaix, de Perros-Guirec, trouvez-moi des monastères. C'est là qu'il est.

— Rappelez-moi dans un quart d'heure.

Il y eut un déclic à l'autre bout du fil, mais comme je tardais à raccrocher, il me sembla que la tonalité se doublait d'un bourdonnement plus lointain.

— Je crois que la ligne est surveillée, dis-je.

— En tout cas, ce n'est pas Léopold, dit Aude qui était assise près de la fenêtre. Il danse d'un pied sur l'autre devant la grande maison. Il paraît plutôt fébrile. Il a l'air d'attendre quelqu'un. Ce n'est pas Julia non plus. La jeep n'est toujours pas rentrée.

Une voiture passa sur le chemin. Elle roulait vite.

Lorsqu'elle freina, ses pneus crissèrent sur le sable. C'était la Renault du médecin. Léopold se précipita, ouvrit la portière. Le médecin bondit, sa serviette à la main. Les événements s'accéléraient et l'impatience me donnait soif. Il restait un casier à glace dans le réfrigérateur. L'autre n'avait pas été renouvelé. Encore un petit détail... Je rappelai l'abbaye.

— La moisson est maigre, annonça Dom Jansen. Dans les limites que vous m'avez indiquées, il y a les trappistes de Quefforch, pas loin de Huelgoat. Ils sont peu nombreux, et âgés. C'est plutôt une maison de retraite. Au sud de Morlaix, nous avons quatre ou cinq frères, au Cloître-Saint-Thegonnec. Enfin, près de Guingamp, un petit prieuré, Notre-Dame-de-Restudo. Là encore, pas plus d'une dizaine. Voulez-vous que je leur téléphone ? Nous serions renseignés plus vite.

— Surtout n'en faites rien, répliquai-je vivement. Salvator vous appellera lui-même dès qu'il le jugera bon. Pour le moment il n'est, comment le dire, pas encore tout à fait de retour...

Le Cloître-Saint-Thegonnec se situait à une soixantaine de kilomètres de Guivinic. Nous avions largement le temps de nous y rendre d'ici la nuit. Avant de partir, Aude téléphona à sa « copine » des Phares et Balises de Perros, qui lui apprit que le retour d'Hervé — il s'agissait du chef gardien Le Guen, commandant le *Président-Coty* —, prévu pour aujourd'hui à seize heures, était retardé de quelques heures, et qu'elle pourrait rappeler le lendemain, il passerait sûrement au bureau. Nous tenions la corde.

C'est alors que la Daimler refusa obstinément de démarrer. Elle s'ébrouait dans un silence de mauvais augure et de plus en plus faiblement au fur et à mesure que la batterie se vidait. J'étais consterné. Je me souvins d'un voisin vigneron que j'avais en Provence, un brave homme qui habitait juste au pied de ma maison. De mes fenêtres, je dominais sa cour. Quand son vieux tracteur lui faisait des misères, il le couvrait d'insultes en le bourrant de coups de pied. Mais on n'injurie pas une Daimler quadragénaire. Je me contentai de lui donner une petite tape sur le volant, comme sur le museau d'un cheval de race, en lui disant à mi-voix : « Mon Dieu ! Tu ne vas pas me laisser tomber justement aujourd'hui ! » Les huit cylindres, à l'unisson, répondirent. J'en restai pantois. Peut-être Dieu avait-il pris mon invocation pour lui ? Plus tard, je n'ai pas été loin de le penser. Après tout, j'avais choisi son camp...

La Daimler avait rajeuni. Elle avala allégrement la côte, consentit à ne pas caler pendant que j'ouvrais, puis refermais, la grille de la propriété, et franchit dignement le carrefour, à l'entrée de Guivinic, où deux gendarmes à bord d'une Estafette affectaient de surveiller une circulation inexistante. Ce n'étaient pas les mêmes gendarmes que ceux qui nous avaient interrogés. Leur dispositif s'étoffait. L'un d'eux nota quelque chose sur son calepin, sans doute le numéro de la Daimler, tandis que l'autre décrochait le téléphone. A la sortie de Guivinic, nous croisâmes Julia qui rentrait. Elle conduisait à toute allure, vêtue de noir comme le jour où elle était venue nous accueillir à la grille. Une petite flamme rouge — la pointe de son foulard noué autour du cou — dansait au vent de la vitesse.

— Mais où le cherche-t-elle ? dit Aude. Et pourquoi ?

Je lui rappelai que nous attendions Irène. Julia, depuis quatre jours, avait dû quadriller la région, visiter tous les petits hôtels, les presbytères, poser mille questions.

— Nous, reprit Aude, Toto nous a renseignés. Mais elle ? Qu'est-ce qui peut lui faire croire que Salvator n'a pas déjà quitté le pays ?

— Il ne le peut pas, tant qu'Irène ne s'est pas montrée. Cela, elle le sait d'instinct.

Nous avons fait un détour pour éviter Morlaix. Au croisement de la nationale 12, route express à quatre voies, nous sommes tombés sur un fort rassemblement de paysans.

Certains étaient armés de fusils de chasse. Les moteurs de leurs tracteurs rugissaient. L'air empestait les gaz d'échappement, la pourriture végétale, le charnier. Ils avaient égorgé des dizaines de porcs, des centaines de poulets, déversé sur la chaussée des tonnes et des tonnes de choux-fleurs, et se tenaient là, farouches, butés, contemplant avec un sombre contentement l'immense gâchis où avait sombré, sous le pont transversal, une armada de voitures et de camions engluée dans ce marécage sanglant. Nous échangeâmes, Aude et moi, un regard consterné. Le siècle nous rattrapait. On n'échappe pas à ses semblables. On n'échappe pas à la vie. Peut-être sept cavaliers en étaient-ils capables, mais ce roman-là, je ne l'ai pas écrit...

Sortis de là, nous fîmes route vers l'ouest par des chemins creux déserts, cherchant un passage praticable à travers la nationale 12. Dix kilomètres plus loin, un petit pont pour bétail nous conduisit sur l'autre rive.

Au Cloître-Saint-Thegonnec, village breton sévèrement rural, on nous indiqua le prieuré des moines, à l'autre bout de l'unique rue. La vieille qui nous renseigna regardait Aude avec insistance. A la fin, elle marmonna :

— Eh ben ! Ils ont des visites, aujourd'hui...

Le prieuré n'était qu'une maison basse et ordinaire entourée d'un petit jardin potager. Un jeune homme en jeans binait un carré de pommes de terre. Par la fenêtre ouverte de la cuisine, nous en vîmes deux autres, plus âgés. L'un lisait, assis à une table, l'autre épluchait des haricots. Rien n'indiquait leur état monastique. Salvator, j'en étais certain, ne se fût pas réfugié là. On entendait brailler une radio. Je posai ma question par acquit de conscience. Le jeune homme se retourna vers la cuisine.

— Jacques ! Amène-toi. C'est encore pour le révérendissime père abbé...

Il y avait de la dérision dans sa voix, un irrespect délibéré. Celui qui lisait vint à nous. En apercevant la Daimler, il fit une grimace. Quant à Aude, ravissante et nette dans sa jupe de pensionnaire bleu marine, elle ne lui tira pas le moindre sourire de bienvenue.

— Mon père, dis-je...

Il haussa les épaules.

— Mon père, repris-je intentionnellement, nous cherchons Dom Salvator de Orth.

— Cela ne m'étonne pas, dit-il d'un ton résolument hostile. Vous êtes tout à fait le genre. Mais il n'est pas ici, Dieu merci. J'ai servi trois ans le Révérendissime, en Auvergne, j'en ai soupé... Alors, il est en cavale, Salvator le magnifique ? Sa fiancée noire le cherche aussi. Nous n'avons pu la renseigner...

J'eus le cœur soulevé de dégoût. Voilà ce que Julia avait imaginé pour leur tirer les vers du nez... Comme elle les avait bien jugés ! La radio diffusait une publicité de marchand de meubles. Avec un bel ensemble, Aude et moi, nous tournâmes les talons sans répondre ni prendre congé.

Nous sommes revenus aux Princes presque à la nuit tombée. Le nombre des gendarmes postés au carrefour avait doublé et ceux que nous avions vus à l'aller avaient été relevés. Le vent s'était nettement renforcé. Le mât du *Cham,* au mouillage, balayait l'air comme un balancier. On entendait le ressac des vagues sur les rochers de la baie, et plus loin, par-dessus la falaise, le sourd grondement de la mer. Nous avons dîné de gigot froid, de salade et de fruits. Le couvert n'avait pas été dressé. Léopold ne s'est pas montré. A un moment j'ai vu Julia sortir de la grande maison et se diriger vers la porte de notre chambre. Puis elle s'est ravisée. Le vent a soufflé toute la nuit de façon régulière, s'amplifiant avec une lenteur qui indiquait que la tempête approchait et qu'elle soufflerait d'autant plus fort qu'elle prenait le temps de s'étoffer.

Au matin, le soleil avait disparu. D'épais nuages noirs couvraient le ciel. Les vagues pourtant affaiblies par la traversée du plateau d'Ar Men s'écrasaient au débouché de la passe sur la tour à virer, la submergeant d'embruns. Je songeai au phare, là-bas, face à la mer, à sa lanterne éteinte veillée par un portrait. Je pensai au christ attaché qui se fracassait sur le rocher. Il faisait froid et humide, mais la Daimler, dès le premier appel, mobilisa tous ses cylindres. En franchissant la grille, nous avons croisé la petite Renault du médecin. Aude, qui s'était retournée, annonça : « Julia nous suit... » Comme nous avions le ventre vide, nous nous sommes arrêtés chez la mère Querré, à Guivinic, pour prendre le petit déjeuner, espérant que Julia se lasserait d'attendre. Toto s'y trouvait déjà pour le premier petit rhum du matin. Il nous a dit : « Ça va secouer ! Vous allez voir cette nuit et demain... » Puis, apercevant Julia qui avait sauté de sa jeep et se dirigeait vers le café : « Tiens ! Qu'est-ce qu'elle vous veut, celle-là ? » Il ouvrit la porte, emplissant la totalité du chambranle de sa gigantesque personne. Julia, en le voyant, s'arrêta net comme devant un mur, hésita un instant, puis fit demi-tour et disparut au volant de la jeep. Toto reprit sa place au comptoir, commanda un second rhum et dit : « Bon débarras ! » Nous étions seuls dans le café, Toto, Mme Querré et nous. A bord du *Marat* et du *Fils-du-Peuple,* des pêcheurs paraient sur les flancs des bateaux, pour doubler les défenses, des chapelets de vieux pneus d'auto. La conversation roula sur le dispositif policier, qui n'avait pas échappé à Toto. Deux heures plus tôt, il avait repéré des douaniers en voiture, au carrefour, en compagnie des gendarmes.

— Quand le douanier s'en mêle, c'est qu'il a flairé la drogue, dit-il.

— La drogue, dit Mme Querré, cela m'étonnerait. Mademoiselle n'a jamais touché à ça. Ce doit être le neveu...

Puis nous sommes repartis. Selon la meilleure technique des romans policiers, nous avons brouillé notre piste, tournant en rond par des routes de campagne, nous camouflant dans des chemins creux et ne reprenant notre cap qu'une fois certains que Julia ne nous suivait plus. Les bons vieux trappistes égrotants de Quefforch étaient manifestement hors du coup. Deux religieuses d'âge canonique les soignaient. Au nom de Dom Salvator de Orth, l'une d'elles joignit les mains et son visage prit l'expression ravie du santon de la crèche : « Mon neveu est novice à Saint-Amandin. Il m'a écrit que c'est un saint. Hélas, il n'est pas venu ici. Nous aurions été si heureuses de le recevoir... » Dans son enthousiasme, en nous quittant, elle a tenu à embrasser « mon épouse » sur les deux joues. Aude a rougi comme une pivoine. Dans la voiture elle a dit : « J'en ai presque du remords », puis étendant sa main et la posant sur la mienne, elle a ajouté : « Je vous aime... »

Nous avons traversé Huelgoat, dans l'ancienne forêt d'Armorique. Aude, qui feuilletait le Guide Bleu, me lut un passage qui décrivait la Grotte du Diable et la Porte de l'Enfer, une profonde crevasse conduisant à une route enchanteresse, et malheur, assurait la légende, à qui l'emprunterait. Tournant le dos à l'enfer, nous avons pris la route de Guingamp, puis coupant à travers une campagne parsemée de chapelles isolées, de calvaires au coin des chemins, de statues de saints, de crucifix, tout cela formant une sorte de réseau de petits postes avancés, nous avons fini par découvrir, à la lisière d'un bois, sans aucun voisinage, le prieuré que nous cherchions : Notre-Dame-de-Restudo. Ce n'était qu'une maison d'un étage, en granit, flanquée d'une chapelle coiffée d'un court clocher d'ardoises. Une palissade basse de bois brun séparait la cour du chemin. La porte de la palissade n'était pas verrouillée mais une inscription soigneusement peinte en blanc, au pochoir, disait : « Les moines prient pour vous. Respectez leur silence. » Nous sommes entrés. Il n'était pas encore midi. Les volets de la maison étaient ouverts. On ne voyait personne, mais tout respirait la présence des moines. J'ai tiré la chaîne de la petite cloche scellée au mur de la maison, au-dessus de l'une des deux portes. Il s'est bien passé deux minutes avant qu'un jeune moine tonsuré, vêtu de la robe noire des bénédictins, nous invitât à entrer. Il inclina la tête et dit simplement : « Vous êtes les bienvenus, que puis-je faire pour vous ? » Je me nommai, précisant que j'étais un ami de Dom Salvator de Orth, et demandai à parler au prieur. Le jeune moine demeura silencieux un instant, puis répondit : « Veuillez attendre. » La pièce qui servait de porterie était blanchie à la chaux, sommairement meublée de chaises de paille et d'une table, ornée d'un crucifix et d'une statue de la Vierge. Un autre moine entra, plus âgé. Il avait l'air heureux de nous voir, mais se tint sur la réserve, examinant Aude avec attention, puis reportant sur moi son regard auquel ne devait échapper aucun détail de mon visage. Il se nomma.

— Je suis le père Luc, prieur. Je vous attendais. Mais auparavant, je suis chargé d'une démarche qui pourra vous paraître étrange. Vous ressemblez en tout point à celui qui m'a été décrit comme étant Frédéric Pons, mais pouvez-vous le prouver ?

J'en restai muet de stupeur. Considérant le père Luc qui me regardait avec bienveillance, je finis par répondre :

— Je puis vous montrer ma carte d'identité.

— Cela ne suffit pas. Dom Salvator semble penser que quelqu'un pourrait utiliser votre aspect pour chercher à s'introduire ici. Il a subi une rude épreuve. Il a beaucoup changé. Mais je n'y vois aucun motif à ne pas respecter sa volonté. Pouvez-vous me dire par exemple, monsieur Pons, ce que vous faisiez le soir de l'anniversaire de Dom Salvator, en 1943 ?

C'était le jour où Salvator, costumé en duc de Reichstadt, et moi en grenadier de l'Empire, déclamions à la lueur des bougies de grandes tirades de *L'Aiglon,* à Neuilly, chez ses parents, tandis que les vitres tremblaient et qu'explosaient à Boulogne-Billancourt les bombes d'un raid aérien sans pitié. J'en fis le récit au père Luc.

— Cela me satisfait, dit-il.

Puis se tournant vers Aude, il ajouta :

— Qui est Madame ? Dom Salvator semble croire qu'une jeune femme pourrait se présenter ici. J'ai le devoir de l'éconduire.

Je vins au secours d'Aude, qui me jetait des regards désespérés.

— Je ne vous mentirai pas, mon père. Mlle Aude Laroche m'accompagne, mais elle n'est pas ma femme. Au reste, ce n'est pas d'elle qu'on vous a prié de vous méfier, mais d'une autre jeune fille aux yeux verts, à l'expression angélique, aux cheveux blonds et longs partagés par une raie médiane. Les cheveux se teignent, les coiffures se changent, pas les yeux. Aude a les yeux bleus.

Le moine réfléchit un instant, puis avec un large sourire nous dit :

— Voilà qui est parfait. Ces précautions étaient inutiles. Personne d'autre que vous n'est venu.

— Pourrai-je voir Salvator ? demandai-je.

— Le voir, oui. Mais seulement pour vous assurer qu'il est là, en sûreté. Lui parler, non. Il ne le désire pas. Peut-être à votre prochaine visite... Mademoiselle Laroche voudra bien me pardonner. Elle ne peut franchir la clôture monastique et devra nous attendre ici. Suivez-moi, monsieur.

Par une autre pièce qui était le réfectoire des moines, nous avons gagné une fenêtre qui donnait sur un jardin, à l'arrière de la maison, et qui servait de cloître. Le père Luc a écarté le rideau, découvrant une scène intemporelle. Assis sur un banc de pierre, un moine méditait, les yeux clos. Un autre marchait lentement de long en large en remuant les lèvres, un chapelet à la main. Un troisième, à l'écart, tenait un livre ouvert. Je remarquai qu'il n'en tournait pas les pages, comme si sa pensée s'était ailleurs envolée. Tous trois portaient le capuchon noir relevé sur la tête.

— Le temps se gâte, dit le père Luc. Nous essayons de profiter encore un peu du jardin.

A ce moment, le moine qui lisait sans lire se redressa et je reconnus Salvator. Il avait ce regard particulier, à la fois absent et apaisé, de ceux qui viennent d'échapper à la mort. Ce à quoi il avait échappé était, pour lui, pire que la mort.

— Ne vous montrez pas, dit le père Luc. C'est un convalescent. Il doit éviter toute émotion. Je lui ferai part de votre venue. Il attendait ce jour avec impatience. Il ne m'a pas dit pourquoi. Seulement que votre jeunesse à tous deux expliquait le besoin qu'il avait de vous voir arriver jusqu'ici. Il ne s'est pas étendu là-dessus. Je n'ai pas posé de question.

— Pourrai-je au moins lui laisser un mot ?

— Je le lui ai proposé. Il ne le désire pas. Dom Salvator est un homme fatigué, tout entier tourné vers l'intérieur de lui-même.

J'admirai le tact de ce moine qui épargnait au mécréant que j'étais la simple évocation de l'âme.

Comme à Saint-Amandin, la cloche de l'office a sonné. L'horaire strict des moines bénédictins représente leur meilleure défense contre tout ce qui est importun, les hommes, les doutes, les tentations, les regrets, les visions néfastes. La cloche les chasse.

— Dom Salvator m'a assuré, dit le père Luc en me reconduisant, que vous reviendriez après-demain.

— C'est probable, mon père. Je le souhaite...

Pour la seconde étape de la journée, il nous restait à espérer que le *Président-Coty* et son commandant, le chef gardien Hervé Le Guen, avaient cette fois rallié Perros. Nous déjeunâmes sur la route, dans une petite auberge, au pied des ruines du château de Tonquédec. Richelieu l'avait fait démanteler, comme mille autres forteresses féodales. Je n'ai jamais éprouvé de sympathie pour ce prélat ministre. En émasculant la noblesse, il avait laissé le souverain face au peuple, et seul. On a vu le résultat.

A l'entrée de Perros, j'arrêtai la Daimler devant la première cabine téléphonique. La « copine » se tortillait d'aise au bout du fil : « Ah, enfin, vous voilà ! Mais il est arrivé, votre Hervé ! Il est au port, sur son bateau. Il est tout rouge. »

— Qui est tout rouge ? demanda Aude en réprimant à grand-peine un fou rire.

— Mais le bateau, voyons ! Vous ne pouvez pas le manquer.

J'expliquai à Aude que les navires des Phares et Balises sont peints en rouge dans tous les pays du monde. Nous filâmes jusqu'au port, repérant sans mal le *Président-Coty,* amarré à quai non loin des bureaux de l'Inscription maritime et des Douanes. Sitôt sortis de l'auto, un vent violent nous saisit. A l'intérieur du mouillage, pourtant bien abrité, les bateaux de plaisance se soulevaient de façon désordonnée, s'entrechoquaient, croisaient leurs mâts, raclaient leurs haubans les uns contre les autres. Les aussières à quai se tendaient brutalement, faisant se dresser les anneaux qui retombaient ensuite avec un bruit de détonation. Il y aurait sûrement de la casse. Sur le *Président-Coty,* deux hommes étaient occupés à doubler les amarres. Je demandai à voir le chef gardien Le Guen. Il apparut sur sa passerelle. Il ressemblait à sa photo dans le *Télégramme de Brest,* barbu, sympathique, la cinquantaine plutôt sobre et la casquette malouine vissée sur la tête. La violence du vent empêchait toute approche subtile. Je hurlai :

— Je voudrais vous parler du tableau ! Celui que vous avez trouvé à Ar Men...

— Le tableau ? Ah oui !

C'eut l'air de le décider. Il me désigna du bras un bistrot sur le quai.

— Attendez-moi là. J'arrive.

Nous prîmes place à une fenêtre d'où l'on découvrait tout le port. Le temps de commander les cafés, il nous avait rejoints.

— Ça va cogner dur, dit-il en s'asseyant. Je ne suis pas fâché d'être rentré.

C'était un homme direct. Il ne nous fit pas languir.

— C'est vrai, j'ai vu un tableau posé sur un chevalet, dans la chapelle du phare. Qui vous l'a dit ?

Je le renseignai. Cela le fit rire. Le compliment de circonstance qu'il adressa à Aude n'était pas si mal tourné. La glace était rompue. Je lui parlai aussi de Salvator, le présentant comme un ami, un savant original qui avait eu besoin de solitude. Lui ne l'avait pas connu. Il n'était pas de service quand le *Président-Coty* avait débarqué son passager au phare.

— Et il a bien fait de filer, dit-il. La nuit prochaine, ça va être terrible, là-bas... Mais c'est égal, c'était un drôle de type, votre copain. Les anciens gardiens d'Ar Men n'aimaient pas du tout ce poste parce qu'il leur fallait traverser la chapelle pour grimper jusqu'à la lanterne. La nuit, c'était sinistre. Eh bien, votre copain, il y avait installé son matelas. Pas n'importe où. Au pied de l'autel ! Cela m'a fait froid dans le dos. Il devait y geler, d'ailleurs. On n'a trouvé qu'une seule couverture. Quant au tableau, comment vous dire ? D'abord, c'était un portrait, et pas réjouissant non plus, je vous l'assure. J'ignore tout du caractère de votre ami, mais il avait l'imagination torturée...

Nous buvions ses paroles. Cela lui fit plaisir.

— Ce portrait n'était pas très grand, reprit-il, peut-être une quarantaine de centimètres de côté. C'était celui d'une jeune fille qui se regardait dans un miroir ovale qu'elle tenait à la main. Elle se présentait de trois quarts et le miroir était incliné de telle sorte qu'on pouvait voir à la fois le visage de la jeune fille et celui que reflétait le miroir. Mes gars et moi nous sommes tombés en arrêt devant ce portrait. Ni eux ni moi ne connaissons rien à la peinture, mais nous savons apprécier une jolie fille. Celle-là était plus que belle. Elle avait des cheveux longs et blonds avec une raie au milieu et des yeux verts qui semblaient regarder chacun d'entre nous avec une expression si enfantine et à la fois — comment dirais-je — si gourmande, que l'un de nous n'a pu s'empêcher de sortir une plaisanterie si grossière que je n'oserais même pas la répéter en présence de Madame. Nous avons ri comme de grands couillons jusqu'au moment où un gars a dit : « Nom de Dieu ! », tout en s'arrêtant net de se marrer. Il venait de découvrir l'autre visage, dans le miroir. C'était la même fille, toujours aussi jolie. On ne voyait cette fois que le front, le nez, les yeux, la bouche, mais c'étaient surtout les yeux qui nous hypnotisaient. Le regard n'était plus du tout enfantin. Il nous enveloppait tous avec une telle méchanceté que je me suis demandé comment votre ami avait eu le courage de peindre une pareille laideur de sentiment, et ensuite de vivre jour et nuit en présence de ce regard-là. Parce qu'en plus, la fille, elle avait l'air satisfaite, vilainement triomphante, comme si elle nous avait fait à chacun tout le mal qu'elle pouvait et qu'elle s'en réjouissait. Nous avons foutu le camp. En sortant de la chapelle, celui qui avait fait la plaisanterie salée a dit : « Je l'ai échappé belle... » Et cette fois, il ne riait pas. Ah ! j'oubliais. Le tableau n'était pas signé, mais il y avait un nom peint en lettres rouge sang au bas de la toile, précédé de deux initiales. Le nom, c'était Irène. Les initiales : V. R. Nous avons cherché ce que ça voulait dire. Nous n'avons pas trouvé.

Sérieusement, pouvais-je lui expliquer que V. R. étaient les initiales des deux premiers mots de la formule sacrée de l'exorcisme : *Vade retro... ? Vade retro Irène...* Salvator avait passé plus de trois mois dans son phare après l'apparition d'Irène. Il lui avait fallu tout ce temps pour admettre ce qui est difficilement concevable, et en détruire les racines nées trente-cinq ans plus tôt avec le premier portrait. Il s'était servi du second comme d'une arme, allumant un contre-feu au bout de son pinceau. En quittant le phare, il avait définitivement gagné. Je compris pourquoi son regard, au prieuré de Restudo, semblait appréhender le monde comme quelque chose d'infiniment lointain : en un sens, Dieu l'avait choisi. Cela aussi, il avait eu de la peine à l'admettre...

En me serrant la main, sur le seuil du café, Hervé Le Guen a dit :

— Quand nous désarmerons le phare, je laisserai ce truc-là là où il est, croyez-moi !

Le ciel était couvert de nuages, en couches d'une telle épaisseur qu'on se serait cru au crépuscule. Un bateau manœuvrait dans le port, gîtant sous les claques du vent. Il ne venait pas d'y entrer, il s'apprêtait à en sortir, feux de position allumés. Son projecteur fouillait l'eau noire pour éviter corps-morts et aussières. C'était la vedette de la gendarmerie que nous avions croisée en mer, dans le chenal côtier, entre Les Princes et Guivinic. Le Guen apprécia la manœuvre.

— Je n'aimerais pas être à leur place, dit-il. Ils vont drôlement se faire branler. Pourquoi sortir par un temps pareil ? C'est pas la guerre, quand même...

Il plut des cordes sur la route du retour. Par moments le vent de travers faisait broncher la Daimler. Les voitures qui nous doublaient soulevaient des gerbes d'eau. Noirs étaient les maisons, les arbres furieusement secoués, le ciel bas, les rares passants, dans les villages, qui se hâtaient de rentrer chez eux, courbés sous la tempête. Aude s'était rapprochée de moi, son épaule contre la mienne. Je lui fis part des réflexions que m'avait inspirées le récit d'Hervé Le Guen, ajoutant que si elle le désirait, nous pourrions émigrer dès ce soir et trouver un endroit plus gai, moins oppressant, pour y passer la nuit.

— Gai, pourquoi? dit-elle avec entrain. Je ne suis pas triste, moi. Nous ne sommes que le 19 septembre. Et justement, j'ai l'impression d'être utile...

Rien n'avait changé au carrefour, toujours gardé par quatre gendarmes qui belotaient dans leur Estafette, mais le dispositif s'était cette fois étendu jusqu'à la grille de la propriété près de laquelle deux douaniers en tenue fumaient et buvaient de la bière au goulot, bien à l'abri dans leur voiture. Ils n'esquissèrent pas un geste pendant que j'ouvrais la grille, pas le moindre signe de curiosité.

— Vous y comprenez quelque chose? me dit Aude.

— Cela dépend. J'ai une idée, tellement invraisemblable... La lutte contre l'impondérable ne figure pas dans les attributions de la gendarmerie et de la douane. Et si nous nous en tenions aux déclarations de Toto? C'est une histoire de drogue...

Au garage, la jeep était rentrée. Je touchai le capot. Il était froid. Julia avait donc renoncé. Dans la chambre, le couvert de la veille avait été débarrassé, le lit retapé à la hâte. Là s'était borné le service. Il y avait encore du bois dans le panier. J'allumai un grand feu et toutes les lampes, tandis qu'Aude inventoriait les réserves.

— Nous ne mourrons pas de soif, dit-elle, mais de faim.

On frappa. C'était Léopold. Il portait un plateau recouvert d'une serviette et le déposa sur la table.

— Je suis en avance, excusez-moi. Je vous laisserai vous servir. Mademoiselle est au plus mal. Je dois m'occuper d'elle. Nous attendons le médecin, mais il ne peut rien. Il ne reste qu'une chance de la sauver. Je n'y crois guère.

— Moi non plus, lui dis-je sans l'épargner, sachant à quelle chance il pensait.

Le bon nèg' fit la grimace. Il nous regardait avec une sorte de haine, et Aude tout particulièrement. Je crois surtout qu'il avait peur. Ce n'était qu'un comparse. Je l'imaginais tout à fait, dans les prochaines vingt-quatre heures, réfugié sous un meuble, les oreilles pendantes, le souffle court, comme un chien quand tonne l'orage.

— Je ne sais pas, reprit-il, si je pourrai assurer mon service demain... Il y a une lettre pour Monsieur sur le plateau.

Il avait perdu ses manières de sacristain et fila sans ajouter un mot.

— Bigre ! Il n'a pas l'air de vous porter dans son cœur.

— Vous voyez ! fit Aude. Quand je vous disais que je n'étais pas inutile...

La serviette soulevée révéla quelques tristes tranches de jambon, du pain, du beurre, des tomates non assaisonnées et deux pommes.

— On nous met au régime. C'est le sas de décompression avant le retour en surface.

— Nous décompresserons à l'aise, dit Aude allégrement. J'ai découvert une boîte de foie gras.

Comme il n'était que sept heures, nous nous sommes installés au pied de la cheminée, assis par terre, un verre à la main, grignotant du pain grillé largement recouvert d'un succulent foie gras des Landes. Les volets fermés tremblaient sous les assauts du vent et l'on entendait au dehors la pluie qui avait repris et tombait à torrents. J'ouvris la lettre, timbrée à l'effigie de la reine Elisabeth et postée aux Shetland deux jours plus tôt. Je courus à la signature, hérissée de jambages pointus : Diana Murdoch, et je lus à haute voix :

Ile Unst, le 17 septembre

Mon cher Monsieur,

Tom est mort là où il le souhaitait et c'est à moi de vous l'apprendre, il me l'avait recommandé. Vous étiez tous les deux ses seuls amis français. Il n'en avait jamais eu. Il ne comprenait pas ce peuple, qui, disait-il, ne savait plus rêver.

A travers l'Angleterre et l'Ecosse, nous avons fait une magnifique chevauchée. Nous filions comme le vent. Tom avait retrouvé ses réflexes, sa gaieté, son intrépidité.

Nous étions hier matin à Thurso, tout au nord de l'Ecosse. Un dragueur de mines, commandé par un ancien midship de Tom lors de son dernier commandement, et qui appareillait pour les Shetland, nous a embarqués à son bord, Tom et moi, et la moto. Ils ont organisé une très jolie fête, et Tom est mort deux heures plus tard, dans son sommeil, pendant la traversée. Au large du cap Herma, à l'île Unst, qui est le cap Horn du Nord, Tom a été immergé, enveloppé dans la *white ensign.* Les marins tiraient des coups de carabine en l'air, les maîtres d'équipage s'époumonaient dans leurs sifflets, le ridicule petit canon du dragueur faisait énormément de bruit, chassant les mouettes des rochers qui venaient piailler comme des folles au-dessus de nous. J'en étais ravie pour Tom. C'était très amusant et beaucoup moins grandiloquent que de se jeter dans la mer du haut du cap Herma, à cheval sur sa moto, ainsi qu'il en avait eu l'intention. Je crois que je vais beaucoup m'ennuyer sans lui.

Tom avait bien reçu votre lettre concernant l'immersion dans la Manche d'une caisse cerclée de fer, par un dragueur de mines de Plymouth. C'était en 1968. Tom ne commandait plus à l'époque, mais il avait eu vent de l'affaire par ses amis de l'Amirauté. Ils l'avaient prise très au sérieux. On avait même réuni un conseil secret où siégeaient, en plus des lords de la mer, l'archevêque de Canterbury et celui de Westminster, ainsi qu'un cardinal romain de passage qui s'appelait Hohenlo et s'était montré, semble-t-il, particulièrement nerveux et inquiet. Peu de chose avait transpiré de ce conseil. On peut supposer que l'objet, une statue de petit *devil* du XVe siècle allemand, diffusait de façon inexplicable des radiations mortelles. La jeune épouse du conservateur du musée avait même été trouvée presque morte, une nuit, au pied de la statue, un peu de bave aux lèvres. Elle était enceinte de neuf mois. On avait sauvé l'enfant. Tom prétend qu'elle avait très mauvaise réputation à Plymouth, mais ce n'était guère généreux de sa part. Toujours est-il qu'à la suite de ce dernier drame, l'objet fut expédié dans la Manche, et, par ordre de l'Amirauté, le plus loin possible chez les Français. Il y eut une tempête. Un jeune marin tomba à la mer pendant l'opération. On parla d'un accident. Ce fut la version officielle. C'était un meurtre, en réalité, une sordide affaire de mœurs. Le malheureux avait été poussé par-dessus bord par un ami jaloux. Mais l'histoire ne s'arrête pas là. Le dragueur fut envoyé à la casse et l'équipage dépêché dans la Clyde pour armer un bateau neuf qui sortait des chantiers. Des rixes éclatèrent à bord. Un autre meurtre fut commis, dans des circonstances particulièrement scandaleuses. Tom prétend que l'Amirauté s'était montrée imprudente et que le pourcentage des homosexuels, au sein de cet équipage, était très largement supérieur à celui que l'usage et la morale tolèrent sur les navires de Sa Majesté. Il y eut des mises à la retraite d'office. L'équipage fut dispersé et tout redevint normal à bord de ce dragueur. Il s'agit précisément de celui sur lequel Tom et moi nous avions embarqué pour l'île Unst. Je vous l'assure, c'est un navire très convenable. En eût-il été autrement que je n'y aurais jamais posé le pied, et Tom n'aurait pas jugé décent d'y mourir...

Je ne crois pas vous revoir jamais. Je pose un grand

baiser sur votre joue et j'embrasse Aude tendrement. Votre vieille amie

Diana Murdoch

Aude était partagée entre le sourire et les larmes, et nous avons porté un toast à l'amiral Murdoch. Il était de ceux qui avaient tissé la trame de notre vie. Il nous quittait le premier. La trame se relâchait...

La pluie et le vent avaient redoublé de violence. On entendait des craquements, des chocs sourds, probablement des branches d'arbres arrachées qui tombaient. J'entrouvris la porte de la chambre et, la bloquant avec le pied, tant la pression de la tempête était forte, je passai la tête à l'extérieur. La grande maison était illuminée, toutes ses fenêtres éclairées, ainsi qu'une lanterne à son fronton que je n'avais jamais vue allumée auparavant, pointée comme un phare vers le mouillage du *Cham* et la bouée voisine. Dans la nuit noire, on les distinguait parfaitement. Le petit bateau tirait sur son aussière et piquait du nez dans les rappels. Ils attendaient quelqu'un... Je refermai la porte.

— Fermez les yeux, dit Aude. Pensez à moi.

J'obéis. Malgré la pluie qui tambourinait de plus belle sur les volets, je distinguai toute une série de mouvements feutrés, de glissements. Puis la voix d'Aude s'est élevée : « Voilà. Je vous rends la vue. » La pièce n'était plus éclairée que par les flammes du feu et par une petite lampe de chevet, près du lit. Aude en avait rabattu les draps et les couvertures et s'y était étendue, dévêtue, les yeux clos.

— Regardez-moi, dit-elle. Dans trois jours au plus tard, il me faut avoir rejoint Avignon. Je me marie le 30. Les invitations étaient déjà lancées avant que nous partions et il y en a des centaines. Regardez-moi de toutes vos forces, avec toute votre attention. Vous m'avez fait beaucoup de compliments pendant ces quelques jours. Vous avez eu des phrases merveilleuses. Vous m'avez trouvée belle et vous me l'avez dit. Depuis que nous sommes ici, je me suis souvent examinée dans la glace, telle que vous me voyez en ce moment. Je me suis même découverte. Il n'y a pas une parcelle de ma peau sur laquelle vous n'ayez posé vos mains, pas un centimètre de mon corps dont vous ne vous soyez emparé et pas une pensée, en moi, pendant tout ce temps-là, qui n'ait été dirigée vers vous, et pour vous. Eh bien, je vais vous dire, Frédéric, cela se voit ! Cela crève les yeux ! Imaginez mille paires d'yeux posées sur moi, à la cathédrale des Doms ! Un scandale muet. Cela va être superbe !

Ses épaules se secouaient. Je m'approchai, croyant qu'elle pleurait. Elle ouvrit les yeux et j'y lus, sans partage, une immense allégresse. Le fou rire l'avait emportée et je m'y laissais gagner. Ah ! le bon tour que nous avions joué à la vie...

Puis le rire se fit sourire, et Aude dit simplement :

— Venez, mais venez vite !

Après, nous avons tout laissé en plan, le lit comme un champ de bataille, les draps humides de sueur, les oreillers, les vêtements rejetés dans tous les coins. J'ai enfilé ma robe de chambre, et Aude un peignoir de bain blanc qui s'arrêtait au ras des cuisses. Nous mourions de faim et de soif. Nous avons réglé son compte au foie gras, scellé définitivement le sort des deux dernières bouteilles de champagne, puis attaqué le jambon en croquant des tomates. Nous avons bavardé sans arrêt. Je crois que je n'en ai jamais autant raconté sur moi-même à quiconque, et Aude en fit autant. Au moins, puisque nous nous quittions, savions-nous qui nous perdions. Comme nous étions légèrement ivres, nous nous sommes dit, en riant, que c'était une consolation formidable. A un moment, à travers le sifflement du vent et le crépitement dense de la pluie, j'ai cru entendre un bruit de moteur marin dans ce déchaînement des éléments. Vers minuit et demi, nous n'étions pas encore couchés. Alanguis au coin du feu, un verre à portée de la main, cette fois nous évoquions nos souvenirs. Nous parlions de Mme du Lugarde, de son château, en Auvergne, assiégé par la haine... Plus tard, dans un journal, après le mariage d'Aude, j'apprendrais qu'elle avait mis le feu à Lugarde et l'avait regardé flamber toute une nuit. L'Etat lui fera un procès pour destruction de « bien social ». En quelque sorte, c'est à elle que revint l'honneur de poser le point final. Mais cela, Aude et moi, nous ne le savions pas encore...

Nous venions de quitter Mme de Lugarde lorsqu'on frappa à la porte. Une voix cria : « Ouvrez ! C'est Julia ! » J'interrogeai Aude du regard, lui désignant le désordre intime de la chambre, le négligé de notre tenue et les généreux bâillements de son peignoir d'où s'échappaient à chaque mouvement un sein blanc ou l'éclair noir d'une toison bouclée. La chevelure changea d'épaule d'un envol net et décidé.

— Raison de plus ! dit-elle.

J'ouvris la porte. Julia entra, comme une furie. Elle était vêtue d'un ciré noir brillant dont trois boutons seulement avaient été boutonnés à la hâte. Noir sur noir. Il me sembla que par-dessous, elle ne portait pas d'autre vêtement. Ses yeux luisaient de colère. Le spectacle de la chambre, comme ravagée par une tornade, ne laissait subsister aucun doute sur nos occupations de la soirée. Rien ne lui échappa, le lit défait, les draps froissés, les verres posés un peu partout, et Aude, surtout Aude, qui n'avait pas bougé et la regardait d'un air narquois. Je crus qu'elle allait se jeter sur elle, mais c'est vers moi qu'elle se tourna, sifflant de rage entre ses lèvres bleues.

— Vous allez me le dire, à la fin ! Où est Salvator ? Où se cache-t-il ? Vous le savez !

Il se passa en même temps quelque chose de prodigieux dont je ne pus détacher les yeux, pétrifié de stupeur. Le ciré de Julia s'ouvrit comme deux ailes noires, découvrant une chair sombre parcourue d'ondes secrètes. Je le décris comme je l'ai vu. Je ne saurais en retrancher un mot.

— Frédéric, dit Julia, si vous m'en aviez donné l'occasion, Dom Salvator de Orth, je le jure sur ma propre tête, il y a longtemps que vous l'auriez trahi !

Le ravissant rire perlé d'Aude fusa du coin de la cheminée.

— C'est qu'on se damnerait pour cette jument, mon chéri !

Je croyais qu'elle se forçait à rire. Mais non, elle riait franchement. Elle considérait la Négresse d'un air faussement abasourdi puis repartait de plus belle.

— Ah ! Vous ! cria Julia.

Et s'adressant à moi :

— Cette fille, jetez-la dehors !

Elle se calma, retrouvant son harmonieuse voix de gorge.

— Nous avons perdu trop de temps, Frédéric. Ma tante s'était trompée sur le compte de cette petite oie. Nous allons nous en séparer sur le champ. Léopold va la reconduire à Lannion. Elle y attrapera le train de deux heures du matin pour Paris. La jeep l'attend devant la porte. Dès qu'elle aura débarrassé le plancher, vous me direz où se cache Salvator, *car Irène est arrivée.* Puis nous nous enfermerons tous les deux dans cette chambre et vous y serez mon hôte. Ouvrez les vannes de votre imagination. Même si vous y parvenez, vous serez loin du compte. Alors ?

Je n'écoutais plus. J'avais couru à la porte. Je l'ouvris et le vent s'engouffra, faisant s'envoler les rideaux et crépiter les flammes du feu. Au volant de la jeep, abrité sous la capote, je reconnus Léopold. Tourné de trois quarts vers la baie, il contemplait, à travers la pluie, des lumières qui brillaient au ras de l'eau. Je comptai deux grands hublots carrés, qui étaient ceux de la chambre du bateau, et deux autres plus petits et ronds, ceux des cabines à l'avant. Un projecteur, en tête de mât, glissait son faisceau le long du gréement et éclairait le pont. Ce bateau, les yeux fermés, j'aurais été capable de le décrire. Insensible à la pluie, en ciré jaune et suroît, une mince silhouette était accoudée à la lisse. La *Louise-Alice* avait rejoint son mouillage et Irène était à son bord.

Je revins à l'intérieur de la chambre, laissant la porte battre au vent. Sous les pans de son ciré qui voltigeaient dans le courant d'air, Julia ressemblait à un oiseau néfaste de l'univers mythologique, au corps de femme et aux ailes noires. Rencontrant le regard d'Aude, derrière Julia, je la vis qui clignait de l'œil en riant, pointant sa main au bout de son bras tendu, l'index et le majeur écartés.

— Fichez le camp ! dis-je à Julia.

Les lèvres bleues virèrent au gris comme si la vie s'en retirait. L'oiseau noir replia ses ailes, courut jusqu'à la porte qu'une saute de vent referma et disparut à nos regards. J'entendis la jeep démarrer. Lorsqu'elle se fut éloignée, probablement vers la grande maison, je perçus à nouveau le lourd martèlement de la pluie qui nous enveloppait comme une muraille d'eau.

Aude se leva, titubant légèrement. Elle me tendit un verre qui aurait fauché un Ecossais. Je remarquai que le sien était vide. Elle avait dû lui faire un sort tandis que je tenais tête à Julia. Moi aussi, j'avais besoin d'un sacré remontant.

— Et voilà ! dit-elle. Ils ne s'y frotteront plus.

Elle eut un hoquet, me lança un regard d'excuse, puis le fou rire la reprit.

— Quand même, Frédéric, on s'est bien amusé...

— Croyez-vous que ce soit le mot qui convienne ?

— Même à jeun, répondit-elle en retrouvant son sérieux, je vous mets au défi de tourner cela autrement.

Pensive, elle ajouta :

— Encore une fois, Frédéric, vous n'auriez pu vous passer de moi...

Ses yeux se mirent à pétiller et le rire s'y mêla de nouveau, au fur et à mesure qu'une idée formidablement drôle prenait forme dans son esprit. Elle fit quelques pas hésitants dans la pièce, évitant les meubles de justesse, en agitant les manches de son peignoir blanc.

— Hou ! Hou ! Frédéric ! Je suis un ange...

Epuisée, elle se laissa choir sur le lit.

Je donnai deux tours de clef à la porte, couvris le feu, éteignis les lumières et allai me coucher à mon tour. Dans le noir, de sa voix naturelle retrouvée, à peine voilée d'une légère ivresse, j'entendis Aude qui me disait :

— Frédéric, êtes-vous fatigué ?

Dieu soit loué, nous étions redescendus sur terre.

Quand je me suis éveillé, assez tard, vers neuf heures, ce matin du 20 septembre, l'esprit passablement embrumé, Aude dormait encore. Son peignoir blanc formait un petit tas, près d'elle, dans la ruelle du lit. Toute la scène de la veille me revint. Je bondis hors des draps et courus aux fenêtres dont j'ouvris les volets qui pivotèrent avec fracas contre les murs extérieurs, rabattus par le vent. Tirant sur son aussière, s'élevant et s'abaissant au rythme de la houle cassée par le détour de la passe mais encore suffisamment forte pour témoigner de la violence de la tempête qui faisait rage au large, la *Louise-Alice* tournait autour de son mouillage comme un cheval au piquet, poussée par les courants et les sautes de vent. Il n'y avait pas le moindre doute. Je reconnus le gréement démodé du sloop, le mât planté plus à l'avant qu'on ne le fait maintenant, le beaupré équipé de ses drailles de foc et de trinquette où Salvator m'expédiait quand nous manœuvrions, le cockpit où nous bavardions, la longue bôme et le pic fixés à un montant de bois en forme d'X, et surtout l'élégance de ce bateau, sa race. Il ressemblait à un jeune ancêtre. Merveilleusement entretenu, on eût dit qu'il sortait du chantier. Il ne paraissait pas non plus avoir souffert de la tempête. A bord, personne ne donnait signe de vie. L'observant à la jumelle, je vis que l'un des hublots avait été entrouvert, ainsi que l'on fait au mouillage pour chasser l'humidité ambiante. A un moment de sa rotation, je pus lire les lettres de cuivre vissées à son tableau arrière :

Louise-Alice
Jersey

Une Estafette de la gendarmerie était stationnée sur le chemin, à hauteur de l'annexe du *Cham.* Calés contre le dossier de la banquette, deux gendarmes se versaient du café tiré d'une grande thermos. Sans doute avaient-ils pris leur faction depuis quelque temps déjà, dès que l'arrivée de la *Louise-Alice* leur avait été signalée. Je reconnus celui qui était venu nous interroger. Il m'adressa, en me voyant, un salut de la main. La pluie avait cessé. Des flaques d'eau parsemaient le chemin, parcourues d'un clapotis miniature comme une mare par grand vent.

Aude, réveillée, s'escrimait au téléphone. Je songeai que ce matin-là était l'avant-dernier. Dès ce soir il nous faudrait reprendre la route, nous rapprocher d'un hôtel, d'une gare ou d'un aéroport, peut-être celui de Dinard. Je croisai son regard. Elle me sourit. J'aurais juré qu'elle n'y pensait pas, se reposant sur moi.

— Pour le petit déjeuner, annonça-t-elle, c'est fichu ! La ligne est morte. Il n'y a plus de tonalité. Vous avez bien dormi ?

— Comme une souche. Je n'ai même pas rêvé.

— Oh ! ce n'était plus vraiment nécessaire, dit-elle en rougissant légèrement.

J'essayai à mon tour le téléphone, sans succès. La douche de la salle de bains ne donnait plus d'eau chaude. J'entendis Aude, sous la douche, qui suffoquait en poussant des cris. Cela nous mit d'excellente humeur. En deux temps trois mouvements, nos vêtements étaient rassemblés et nos valises bouclées. J'allai chercher la Daimler qui démarra au quart de tour. Pendant que je chargeais les valises dans le coffre, le gendarme que je connaissais sauta de son Estafette et s'approcha en se courbant sous le vent.

— Vous partez déjà ? Nous aurons peut-être besoin de vous. Où allez-vous ?

— A Guivinic. Pour le moment nous avons faim. Nous sommes privés de petit déjeuner.

— Ce n'est que cela ? Nous avons tout ce qu'il faut. On vous invite. Je m'appelle Clément. Brigadier-chef Clément.

C'est ainsi que nous nous retrouvâmes, Aude et moi, nantis d'un quart de café et d'un sandwich au pâté, accoudés à une petite table, dans la cabine de l'Estafette, là où le malheureux contrevenant étale habituellement ses papiers et décline son identité. J'en fis la remarque au brigadier Clément, soulignant que son invitation sortait vraiment du commun.

— C'est que rien n'est ordinaire dans cette affaire, dit-il. Au niveau où sont prises les décisions, il semblerait qu'on vous connaisse...

L'autre gendarme, nommé Lelong, surveillait la *Louise-Alice* à la jumelle par une fenêtre baissée.

— Il y a quelqu'un qui nous observe.

— Parfait ! dit Clément. Un homme ? Une femme ?

— Un homme.

La radio branchée sur écoute grésillait en permanence. De temps en temps une voix sortait du haut-parleur : « Ça, c'est la douane, expliquait le brigadier... Ceux-là, nos collègues de Lannion, au carrefour de Guivinic... Et ça, encore la douane, en patrouille sur la falaise... Une grosse prise de drogue, mais on n'en est pas certain, sans quoi on aurait saisi le bateau dès ce matin. On a l'ordre de ne pas bouger... »

Une autre voix se fit entendre : « Qu'est-ce qu'on déguste ! Ça va durer longtemps, ce jeu de con ? »

— Les copains de la gendarmerie maritime, dit Clément, tout jubilant de satisfaction de les savoir en mer par ce temps. Ils ne sont pas loin d'ici, juste dans le chenal côtier.

Un bourdonnement caractéristique s'amplifia au-dessus de nos têtes, annonçant un hélicoptère à cocarde qui décrivit un large cercle autour de la *Louise-Alice,* puis bondit par-dessus la forêt et disparut à l'intérieur des terres.

— Et voilà ! constata Clément. Trafic de drogue ? Trafic de femmes ? Est-ce qu'on sait ? On m'a donné l'ordre de bloquer les Princes, je les bloque. Personne ne doit plus entrer ni sortir de la propriété.

— Et par mer ?

— Par mer ?

Il s'absorba quelques instants dans la contemplation du paysage marin à travers la vitre trempée d'embruns de l'Estafette. On voyait, à l'entrée de la passe, des vagues venues du large s'écraser sur la tour à virer et fuser vers le ciel en chandelles liquides. Le *Cham,* à son mouillage, faisait des bonds désordonnés, tandis que la *Louise-Alice,* plus longue, plus lourde, se contentait de rouler durement bord sur bord. Au sommet de la falaise, la forêt s'agitait furieusement, témoignant de la violence de la tempête.

— Par mer, reprit Clément, ce ne sont pas mes oignons. Et s'ils cherchent à filer en bateau, la gendarmerie maritime les attend au tournant... Pour la vieille demoiselle, la question est réglée. Elle n'a plus de comptes à rendre.

— Que voulez-vous dire ?

— Vous ne le saviez pas ? Nous avons laissé passer le médecin, tôt ce matin. Elle était morte.

Je tournai mon regard vers la grande maison. Les volets n'avaient pas été ouverts.

— Il y a quelqu'un sur le pont ! annonça le gendarme Lelong, qui surveillait la *Louise-Alice.*

Il empoigna ses jumelles et les braqua sur le bateau. Le brigadier Clément se jeta sur le radiotéléphone. On pouvait voir à l'œil nu que la silhouette aperçue, ayant enjambé la lisse, s'apprêtait à plonger.

— Dieu de Dieu ! s'exclama Lelong, c'est la fille, chef ! Et, heu... c'est qu'elle est à poil !

— Contentez-vous de décrire ce qui se passe, coupa le brigadier.

— Eh bien, chef, elle a plongé ! Je vois sa tête dans les vagues. Elle a... heu... elle a de grands cheveux blonds. Elle nage dans notre direction. Chef ! Elle n'y arrivera jamais ! Elle va se noyer ! Qu'est-ce qu'on fait ?

— On ne fait rien.

— Ne craignez pas pour elle, dis-je, c'est une nageuse exceptionnelle. Elle l'a déjà prouvé. Avec plusieurs balles dans le corps, elle nageait encore comme un poisson.

Ils me dévisagèrent tous les deux sans comprendre, puis reportèrent leur attention sur la jeune fille qui plongeait adroitement sous les vagues et ne réapparaissait que le temps de respirer.

— Doit-on prendre contact avec elle ? demanda le brigadier Clément au radiotéléphone.

— En aucun cas, répondit une voix. M. Pons est-il près de vous ?

« C'est le patron », me dit en aparté Clément.

— Il est là.

— Passez-le-moi... Monsieur Pons, reprit la voix, ici le commissaire divisionnaire Kersaint, de la Sûreté de Rennes. Cette Irène Grey, vous la connaissez ?

— Pas vraiment. C'est une longue histoire à raconter.

— Je ne vous le demande pas. Je n'agis que sur ordre, sans trop savoir où je mets les pieds. Mais on semble croire, en haut lieu, que le moment est venu pour vous de jouer un rôle déterminant.

— En haut lieu, je ne connais personne.

— On vous connaît. Il y a eu des actions diplomatiques.

— Le gouvernement anglais ? Je n'ai jamais mis les pieds à Plymouth...

La voix du commissaire Kersaint hésita.

— Il ne s'agit pas des Anglais, mais de la nonciature apostolique. Ne me demandez pas pourquoi... On m'a seulement autorisé à vous en avertir si vous aviez manifesté l'intention de nous quitter avant le dénouement...

Qui avait tiré la sonnette ? Salvator ? Certainement pas. Le père Luc, à Restudo? Encore moins. Il ignorait tout de l'affaire. Dom Jansen ? Il en savait beaucoup, et ces seigneurs bénédictins ont le bras long. Mais un autre nom s'imposait : notre vieille connaissance le cardinal de Hohenlo. A ce conseil des lords de la Mer, à Plymouth, l'amiral Murdoch ne l'avait-il pas décrit « particulièrement nerveux, et inquiet »? Lorsque Constance s'était adressée au cardinal pour retrouver Salvator, pour peu qu'elle eût évoqué Irène Grey en croyant allécher son vieux complice, peut-être s'était-il souvenu de Plymouth? Et saisi d'effroi, ou de remords, tout en trahissant Salvator, n'avait-il pas décidé, en même temps, d'allumer un contre-feu? A partir de là, on pouvait tout imaginer. La diplomatie vaticane est la mieux renseignée du monde et elle a toujours, sous le coude, quelque chose à offrir en échange. J'entendais le ministre de l'Intérieur, effaré : « Pourvu que personne n'en sache rien, monsieur le cardinal, on pourrait peut-être l'envisager. Mais c'est une sorte d'exécution que vous me demandez... »

— Plus besoin de jumelles, annonça le gendarme Lelong, la gorge serrée par l'émotion. Elle s'en est tirée. Elle arrive.

Se laissant adroitement porter vers la plage par les vagues, la jeune fille franchissait d'un crawl vigoureux le mouvement de reflux qui les séparait l'une de l'autre, ses cheveux blonds déployés à la surface de l'eau. La voix du commissaire Kersaint retentit.

— Clément ! Lelong ! Vous ne bougez pas, vous n'intervenez pas, c'est compris? Quant à vous, monsieur Pons, qu'avez-vous décidé ?

— J'y vais.

Par « haut lieu » interposé, l'invite était cette fois signée : Dom Jansen. De la nonciature au monastère, le téléphone avait fonctionné. Trente ans plus tôt, à bord de la *Louise-*

Alice, j'avais déjà joué le rôle du messager, envoyé par Salvator pour réveiller l'inconnue qui dormait dans la cabine. La nature du message était aujourd'hui différente. A dater de cet instant, je pris le parti de ne plus réfléchir. La vérité ne me concernait plus.

— Il reste du café chaud ? demandai-je.

Sur la réponse affirmative de Lelong, je m'emparai du thermos et me dirigeai vers la plage. Aude me rejoignit sur le sable mouillé, portant des serviettes de bain qu'elle était allée chercher dans la chambre.

— Elle aura froid, dit-elle.

Sortant de l'eau, elle tremblait de froid, en effet, Irène Grey. Au moment où elle prenait pied, une vague plus forte que les autres éclata juste derrière elle et la renversa sur le sable, étendue comme une noyée, puis la vague, en se retirant, découvrit un corps juvénile aux proportions admirables et un visage d'enfant qui me firent exactement songer à ce qu'en avait dit autrefois Salvator, écrivant à son père après le drame de Margarita : « Un corps et un visage qui appelaient la tendresse. En procédant à la toilette de cette morte, je me liquéfiais de tristesse... »

La morte se releva d'un bond, arracha des mains d'Aude une serviette dont elle s'enveloppa, puis une autre avec laquelle elle se frictionna la tête et les cheveux, avala d'un trait, sans me jeter un regard, le quart de café que je lui tendais, et, comme si elle s'apercevait seulement de notre présence, me demanda :

— Où est Salvator ? Pourquoi n'est-il pas là ?

Elle avait des yeux verts très doux, un regard candide, naïf. Tout en sachant qui elle était, ce qu'elle représentait, je ne pus m'empêcher de ressentir de la pitié, songeant que tant de beauté, de fraîcheur, de jeunesse, avaient été détournées de leur cours naturel par une de ces propensions insondables qui sont au cœur de l'âme humaine. J'étais en face d'une toute jeune fille dont le destin s'achevait.

— Salvator ne viendra pas, répondis-je. Il est loin, maintenant.

Il s'en fallut de peu que je ne me mette à douter de tout le faisceau de présomptions qui s'était peu à peu imposé. Ce que je lisais dans le regard d'Irène, c'était une véritable détresse, un inconsolable chagrin. Aude, à côté de moi, ne quittait pas la jeune fille des yeux. Je la devinais moins crédule que moi, guettant la faille révélatrice. Le portrait corrigé que Salvator avait peint, dans la chapelle du phare, comportait deux regards, celui de la jeune fille, et celui que reflétait le miroir. Aude, le visage impassible, attendait que se révélât le second.

— Qui êtes-vous ? me demanda Irène. Je ne vous connais pas.

— Je suis un ami de Salvator. Mais moi, je vous connais. J'ai vu votre portrait, autrefois.

Elle eut un sourire mélancolique et charmant.

— J'étais belle, n'est-ce pas...

Puis, désignant Aude :

— Et elle, qui est-ce ?

Dans l'œil d'Irène, l'éclair de haine fut bref. Sans écouter la réponse, elle ajouta d'une voix dure :

— Où est Julia ? Que signifient ces volets fermés ?

— La vieille demoiselle est morte, expliquai-je.

D'une voix désemparée, elle dit : « Mon Dieu ! déjà... », et se laissant glisser dans l'eau, abandonnant la serviette de bain, elle plongea droit dans la première vague et s'éloigna rapidement. A bord de la *Louise-Alice,* une silhouette en ciré jaune était apparue sur le pont, scrutant la surface de l'eau et guettant l'émergence de la chevelure blonde quand la nageuse, d'une vague à l'autre, faisait surface pour respirer. Nous demeurâmes muets, Aude et moi, cherchant une explication à ce repli précipité. Dans l'Estafette de gendarmerie, le brigadier Clément parlait au téléphone. Il avait l'air agité. Nous nous décidâmes à le rejoindre. En chemin, Aude rompit le silence.

— Quelque chose me surprend : « Mon Dieu ». Elle a dit : « Mon Dieu... »

La pluie s'était remise à tomber. Sous la violence du vent qui n'avait pas cessé, elle tourbillonnait en rideaux liquides derrière lesquels la *Louise-Alice,* par instants, s'estompait jusqu'à n'être plus qu'une sorte de dessin en pointillé noir marqué d'une seule tache de couleur : José de Orth en ciré jaune. Les deux gendarmes ne me posèrent pas de question et Lelong me tendit ses jumelles. La jeune fille venait de se hisser à bord. Elle disparut un moment à l'intérieur du bateau, puis reprit sa place sur le pont, vêtue comme son compagnon. Tous deux s'activèrent à un certain nombre de manœuvres qui ne laissaient aucun doute sur leurs intentions. Un minuscule triangle de toile monta le long du mât dont il n'atteignait pas le quart de la hauteur. C'était la voile de tempête.

Comme nous observions le bateau, ce fut Aude qui nous avertit, car elle avait, de son côté, porté son attention sur la grande maison.

— Julia ! Voici Julia !

En ciré noir, le visage ruisselant de pluie, Julia courait sur la plage. Parvenue à l'annexe du *Cham,* d'un seul élan elle poussa le canot à l'eau, parvint à s'y jeter à plat ventre, se redressa, copieusement douchée par une vague que le canot enjamba en embarquant pas mal d'eau, et, godillant avec fureur, les deux mains crispées sur l'aviron, commença de s'éloigner mètre après mètre du rivage, en direction de la *Louise-Alice.* Comme elle lui tournait le dos, de temps en temps elle jetait un coup d'œil par-dessus son épaule pour vérifier son cap.

— Commissaire ! annonça Clément. La Négresse fout le camp !

Au même moment, se fit entendre, à travers la pluie et le

vent, le bruit d'une forte détonation. Je vis nettement le ciré noir de Julia se barbouiller de sang. Elle avait lâché son aviron et se tenait agrippée à son banc, toujours assise, droite, tandis que le canot tournait comme une toupie. Je rendis, sans un mot, ses jumelles à Lelong, et, d'un coup, s'éloigna de moi toute cette scène. Le drame qui se jouait ne me concernait pas. Mon rôle était achevé. Qui aurait pu dire, à présent, ce que tout cela signifiait et sur quel seuil inconcevable ils réglaient leurs derniers comptes...

— C'est la fille qui a tiré, chef, dit Lelong.

Le petit canot s'était retourné. Il n'y avait plus trace de Julia à la surface de l'eau.

— Ils s'en vont, annonça Clément. Ils ont mis leur moteur en route. Ils ont largué leur mouillage...

Il n'y eut pas de commentaire de Kersaint, mais un long soupir de soulagement distinctement perceptible dans le diffuseur du radiotéléphone. La *Louise-Alice,* en virant de bord, prit une forte gîte, se redressa, et plongeant sa proue dans les vagues d'où elle ressortait entre deux cataractes ruisselant le long de ses flancs, s'engagea dans la passe. Deux silhouettes se tenaient côte à côte dans le cockpit. Avant que le bateau fût masqué par le travers de la passe, je demandai au gendarme Lelong :

— Qui est à la barre ? Est-ce que vous le voyez d'ici ?

— Je crois que c'est la fille, dit-il, me fournissant la réponse que j'attendais.

Un bourdonnement d'hélicoptère passa au-dessus de nos têtes. C'étaient les yeux du commissaire Kersaint. Quant à sa voix, je l'entendais. Elle s'adressait à moi.

— Monsieur Pons, qu'allez-vous faire maintenant ?

— Je n'attendrai pas le dénouement. Dans cette tempête, s'ils s'engagent à travers le plateau rocheux, ils n'ont pas la moindre chance.

— C'est exactement ce qu'ils font...

Je fermai les yeux, réfléchissant. Il aurait été révélateur de savoir comment la jeune femme à sa toilette, celle qu'avait peinte Bellini, avait terminé sa vie. Avait-on retrouvé son corps blanc flottant entre deux eaux dans la lagune de Venise, criblé de coups de poignard ? La chronique restait muette à ce propos, mais j'étais porté à le croire, au moins à l'imaginer. Et combien d'événements de ce type s'étaient-ils succédé sans que l'on n'en sache rien, çà ou là, quelque part, avant qu'une autre jeune femme au regard vert et aux cheveux blonds s'échappe de l'île Margarita, poursuivie par des coups de feu dont chacun lui transperçait le sein ? Aussi, quel besoin d'attendre, désormais... La *Louise-Alice* éventrée sur les rocs en couteau du plateau, écrasée par la mer déchaînée, brisée en mille morceaux épars aussitôt emportés par le tourbillon des lames déferlantes qui charriait aussi, de rocher en rocher, le corps broyé, déchiqueté, méconnaissable d'une jeune fille dont on ne trouverait plus jamais trace, sauf peut-être dans les viscères des homards que Toto, avec son *Ravachol,* par beau temps, au même endroit, attrapait dans ses casiers... Question de secondes, de minutes ; c'était ainsi que cela finirait...

— Monsieur Pons, reprit la voix du commissaire Kersaint, avant que vous partiez, je voudrais vous résumer l'affaire, à laquelle, dois-je le préciser, vous n'avez jamais été mêlé. Il n'y aura qu'une enquête de pure forme. Une souricière a été tendue à l'hôtel des Princes, soupçonné de servir de plaque tournante à un trafic de drogue et de femmes. Un yacht suspect s'est présenté, venant de Jersey. Lors d'un règlement de comptes entre membres du même gang, une jeune femme a été tuée, Julia Hubert, trente-deux ans. Vous l'ignoriez ? Elle ne s'est jamais appelée de Orth, déclarée de père inconnu à la mairie de Guivinic. Je reprends : menacé d'être saisi, le yacht a cherché à s'enfuir en profitant de la tempête, sans doute pour se débarrasser en pleine mer d'une cargaison compromettante. C'est alors qu'il a heurté un rocher et s'est désintégré. Ses deux occupants ont péri noyés, un homme et une jeune fille. On ignore leur véritable identité. Les corps n'ont pas été retrouvés...

Une autre voix couvrit celle de Kersaint, déformée par le vent qui devait secouer durement la bulle de l'hélicoptère.

— *Alpha alpha* à commissaire. Bateau drossé sur les rochers. Tout va extrêmement vite...

Nous en savions assez. Nous nous sommes dirigés, Aude et moi, vers la Daimler, qui a consenti à nous sortir de là. Il était un peu plus de midi. Comme nous passions devant l'Estafette, le brigadier Clément, posant son téléphone, nous fit un signe à travers la vitre, croisant et décroisant les mains : terminé.

— Elle aurait eu seize ans dans deux jours, dit Aude.

La grille de la propriété était ouverte. La chaîne pendait. Kersaint avait replié ses troupes. Les deux douaniers en voiture n'étaient plus à leur poste.

A la pointe du cap, là où le chemin, dans la forêt, tournait à angle droit avant de redescendre vers le village, exactement à l'endroit où selon les indications de l'amiral Murdoch nous nous étions arrêtés le premier jour, j'ai stoppé. Il suffisait, nous nous en souvenions, de marcher quelques mètres sous les arbres pour découvrir la mer et le plateau rocheux jusqu'à la ligne des phares. Nous nous sommes interrogés du regard et Aude a dit : « Allons voir. »

La pluie avait à nouveau cessé et il semblait bien que le vent, toujours violent, s'affaiblissait perceptiblement. Par une unique trouée blanchâtre, un vague rayon de soleil perçait le plafond des nuages. J'avais emporté mes jumelles. Les grands phares, au loin, brillant de tous leurs feux pardessus l'horizon noir, semblaient triomphalement échanger des communiqués de victoire. Balayant le plateau rocheux à sa recherche, je finis par retrouver Ar Men, au moins ce qu'il en restait. Fendu en deux dans toute sa longueur comme par un gigantesque coup de sabre, il ne dressait plus vers le ciel qu'une moitié longitudinale et dentelée. La lanterne avait disparu. Je distinguai les trois étages béants dont les planchers et les voûtes s'étaient aussi écroulés. Du portrait d'Irène, il ne resterait rien. Brisé, broyé, réduit en charpie, c'était une impression étrange que de l'imaginer au fond des eaux, ayant rejoint son modèle. En arrière du phare, vers la côte, le plateau rocheux offrait un spectacle saisissant. Il était entièrement recouvert par la mer, mais au gré d'une très forte amplitude, la houle, en se creusant, à cette heure de la marée qui était encore haute, découvrait des rochers invisibles par temps calme, puis, aussitôt, les escamotait, comme s'il ne fallait, peu à peu, que les livrer aux regards de façon qu'on pût s'accoutumer à leur aspect effrayant. De la *Louise-Alice,* aucune trace. Je ne pus repérer, à la jumelle, le moindre espar flottant. Du drame qui s'était joué là, tout était effacé. Seul le cavalier en camail, le chef des meurtriers, dressé sur son cheval de pierre, sa tête casquée hors de l'eau, en gardait le souvenir. L'hélicoptère avait rejoint sa base. Dans le chenal côtier, à nos pieds, la vedette de la gendarmerie s'éloignait en roulant bord sur bord. J'offris mes jumelles à Aude. Elle les refusa. Elle regardait la mer, perdue dans ses pensées.

— Il y a quelque chose, dit-elle, que nous ne saurons jamais. Vous souvenez-vous de ce cheveu blond ? Je l'avais découvert dans la chambre, puis un autre, dans la salle de bains...

J'avais compris.

— Ils ont tellement menti, répondis-je, tellement sali... Vous devriez vous en souvenir.

— Et cependant, regardez, dit-elle en désignant la mer qui se calmait peu à peu et où de nouveaux rochers commençaient d'émerger. Il y a eu châtiment. C'est donc qu'il y a eu faute.

— Cela, je ne le croirai jamais.

D'un mouvement de tête décidé, elle rassembla sa chevelure que le vent avait malmenée.

— Dieu vous entende, Frédéric...

C'est ainsi qu'un des acteurs cachés, mais non des moindres, de cette étrange histoire, quitta la scène sur la pointe des pieds et regagna les nuées...

Du carrefour, à l'entrée de Guivinic, les gendarmes s'étaient retirés. Au café Lemaire, on ne parlait que du naufrage. Des douaniers étaient passés, buvant un verre avant de se replier, tout en lâchant de brèves précisions où je reconnus la prudence et la prévoyance du commissaire Kersaint. Toto vint accouder son énorme torse au comptoir. « Qu'est-ce que je vous disais hier ! Quand le douanier s'en mêle, c'est une histoire de drogue... » Il me regardait de ses petits yeux vifs. Je me demande s'il en était convaincu et combien de petits rhums il avait sifflés coup sur coup depuis que la nouvelle s'était répandue.

— Au moins, ajouta-t-il en pointant son pouce par-dessus son épaule pour désigner les buveurs derrière lui, on ne me posera plus cette question idiote...

— Laquelle ? fis-je étourdiment.

— Sur le beau cul de la Négresse...

En nous apportant le café, après le déjeuner, Mme Querré rompit le silence où elle s'était tenue :

— Après cela, personne ne suivra le cercueil de Mademoiselle. Il faudra que je me dévoue...

Quand nous sommes montés dans la Daimler et que j'ai fait demi-tour sur le quai pour prendre la route de Guingamp, à travers la vitre du café, elle nous a longuement observés, reprenant l'attitude où nous l'avions trouvée le jour de notre arrivée : une femme entre deux âges, vêtue de gris, les cheveux gris, le visage neutre...

Je ne suis jamais revenu à Guivinic. J'ai seulement appris, par la suite, que le domaine des Princes, faute d'héritier, avait fait retour à l'Etat qui l'avait vendu aussitôt à un promoteur immobilier de studios de vacances à bon marché. Dans ces conditions, j'ignore comment s'y conduisent les jeunes filles. De façon désespérément banale, j'imagine.

A Notre-Dame-de-Restudo, le père Luc nous attendait :

— Que dois-je dire à Dom Salvator ?

J'avais tourné et retourné certains mots dans ma tête pour que le message fût clair sans que le bon prieur en conçût le moindre effroi, mais rien ne m'avait semblé convenir. Je choisis là banalité.

— Dites-lui que tout est terminé.

— Désirez-vous le rencontrer ? J'ignore s'il acceptera.

— Je ne crois pas que ce soit nécessaire, mon père.

Nous avions, Salvator et moi, trop vécu l'un près de l'autre, ces jours derniers, et dans de trop particulières circonstances... Nous voir et nous parler n'aurait rien ajouté. Il était temps de nous séparer.

Dom Salvator de Orth a retrouvé son abbaye. Il y vit comme un simple moine, dans la plus grande humilité, s'étant démis dès son retour de sa charge d'abbé. On ne le voit jamais. Il ne reçoit personne, mais sa réputation de sainteté a largement franchi les hauts murs gris du monastère. Grâce à Dieu ! on ne parle pas encore de miracles. Je recommencerais à m'inquiéter...

Jusqu'au dernier moment, Aude a courageusement crâné. Le plus faible des deux, naturellement, c'était moi, mais je ne m'en suis pas trop mal tiré. Nous avons couché au Grand Hôtel de Dinard, avec la Rance à nos pieds, dans une chambre somptueuse où Aude a immédiatement répandu, en s'habillant pour le dîner, un désordre inimaginable. Pour en arriver là, cette fois, je crois qu'elle s'était un peu forcée. Ce n'était pas une si mauvaise façon de conjurer l'émotion qui nous guettait à fleur de gorge. Le lendemain matin, elle a tenu à se faire conduire à l'aéroport en taxi, et seule, ce qui était une sage décision. Le véritable adieu, je l'ai, comme un pauvre chien, adressé à une chaussure qu'elle avait oubliée.

Pour ma part, j'avais décidé de revenir chez moi par le chemin des écoliers. Les circonstances l'ont vite écourté, et c'est par le train, depuis Nevers, en changeant bêtement à Lyon, que j'ai regagné Avignon. J'avais dû, faute de mieux, faisant halte dans un petit bled tranquille du Morvan, abandonner pour la nuit ma Daimler bleue sur un parking désert. Au matin, les chacals étaient passés. Renonçant à la voler, car la Daimler, j'imagine, avait refusé de démarrer, ils l'avaient poussée à la main jusqu'à un terrain vague voisin, et là, pour se venger, savourant les vilains petits bonheurs de la haine, l'avaient minutieusement défoncée à coups de barres de fer et de pavés, lacérant les coussins au rasoir et réduisant en bouillie le précieux tableau de bord dont je découvris à terre des morceaux si informes qu'il me resta la certitude que, de rage, ils l'avaient longuement piétiné. Curieusement, je ne ressentis pas de regret. Invisible auprès de moi, contemplant avec mépris ce spectacle, se tenait un cavalier...

J'ai rouvert la maison, j'ai exhumé le manuscrit avorté et me suis remis au travail. Ce roman-là, je l'écrirai. Que mes lecteurs me pardonnent, il leur faudra me prendre comme je suis.

Le 30 septembre, je n'ai pu résister. Je suis allé me mêler à la foule qui se pressait dans la cathédrale des Doms pour assister au mariage de Mlle Aude Laroche, fille de Me Laroche, bâtonnier de l'ordre des avocats. Aude était resplendissante. Vint le moment que j'attendais, la lecture par le cousin jésuite de la bénédiction pontificale due à la paternelle sollicitude de Son Eminence le cardinal de Hohenlo. L'assistance était pétrifiée de respect. J'entendis à côté de moi un petit rire à peine étouffé. Je baissai les yeux, découvrant une ravissante gamine qui devait avoir douze ou treize ans, de longs cheveux blonds partagés par une raie médiane, et qui me regardait de ses yeux verts où brillait toute la candeur de cet âge tendre...

TABLE

I
Le Voyage
7

II
Les Automates
137

ŒUVRES DE JEAN RASPAIL

Chez Albin Michel

Moi, Antoine de Tounens, roi de Patagonie
(Grand Prix du roman de l'Académie française, 1981)

Chez Robert Laffont

Le Camp des saints
La Hache des steppes
Le Jeu du Roi
Septentrion
Les Hussards
Le Tam-Tam de Jonathan
Secouons le cocotier
Bleu caraïbe et citrons verts

Chez René Julliard

Le Vent des pins
Les Veuves de Santiago

Chez Flammarion

Les Peaux-Rouges aujourd'hui

La composition de ce livre
a été effectuée par Bussière à Saint-Amand,
l'impression et le brochage ont été effectués
sur presse CAMERON
dans les ateliers de la S.E.P.C. à Saint-Amand-Montrond (Cher)
pour les éditions Albin Michel

AM

Achevé d'imprimer en mars 1984
N° d'édition : 8354. N° d'impression : 345-188
Dépôt légal : avril 1984

Imprimé en France